AF140715

Die Personen und die Handlung dieses Romans sind frei erfunden. Etwaige Ähnlichkeiten mit tatsächlichen Begebenheiten oder lebenden oder verstorbenen Personen wären rein zufällig.

Brigitte ist eine dreiundvierzigjährige, geschiedene, selbständige und selbstbewusste Frau. Bis sie „ihren Traummann" kennenlernt! Ab da verläuft ihr Leben in absolut anderen Bahnen als sie es sich jemals in ihren schlimmsten Albträumen hätte vorstellen können. Ein Grund dafür ist die Tatsache, dass Johann verheiratet ist und seine Ehefrau „ihren Traummann" auf keinen Fall verlieren will – oder vielleicht doch?!? Auf absolut unkonventionelle Art und Weise lernt Brigitte den sowohl von ihr, als auch seiner Ehefrau, so begehrten Mann kennen. Sie erlebt die Höhen und Tiefen einer Dreiecksbeziehung und wird immer wieder aufs Neue von den absurdesten Machenschaften und Ideen ihres Lieblings an den Rand des Erträglichen, um nicht zu sagen, des Wahnsinns gebracht. Und das alles nur, weil sie sich verliebt hat! Jeder der glaubt, er hätte schon alles erlebt, wird in diesem Buch eines Besseren belehrt.

Renate Lehner wurde 1968 in Österreich geboren. Nach den verschiedensten beruflichen Stationen hat sie sich schlussendlich dazu entschlossen, ihre Leidenschaft, das Schreiben, zum Beruf zu machen. Renate Lehner ist Autodidaktin. Ende 2019 erscheint ihr neuer Roman mit dem Titel: Eine Unterhose macht noch keinen Mann! – Oder doch?

Renate Lehner

Die GELIEBTE? – oder – Die EHEFRAU?

oder

doch lieber BEIDE!!!

Roman

TWENTYSIX Verlag

Bibliografische Information der Deutschen Nationalbibliothek:
Die Deutsche Nationalbibliothek verzeichnet diese Publikation in
der Deutschen Nationalbibliografie, detaillierte bibliografische
Daten sind im Internet über dnb.dnb.de abrufbar.

TWENTYSIX – Der Self-Publishing Verlag
Eine Kooperation zwischen der Verlagsgruppe Random House
und BoD – Books on Demand

Herstellung und Verlag:
BoD – Books on Demand, Norderstedt

ISBN: 978-3740749170

Jeder ist ein Genie!
Aber wenn du einen Fisch danach beurteilst,
ob er auf einen Baum klettern kann,
wird er sein ganzes Leben glauben,
dass er dumm ist.
Albert Einstein

1

„Frau Brigitte!!! Waaas wollen Sie von MEINEM Mann?!?", tönt es eindeutig nicht sehr freundlich durch mein Handy.

Oh, oh!!! Das ist jetzt nicht die erwartete Stimme von meinem Liebling! Das ist unverkennbar die Stimme seiner Ehefrau! Mein „Oh, oh" ist jetzt kein „Ohhh, ohhh", ein mit eher hoher Stimme artikulierter Laut, nein, das ist so ein „O, o" ganz kurz gesprochen, und in eher dunkler Stimmlage. In meinem Fall aber nur gedacht, und zwar in Sekundenschnelle. Was dann auch so viel zu bedeuten hat, wie: *Oh, mein Gott, was mache ich jetzt? Wieso meldet sich am Handy meines Lieblings an einem Wochentag am Vormittag seine Frau?*

Zugegeben, ich habe das Telefon läuten lassen, bis sich die Mobilbox gemeldet hat. Da habe ich aber sofort wieder aufgelegt und noch einmal angerufen, schließlich will ich nicht mit einer Mobilbox sprechen sondern mit ihm, meiner großen Liebe. Außerdem, und das habe ich mittlerweile schon gelernt, werde ich mit Sicherheit keine Nachricht auf dem Handy eines verheirateten Mannes hinterlassen, sicher nicht! Also, an mir liegt es nicht! Ich habe keinen Fehler gemacht!

Phhuuu, wenigstens etwas! Das ist aber noch keine Erklärung dafür, warum sich die Frau meines Geliebten am Handy ihres Mannes meldet! Mein Liebling ist doch vormittags immer in der Firma erreichbar. Wenn ich nicht arbeite, rufe ich regelmäßig um diese Zeit bei ihm an, um ein paar nette Worte zu wechseln. Na, das ist vielleicht ein klein wenig untertrieben, ich möchte einfach so oft wie möglich die Stimme meiner großen Liebe hören. Also, was ist da heute schief gelaufen?

Dass mich die Ehefrau meines Geliebten mit „Frau Brigitte"

anspricht, ist an sich nichts Neues. Auch nichts Beunruhigendes oder Überraschendes, schließlich kennen wir uns ja von einigen geplanten, aber auch ungeplanten Treffen. Und auch meine Handynummer ist ihr ganz offensichtlich mittlerweile schon bekannt. Wir sind ja quasi „alte Bekannte". Außerdem leuchtet sicher am Display des Handys mein Name auf. Obwohl, das mit meinem Namen auf seinem Handy, hmmm, da bin ich mir gar nicht sooo sicher, denn mein Liebling ist schon ein „intelligentes Bürschchen", was sich noch des öfteren bestätigen wird. Deshalb kann es leicht sein, dass er mich unter falschem Namen oder gar nicht in seinem Handy gespeichert hat. Sicher ist sicher, man, oder besser, er, möchte doch nicht durch so einen Anfängerfehler Schwierigkeiten mit seiner Frau bekommen! „Schließlich,", und das sind jetzt (leider) die Originalworte meines Lieblings, „muss man zuerst darauf achten, dass zuhause alles in Ordnung ist."

Das heißt jetzt übersetzt für alle „Nicht Fremdgeh-Spezialisten", es wird alles Menschen- oder eher Mannesmögliche getan, damit die eigene Frau keinen Verdacht schöpft, ihr Ehemann könnte fremdgehen. Wenn das aber geklärt ist, kann man (Mann) eigentlich alles machen was man (er) will. So jedenfalls verhält sich die Sachlage aus der Sicht meines Lieblings.

Als „Frau Brigitte" werde ich von der Ehefrau meines Geliebten schon ab dem Tag bezeichnet, an dem wir uns zum ersten Mal begegnet sind. Vielleicht weil sie meinen Nachnamen zu diesem Zeitpunkt noch nicht wusste, oder aber auch als ein Zeichen dafür, wie überlegen sie mir ist oder sie sich mir gegenüber fühlt. Aber da stehe ich doch so etwas von drüber!

Ich hingegen spreche sie immer mit ihrem Nachnamen an, schließlich lasse ich mich doch nicht auf ihr Niveau herab! Ich weiß schließlich, was sich gehört! Na, dieser letzte Satz wird sich im Verlauf dieses Buches noch relativieren.

Vielleicht bemerkt man an diesen paar Sätzen bereits, dass doch eine gewisse Rivalität zwischen ihr, der Ehefrau, und mir, der

Geliebten, besteht. Nichts Dramatisches! Sie würde mich nur am liebsten umbringen, was in ihrer Lage ja auch irgendwie, nun, verständlich wäre übertrieben, aber doch in gewisser Weise nachvollziehbar wäre. Schließlich weiß sie bereits seit einigen Monaten von meiner Existenz ohne jedoch an dieser Tatsache etwas ändern zu können.

Mit treuem Hundeblick versichert ihr mein Liebling seitdem in regelmäßigen Abständen, je nach Bedarf (hahaha!!), dass sie sich eine Beziehung zwischen ihm und mir nur einbilde. Mittlerweile ist es vielleicht aber auch so, dass ich mir nur einbilde, eine Beziehung mit ihrem Mann zu haben?? Manchmal verleugnet er mich doch ganz eindeutig, aber das ist in so einer Situation wie wir uns befinden wohl normal, oder?!?

Zum ganz normalen „Alltagswahnsinn" gehört dann anscheinend auch, dass mein Liebling seine Frau immer wieder überzeugend beruhigen kann, zwischen ihnen, also seiner Frau und ihm, wäre alles in bester Ordnung und sie mache sich grundlos Sorgen um ihre Ehe. Dass diese Taktik meines Geliebten anscheinend lange Zeit von Erfolg gekrönt ist, werde ich einige Zeit später bei einem Treffen mit seiner Frau erfahren.

Mich hingegen hält mein Geliebter mit den Worten, er müsse seiner Ehefrau schonend beibringen sich von ihr trennen zu wollen um ausschließlich mit mir zusammen sein zu können, ebenfalls erfolgreich hin. Wie schon erwähnt, mein Liebling ist ein „Schlauerchen"!

Wirklich bewundernswert, wie mein Geliebter den Spagat zwischen zwei (oder auch mehr?) Frauen schafft. Immer vorausgesetzt, wir blenden die zahlreichen negativen Aspekte die diese Konstellation für alle Beteiligten mit sich bringt, aus. Wie ich aber inzwischen von vielen Leidensgenossinnen erfahren habe, ist das das übliche Vorgehen von verheirateten Männern. Schade, denn das heißt ja dann wohl, dass mein Liebling doch nicht so einzigartig kreativ ist.

Dieses Verhalten von „Fremdgängern" ist bei genauerer

Überlegung eigentlich auch vollkommen logisch nachvollziehbar. Sie können praktisch gentechnisch gar nicht anders handeln. Das ist der sogenannte Überlebenstrieb bei ihnen: Besser mehrere Frauen als keine. Man(n) sollte jedoch nicht vergessen, dass trotz der bis ins Detail durchgeplanten Strategie sehr wohl die Möglichkeit besteht, bei einer ungeplanten Auflösung all dieser Lügen überraschenderweise (Ja, wieso denn das?) keine Frau mehr vorzufinden. Dieser Gedanke wird aber von den Herren der Schöpfung so lange erfolgreich verdrängt, bis es absolut nicht mehr anders geht und sie eine Entscheidung treffen müssen oder sich mit der von den Frauen getroffenen abfinden müssen.

Also, zusammengefasst lautet die Devise: Leugnen bis die Beweislast es nicht mehr anders zulässt. Oder die Frauen! Hihihi! Ob das Ergebnis dann das Gewünschte ist, steht auf einem anderen Blatt Papier. Aber davon später mehr und vor allen Dingen auch ausführlicher und tiefgründiger, schließlich ist so eine außereheliche Beziehung ja eine komplexe Sache.

Damit auch wirklich jeder dieses „Drama" quasi aus erster Reihe miterleben kann, versuche ich diese Liebesgeschichte jetzt von Anfang an und möglichst(!) der Reihe nach zu erzählen. Ab und zu kann es aber dennoch vorkommen, dass ich gewisse Details vorziehe, da sie für mich in dem Moment so präsent sind, dass ich es schlichtweg nicht aushalte, sie euch nicht sofort zu erzählen. Ich kann mich dann trotz wirklichem Bemühen teilweise nicht mehr beherrschen und presche mit meinen Gedanken und Taten der Zeit voraus. Vielleicht passiert das aber auch mit der Absicht, um die Zusammenhänge besser verstehen, begreifen oder geschweige denn, auch nur in irgendeiner Weise nachvollziehen zu können. Soweit das bei Aktionen von meinem Liebling überhaupt möglich ist. Und ja, ich gebe es äußerst ungern zu, es sind auch einige ganz wenige(!!!) verrückte und nicht einwandfrei korrekte, oder auch teilweise(!!!) unerklärbare Taten und Reaktionen von mir dabei.

2

Kann ein Mensch wirklich zwei total unterschiedliche Seiten haben? Und im Speziellen, auch ein Mann?

Diese Frage lässt meine Freundin Simone und mich nicht mehr los. Nicht, dass dies etwas Neues wäre, nein, wir diskutieren dieses Thema jetzt schon seit einigen Wochen und Monaten, und wenn es so weiter geht, werden noch hundert weitere folgen, und „oh Wunder", wir kommen auf absolut keine Lösung. Wie schon des öfteren sitzen wir beisammen und schütteln unsere Köpfe, weil wir anscheinend von Männern keine Ahnung haben und ihr Verhalten nicht richtig deuten können oder wollen. Aber ich will mich ja hier nicht mit der Männerwelt allgemein beschäftigen, nein, mir reicht schon ein Mann.

Meine Gedanken drehen sich im Kreis. Meine unglückliche Liebe, hier stellt sich ja für mich schon wieder eine Frage: Ist das wirklich Liebe? Oder kann das wirklich Liebe sein? Wie definiert sich Liebe? Empfindet jede Frau und jeder Mann Liebe auf seine ganz persönliche Art und Weise? Erwartet jeder Mensch etwas anderes von der Liebe? Ist Liebe gleich Liebe?

Oh, mein Gott, ich werde dieses Rätsel nie lösen können, ich denke, es wird immer schwieriger. Mit jeder Frage, die ich mir beantworten will, stellen sich gleichzeitig fünf neue. Wo soll das hinführen? In die Psychiatrie? Nein, das kann nicht sein, und dort will ich eigentlich auch nicht hin. Noch nicht, nein, Scherzchen, so schnell lasse ich mich nicht unterkriegen!

Also, Brigitte, sage ich zu mir, *setz dich auf deinen nicht gerade zarten Hintern*, aber das ist jetzt wirklich wieder ein anderes Thema, *und beginne dieses furchtbare Liebesdrama, das ja objektiv betrachtet nicht wirklich sooooo schlimm ist, zu analysieren. Das kann ja für eine dreiundvierzigjährige Frau, die mit beiden Beinen im Leben steht, zwei Kinder mehr oder weniger erfolgreich großgezogen hat, eine Scheidung ohne gröbere Schwierigkeiten durchgezogen hat, nicht wirklich eine unüberwindbare Herausforderung sein.*

Ja, das meint aber auch nur ein Außenstehender. Die Denk- und noch schlimmer, die Handlungsweise eines Mannes zu analysieren gleicht Schwerstarbeit und ist wie in meinem Fall eindeutig bewiesen, völlig danebengegangen. Na, wir wollen jetzt nicht schwärzer als schwarz malen, vielleicht nicht völlig danebengegangen, aber doch ordentlich schief gelaufen. Dafür, dass ich mir seit Monaten meinen, und auch den Kopf meiner Freundin quasi „zerbreche", ist das Ergebnis gleich Null.

3

Normalerweise bekomme ich, nein, bekam(!!) ich abends immer eine „Gute Nacht" SMS von meinem Liebhaber. Aber natürlich nur, wenn unsere Affäre sehr harmonisch verläuft und für meinen Geliebten die Möglichkeit dazu besteht. Um nicht schon beim ersten Satz eine Lüge einzubauen, die Worte „normalerweise" und „immer" sind jetzt nicht eins zu eins zu übernehmen. Wie denn auch, unsere Beziehung kann man weder als „normal" noch als „immer"während bezeichnen.

Ja, richtig, gut aufgepasst! Die Zeitform macht den großen Unterschied. Seit vier Tagen, ja, da bin ich genau, jeder Tag zählt und wird gezählt, ist wieder einmal, und ich betone ausdrücklich, „wieder einmal" Funkstille. Da wir, mit wir sind mein total unglücklich verheirateter Liebling und ich gemeint, gerade wieder eine Beziehungspause einlegen, gibt es momentan keine „Gute Nacht Geschichte". Der Ausdruck „unglücklich verheiratet" stammt, wie ihr wahrscheinlich schon richtig vermutet habt, aus dem Mund meines Geliebten. Das ist keine Fehlinterpretation von mir!

Diese, nach Ansicht meines Lieblings nahezu ausschließlich durch mich verursachten „Beziehungspausen", sind anfangs noch stressig, völlig deprimierend und für mich absolut unvorhersehbar. Sie werden aber mit der Zeit und der Häufigkeit zur Normalität und ich muss ehrlich(?!?) sagen, man gewöhnt sich daran. Es ist jetzt nicht so, dass ich darauf nicht verzichten könnte. Nein, das wäre jetzt übertrieben. Ich, die schlaue Brigitte (eine etwas falsche Selbsteinschätzung!), habe aber im Laufe der Zeit durch Erfahrung gelernt. Im Endeffekt können meine absolut unberechenbare große Liebe, oder auch ich, sowieso nicht voneinander lassen. Einer von uns beiden versucht nach mehr oder weniger langem Stillschweigen und gegenseitigem

Ignorieren den Kontakt wieder herzustellen.

In den Augen meines Geliebten, aber nur in seinen Augen, meine Augen sehen das ganz anders, ist es jedoch offensichtlich: Ich nehme zu wenig Rücksicht auf seine Lebensumstände. Ihr habt es sicherlich wieder sofort erkannt, er meint damit sein „unglücklich verheiratet" sein. Er täte ohnehin alles, was in seiner Macht stünde!

Obwohl ich einige Zeilen weiter oben gerade überzeugend erklärt habe, dass man sich an diese „Beziehungspausen" gewöhnt, ehrlich gedacht, nicht gesagt, es nervt mich! Ja, ja, ganz nach dem Motto: Nur nichts zugeben, was zu meinem Nachteil verwendet werden könnte. Aber: Es nervt mich so sehr, dass ich dieses Mal wirklich ernsthaft vorhabe, dieses Theater zu beenden. Ich will einfach nicht mehr, da es außer Schwierigkeiten, nur Schwierigkeiten mit sich und in erster Linie für mich bringt.

Zu seiner Verteidigung muss ich noch erwähnen, dass er verheiratet ist. Na logisch, woher käme sonst der Ausdruck: „unglücklich verheiratet"! Er hat auch nie geleugnet, verheiratet zu sein. Von Anfang an hat er immer wieder betont sich keinesfalls scheiden zu lassen oder sich von seiner Frau trennen zu wollen. Natürlich nicht, ohne in einem kleinen Nebensatz anzumerken, dass er in seiner Beziehung nicht mehr glücklich ist, im Bett schon lange nichts mehr laufe, aber er seiner Frau gegenüber fair sein möchte (hahaha!!!). Er könne daher nach zwanzig Jahren Ehe nicht einfach sagen, er hätte eine andere kennengelernt und seine Frau von jetzt auf gleich vor vollendete Tatsachen stellen. Man höre und staune, ihr habt euch jetzt nicht verlesen, mein „er" meint todernst er wäre seiner Ehefrau gegenüber fair, wenn er eine Geliebte hätte!

Also, ich wiederhole und bringe es auf den Punkt: Er bleibt aus reiner Rücksichtnahme seiner Ehefrau gegenüber bei ihr! Weshalb denn auch sonst?!? So viel Anstand hat mein Liebling!

Dieser „er" hat natürlich auch einen Namen, nämlich Johann. Aber im Moment bin ich so verärgert, enttäuscht und wütend, dass ich finde, wenn ich einfach nur „er" sage, ist das absolut ausreichend für so einen Menschen.

Aber ob mit oder ohne Namen, das ist jetzt nicht das Thema. Leider ist es offensichtlich, wird von mir aber regelmäßig verdrängt: Es ist ohne Zweifel so, seit Anbeginn liegt es an mir ob ich mich auf eine eventuelle Affäre einlasse oder nicht. Ich werde und wurde zu keinem Zeitpunkt dazu gezwungen!

Fest steht auch, mein bald ehemaliger Geliebter hat mir anfangs(!!!) nie etwas anderes als eine Affäre versprochen. Nun liegt es nahe sich zu denken: Warum regt sie sich dann jetzt auf? Ja, stimmt! Im Moment sieht es so aus, als wäre ich diejenige, die plötzlich mehr von ihrem Geliebten will und sich nicht mehr mit der Rolle der Gespielin abgeben möchte und deshalb „Probleme" macht. Das ist die Theorie. In der Praxis sieht die Beziehung, Affäre, Liaison oder wie auch immer man unseren Wahnsinn nennen möchte, ganz anders aus! Aber wie schon gesagt, alles möglichst der Reihe nach.

4

Seine Einstellung zum Fremdgehen finde ich anfangs noch sehr ehrenhaft und gut nachvollziehbar. Bitte, jetzt keinen Entmündigungsantrag für mich stellen, dieser „kleine" Denkfehler lässt sich auf meine Verliebtheit zurückführen. Daran lässt sich eindeutig das Ausmaß meiner Verliebtheit ablesen. Aber ich betone ausdrücklich, ich finde es NUR zu Beginn unseres Kennenlernens toll, dass er diese „Rücksicht" auf seine Frau nimmt. Das ist zu einem Zeitpunkt zu dem wir uns eigentlich nur unterhalten, ja, ehrlich, NUR unterhalten. Als es „ernster" wird zwischen uns, wäre es mir definitiv lieber, er würde mit offenen Karten spielen und ehrlich zu seinen Gefühlen stehen. Aber, wie heißt es so schön: Man kann ja nicht alles haben im Leben. Und das gilt leider auch für mich.

Ich, lebenslustig, für jeden Blödsinn zu haben, und beziehungstechnisch offensichtlich bereit, in jedes mir nur zur Verfügung stehende Fettnäpfchen zu treten, finde den Gedanken, diesen Menschen, hmmm, Mann, näher kennenzulernen sehr interessant. Das ist mein erster schwerer Fehler für die kommenden Monate oder auch mehr. Ich habe tatsächlich keine Ahnung wie sich diese Geschichte noch während des Schreibens dieses Buches weiterentwickelt. Vielleicht wird sie aber auch schneller als beabsichtigt beendet. Warten wir es ab.

Was die Tatsache einer eventuellen Affäre noch um ein Vielfaches kompliziert, ist, dass mein Objekt der Begierde (Na, das klingt doch wirklich toll! Und unanständig!) und ich in derselben Firma beschäftigt sind.

Nicht wirklich wichtig, aber dennoch erwähnenswert ist vielleicht auch noch, dass dieser Mann zwanzig Jahre älter ist als ich. Ehrlich gesagt: Einundzwanzig Jahre! Na, ja, aber über solche

Spitzfindigkeiten wollen wir nicht diskutieren. Noch dazu, wo ich doch bis vor kurzem noch der festen Meinung war, mein nächster Mann oder Partner oder Freund oder was auch immer sollte maximal fünf Jahre jünger bis fünf Jahre älter sein als ich. Das ist Theorie, folglich weit weg vom wahren Leben. Außerdem habe ich zu diesem Zeitpunkt auch (meinen) Johann noch nicht gekannt! Kann ich etwas dafür, dass dieser Mann nicht in mein vorgegebenes Schema passt? Nein!!! Na eben.

Meine besten Freundinnen, ach, was wäre eine Frau ohne ihre besten Freundinnen, Simone, Susi und Gudrun erfahren selbstverständlich als erste davon, mich in einen zwanzig Jahre älteren, verheirateten Kollegen verliebt zu haben. Nach den ersten Schrecksekunden, man könnte sie auch Schocksekunden nennen, beginnen sie mir ihre Bedenken mitzuteilen.

Dieser Mann wäre zu alt für mich! Nein, das ist wirklich kein Argument.

Erstens, sieht er nicht sooo alt aus. Das ist doch schon einmal sehr gut!

Zweitens, kleidet er sich sehr sportlich und geschmackvoll, keinesfalls wie ein „älterer" Mann. Davon gehe ich zumindest aus, denn so richtig in „normaler" Alltagskleidung habe ich ihn vielleicht fünf Mal gesehen. Da war ich dann aber jedes Mal begeistert. Ansonsten sehe ich ihn immer nur in Dienstkleidung, die, wie könnte es anders sein, ihm auch sehr gut steht. Aber, na klar, logisch, einen hässlichen, unattraktiven Freund werde ich mir nicht suchen!!!

Und drittens, hat er nicht so veraltete Ansichten wie manch anderer mit vierundsechzig Jahren. Das nehme ich jetzt einfach an, denn ich Schlauerchen habe absolut keinen Vergleich mit Männern im Alter meines wahrscheinlich(!) zukünftigen Liebhabers. Und im Führen von ins Detail gehenden Gesprächen, die wie von selbst zwischen Johann und mir entstehen, schon gar nicht. Keine Panik, ich spreche nicht von „schlüpfriger" Unterhaltung, aber doch über Smalltalk hinausgehender. Ich möchte, zumindest zum jetzigen Zeitpunkt, von ihm mehr als eine oberflächliche Bekanntschaft.

Und außerdem, für mich hat dieser Mann das „gewisse Etwas". Und das ist wohl das Wichtigste, schließlich muss er MIR gefallen. Wobei ich noch nicht sagen kann, was das „gewisse Etwas" bei ihm ist, aber irgendetwas muss es doch sein. Der Ausdruck „gewisses Etwas" sagt doch ohnehin schon eindeutig aus, dass dieses „Etwas" nicht genauer definierbar ist und deshalb „gewiss" heißt. Das habe ich jetzt für jeden leicht verständlich erklärt, oder?!

Der Ordnung halber und um bei der Wahrheit zu bleiben: Meine Einschätzung der NICHT veralteten Ansichten bewahrheitet sich dann bei genauerer Betrachtung nicht ganz so wie erwartet. Was jetzt heißen soll, Johann hat sehr wohl, SEHR veraltete Anschauungen. Bei einer Sicht durch die rosarote Brille bleibt das aber absolut unentdeckt, was sicherlich an der guten Qualität der Brille liegt. Und wenn wir schon bei der Wahrheit sind: Der gute Geschmack bei seiner Kleidung, der ist seiner Frau zu verdanken. Sie kümmert sich darum, dass ihr Mann immer fesch und adrett gekleidet ist und besorgt auch größtenteils seine Kleidung. Das sind im Endeffekt aber alles nur belanglose Kleinigkeiten, oder?!?

Komplett unabhängig davon, in jeder halbwegs vernünftigen Frauenzeitschrift gibt es immer wieder Artikel über Beziehungen, in denen der Altersunterschied zwischen Partnern relativ groß ist und die trotzdem bestens funktionieren. Also! Genau so eine perfekt funktionierende Affäre, ich betone, AFFÄRE, das heißt also unverbindlicher als eine Beziehung, wird die von Johann und mir. Was gibt es Besseres? Oder Einfacheres? So der Plan – mein Plan!

Okay, meine lieben Freundinnen, den Einwand, dass Johann zu alt für mich wäre oder sein könnte, habe ich jetzt eindeutig und logisch erklärt, widerlegt. Bitte glaubt nicht, ich wüsste eure Sorgen und Bedenken nicht zu schätzen, ich bin mir sehr wohl dessen bewusst, dass ihr nur das Beste für mich wollt. Aber in diesem Fall habt ihr eindeutig Unrecht! So, ich bin bestens gerüstet für den nächsten Grund, warum ich die Finger von ihm, also Johann, aber keinesfalls

Hansi, er ist ja kein Kanarienvogel, lassen sollte.

Das nächste Argument von meinen Verbündeten in guten wie in schlechten Tagen lautet: Er ist ein Kollege! Nach dem Motto: Niemals intim im Team!!! – So ein blöder Spruch! Er wird mir aber auch von meiner Kollegin regelmäßig vorgebetet, da ihr das doch etwas übertrieben freundliche und teilweise liebevolle Miteinander von Johann und mir aufgefallen ist. Ja, gut, da ist natürlich eine gewisse Vorsicht geboten, aber seien wir ehrlich: Wir arbeiten in einer Firma mit vierzig Angestellten und außerdem nicht unmittelbar zusammen. Da fallen wir sicherlich keinem auf. Ich bin als Kellnerin in einem von mehreren Cafès dieser Lokalkette beschäftigt. Er ist die rechte Hand vom Chef.

Johann und ich sehen uns täglich einige Male während der Arbeitszeit. Entweder, wenn er bei uns tatsächlich etwas zu erledigen hat, oder er einen Grund erfindet, um mich zwischendurch kurz „besuchen" zu können. Das ist dann auch schon alles. Selbstredend haben wir immer ein Scherzchen auf den Lippen und unterhalten uns vielleicht ab und zu ein wenig zu freundschaftlich. Aber sicher nicht so offensichtlich, dass es jemandem auffallen würde.

Und für alle, die überall ein Problem sehen: Ich gehe so gesehen mit einem eventuellen Flirt auch kein unkalkulierbares Risiko ein. Falls tatsächlich etwas Gröberes schief gehen sollte, kann ich im schlimmsten Fall immer noch kündigen. Damit wäre die Geschichte für mich dann aber auch erledigt.

Trocken, aber wie immer auf den Punkt gebracht, meint meine Freundin Simone, dass mir dann auch nichts anderes übrigbleiben würde, denn Johann würde sicher nicht die Firma verlassen.

Aber wer wird denn gleich den Teufel an die Wand malen? Jetzt rechnen wir nicht schon vor Beginn mit dem Ende! Ich habe mich noch gar nicht fix entschieden etwas mit ihm anzufangen, da kann ich doch nicht schon wieder daran denken, dass es Probleme geben könnte.

Etwas, na, sagen wir einmal nicht Unwesentliches habe ich noch außer Acht gelassen: Zu einer Affäre gehören ja immer noch zwei. Selbst wenn ich mich dafür entscheiden sollte, Johann zu meinem Liebhaber zu machen, weiß ich noch nicht, ob er das auch will! Das wäre dann im Vorfeld noch zu klären, wenngleich ich im Moment den Eindruck habe, an ihm würde es nicht scheitern! Ein echter Mann eben!

Wie ich von Johann bereits erfahren habe, arbeitet er mehr oder weniger zum Spaß. Seine Begründung dafür lautet: Um fit zu bleiben und nicht immer zuhause sein zu müssen. Man bemerke den Ausdruck „müssen"! Wie er auch immer wieder betont, hält er es nicht vierundzwanzig Stunden am Stück mit seiner Frau aus! Ohh, der Arme!! Notwendig hätte er das Arbeiten nicht, schließlich bekäme er schon seit einiger Zeit seine Pension, und die ist seinen Worten nach ziemlich hoch.

Zugegeben, dass meine eventuell zukünftige Affäre bereits in Pension ist, klingt etwas gewöhnungsbedürftig, lässt aber meinerseits die absurdesten Gedankensprünge zu: Wenn Johann nicht mehr arbeiten MUSS, dann könnte er im Umkehrschluss auch jederzeit und ohne finanzieller Schwierigkeiten weniger oder gar nicht mehr arbeiten. Das ist gut! Denn, falls es soweit kommen sollte, wir eine Beziehung eingehen und die so läuft, wie ich(!) mir das vorstelle, dann würden wir mit ziemlicher Wahrscheinlichkeit mehr Zeit für uns zur Verfügung haben wollen. Und diese zusätzlichen Stunden der Zweisamkeit könnte Johann durch Verringern der Arbeitszeit verwirklichen. Seine Frau würde nichts merken, da Johann wie gewohnt dasselbe Ausmaß an Zeit auswärts verbringt. Dann nur nicht mehr ausschließlich in der Firma, sondern mit mir.

Es ist immer wichtig, für alle Eventualitäten gewappnet zu sein, und wenn möglich auch schon den perfekten Plan parat zu haben. Also, wenn ich nicht bestens auf meine zukünftige Affäre vorbereitet bin, wer dann??? Ich bin stolz auf mich!

Für alle Skeptiker unter euch scheinen diese Gedanken wahrscheinlich etwas verfrüht. Bis zu einem gewissen Punkt gebe ich das auch gerne zu, aber man wird doch noch träumen dürfen.

Und für alle positiv denkenden Menschen, so wie mich: Alles klar! Von mir aus kann es losgehen!

Ja, ich weiß, es gibt auch Pessimisten, aber auch für die habe ich eine Lösung: Wenn es mit einer eventuellen Liebesbeziehung nicht klappen sollte, oder noch negativer ausgedrückt, im totalen Chaos endet, können Johann und ich immer noch in Freundschaft verbunden bleiben und in Frieden gemeinsam weiterarbeiten.

Na, toll! Jetzt bin ich verunsichert. Ich mache mir Gedanken, was passieren könnte, wenn irgendetwas nicht so laufen sollte, wie wir, oder wahrscheinlich eher nur ich, es plane. Und das noch bevor es überhaupt los geht. Na, bravo! Das fängt ja schon gut an!

Hmmm, das mit dem in Freundschaft gemeinsam weiterarbeiten ist ein netter, naiver Gedanke von mir, es wird sich aber zeigen, dass sich das nicht ganz so verwirklichen lässt. Das wird aber in naher Zukunft eines meiner geringsten Probleme sein.

Vielleicht sind all diese Gedanken, schon vor Beginn einer Beziehung oder Affäre an das Ende zu denken, ja bereits das erste Zeichen dafür, dass ich mir die Sache noch einmal genau überlegen sollte. Trifft der Spruch: „Die Liebe steht unter keinem guten Stern!", auf mich zu? Ja, aber hallo! Glaube ich, die bodenständige und absolut nicht abergläubische Brigitte an solche Sprüche? Nein, sicher nicht!

Naja, um ehrlich zu sein, bezüglich der Sterne und so bin ich schon der Meinung, Horoskope sollte man nicht unterschätzen. Jedes Sternzeichen hat seine speziellen Vor- und Nachteile, aber das ist jetzt nicht abergläubisch, sondern soweit ich weiß, sogar wissenschaftlich bewiesen!

Jetzt aber zurück zur geplanten Freundschaft nach einem eventuellen Scheitern unserer Beziehung. Schreiben wir diesen Gedanken einfach meinem jugendlichen Leichtsinn, meiner Blauäugigkeit oder kurz ausgedrückt, meiner grenzenlosen Dummheit zu. Zum momentanen Zeitpunkt allerdings bin ich der felsenfesten Meinung, auch diesen Einwand, keine Liaison mit einem Kollegen einzugehen, mit stichhaltigen Argumenten vom Tisch gefegt zu haben. Wir sind schließlich zwei erwachsene Menschen! - Hahaha!

Meine Kinder, zwei verständnisvolle und normalerweise in allem ihre Mutter unterstützende Mädchen, sind nach meinem Outing, mich eventuell in Johann verliebt zu haben, erstmals einige Minuten stumm. Sie schauen mich nur mit großen, diesmal eindeutig verständnislosen Augen an. Ich denke, sie hoffen anfangs noch, ich würde einen Scherz machen, werden aber angesichts meines ernsten Gesichtsausdrucks schnell wieder in die Realität zurückgeholt und schütteln den Kopf. Sie sind sozusagen sprachlos, obwohl sie ja grundsätzlich schon einiges von ihrer Mutter gewöhnt sind, es ist ja nicht der erste „Blödsinn", der mir einfällt. Aber diese Aktion mit Johann ist dann doch eher in die Kategorie „sehr heftig" und „kaum zu übertreffen" einzuordnen. Dann jedoch erklären sie mir, mir in meine Liebesgeschichte nicht hineinreden zu wollen, aber ob ich mir schon bewusst wäre, was ich vorhätte zu tun.

Natürlich, selbstverständlich bin ich mir dessen bewusst, ich bin doch eine vernünftig denkende, erwachsene Frau, zumindest schätze ich mich so ein. Ohne mich jetzt besser darstellen zu wollen als notwendig, auch meine Kinder meinen, ich wäre eigentlich ganz hübsch, nicht unintelligent und hätte folglich gute Chancen, auch einen Mann kennenzulernen, der altersmäßig zu mir passen würde. Ja, das ist wirklich nett von meinen Mädels, aber es geht doch nicht nur ums Alter. Das Gesamtpaket macht es aus! Ich glaube, ich habe mit Johann den „Deckel" auf mich, als „Topf" gefunden.

Aber ich will nichts überstürzen. Auch ich habe in meinem Leben schon viele Erfahrungen gemacht. Gute, wie auch weniger gute. Aber eines weiß ich mit absoluter Sicherheit: Da ich die beiden letzten Jahre alleine, also ohne feste Partnerschaft mit meinen Kindern verbracht habe, muss ich ehrlich sagen, es hat auch seine Vorteile, ungebunden zu sein. Ich war nicht unglücklich alleine, nein, ganz sicher nicht!

Aus diesem Grund haben Johann und ich bei einem unserer

häufigen Gespräche über unsere eventuell angehende Beziehung folgende Vereinbarung getroffen: Wie bereits im Vorfeld erwähnt, Johann ist verheiratet und will es auch bleiben. Passt! Kein Problem für mich, das verstehe ich doch, ich bin doch so verständnisvoll!!! Selbstverständlich will auch ich meine Freiheit behalten. Das heißt in unserem Fall, wir verstehen uns gut, haben Spaß miteinander, und wenn uns danach ist, werden wir natürlich auch Sex haben. Damit tun wir keinem weh.

Ich nicht, denn ich bin ohnehin ungebunden und niemandem Rechenschaft schuldig.

Und Johann auch nicht. Er bleibt wie gewünscht bei seiner Frau und erledigt seine Aufgaben in seiner Ehe weiterhin wie bisher. Wie Johann mir mit treuem, unschuldigem Hundeblick (Er war in seinem vorigen Leben sicher ein Bernhardiner!) versichert, natürlich rein platonisch. Ich solle mir bitte keinerlei Gedanken machen, in seiner Ehe gäbe es keinen Sex mehr!! Natürlich glaube ich meinem (jetzt schon mehr und mehr Realität werdenden) Liebling. Er würde mich doch niemals belügen!!

Zugegeben, dass er mit mir Sex hat, ist vielleicht nicht ganz so toll für seine Frau. Johann kann mir aber glaubhaft versichern, das wäre kein Grund für ihn, und auch nicht für mich, ein schlechtes Gewissen zu haben, da seine Frau keinen Wert auf Zärtlichkeiten und Sex lege. Sie ist laut ihrem Ehemann quasi froh, wenn er für diese Bedürfnisse jemand anderen hat. Denn dadurch müsste auch sie deswegen kein schlechtes Gewissen ihm gegenüber haben. Ja, wenn mir Johann das so verständlich erklärt, kann ich ihm nur zustimmen. Folglich gibt es dann mit seiner außerehelichen Beziehung mit mir (Na, mit wem denn sonst?!?) kein weiteres Problem.

Selbstredend werden wir diese Beziehung nicht nur vor seiner Frau geheim halten, sie muss ja nicht alles wissen, und wir wollen sie nicht unnötig aufregen, sondern auch in der Firma. Für die Öffentlichkeit sind wir einfach nur gute Freunde, nicht mehr und nicht weniger. Ach, sind wir toll und so vorausschauend planend.

Mein, hoffentlich bald, zukünftiger Liebhaber hat nach eigener Aussage seine Frau bisher in seiner zwanzigjährigen Ehe noch nie betrogen. Diese Tatsache erklärt er mir damit, dass er sehr wählerisch wäre, was eine Frau betreffe. Er hätte noch keine kennengelernt, die ihn so angesprochen hätte wie ich, und da meint er nicht ausschließlich mein Äußeres! Obwohl das alleine eigentlich schon überzeugen sollte. Na also, wenn das kein eindeutiger Beweis dafür ist, wie einzigartig und perfekt ich bin! Wie schnell und richtig MEIN Johann erkannt hat, was unter meiner hübschen Schale verborgen liegt. Wie allgemein bekannt, ist der Charakter, also das Innere eines Menschen viel wichtiger als das, was man im ersten Moment nur äußerlich wahrnimmt.

Vielleicht denken jetzt einige: „Wie blöd ist diese Frau eigentlich?" Warum blöd? Nur weil ich Johann glaube, was er sagt? Oder schwingt da vielleicht ein wenig Neid mit? Möchtet ihr auch einen echten Mann, wie Johann kennenlernen? Tut mir leid, den gibt es wahrscheinlich nur ein Mal – und da gehört er mir! Ach, ja, das hätte ich fast vergessen: Und seiner Frau!

Selbstverständlich ist mir teilweise bewusst, dass Johann mir alles erzählen würde, um mich näher kennenlernen zu können. Aber wo ist das Problem? Soll er doch mit Komplimenten um sich werfen. Er tut es gerne und mir tut es gut. Im Augenblick bin ich sehr geehrt, dass er in mir etwas so Einmaliges und Besonderes sieht. Und auch, dass ein bis jetzt absolut treuer Ehemann zu überlegen beginnt, ob er seine Frau wegen mir betrügen, hintergehen oder belügen soll oder nicht, spricht doch eindeutig für meine Einzigartigkeit! Oder etwa nicht?!? Ich beweise hiermit gerade überzeugend wie toll, oder vielleicht auch nur naiv, total behämmert, oder alles zusammen, ich bin. Keine Ahnung, wie mir so etwas passieren kann.

In meiner grenzenlosen Euphorie bin ich von unserer Abmachung restlos begeistert. Ihr wisst schon, mein Geliebter bleibt verheiratet und bei seiner Frau, und ich behalte meine Freiheit. Ich bin der ernsthaften Überzeugung, wir profitieren beide davon. Hallo, ich bin verliebt! Da darf man unlogisch denken! Derzeit würde ich Johann auch glauben, dass es normal wäre, dass es bei uns im Juli schneit, wenn er das sagt.

Aber jetzt wieder im Ernst: Es ist doch tatsächlich so, im Moment ist jeder von uns beiden zufrieden, wir können uns regelmäßig treffen und unseren Spaß haben. Ich muss jetzt nicht nochmals extra erwähnen, dass ich noch nie eine Beziehung oder auch nur eine etwas „engere" Freundschaft zu einem verheirateten Mann hatte. Das ist wohl für jeden mehr als offensichtlich. Vielleicht kann diese Tatsache meine Engstirnigkeit und Naivität in dieser Angelegenheit ein klein wenig entschuldigen?

Bedenken seitens meiner Freundinnen, so eine Vereinbarung sei sehr schwierig einzuhalten, da es in der Liebe auch Gefühle gäbe (Ach?!? Wirklich!?!) und nicht nur „vertragliche" Vereinbarungen, werden von mir als überfürsorgliches Geschwafel abgetan. Schließlich weiß ich doch, welche Kompromisse ich eingehe, und ich habe meine Gefühle unter Kontrolle. Johann ist ja auch nicht meine „große Liebe" ohne die ich nicht hätte leben können. Ach, jetzt auf einmal doch nicht? Er ist mir sehr sympathisch, ja, das gebe ich gerne zu, und er ist äußerst charmant, aufmerksam und nett, allerdings nur, solange alles nach seinen Vorstellungen verläuft. Aber auch das werde ich erst später bemerken.

Aha, jetzt ist er plötzlich nur mehr nett??? Es ist allgemein bekannt, die kleine Schwester von nett ist sch…, aber das trifft jetzt bei uns absolut (noch) nicht zu! Nein, ich verwende das Wort „nett" nicht negativ, sondern ich will damit sagen, dass ich Johann sehr anziehend und attraktiv finde. So etwas Ähnliches habe ich vor Kurzem schon einmal erwähnt, ich weiß, aber wenn mein Johann doch soooo toll und einzigartig ist, kann ich es nicht oft genug betonen.

Vielleicht reizt mich an dieser für mich neuen Art der Beziehung(?!?) auch nur diese unverbindliche Vereinbarung, ohne zu viel von meiner Freiheit aufgeben zu müssen, das zu bekommen, was ich will? Ach, wirklich? Was will ich denn? Einen Mann, der zuhause eine Ehefrau hat? Das ist ja interessant. Da bin ich dann wohl die einzige Frau weit und breit, die sich so etwas wünscht. Vielleicht meint Johann das mit meiner Einzigartigkeit! Wahrscheinlich hat er es noch nie so leicht gehabt, eine Affäre anzukurbeln, wie mit mir, ich naive „Ehestörerin"!

Hmmm, lasst mich einmal nachdenken! Was könnte es sonst sein, was Johann mir im Gegensatz zu anderen Männern Aufregendes bieten könnte? Ich könnte es im Moment beim besten Willen nicht in Worten ausdrücken. Auch nicht in Zahlen − eher überhaupt nicht! Aber die Zukunft wird zeigen, dass Johann mir sehr wohl sehr Aufregendes zu bieten hat! Gut, dass ich jetzt noch nichts davon weiß. Nichts desto trotz, ich bleibe dabei und bilde mir sehr überzeugend ein, dass ich diese Art der Zweisamkeit (welche Zweisamkeit??) für mich absolut passend und perfekt finde und ich mir nichts Besseres wünschen könnte.

Vielleicht ist es auch zu einem Teil die Geheimniskrämerei, die eine gewisse Spannung erzeugt und die Situation interessanter macht als eine „normale" Beziehung. Versteckspiele sollte man jedoch lieber den Kindern überlassen, was sich in der Zukunft ebenfalls bestätigen wird. Aber so weit sind wir noch nicht. Bleiben wir im hier und jetzt, das ist für mich als Affären-Anfänger Herausforderung genug.

Gut, das Theoretische ist soweit klar vereinbart und von beiden Parteien akzeptiert. Ich muss jetzt zum besseren Nachvollziehen dieser Situation noch erwähnen, dass sich der Vorgang vom Kennenlernen bis zum konkreten Besprechen wie wir unser Vorhaben, eine Affäre zu beginnen, verwirklichen können, über einen Zeitraum von vier Monaten hingezogen hat. Man will schließlich nichts Unüberlegtes tun. Sowohl Johanns als auch meine Grenzen des Machbaren gehören exakt ausgelotet. Es soll kein kurzes, leeres, belangloses „Techtelmechtel" oder in der heutigen Sprache: kein nichtssagender One-Night-Stand werden, sondern eine echte, ehrliche (hahaha, ja, ihr werdet noch merken, worauf sich das „hahaha" bezieht!) Beziehung. Ich will Johann keineswegs in Schwierigkeiten bringen, aber ich will IHN.

Diese Vereinbarung, ihm seine Ehe zu lassen und mir meine Freiheit, scheint für mich eine sehr passende Abmachung zu sein, da dadurch jeder von uns sein Privatleben ein großes Stück weit behalten kann. Selbstredend muss unsere Beziehung in der Firma geheim gehalten werden, das kann ich gar nicht oft genug erwähnen, sicher ist sicher, nur kein unnötiges Risiko eingehen. Es fällt garantiert keinem Mitarbeiter auf, wenn wir immer gemeinsam auf Pause gehen, miteinander plaudern, lachen und bester Laune sind, wenn wir uns sehen. Auch nicht, wenn Johann jetzt drei Mal so oft in unser Lokal kommt, weil er noch etwas „zu erledigen" hat, als noch zu Zeiten, als es mich in seinem Leben nicht gegeben hat. Nein, das merkt keiner! Niemals! Wir wollen ja keine Schwierigkeiten. Aber bei zwei erwachsenen, intelligenten Menschen, wie wir es uns einbilden zu sein, ist das wohl das geringste Problem.

Soweit, wie gesagt, die Theorie. Es ist noch immer absolut nichts zwischen uns passiert. Wir unterhalten uns weiterhin darüber wie eine Affäre ausschauen könnte, und jedes Mal wenn ich Johann sehe, fliegen meine Schmetterlinge im Bauch wild umher und meine Laune hätte nicht besser sein können. Auch Johann kommt jedes Mal beschwingt im Cafè vorbei, um schnell ein paar Scherzchen zu machen und dann wieder weiterzuarbeiten. Die fragenden, neugierigen und teilweise „schrägen" Blicke der Kollegen ignorieren wir gekonnt. Nach einer weiteren Woche meint Johann dann endlich(!!!), wir sollten uns nach der Arbeit noch auf ein Getränk treffen.

Ohh, mein Gott, jetzt bin ich aufgeregt: Ist das jetzt das erste offizielle Date zwischen Johann und mir??? Wird aus der Theorie jetzt Praxis??? Freudestrahlend nehme ich diese Einladung an, in der Hoffnung, dass er endlich seinen ganzen Mut zusammennimmt und sich selbst eingesteht, ohne mich ist sein Leben nicht mehr lebenswert. Na gut, das ist jetzt vielleicht ein wenig dramatisch ausgedrückt, aber der Grundgedanke stimmt, schließlich bin ich doch sein absoluter

„Lottogewinn". So zumindest kommt es bei unseren theoretischen Gesprächen bei mir an. Aber jetzt wird aus der Theorie vielleicht doch noch Praxis, man soll die Hoffnung niemals aufgeben, und schon gar nicht bei Johann. Wird er nun endlich in die Offensive gehen?

Um einundzwanzig Uhr ist es dann soweit. Nach Dienstende gehe ich zum mit Johann vereinbarten Treffpunkt, um mit ihm, wie ausgemacht, noch etwas zu trinken. Um unsere Dummheit aufs Neue zu demonstrieren, treffen wir uns in einer Filiale unserer Firma, wo wir selbstredend als Mitarbeiter bekannt sind. Aber wer wird denn Probleme sehen, wo gar keine sind? Man wird doch unter Kollegen noch etwas trinken dürfen? Na, ganz ehrlich gesagt hoffe ich doch schon auf etwas mehr. Aber warten wir es ab, ich mache sicher nicht den Anfang.

Wir reden vertraut wie immer, Johanns Hand hält meine, sein Kopf kommt immer näher, und plötzlich küsst er mich. Ohh, mein Gott!!! Ich schwebe im siebten Himmel. Ich genieße dieses Gefühl von Johann geküsst zu werden. Da wir uns in der Öffentlichkeit befinden, bleibt es bei einigen ganz züchtigen Küssen, doch der Anfang ist gemacht. Meine Bedenken, durch unsere öffentliche Küsserei mitten im Lokal Getratsche bei den Mitarbeitern ausgelöst zu haben, zerstreut mein Johann sofort. Er versichert mir glaubwürdig, von unseren Küssen hätte niemand etwas mitbekommen. Nein, nein, wie denn auch, wir sitzen ja auch nur mitten im Lokal. Na, klar, wenn Johann das sagt, wird es schon stimmen!

Unser Timing ist vielleicht nicht das Beste, da ich am nächsten Morgen für vier Tage nach Spanien fahre. Ich muss wohl nicht extra erwähnen, dass diese vier Tage die längsten meines Lebens sind. Normalerweise gibt es für mich nichts Schöneres als in den Süden zu fahren, aber diesmal zähle ich jede Stunde, bis dieser „blöde" Urlaub wieder beendet ist. Nachdem wir uns nach Monaten nähergekommen sind, gleich wieder vier Tage Pause machen zu müssen, gleicht irgendwie einer Folter. Selbstverständlich telefonieren Johann und ich in jeder ihm zur Verfügung stehenden Minute, und das sind für einen verheirateten Mann überraschenderweise ganz schön viele. Das beweist meine anschließende Handyrechnung, die ohne mit der Wimper zu zucken von meinem Johann übernommen wird. So ein Kavalier aber auch! Ich habe es ja immer schon gewusst, mein Johann ist ein wahrer Schatz!

Aber irgendwann sind auch diese vier Tage vorbei und es ist wieder Dienstbeginn. Das Wichtigste aber: Wir treffen, sehen und küssen uns wieder.

Um so viel Zeit wie nur irgendwie möglich miteinander zu verbringen, beschließen wir, uns ab jetzt regelmäßig schon eine halbe Stunde vor Dienstbeginn zu treffen, um noch in Ruhe einige ungestörte Minuten verbringen zu können. Johann ist aufmerksam, liebevoll und für mich zu diesem Zeitpunkt einfach der perfekte Mann.

Zu meiner großen Freude kommt meine Freundin Sophie aus Wien wieder einmal zu Besuch und wir vereinbaren ein Treffen. Sie soll meinen Johann endlich „live" erleben! Selbstverständlich ist sie telefonisch genauestens über meinen Liebling informiert. Nun wird sich herausstellen ob meine Schilderungen mit den Tatsachen übereinstimmen.

Wir trinken gemeinsam Kaffee und Sophie plaudert intensiv mit Johann. Sie möchte in der ihr zur Verfügung stehenden Zeit möglichst viel über ihn erfahren. Als mein Liebling dann wieder zurück zur Arbeit muss, will ich von Sophie eine detaillierte Analyse über meinen verheirateten Freund hören. Und das vernichtende Urteil lässt keine zwei Sekunden auf sich warten.

An dieser Stelle muss ich unbedingt noch einmal erwähnen, dass ich immer sehr viel Wert auf die Meinung meiner Freundinnen lege. Das soll jetzt nicht heißen, dass ich keine eigene Meinung habe. Nein, nein, ich tue schon genau das, was ICH will und ICH für richtig halte. Ob es auch wirklich das Richtige ist, sei dahingestellt. Aber es interessiert mich einfach, was meine Freundinnen über meine Pläne und Taten beziehungsweise Missetaten denken. Sie kennen mich wirklich gut und ich kann mich hundertprozentig auf ihre Einschätzung verlassen. Vielleicht macht dieses innige Verhältnis auch der Umstand aus, dass sie teilweise genauso weltfremd und naiv sind wie ich und immer an das Gute im Menschen glauben. Für sie, wie auch für mich ist es unvorstellbar, jemandem vorsätzlich zu schaden oder noch schlimmer, einen geliebten Menschen zu verraten. Aber wir, und vor allem ich als Betroffene, werden allesamt eines Besseren belehrt!

Aber zurück zu Sophie und ihrer Beurteilung meines Johanns: Das Alter von Johann spielt für sie keine Rolle. Na wenigstens eine, die daran nichts auszusetzen hat. Das lässt sie eiskalt, so nach dem Motto, „wo die Liebe hinfällt". Außerdem ist sie der Meinung, dass ein älterer Liebhaber durchaus seine Vorteile haben könne. Hmmm, naja, da kann ich noch nicht mitreden, so weit haben wir es bisher noch nicht geschafft. Redet Sophie da etwa aus Erfahrung? Gibt es da etwas, was ich nicht weiß? Aber der Gedanke an sich gefällt mir, noch dazu wo ich doch schon mit einer halben Stunde morgendlichen Küssens, naja, Schmusens im siebten Himmel schwebe. Wenn das so weitergeht, dann kann nichts mehr schiefgehen. Vielleicht bin ich tatsächlich ein wenig einfach zufriedenzustellen??? Sophie ist also die Erste, die sich nicht über das Alter meines zukünftigen Liebhabers aufregt. Nein, aufregt ist der falsche Ausdruck, besser wäre, die Erste, die nicht total sprachlos, verwundert und entsetzt ist. Ja, das trifft es! Das ist schon einmal ein guter Anfang, denke ich. Aber zu früh gefreut, Brigitte!

Sophie ist eine, die sagt, was sie denkt, kein Schönreden, keine Lügen. Ganz im Gegenteil, vielleicht ab und zu etwas zu gerade heraus, aber genau das macht eine echte Freundin aus! Ich habe sie nach ihrer Meinung gefragt und bekomme nun die schonungslose Antwort. Sie wäre entsetzt, wie dieser Mann mich in seinen Bann ziehen würde. Sie könne nicht glauben, dass ich, die ich immer lustig, fröhlich und spontan wäre, mich plötzlich so unterordnen würde. In ihren Augen wäre ich fast nicht wiederzuerkennen. Ihre Worte sind:

"Merkst du denn nicht, dass dich Johann total einsperrt?"

Ha! Da hat sie völlig unrecht, das tut er gar nicht! Nein, nein, ich habe es schon richtig verstanden, Sophie meint psychisch und nicht physisch. Ich habe es kapiert, ich bin ja nicht ganz blöd! Und weiter: "Dass er dir seine Meinung aufzwingt, du nur mehr sagst und machst was er möchte?"

Sie meint aber auch, hmm, hurra, jetzt kommt doch auch noch etwas Positives: "Allerdings muss ich zugeben, ich habe dich noch nie so verliebt gesehen."

Trotzdem wäre sie entsetzt, wie verändert ich auf sie in Gegenwart meines Johanns wirke. Also kurz und gut, oder eher nicht gut, ihren Segen für eine Beziehung habe ich definitiv nicht. Ganz im Gegenteil, sie meint, ich solle mir das Ganze noch einmal gut überlegen, auf sie wirke Johann sehr besitzergreifend und bevormundend, sie könne sich beim besten Willen nicht vorstellen, dass ich mit Johann glücklich werden würde.

Nur nicht übertreiben, ich will ihn ja nicht heiraten. Haha, kann ich auch nicht, selbst wenn ich es wollte, ist er doch schon! Aber für eine Affäre so zwischendurch wird es ja wohl reichen. Wir probieren es einfach(!) aus. Falls es nicht so toll zwischen uns funktionieren sollte wie, wahrscheinlich ausschließlich von mir, geplant, dann beenden wir die Sache kurz und schmerzlos. Es hat ja jeder von uns sein eigenes Leben im Hintergrund.

Warum mache ich mir eigentlich so viele Gedanken um meine vielleicht zukünftige Affäre? Laut Statistik gehen doch heutzutage schon so viele Menschen, Frauen wie Männer, ab und zu außereheliche Beziehungen ein, wenn die sich alle genau so viele Gedanken darüber machen würden wie ich, bliebe ihnen zum Fremdgehen gar keine Zeit mehr.

Aber vielleicht ist uns allen, meinen Freundinnen und mir, auch nur von vornherein schon klar, dass ich nicht geeignet bin für solch ein Vorhaben. So „halbe" Sachen sind einfach nicht mein Ding. Ich bin mehr der Typ, ganz oder gar nicht. Halloo!!! Alles mit der Ruhe. Wir stehen am Beginn einer tollen Liebesbeziehung und mein Liebling wird sehr schnell merken, dass ich zu ihm gehöre und sonst keine! Und damit sind wir von „halber Sache" schon ein großes Stück in Richtung „ganzer Sache" gerückt.

Selbstverständlich ist mir klar, dass Sophie es gut mit mir meint, aber sie kennt Johann eigentlich überhaupt nicht. Nach nur einer Stunde gemeinsamen Kaffeetrinkens, kann sie ihn sicherlich noch nicht richtig einschätzen. Ja, ich weiß, das hat sie auch nicht behauptet. Sie hat sich wahrscheinlich in ihm getäuscht. Außerdem kommt es natürlich auch immer auf die Tagesverfassung eines Einzelnen an, wie man wirkt, wie man sich gibt, aber natürlich auch, wie man manche Situationen interpretiert.

Das soll jetzt keine Entschuldigung sein, weder für Sophie noch für Johann, sondern ein ernst zu nehmender Denkansatz meinerseits. So komme ich zu dem Schluss, dass Sophie heute einfach nicht den besten Tag hat, und beim nächsten Treffen sicher ganz anders über Johann urteilen wird. Sie wird ihn im Endeffekt genauso unwiderstehlich finden wie ich. Ja, das wird sie definitiv!

5

Damit es nicht langweilig wird und ich mich nicht nur ausschließlich mit Johann beschäftigen „muss", erreicht mich zu diesem Zeitpunkt ein Anruf von Simone. Ich solle mich so schnell wie möglich mit ihr treffen. Sie hätte mir etwas Wichtiges zu erzählen. Gibt es etwas Wichtigeres als auf den „Hilferuf" einer Freundin zu reagieren? Kaum! Also nichts wie ab ins nächste Café um meiner Freundin mit Rat und Tat zur Verfügung zu stehen. Sozusagen von einem Experten zum anderen. Ich habe keine Ahnung worum es geht, aber es muss etwas Wichtiges sein, denn normalerweise hat Simone keinen derartigen Stress mir Neuigkeiten oder Sensationen zu erzählen.

Meine Freundin Simone ist eine große, dunkelhaarige, sehr attraktive, siebenunddreißigjährige Frau, seit sechs oder sieben Jahren verheiratet, ob glücklich oder weniger glücklich ist Definitionssache.

Ohne pessimistisch wirken zu wollen, aber gibt es heutzutage noch Paare, die auch nach sieben Jahren Ehe noch ohne zu lügen von sich behaupten können, glücklich verheiratet zu sein oder sogar ihren Partner ein zweites Mal heiraten würden? So traurig es klingen mag, aber ich denke, wenn von zwanzig Paaren, eines die sogenannte „bessere Hälfte" wirklich noch liebt, dann ist das schon viel. Es ist nicht so, dass ich diesen Gedanken, einen Menschen ein Leben lang zu lieben nicht wunderschön finden würde. Nein, ganz im Gegenteil! Ich betrachte öfter ältere oder tatsächlich alte Pärchen mit einer gewissen Wehmut. Für mich ist es einfach bewundernswert, wenn man es schafft, einen anderen Menschen fünfzig Jahre oder vielleicht noch länger zu respektieren, achten, ehren und auch noch wirklich zu lieben. Dazu gehört sicher eine Menge Arbeit in der Beziehung und natürlich ganz viel Toleranz und Vertrauen dem anderen gegenüber.

Wenn all diese Voraussetzungen gegeben sind, dann kann man von der sogenannten „großen Liebe" sprechen. Das ist meine feste Überzeugung.

Davon bin ich im Moment noch meilenweit entfernt. Ich gebe die Hoffnung jedoch nicht auf, solch einen für mich genau passenden Partner zu finden. Wobei ich doch zugeben muss, dass ich mit einem verheirateten Mann wahrscheinlich nicht auf dem richtigen Weg zum absoluten Glück bin. Aber wie heißt es so schön: Wo ein Wille, da ein Weg. Diesen Weg werde ich gehen! An meinem Willen soll es nicht scheitern!

Da stellen sich für mich schon die nächsten Fragen: Was ist eine „große Liebe? Definiert sich eine „große Liebe" für jeden anders? Wie viele „große Lieben" kann es in einem Leben geben? Findet jeder zumindest einmal im Leben seine „große Liebe"?

Aber zurück zu Simone. Simone und ihr Mann sind finanziell abgesichert, besitzen ein schönes Haus und haben teure Autos. Ja, das Pferd und die Yacht fehlen ihnen – kleiner Scherz! Sie erwecken für Außenstehende den Eindruck, so sieht eine richtige Bilderbuchfamilie aus. Nun, es ist nicht so, dass Simone jetzt die unglücklichste Person in ganz Europa wäre, aber alles ist auch nicht so perfekt wie es scheint.

Simone rührt gedankenversunken in ihrer Kaffeetasse und sucht nach dem richtigen Anfang für ihre Geschichte. Ich warte und lasse ihr Zeit, obwohl es mich vor Neugierde fast zerreißt. Aber verständnisvolle Freundin wie ich bin, zügle ich meine Ungeduld und warte bis Simone endlich, nach einer gefühlten Ewigkeit, mit ihrer Geschichte beginnt und mich dabei völlig verzweifelt ansieht: "Brigitte, ich glaube, ich habe mich verliebt. Ich habe keine Ahnung wie mir das passieren konnte. Aber ich denke es ist so."

Simones Schwarm heißt Peter, ist 25 – in Worten: fünfundzwanzig (Ich weiß ganz genau was sich jetzt jeder denkt! Nämlich: Na also, geht doch, deine Freundin findet einen Freund, der um einiges jünger ist als sie. Die hat das aber schlau gemacht, obwohl diese Version jetzt auch schon wieder gewagt ist, oder? Ach, nein??? Und jetzt lest erst einmal weiter!!!!) Jahre älter als sie. Ja, ja, ihr habt vollkommen richtig gelesen, ÄLTER – ha! Wer will da jetzt noch etwas über Johann und mich sagen? Und er ist verheiratet. Er ist Vater von zwei fast erwachsenen Kindern und ein bekannter Manager einer großen Firma. So spielt das Leben. Und ich dachte schon, meine Geschichte wäre eine Katastrophe!!!

Simone und der Mann, von dem sie glaubt, sich in ihn verliebt zu haben, haben sich auf einem Event kennengelernt und waren sich auf Anhieb sympathisch. Eine kurze, belanglose, nette Unterhaltung und das war dann auch schon alles, fürs Erste. Am nächsten Tag erhielt Simone von Peter eine SMS. In der erklärte er ihr, sie wäre ihm sofort aufgefallen, und als sie sich dann auch noch so nett (Nett …. – da war doch schon einmal etwas in der Richtung!) unterhalten hätten, wäre es um ihn geschehen gewesen. Er fände sie überaus attraktiv und intelligent. Schon immer hätte er von einer Frau wie ihr geträumt.

Hmmm, wieso kommen mir diese Worte irgendwie so bekannt vor? Ist es möglich, dass Peter und Johann sich kennen? Oder ist das einfach der „Schmäh" von Männern aus dieser Generation? Man muss ihnen aber lassen, diese Masche kommt bei uns selbständigen und emanzipierten Frauen sehr gut an. Es entsteht in mir der Gedanke, dass wir neumodernen Frauen vielleicht doch nicht ganz so „hart", selbstbewusst und „komplimentresistent" sind, wie wir glauben, oder wie uns von der Außenwelt suggeriert wird! Warum sonst würden wir auf so, nicht böse gemeint, aber doch sehr, sehr einfache „Anmachsprüche" von unseren Verehrern hereinfallen? Jawohl! Hereinfallen!!! Genau das ist der richtige Ausdruck dafür, wenn sich bei ein paar schmeichelnden Worten vom männlichen Gegenüber unsere Gehirnzellen komplett ausschalten und nur mehr die sogenannten „Hormone" bemerkbar machen. Bis jetzt war ich immer der Meinung, das wäre ein reines Männer-Phänomen, aber anscheinend und von Simone und mir ja eben realitätsnah bewiesen, passiert das auch uns Frauen! Leider!

Nachdem Simone, wie bereits erwähnt, in ihrer immerhin schon einige Jahre dauernden Ehe, mit solchen Komplimenten nicht mehr überhäuft wird, oder besser ausgedrückt, sie solche netten Worte schon seit Jahren nicht mehr gehört hat, ist sie natürlich geschmeichelt. Mal ehrlich, wer wäre das in dieser Situation nicht?! Völlig unerwartet erscheint ein Mann, der in ihr nicht nur die Mutter, Putzfrau, Köchin und Hausfrau sieht, sondern eine begehrenswerte, hübsche, sexy Frau erkennt.

Unter diesen Umständen ist es absolut logisch und gut nachvollziehbar, dass sich viele Frauen fragen werden, ich natürlich ausgenommen, denn ich habe ja meinen Johann, wo diese Events stattfinden, bei denen man solche charmanten Männer von Welt kennenlernen kann. Echte Männer (hahahaha!), die sofort auf den ersten Blick erkennen, was in einer Frau steckt.

Ehrliche Frage – ehrliche Antwort: Seien wir einfach nur froh, dass wir es nicht wissen! Denn auch bei Simone wird sich noch herausstellen, dass Peter nicht wirklich der „Lottogewinn" ist, für den sie ihn am Anfang hält. Aber wie bei so vielen Dingen im Leben, im Nachhinein ist man immer klüger.

Vorerst aber sitzt Simone einerseits total glücklich, andererseits auch etwas durcheinander vor mir und schaut mich an, gespannt auf meine Reaktion.

Sprachlos sitze ich ihr gegenüber. Ich habe mit Vielem gerechnet, damit aber nicht. Nach kurzem Nachdenken bemerke ich, dass wir unsere neuen, uns absolut faszinierenden Männer fast zur gleichen Zeit kennengelernt hätten. Eine überaus intelligente Wortmeldung! Denn in diesem Moment ist das wohl das Unwichtigste, aber die weibliche Logik, oder zumindest meine, arbeitet nun einmal so. Falls es für irgendjemanden von Interesse ist, wir haben Peter und Johann sogar am selben Tag kennengelernt. Na, wenn das kein gutes Omen ist!!!

Selbstverständlich hat Simone auf Peters SMS geantwortet, allerdings sehr züchtig und unverfänglich. So wie es sich beim perfekten „Weibchen – Männchen" Spiel gehört: Zurückhaltung demonstrieren, gleichzeitig aber Interesse bekunden! Genauso schwierig wie es sich anhört, ist es auch. Eine Gratwanderung, die gelernt sein will. Wenn man sie beherrscht, erzielt man gute Erfolge damit. Wie gesagt, WENN man sie beherrscht! Davon, und das wird die Zukunft mehr als deutlich zeigen, sind Simone und ich jedoch noch Lichtjahre entfernt.

Als ihre gute Freundin sehe ich Simone aus drei Kilometern Entfernung an, dass sie bis über beide Ohren verliebt, am besten Wege ist, sich in ein ordentliches Gefühlschaos zu stürzen. Aber was soll ich sagen? Gefühle sind nun einmal nicht wirklich steuerbar. Ja, sicher, man kann sie aus Vernunftgründen unterdrücken. Nur, dieses einzigartige Gefühl der Verliebtheit nicht in vollen Zügen zu genießen, wäre doch ein Verbrechen.

Nachdem Simone und Peter seit gut vier Monaten SMS hin und her schicken, ist jetzt der Zeitpunkt gekommen, wo sie sich wieder einmal treffen wollen. Das ist jedoch leichter gesagt als getan. Die beiden wohnen mehr als zwei Autostunden voneinander entfernt, sind beide beruflich sehr eingespannt und das bisschen Freizeit das sie haben, verbringen sie normalerweise mit ihren Familien.

Da ist jetzt guter Rat teuer und wir beginnen zu überlegen, wie Simone, ohne Verdacht zu erregen, einmal ein paar Stunden von zuhause weg könnte. Man bemerke das Wort WIR! Das nenne ich echte Freundschaft. Man könnte mir jetzt bösartig betrachtet glatt Beihilfe zum vielleicht entstehenden Ehebruch unterstellen. Harmloser ausgedrückt, wäre „Hilfestellung unter Gleichgesinnten" passend. Wenn zwei so „dicke" Freundinnen wie wir zu überlegen beginnen, ist von vornherein klar, dass wir eine Lösung finden:

Idee Nummer eins: Simone könnte sagen, ihre Eltern sind krank und sie muss sie besuchen – eher schwach.

Idee Nummer zwei: Eine Familienfeier steht an. Hmm, da würde ihr Mann wahrscheinlich mitfahren – auch eher schlecht, Simones Mann sollte besser nicht mitkommen (hahaha).

Idee Nummer drei: Simone müsste beruflich etwas erledigen - Ja, da kommen wir der Sache schon näher, das ist besser.

Idee Nummer vier: Wir(!!!) hoffen, dass Simones Mann kurzfristig beruflich verreisen muss, und es daher nicht auffällt, wenn Simone sich auf den Weg zu ihrem Peter macht – grundsätzlich möglich, aber für Peter zu kurzfristig.

Idee Nummer fünf: Wir(!!!) machen einen „Mädelsausflug" – Ja, das ist gut! Ich würde sagen, dieses Argument ist perfekt!

Somit ist eindeutig bewiesen, wir finden einen guten Grund, warum Simone ein paar Stunden alleine von zuhause weg muss. Und wenn es gut geplant ist, dürfte es da wirklich kein Problem geben. Hoffentlich macht Peter das auch so geschickt. Das soll jetzt nicht böse klingen, aber schließlich ist er ein Mann! Jetzt können wir(!) nur noch abwarten, denn der Vorschlag für ein konkretes Treffen muss zuerst von ihm kommen. In diesem Punkt sind wir uns absolut einig. Wir bieten uns nicht an, der Mann muss den Anfang machen, aber dann hält uns nichts mehr und wir sind mit Freude dabei!

6

Mein Johann, wie vielleicht schon kurz einmal erwähnt, ist ein Mann, der weiß was er will, mit Ausstrahlung und natürlich jeder Situation gewachsen. Ich bin, wie der vorhergehende Satz eindrucksvoll beweist, wirklich sehr verliebt, und wenn ich Johann nur sehe, kribbelt es in meinem ganzen Körper. Es ist wohl überflüssig zu erwähnen, dass für mich auch der Sex toll ist. Ja, man höre und staune, mittlerweile kann ich auch bei diesem Thema mitreden und bestätigen, Sophie hatte Recht, ein älterer Liebhaber hat durchaus seine Vorteile. Wahrscheinlich liegt es aber auch zu einem gewissen Teil daran, dass Johann zu diesem Zeitpunkt einfach nichts, absolut gar nichts falsch machen kann. Nichts, womit ich nicht einverstanden wäre, oder bei dem ich ihn nicht toll finden würde. Die Phase der Verliebtheit, man kennt das ja aus Büchern. Dass es mich aber auch einmal betreffen würde, hätte ich niemals für möglich gehalten, denn ich bin eher der vernünftig und überlegt handelnde Typus. Da sieht man wieder, wie falsch man mit seiner Selbsteinschätzung liegen kann.

Mein Liebling und ich treffen uns täglich in der Arbeit. Das Treffen vor Arbeitsbeginn wird schon zur Routine, und auch nach der Arbeit hat Johann noch ab und zu ein wenig Zeit für mich. Und in der Mittagspause sehen wir uns sowieso. Also kurz gesagt, in jeder nur halbwegs zur Verfügung stehenden Sekunde kleben mein Liebling und ich quasi aufeinander. Wie Teenager! Ach, ist das schön! Johanns Frau weiß, soweit ich informiert bin, nichts von meiner Existenz.

Diese Monate des Kennenlernens und vorsichtigen Annäherns sind einfach nur wunderschön und von mir aus könnte es ewig so weitergehen. Ich denke, unsere (angehende) Beziehung wird sowohl für Johann als auch für mich eine Bereicherung unseres Lebens, allen

Skeptikern zum Trotz. Im Moment besteht der Großteil des Reizes an dieser Affäre noch aus „Verstecken" und dem damit verbundenen Geheimnis, das uns beide verbindet. Das Gefühl, sich nur auf das Verliebtsein konzentrieren zu können und die übrige Welt zu vergessen. Es ist unbeschreiblich schön, einfach alles rund um uns für diese kurze Zeit der Zweisamkeit auszublenden. Kein Alltag, keine häuslichen Pflichten oder Probleme, absolut nichts anderes als wir beide. Dennoch bin ich felsenfest davon überzeugt, unsere Affäre wird sich weiterentwickeln und dann wird nicht mehr das „Verstecken" im Mittelpunkt stehen, sondern unsere gemeinsame Zukunft. Oder so ungefähr! Man wird doch noch ein wenig träumen dürfen. Selbstverständlich darf man! Die Zukunft wird aber zeigen, dass das Erwachen aus diesem Traum schmerzvoller ist, als ich es je erwartet hätte. Aber noch ist es nicht soweit.

Durch einen Zufall ergibt sich für Johann und mich die Möglichkeit, für ein paar Tage nach Italien zu fahren. Der Chefeinkäufer der Firma für die Johann und ich arbeiten, der gleichzeitig auch ein Freund von meinem Liebling ist, soll auf einer großen Messe in Norditalien nach Neuigkeiten, die gut ins Sortiment passen, Ausschau halten. Da ein weiterer Kollege, der ursprünglich mitkommen sollte, plötzlich krank wurde, will Johanns Freund kurzerhand meinen Liebling als fachliche Unterstützung mitnehmen. Selbstredend ist Johanns Freund über die Affäre von Johann und mir informiert.

Anscheinend halten Männer, wenn es um das Betrügen ihrer Ehefrauen geht, immer zusammen, denn augenzwinkernd schlägt er Johann vor, mich mitzunehmen. Auch er würde seine Freundin mitnehmen. Warum nicht das Angenehme mit dem Nützlichen verbinden? Freudestrahlend und ohne viel nachzudenken, auch um keine Zweifel, Skrupel oder schlechtes Gewissen aufkommen zu lassen, sagen wir sofort zu.

Mein Liebling, also Hut ab, so ein Schlauerchen, erzählt seiner Frau er müsse auf Dienstreise, was ja so gesehen, gar nicht so falsch ist. Hat jetzt noch irgendjemand Zweifel daran, dass Johann mich tatsächlich liebt und ich nicht nur die Geliebte für nebenbei bin? Ist diese neuerliche Lüge seiner Ehefrau gegenüber, sie heißt übrigens Klara, jetzt für jedermann Liebesbeweis genug? Na, also!

Urlaub ist für mich immer etwas Besonderes, Aufregendes. Aber dieses Mal ist es ein Urlaub MIT meinem Johann und nicht alleine. Was kann es Besseres geben? Allerdings ist die Urlaubsbegeisterung wohl eher einseitig. Johann strahlt jetzt keine übermäßige Vorfreude oder Euphorie aus. Er wirkt eher bedrückt und nachdenklich. Es ist schwierig für mich diese Gemütsverfassung von meinem Liebling nachzuvollziehen, schließlich kam der Vorschlag ihn auf dieser Reise zu begleiten von ihm. Aber ich will mir jetzt auch gar nicht allzu viele Gedanken darüber machen. Ich bin total glücklich und werde meinen Liebhaber sicher mit meiner Freude und Begeisterung mitreißen. Seine anfängliche Skepsis, oder was auch immer es ist, das ihn nicht von Anbeginn der Reise glücklich wirken lässt, wird verschwinden!

Am Urlaubsziel angekommen ist das Essen jetzt nicht das, was mein Liebling von zuhause kennt. Die Sprache ist ebenfalls ein Hindernis. Irgendwie habe ich immer noch den Eindruck, meine große Liebe war schon einmal besser aufgelegt. Seine Laune lässt ein wenig zu wünschen übrig, obwohl ich beim besten Willen keinen Grund für diese Lustlosigkeit ausmachen kann, und der Rest der Mannschaft sehr fröhlich ist. Vielleicht vermisst er seine Frau?!? Nein, das war ein Scherzchen! Aber vielleicht täusche ich mich auch und er kann seine Begeisterung nicht so zeigen, wie ich es erwarte. Woher soll ich denn wissen, wie mein Liebling reagiert? Ich kenne ihn doch nur von unseren stundenweisen Treffen.

Für mich sind die folgenden Tage, an denen wir Ausflüge unternehmen, tolle Restaurants besuchen und entspannt durch romantische Gassen bummeln, eine tolle Abwechslung und eine gute Möglichkeit mehr von meinem Johann kennenzulernen. Denn es besteht in meinen Augen ein sehr großer Unterschied ob wir drei Tage und Nächte zusammen verbringen oder uns nur für ein paar Stunden treffen. Doch Gott sei Dank wird er im Laufe der Zeit entspannter und ich denke, er beginnt unsere kleine Reise zu genießen.

Mein Johann telefoniert mehrmals täglich mit seiner Frau. Er will auf keinen Fall, dass sie, aus welchem Grund auch immer, an der Richtigkeit seiner Aussage, er wäre mit einem Kollegen auf Dienstreise, zweifeln könne. Da sie es gewöhnt ist, alle paar Stunden mit ihrem Ehemann zu telefonieren, will mein Liebling dieses Ritual auch im Urlaub beibehalten. Ich muss ehrlich zugeben, es ist dann doch etwas störend, wenn sie auch abends um zehn oder elf Uhr noch anruft, wenn wir bereits im Bett liegen, aber da muss ich jetzt wohl durch. Schließlich habe ich eine Affäre mit einem verheirateten Mann. Das hat nicht nur Vorteile(?!?) sondern offensichtlich auch Nachteile. Diese nehme ich aber aus Liebe zu Johann gerne in Kauf. Obwohl, hmm, so ein Anruf kann sogar die Stimmung bei zwei sehr Verliebten verderben. Johann schafft es aber nicht, Klara zu sagen, sie solle abends nicht zu spät anrufen, weil er am nächsten Tag wieder fit sein müsse und bald schlafen ginge. Dass mein Liebling es nicht „übers Herz" bringt, seiner Frau die nächtlichen Anrufe auszureden ist von mir eine sehr positive Formulierung. Langsam kommen erste Zweifel an der Souveränität meines Liebhabers bei mir auf. Seine offensichtliche Angst, dass, wenn er sich anders verhält als seine Ehefrau es von ihm erwartet, sie möglicherweise Verdacht schöpfen könnte, dass an dieser „Dienstreise" etwas „faul" wäre, macht mich irgendwie stutzig. Johann kann meine Bedenken aber zerstreuen. Er erklärt mir, dass er während seiner fast zwanzigjährigen Ehe noch nie auf Dienstreise war und daher sicher auch die für ihn (aber nur für ihn!) absolut berechtigte Skepsis seiner Frau herrühre. Ach so, na wenn das so ist, dann bin ich ja jetzt beruhigt. Dieser letzte Satz war ironisch gemeint, was bestätigen soll, dass ich doch noch ein Fünkchen normalen Menschenverstand besitze.

SCHLAUE Menschen sagen jetzt einfach, er ist zu feig, seiner Frau klipp und klar mitzuteilen, dass private Telefonate während einer Dienstreise eher störend sind.

SCHLAUE UND MUTIGE Menschen würden überhaupt die

Wahrheit sagen und zu ihren wahren Gefühlen stehen ohne immer noch die „Reservefrau" für alle Fälle im Hintergrund zu behalten.

SEHR SCHLAUE Menschen würden überhaupt keine Affäre mit einem verheirateten Mann eingehen.

Aber das macht dann wahrscheinlich jeder so, wie er es für richtig oder einfacher hält.

Einen Anruf um sieben Uhr in der Früh darf man Johanns Ehefrau natürlich auch nicht übel nehmen. Es ist eine Dienstreise, folgerichtig muss Johann sowieso aufstehen. Sie wolle ja nur wissen, ob es ihm gut gehe. So gesehen sind Klaras Telefonate verständlich und ihrerseits sicherlich ehrlich gemeint.

Dass ich ein ganz anderes Bild von Klara habe, liegt wohl daran, dass Johann sie mir immer als lieblose, egoistische, ja geradezu bösartige und dominante Frau beschreibt. Es wäre auch sehr dumm von meinem Liebling, wenn er mir erzählen würde, dass Klara eine nette Ehefrau ist, die das Los von so vielen Frauen hat: Ihr Mann betrügt sie mit einer jüngeren. Doch dieser Gedanke ist absolut unromantisch und das Letzte, was mir in den Sinn kommt. In meinem Zustand der absoluten Verliebtheit glaube ich Johanns Version vom schlechten Charakter seiner Frau nur allzu gerne. Mein Liebling ist doch soooo ein liebevoller, verständnisvoller Mensch und wird von dieser „bösen, bösen" Frau so schlecht und unverstanden behandelt. Welch ein Glück, dass er mich getroffen hat, endlich wird er wertgeschätzt und erhält die Liebe, die er sich immer schon verdient hat.

Es wird dann auch reiner Zufall sein, dass Johann schon fast zwanzig Jahre mit Klara verheiratet ist. Oder aber, er ist ein Märtyrer und hält diese „furchtbare" Ehe aus, damit, wenn schon nicht er, wenigstens Klara glücklich ist. Ganz egal, wir können es drehen und wenden wie wir wollen, das Ergebnis bleibt für diesen Moment immer dasselbe: Ich bin glücklich, Johann ist glücklich und alles, was mit Klara zu tun hat, stört, und wird deshalb von uns konsequent ausgeblendet. Zumindest von mir!

Es ist sicherlich etwas egoistisch, wahrscheinlich aber auch für jedermann gut nachvollziehbar, dass mich Klaras fürsorglicher Anruf um sieben Uhr in der Früh, wenn wir uns gerade nochmals nett zusammenkuscheln nicht ganz so begeistert. „Brigitte", sage ich mir dann in solch einer Situation zum wiederholten(!!!) Male, „du hast von Anfang an gewusst, Johann ist verheiratet. Du wolltest unbedingt eine Beziehung mit einem verheirateten Mann, jetzt mach das Beste daraus".

Naja, also mittlerweile könnten wir schon darüber diskutieren, ob es tatsächlich auch für mich noch so toll ist, mich in einen verheirateten Mann verliebt zu haben, aber jetzt aufgeben?? Auf keinen Fall!!! Folglich muss ich wohl oder übel mit diesen kleinen(!) Unannehmlichkeiten leben. Entweder, oder, so ist das nun einmal.

Nur kurz zwischendurch erwähnt: Johann ist ein sehr verlässlicher Ehemann. Klara, seine Ehefrau ruft tatsächlich fast alle zwei Stunden bei ihm an. Und das nicht nur jetzt im Urlaub, Entschuldigung, ich meine, nicht nur während seiner Dienstreise, nein, auch zuhause. Und Johann hebt immer, ich wiederhole IMMER, also auch in wirklich total unpassenden Situationen – mal scharf nachdenken, ja, richtig, auch dann!! - das Telefon ab. Es könnte doch sein, dass Klara sonst Verdacht schöpfen würde, da ist mein Johann sehr vorsichtig.

Klara will außerdem regelmäßig wissen, womit ihr Mann gerade beschäftigt ist und wo er sich aufhält. Ab und zu soll Johann auch noch beim nach Hause fahren etwas einkaufen, folglich muss sie ihm die Einkaufsliste durchgeben. Also, in dieser Hinsicht gibt es nichts zu bemängeln, da muss ich meinen Johann schon loben, er ist immer für seine Ehefrau erreichbar. Wie ich mit meiner rosaroten Brille ganz einfach alles schönrede, damit Johann immer und zu jeder Zeit der Beste ist, ist eigentlich bewundernswert und eine Wissenschaft für sich.

Jeder, der bis jetzt daran gezweifelt haben könnte, Johann wäre wirklich perfekt, ist aufgrund meiner Schilderung mit Sicherheit jetzt von meinem Traummann überzeugt. Seine aufopfernde Art oder wie ein bösartiger oder einfach nur objektiver Betrachter sagen würde, seine feige Lügerei und auf „ich bin doch nur der rücksichtsvollste Ehemann" getrimmte Zurschaustellung ist einzigartig! Jeder kann für sich selbst entscheiden, ob er „einzigartig" als negatives oder positives Attribut einsetzen möchte.

Auf die etwas lächerlich hervorgebrachten Einwände meiner Freundinnen, in manchen Situationen wäre es vielleicht wirklich nicht notwendig ans Telefon zu gehen, reagiere ich zu diesem Zeitpunkt mit Unverständnis. Wie bereits öfter erwähnt, Johann ist verheiratet und kümmert sich bestens um seine Frau, und genau so war es von vornherein vereinbart. Ehrlich gesagt, na logisch, wie denn auch nicht, mich hat es auch schon nach kurzer Zeit gestört, aber das kann ich doch nicht zugeben. Nur keine Schwäche zeigen, und die schönen Augenblicke mit Johann genießen. Alles was nicht so toll ist an einer Beziehung mit einem verheirateten Mann wird einfach ignoriert. Beim Ausblenden dieser nicht so angenehmen Nebenerscheinungen blende ich anscheinend auch immer mehr von meinem normalen Hausverstand aus. Aber abgesehen davon ist Johann das allemal wert, so einen tollen Mann wie ihn werde ich sicher nie mehr in meinem Leben finden.

So, jetzt aber wieder zurück zu unserer Reise. Das war jetzt nur ein Gedanke zwischendurch, um Johann besser verstehen zu können und noch mehr an meiner geistigen Zurechnungsfähigkeit zu zweifeln.

Da wir unseren Urlaub im „Süden" verbringen, habe ich logischerweise nur Halbschuhe mit hohen Absätzen eingepackt. Ich möchte zu jeder Tages- und Nachtzeit die Schönste für meinen Johann sein. Dass ausgerechnet an diesem Wochenende, wo wir uns in Italien befinden, zehn Zentimeter Schnee liegen, in einer Stadt, wo es seit acht Jahren nicht mehr geschneit hat, zumindest kein Schnee liegen geblieben ist, kommt etwas unerwartet. Es ist aber durchaus interessant vom Hotelzimmer auf einen total verschneiten Strand zu blicken und mit High-Heels im Schnee zu rutschen. Können solche Kleinigkeiten unserer Liebe einen Abbruch tun? Nein, natürlich nicht!

Um nicht nur zu „jammern", wie kontrolliert Johann und ich in diesem Urlaub durch Klaras Anrufe sind, sondern auch zu erwähnen, wie glücklich und unbeschwert, ja, endlich erreicht die Urlaubsbegeisterung auch meinen Johann, noch eine kleine Geschichte am Rande: Am zweiten Urlaubstag beschließt Johanns Freund, der durch seine häufigen Messebesuche in dieser Stadt mit den Lokalitäten schon sehr vertraut ist, uns in ein sehr nobles Restaurant zum Abendessen auszuführen.

Freudig marschieren wir bei leichtem Schneefall durch enge Gassen, um dann bei einem „Über-Drüber-Schicki-Micki" Lokal anzukommen, eng umschlungen, frisch verliebt und total glücklich. Am reservierten, toll eingedeckten Tisch nehmen wir Platz und unterhalten uns in der doch sehr gediegenen Atmosphäre in gedämpfter Lautstärke. Der wahrscheinlich allen bestens bekannte Spruch: „Was sich liebt, das neckt sich!", gilt auch für Johann und mich und so gibt ein Wort das andere und plötzlich, na klar, zum unpassendsten Moment überhaupt, beginnen wir zu lachen. Wieder ein paar lustige Worte, Gekicher, und wer kennt das nicht, genau dann, wenn man sich bewusst ist, jetzt wäre es besser, sich wieder zu beruhigen, schließlich ist man nicht allein, nein, ganz im Gegenteil, man sitzt in einem edlen Lokal, ist auch das letzte Fünkchen Beherrschung vorbei. Der sogenannte Lachkrampf ist da, die Tränen kullern uns aus den Augen, wir lachen, lachen, lachen und können nicht mehr aufhören. Peinlich, die Gäste an den umliegenden Tischen blicken zu uns, der Großteil von ihnen beginnt jedoch ebenfalls zu schmunzeln. Wir bemühen uns, uns zu beruhigen, aber je mehr wir uns anstrengen, desto unmöglicher wird es. Kaum begegnen sich unsere Blicke, prusten wir wieder los. Wir konzentrieren uns ganz darauf die Beherrschung wiederzuerlangen, schaffen es aber beim besten Willen nicht. Natürlich wissen wir, dass es sich nicht gehört. Im Moment ist es uns jedoch vollkommen gleichgültig, was sich die Leute von uns denken. Wir sind außer glücklich nur glücklich und wollen alle an unserem Glück teilhaben lassen und uns nicht verstecken.

Ach, ja? Ist das Verstecken jetzt doch nicht mehr so toll??? Abgesehen davon wissen wir, dass wir unter normalen Umständen nie wieder in dieses Lokal kommen werden und deshalb sind uns auch die Blicke der Angestellten egal.

Am peinlichsten berührt ist meiner Meinung nach Johanns Kollege und Freund, der uns fassungslos anstarrt und dem man ansieht, dass er mit unserem Verhalten absolut nicht einverstanden ist. Ich denke, er schämt sich sogar ein wenig für uns. Aber wie gesagt, wir lachen ja nicht um ihn zu ärgern, nein, wir können im Moment wirklich nichts dagegen tun, wir finden einfach alles lustig und lachen und weinen gleichzeitig. Nach einiger Zeit beruhigen wir uns dann aber doch wieder und verhalten uns endlich dem Ambiente entsprechend.

Als unser Urlaub sich dem Ende neigt, der letzte Tag angebrochen ist, und wir wehmütig unsere Reisetaschen wieder ins Auto packen, hat unser Freund eine Idee. Mit einer winzig kleinen Notlüge könnten wir unseren Ausflug noch um einen weiteren Tag verlängern! Sein Vorschlag lautet wie folgt:

Wir erklären den zuhause auf uns Wartenden, wir hätten unser Programm der „Dienstreise" noch nicht ganz erfüllt. Deshalb müssten wir heute tagsüber noch einige Dinge erledigen. Da das Wetter immer noch derartig schlecht ist, wäre es sicher vernünftiger und ungefährlicher, nochmals in Italien zu übernachten um nicht bei Schnee und Eis die ganze Nacht durchfahren zu müssen. Diese Geschichte gilt natürlich nur für diejenigen, die zuhause den Urlaub als Dienstreise verkaufen. Da wird doch jetzt nicht mein Johann gemeint sein?!? Bis auf einen sind alle von der Idee begeistert, noch eine Nacht hier zu bleiben.

Ja, richtig, der eine, der von dieser Idee nicht begeistert ist, leicht besorgt und ganz und gar nicht glücklich wirkt, ist mein Johann. Man sieht ihm an, er fühlt sich absolut nicht wohl in seiner Haut und hat anscheinend keine Ahnung, wie er das seiner Frau erklären soll. Der Rest der Urlaubsmannschaft klemmt sich ans Telefon und gibt der

Familie zuhause Bescheid, Rückkehr ist einen Tag später. In meinen Augen ist das bei erwachsenen Personen sicherlich nicht das Riesenproblem. So haben dann auch alle Daheimgebliebenen vollstes Verständnis und wünschen uns noch einen schönen zusätzlichen Urlaubs- beziehungsweise „Arbeitstag".

Auch mein Johann muss zuhause anrufen, es bleibt ihm nichts anderes übrig, seine Ehefrau erwartet ihn. Er nimmt sein Handy, wählt die Nummer von Klara und als sie sich meldet, erklärt er ihr lang und breit den Sachverhalt. Er entschuldigt sich fünfzehn Mal, weil er nicht pünktlich nach Hause kommen kann, sondern länger bleiben MUSS!!! Diese fünfzehn Mal sind jetzt nicht einfach so geschrieben, weil es die Häufigkeit seiner Entschuldigungen demonstrieren soll, nein, ich habe mitgezählt, es sind tatsächlich fünfzehn Mal! Johann versichert Klara, dass er viel lieber gleich heimfahren würde, da er aber leider(!!!) nicht der Lenker des Autos wäre, wäre dies für ihn unmöglich. Abgesehen davon könne er nicht widersprechen, da sein Chef es so entschieden hätte. Anschließend reicht Johann das Handy an unseren Freund, seinen Kollegen weiter.

Kleine Erklärung am Rande: Klara ist der Meinung, Johann wäre nur mit diesem Kollegen, einem Mann, den auch sie flüchtig kennt, unterwegs.

Auch Johanns Freund redet sehr besänftigend auf Klara ein. Er ersucht sie, nicht auf Johann böse zu sein, es ließe sich leider nicht anders machen. Sie solle sich keine Sorgen machen und bitte für Johann Verständnis haben. Sie kämen versprochen am nächsten Tag nach Hause. Nach gefühlten siebenhundert Entschuldigungen, Erklärungen und Beruhigungen Klara gegenüber wird das Telefonat beendet. Ja, stimmt, dieses Mal habe ich nicht mitgezählt, deswegen auch das Wort „gefühlt", aber es hat sicher nicht viel auf siebenhundert gefehlt.

Johann atmet sichtbar auf. Er hat das Gespräch mit Klara heil überstanden. Die Erleichterung steht ihm ins Gesicht geschrieben. Ich stehe neben meinem Liebling und blicke ihn an. Ich, der eigentlich immer irgendein blöder Spruch oder Kommentar über die Lippen kommt, bin sprachlos. Ich weiß einfach nicht, was ich jetzt sagen soll. So etwas habe ich einfach noch nie erlebt. In meinem Kopf kreisen die Gedanken, und ganz ehrlich gesagt, ich komme mir vor wie in einem schlechten Film, einem sehr schlechten Film. Ich stehe da, und schüttle nur stumm den Kopf. Schließlich finde ich die Sprache wieder.

"Was war denn das jetzt?", will ich von Johann wissen.

Ein erwachsener Mann, das kann man bei einem Alter von vierundsechzig Jahren ja wohl sagen, und auch ein dementsprechendes Verhalten erwarten, hat Angst seiner Frau zu sagen, dass er eine Dienstreise um einen Tag verlängert?

Johann ist die rechte Hand des Chefs, wird von vierzig Mitarbeitern gefürchtet, vielleicht ist gefürchtet das falsche Wort, aber doch mit gehörigem Respekt behandelt, und jetzt so etwas? Nicht umsonst war eine der ersten Warnungen von meinen Kollegen: „Leg dich nur nicht mit Johann an!" Hallo???? Habe ich da irgendetwas nicht verstanden??? Mein Johann, mein großer Held, mein Beschützer, ist nicht in der Lage seiner Frau zu sagen, er käme einen Tag später nach Hause? Da steckt ein gröberes Problem dahinter. So etwas kann es doch gar nicht geben!

Aber mein Liebling hat es letztendlich geschafft, das ist der ausschlaggebende Punkt. Unser Urlaub geht noch einen Tag weiter und ich will mir wegen solcher Kleinigkeiten nicht die noch verbleibende Zeit der unbeschwerten Zweisamkeit mit meinem Johann vermiesen lassen. Über dieses Telefonat können wir ja auch zuhause noch sprechen.

Johann schlägt diese ungeplante Verlängerung unseres Aufenthalts ein wenig auf den Magen, und so kann er auch unser letztes gemeinsames Abendessen, übrigens ein hervorragendes Menü, bestehend aus fünf Gängen, nicht wirklich genießen. Etwas geschwächt und nicht mehr ganz so gut gelaunt treten wir am nächsten Morgen die sechsstündige Heimreise an. Johann schläft die meiste

Zeit, naja kein Wunder, er fühlt sich etwas krank.

Ohne Zweifel, es waren ein paar wunderschöne Tage in Italien, aber Johann hat diese Zeit mit Sicherheit nicht so unbeschwert genießen können wie wir anderen. Bei ihm ist die Angst vor Klara mitgefahren. Aber das kann ich zu diesem Zeitpunkt nicht sehen, da ich meine „rosarote" Brille trage, die ich anscheinend im Beisein von Johann permanent trage. Für mich wären „rosarote Kontaktlinsen" ideal. Im Moment nehme ich nur das wahr, was ich sehen will, und das ist definitiv mein Traummann Johann, wie er in meiner zusammengebastelten Phantasie existiert. So, wie ich ihn gerne hätte.

7

Zurück in der Heimat, geht das Leben wieder seinen geregelten Lauf. Johann und ich treffen uns in der Früh für eine unbeschwerte halbe Stunde, und zusätzlich noch ein bis zwei Mal pro Woche, je nachdem, wie genau Klara Johann kontrolliert. Doch das dürfte anscheinend nicht nur mir, sondern auch meinem Liebling zu wenig sein. Denn, ganz ohne mein Drängen(!)macht mir mein Liebling einen Vorschlag. Es ist die (fast) perfekte Idee. Na, logisch! Mein Johann kann nur tolle Ideen haben! Haha!!!

Johann möchte mir mehr von seinem Privatleben zeigen. Das freut mich, und ist für mich ein eindeutiges Zeichen dafür, dass unsere Affäre sich weiterentwickelt. Wie er mir jetzt erklärt, wäre es ihm wichtig, mir, als seiner geliebten Partnerin (Johanns Definition von Partnerin ist sicher auch einzigartig) zu zeigen, wie und wo er wohnt und lebt. Er beschließt kurzerhand, mich mit zu sich nach Hause zu nehmen um gemeinsam mit seiner Frau einen Kaffee zu trinken.

Sicher denken jetzt viele, und ich gebe zu, nicht ganz zu Unrecht: „Oh, mein Gott, das ist doch der absolute Wahnsinn!" Das mag ja sein, aber ich finde diese Idee von meinem Liebhaber sehr interessant und aufregend. Selbstverständlich sehe ich darin auch einen Liebesbeweis. Wo sich der verstecken soll, kann ich jetzt nicht erklären, aber ich bin trotzdem davon überzeugt. Ich muss ehrlich zugeben, ich bin neugierig auf Johanns Leben außerhalb der Firma. Ob ich deshalb aber gleich zu seiner Ehefrau und ihm nach Hause auf einen „gemütlichen Nachmittagskaffee" fahren soll? Naja, darüber ließe sich diskutieren. Aber logischerweise will ich so viel wie möglich von meinem geliebten Johann wissen und kennenlernen. Das schließt auch seine Frau mit ein, denn sie gehört (noch!) zu seinem Leben. Außerdem möchte ich erleben, wie die beiden miteinander umgehen.

Den Grund für einen Besuch findet Johann schnell. Ach, er ist doch wirklich ein gescheiter Mann!!

Johanns Plan: Das Firmenauto, das mein Liebling normalerweise zur freien Verfügung hat, wird von einem anderen Mitarbeiter gebraucht. Infolgedessen hat Johann kein Auto um nach Hause zu kommen und so wird ihn die nette Arbeitskollegin Brigitte nach ihrem Dienstende beim nach Hause fahren mitnehmen. Es ist ja ohnehin nur ein Umweg von circa einer Fahrstunde, das mache ich doch unter diesen Umständen nur zu gerne! Als Dank für meine Hilfe, nimmt mich Johann dann auf einen Kaffee mit. Gesagt, getan.

Mit einem kleinen Geschenk für Klara, ich weiß ja, was sich gehört, marschiere ich mutig mit Johann in seine Wohnung. Klara begrüßt mich herzlich und bittet mich herein. Johanns Ehefrau ist sehr aufmerksam und die perfekte Gastgeberin. Anfangs unterhalten wir uns über Alltägliches und trinken Kaffee. Vor lauter Nervosität verdrücke ich gleich zwei Vanillekrapfen, die Klara auf den Tisch stellt. Doch dann nimmt unsere Unterhaltung eine merkwürdige Wendung:

Johanns Ehefrau beginnt mir zu erklären, dass in der Beziehung mit ihrem Mann, also meinem Johann, der Sex eigentlich keine große oder besser gesagt, gar keine Rolle mehr spiele. Laut ihrer Auskunft wären die beiden in einem Alter, wo Sex nicht mehr interessant wäre. Ich kann Johann ansehen, dass ihm dieses Thema etwas peinlich ist, aber naja, da muss er jetzt durch. Schließlich wissen wir beide, Johann und ich, sehr genau, dass der Sex für ihn sehr wohl noch eine große Rolle in seinem Leben spielt. Das kann aber keiner von uns beiden in dieser Situation so sagen. Ach, wirklich? Wieso denn nicht?

Meinem Liebling hat es anscheinend die Sprache verschlagen, denn er sitzt ohne Klara auch nur einmal zu unterbrechen, quasi sprachlos bei uns am Tisch. Kann es sein, dass Johann sich in seiner Haut nicht ganz so wohl fühlt. Bemerkt er gerade, dass dieser Besuch von mir bei ihm zuhause gar nicht so eine gute Idee ist, wie er gedacht hat?

Ich versuche das Gespräch auf belanglosere Themen umzulenken, um nach fünf Minuten abermals von Klara darauf hingewiesen zu werden, dass Sex in ihrem, also dem Alter von Johann und Klara, nicht mehr wichtig und interessant wäre. Ja, ich habe es doch schon beim ersten Mal verstanden. Vielleicht will sie mir damit zu verstehen geben, dass ich an ihrem Mann kein Interesse haben soll, da im Bett sowieso „tote Hose" herrscht. Wieso kommt eine Frau, in deren Ehe eigentlich alles bestens ist, und die von ihrem Mann, laut Aussage desselben (Ja, was heißt das schon?!?), noch nie betrogen wurde, auf die Idee, eine andere Frau hätte Interesse an ihm??? Wieso will sie nach nur circa zehn Minuten Bekanntschaft, einer Kollegin ihres Mannes erklären, wie es um den Sex in ihrer Ehe steht? Ist das normal für eine glückliche oder auch nur halbwegs intakte Ehe?

Es gibt in meinen Augen aber auch noch die Möglichkeit, Klara möchte mit dieser Aussage begründen, warum SIE kein Interesse an Sex mit Johann hat. Und das wiederum hat mir Johann ja von Anfang an genauso geschildert. Ja, das wird es sein! Mein Johann würde mich doch nicht anlügen! Dazu hätte er absolut keinen Grund. Aber warum erzählt Klara mir das?!? Vielleicht weil sie ebenfalls einen anderen Partner hat? Aber das geht mich doch gar nichts an und das will ich auch gar nicht wissen. Hiiilfeee!!! Ich bin überfordert! Ich habe keine(???) Ahnung warum ich jetzt hier sitze und mir von der Ehefrau meines Geliebten erzählen lasse, warum oder wieso sie keinen Sex mehr miteinander haben! Halloooo!!! Ich bin die Geliebte! Ich will es nicht wissen!!!

Zum momentanen Zeitpunkt läuft mein Gehirn jedoch offensichtlich auf sehr kleiner Sparflamme, falls man überhaupt noch irgendwo ein kleines Flämmchen entdecken kann. Bei allem was meinen Johann betrifft, ist mein Oberstübchen derzeit komplett überfordert. Ist das eventuell schon jemandem aufgefallen?!?

Das lässt sich im Moment sowieso nicht ändern, also, weiter bei meinem Besuch zum „gemütlichen" Kaffeeklatsch bei der Ehefrau meines Geliebten! Bis auf die für mich doch etwas zu intime

Schilderung des anscheinend nicht existierenden ehelichen Liebeslebens, kann ich an Klara nichts Negatives entdecken. Leider!

Bis zu dem Zeitpunkt, als meine Tochter bei mir am Handy anruft. Obwohl mir bewusst ist, dass es unhöflich ist ans Handy zu gehen, hebe ich ab. Meine Tochter ist an diesem Tag von der Schule zuhause geblieben, da sie Bauchschmerzen hatte und natürlich will ich wissen, wie es ihr geht. Nachdem ich mich vergewissert habe, dass ihre Schmerzen wieder weg sind, beende ich das Gespräch, und erkläre kurz und entschuldigend warum ich das Telefonat angenommen habe. Verständnisvoll nickt Klara, um im nächsten Augenblick anzumerken, dass es ohnehin nicht so schlimm sein würde, denn am Abend würde sich meine Tochter doch sicherlich wieder mit Freunden treffen und dann wären alle Schmerzen schlagartig vergessen. So wäre das nun einmal bei den Jugendlichen.

Aha! Sehr interessant! Woher weiß sie so genau über meine Tochter Bescheid? Sie kennt sie doch überhaupt nicht. Also wenn man alles machen darf, aber meine Kinder sind mir heilig, und so eine Aussage ist für mich einfach nicht tragbar. Sie hat keine Ahnung wie krank meine Tochter tatsächlich ist und auch nicht ob sie am Abend noch ausgeht oder nicht! Das ist in meinen Augen eine absolut unqualifizierte Aussage!

Ich, die ich mein Leben für jedermann offensichtlich absolut fehlerfrei gestalte, bin als Moralapostel ja bestens geeignet! Na, ja, zugegeben, bis auf den „kleinen" Ausrutscher mich mit einem verheirateten Mann einzulassen und mich auch noch bei seiner Frau zum Kaffee einladen zu lassen. Aber das ist ja wieder ganz etwas anderes. Na, klar! Wenn es aber um die Ehefrau meines Geliebten geht, bin ich doch um einiges strenger.

Deshalb ist ab diesem Zeitpunkt für mich klar, diese Frau ist, wie mein Johann bereits des Öfteren absolut richtig festgestellt hat, gefühlskalt. Das Wort „gefühlskalt" stammt übrigens aus dem Wortschatz meines Johanns. Zugegeben, ich bin tatsächlich froh, endlich etwas Negatives an Klara gefunden zu haben. Das liegt sozusagen in der Natur der Sache. Das lässt mein schlechtes Gewissen ihr gegenüber gleich ein wenig abflachen. Es ist auch nur allzu logisch, dass wir beide, Klara und ich, keine Freundinnen werden. Das wäre ja noch schöner! Allerdings, in meinem momentanen Geisteszustand wäre mir wohl alles zuzutrauen. Aber durch diese Aussage Klaras bin ich jetzt „offiziell" berechtigt, sie nicht zu mögen! Jetzt kann ich auch sehr gut nachvollziehen, warum mein Liebling sich von seiner Frau derart unverstanden fühlt und bei mir die Liebe findet, nach der er sich immer schon gesehnt hat. Bei diesen Gedanken wird mir ganz warm ums Herz! Ach, wenn das alles nur wahr wäre, und ich mir sämtliche Fakten von Johann beziehungsweise auch Klara betreffend, nicht nur „schönreden" würde!!

Klara, selbst Mutter von zwei erwachsenen Söhnen muss doch wissen, jede Mutter nimmt ihre Kinder, speziell vor „Fremden" sofort in Schutz. Johann hingegen hat mir einige Male versichert, keine eigenen Kinder zu haben. Wobei er in einem späteren Gespräch wieder das Gegenteil behaupten wird. Solche „Kleinigkeiten" sind bei meinem Johann aber an der Tagesordnung. Einmal ja, einmal nein, bei ihm weiß man, und schon gar nicht ich, nie, woran man ist. Aber vielleicht ist es genau das, was mich so an Johann fasziniert. Hmmmmm, vielleicht sollte ich mir einen guten Therapeuten suchen, der mir erklärt, was bei mir falsch läuft?!?

Nachdem wir Kaffee getrunken haben, fahre ich nach Hause. Meine Neugier ist befriedigt. Ehrlich gesagt wird mir jetzt bewusst, dass dieser Besuch von mir bei Johann zuhause keine so atemberaubende Idee war, wie wir anfangs gedacht haben. Der Gedanke an meine „Heldentat" löst keine Glücksgefühle in mir aus. *Toll, bravo, Brigitte, gute Erkenntnis, aber jetzt ist es zu spät! Vielleicht bei der nächsten grandiosen Idee von Johann VOR der Ausführung denken!*

Am nächsten Morgen treffe ich mich wie gewöhnlich in der Früh mit meinem Liebling. Stolz strahlt er mich an: "Siehst du, Brigitte, jetzt weißt du, wie und wo ich lebe. Du kennst meine Wohnung, meine Einrichtung und du hast dich selbst davon überzeugen können, zwischen mir und Klara läuft sexuell gar nichts mehr."

Ahhhm, wie soll ich das bei einem Besuch sehen? Ich bin ehrlich gesagt nicht davon ausgegangen, dass Klara und Johann in meiner Gegenwart übereinander herfallen! Hihihi, das wäre aber eine Überraschung gewesen!

Und weiter: "Du brauchst wirklich nicht eifersüchtig zu sein, oder dir irgendwelche Gedanken machen. Es ist einfach so, ich kann Klara „noch" nicht alleine lassen, eine Trennung muss ich ihr langsam und schonend beibringen. Schließlich hat sie mir ja nichts getan und ihre Arbeit zuhause immer ordentlich gemacht."

Ohhh, mein Gott! Ja, da ist er jetzt! Der Generationenunterschied! Bei diesen Worten stellen sich mir die sprichwörtlichen Haare auf! Und einige echte auch! Wieso ihre Arbeit? Es ist ihr gemeinsamer Haushalt, also logischerweise ihre gemeinsame Arbeit, oder?!? Und sie ist ja nicht das Hausmädchen, dass sie danach beurteilt wird, wie sie ihre Arbeit macht, sondern eigentlich ja die Ehefrau. Also, ich war bis jetzt der Überzeugung, ich lebe mit einem Menschen in einer Partnerschaft weil ich ihn liebe und nicht weil er seine Hausarbeit zu meiner Zufriedenheit erledigt. Aber möglicherweise liege ich da falsch, zumindest was eine Partnerschaft mit meinem Johann betrifft! Zum Schluss noch Johanns fürsorglicher Abschluss: "Klara wäre total überfordert, wenn ich ihr jetzt sagen würde, ich würde zu dir ziehen."

An diesen Worten kann man vielleicht schon erkennen, dass unsere Beziehung ein wenig intensiver geworden ist. Entgegen aller Vereinbarungen wünschen wir uns doch auch schon ab und zu offiziell zueinander stehen zu dürfen. Uns in der Öffentlichkeit als Paar zu erkennen zu geben und eventuell auch gemeinsam zu leben. Gut, bei dem „gemeinsam leben" ist vielleicht wieder einmal ein wenig die Fantasie mit mir durchgegangen. Aber von meiner Warte aus betrachtet, stimmt diese Formulierung einwandfrei. Und ihr werdet sehen, mein Johann verspürt tief in seinem Inneren denselben Wunsch, nur ist es ihm bis jetzt noch nicht bewusst!

Woooooo ist mein Therapeut???

Unsere so beinhart getroffene Abmachung, jeder behält sein Privatleben und wir treffen uns nur nach Lust und Laune ohne weitere Verpflichtungen gerät langsam aber stetig ins Wanken. Wieder einmal total verständnisvoll, mein Gott, was bin ich für ein rücksichtsvoller Mensch, nicke ich und will wissen, wie und wann er es denn beginnen werde, sie „langsam und vorsichtig" darauf vorzubereiten, dass er sie verlassen werde um mit mir zusammen zu sein. Ich weiß, jetzt ist es wohl offensichtlich. Auch für die so über alle Maßen verständnisvolle Brigitte ist der Wunsch mit ihrem Liebling zusammenzuleben schon so ausgereift, dass sie darauf drängt, die einzige Frau in Johanns Leben zu sein. Ich habe tatsächlich schon ansatzweise Probleme mit dem Existieren einer Ehefrau. Kann es sein, dass ich beginne, Johann zu drängen, eine Entscheidung zu treffen? Will ich bereits mehr als nur ein unverbindliches Verhältnis mit meinem „Traummann" haben? Jaaaa!!! Das kann nicht nur so sein, das ist so! Und? Ich gebe es hiermit offiziell zu: Ich will Johann für mich alleine!

Etwas ärgerlich weist mein geliebter Johann mich darauf hin, dass er doch ohnehin schon gesagt hätte, er werde seine Entscheidung Klara schonend beibringen. Es wäre nicht mein Problem. Naja, aber ein ganz klein wenig bin ich doch schon auch integriert, in sein „Problem", oder? Er würde auf den richtigen Zeitpunkt warten, um dann in aller Ruhe mit Klara zu reden und ihr mitzuteilen, dass er sie verlassen werde. Ich solle ihn nur machen lassen und nicht zu „Sachen", ich nenne es eher Taten, drängen, die er nicht verantworten könne. Ich würde ihm ja so indirekt vorwerfen, er hätte gar nicht vor sich zu trennen und sich zu mir zu bekennen. Diese Erkenntnis meines Lieblings ist eigentlich gar nicht sooo abwegig. Ab und zu denke ich mir tatsächlich, dass sich sein Wunsch sich von seiner Frau zu trennen, um ausschließlich mit mir beisammen zu sein, sehr in Grenzen hält. Aber sicherlich täusche ich mich da.

Um zwischendurch einmal klar zu verdeutlichen, dass ich doch noch ein klein wenig Verstand besitze, möchte ich unmissverständlich feststellen, dass mir bewusst ist, dass diese Aussagen meines

Liebhabers ganz genau dem Klischee entsprechen. Es ist die klassischste Ausrede von verheirateten Männern ihren Geliebten gegenüber, wenn sie ohnehin nie vorhaben, ihre Frauen zu verlassen. Das mag sein, aber jetzt das absolut Positive an der Sache: Mein Johann passt in kein Klischee!!! Der ist einzigartig! Eben! Das heißt dann, MEIN Johann will seine Frau sehr wohl verlassen und zu mir kommen. MEIN Johann braucht keine Ausreden. Er sagt, was er meint und wird auch danach handeln. Gut, der letzte Teil meiner Feststellung relativiert meinen angetretenen Beweis eines Restbestandes meiner Intelligenz. Aber dagegen gibt es sicher gute Tabletten!?! Ich muss nur den richtigen Arzt für mich noch finden. Und das möglichst schnell!

Abgesehen davon, haben mein Liebling und ich doch in beidseitigem Einverständnis vereinbart, dass Johann bei seiner Frau bleiben kann, und wir beide unsere Freiheiten behalten. Ach, was bin ich doch für eine intelligente Frau, in Sachen Liebe Vereinbarungen zu treffen. *Sehr schlau, Brigitte!* Kann es sein, dass das ein Argument meiner Freundinnen war, die Finger von Johann und solchen dummen Abmachungen zu lassen? Kann es sein, dass genau dieser Fall eintritt und man kein unverbindliches Treffen mehr will, sondern eine richtige Beziehung mit allem drum und dran, und ohne Ehefrau im Hintergrund?

Ja, natürlich „kann es sein"!!! Das ist jetzt ohnehin ziemlich offensichtlich, hilft mir aber im Moment nicht wirklich weiter. Was hingegen ich aber doch als positiv empfinde, ist der Umstand, dass auch Johann mir zu verstehen gibt, dass er ausschließlich mit mir zusammen sein möchte. Oder ich bilde mir ein, dass mein Liebling es mir zu verstehen gibt, da ist ja nur ein winziger Unterschied!

Welchen Grund hätte er sonst, mir zuzusagen mit Klara wenigsten irgendwann einmal zu sprechen. Vielleicht um mich bei Laune zu halten und mich noch weitere Zeit als nettes Geplänkel für zwischendurch zu behalten? Das wäre sicherlich ein gutes Argument, aber das kommt mir bei meiner Verliebtheit absolut nicht in den Sinn!

Nein, nein, mein Geliebter will hundert prozentig genauso wie ich, dass ausschließlich wir beide unser weiteres Leben gemeinsam verbringen, ohne Klara!

Ganz sicher! Deshalb ist Johann auch extrem bemüht, unsere Affäre vor seiner Ehefrau geheim zu halten. Diesen, meinen Denkansatz muss man jetzt nicht verstehen!! Aber Johanns Zusage irgendwann mit Klara reden zu wollen, lässt mich ehrlich hoffen, nein, hoffen ist zu wenig, eher mit ziemlicher Sicherheit vermuten, dass unsere Beziehung doch tiefgründiger geworden ist, als wir es anfangs beabsichtigt hatten. Ich vertraue meinem Liebling, oder besser gesagt, ich hoffe darauf, dass er die Wahrheit sagt, und wirklich eine Entscheidung trifft. Denn so dumm es auch ist, es liegt einzig und allein bei ihm.

Aufmerksamen Lesern ist sicherlich aufgefallen, dass ich ziemlich viel „hoffe" und „vermute", was die Beziehung mit Johann und die Handlungen von meinem Geliebten betrifft, aber das ist sicherlich normal – oder auch nicht?!? Ich jedenfalls bin (immer noch) alleinstehend und für eine Partnerschaft mit ihm bereit. Das will ich hiermit nur nochmals unmissverständlich festhalten.

Allerdings, und ich denke das vergesse ich zeitweise immer wieder, steht mir die Option zu, jederzeit diese unverbindliche Beziehung zu beenden. Ja, stimmt, aber das will ich ehrlich gesagt derzeit (noch!!!) überhaupt nicht! Ich will doch meinen Johann!!

Jetzt kann ich auch verstehen, dass es Heiratsschwindler eigentlich relativ leicht haben, denn Frauen sind wirklich sehr, sehr, sehr, sehr dumm, wenn sie sich verliebt haben. Ich habe das Glück, dass es bei mir Gott sei Dank nicht soooo schlimm ist. Hahaha, könnte es denn wirklich noch schlimmer sein??? Ich hätte bis zu diesem Moment alles verwettet, dass ein Mann niemals so viel Macht über mich haben würde, wie jetzt mein Johann. Auch war ich bis zu diesem Zeitpunkt überzeugt, dass niemand es schaffen könnte, mich so zu manipulieren und mich von meinen eigentlich doch relativ „gesunden" Lebensvorstellungen und -einstellungen abzubringen, wie mein geliebter Johann.

Das ist aber andererseits auch wieder gut so, denn was hätte ich denn sonst meinen Enkelkindern zu erzählen???? Ich, als zukünftige, lustige und ein klein wenig verrückte Oma muss doch auch verrückte Geschichten zu erzählen haben. Na perfekt, da haben wir es schon wieder, ich muss meinem Johann einfach immer und ewig dankbar sein.

8

Johann und ich, das ist jetzt auch für jeden noch so großen Skeptiker offensichtlich, sind das absolute Dream-Team. Zumindest sind wir(?!?) beide dieser Meinung. Wir, oder ja, ich gebe es zu, zumindest ich, bin der festen Überzeugung, dass nichts und niemand an unserer Liebe rütteln kann. An meinen diesmal wirklich freundlichen, liebevollen und komplett ohne jede Bösartigkeit behafteten Worten ist sofort erkennbar, dass Johann und ich im Moment eine Phase der vollsten Harmonie durchleben.

Jetzt nur nicht näher damit befassen, nicht explizit darauf eingehen, nicht versuchen zu analysieren warum und wieso das so ist. Einfach genießen! Das „Pulverfass" auf dem Johann und ich sitzen kann jeden Augenblick explodieren.

Damit wir uns ausnahmsweise auch am Wochenende treffen können, abseits der Arbeit, hat mein Johann die perfekte Idee. Schon wieder ein toller Einfall von meinem Liebling! Ja, richtig erkannt, abermals will mein Liebling mich in sein Privatleben integrieren. Und ich muss es einfach erwähnen, absolut ohne Druck meinerseits. Völlig freiwillig! Offensichtlich will er mehr Zeit als bisher mit mir verbringen. Also, wenn das kein Zeichen ist! Ich spüre es förmlich, er will mehr von mir! (Wo sind meine Tabletten?!?)

Aber da ich aus meinen Fehlern ab und zu auch lerne, werde ich mir den Vorschlag meines Geliebten zuerst in aller Ruhe anhören. Anschließend sorgfältig abwägen, ob seine Idee in die Realität umsetzbar ist und vor allen Dingen, ob ich seinen Plan auch mit meinem Gewissen vereinbaren kann. Diesmal steht für mich nämlich ausnahmslos fest, ich will mich nicht mit seiner Frau treffen. Ich will auch keinen Ausflug mit seiner Frau machen. Wenn wir uns treffen, dann ausschließlich Johann und ich, sonst verzichte ich! Ich bleibe meinem frisch errungenen Standpunkt treu. Ich lasse mein Gehirn eingeschaltet. (Hurra!!! Die Tabletten wirken!)

An Kreativität mangelt es meinem Johann nicht, und das bleibt auch so. Ach, das Leben ist doch so einfach, wenn man einen Freund wie Johann hat. Sein neuester Einfall für ein Treffen (zu zweit!) lautet wie folgt:

Johann teilt Klara mit, er möchte sich am Sonntag ein Eishockeyspiel im eigens dafür neu erbauten Stadion anschauen. Er weiß, dass seine Frau daran absolut kein Interesse hat, und deshalb nicht darauf bestehen wird, mitzugehen. Trotzdem wird er ihr vorschlagen gemeinsam zum Stadion zu fahren. Während er sich das Eishockeyspiel anschaut, oder um bei der Wahrheit zu bleiben, er sich mit mir trifft, soll Klara eine Freundin besuchen, die ganz in der Nähe des Stadions wohnt. Klara soll ihn nur beim Stadion aussteigen lassen, und nach Spielende wieder abholen. So könnten beide einen interessanten Nachmittag verbringen. Mein Liebling mit Sicherheit!!! – Mit mir!

Ach, ist das nicht süß von meinem Liebling?!? Damit seine Frau am Sonntag nicht alleine zuhause sitzen muss, findet Johann sofort eine Ablenkung für sie. Da soll jetzt noch einer sagen, mein Geliebter würde sich nicht um seine Frauen kümmern. Ja, ich weiß, dieser Gedanke ist jetzt etwas merkwürdig, aber ich finde es trotz allem irgendwie nett von Johann, dass er, auch wenn er mich liebt, immer noch an Klara denkt. (Ihr merkt es wahrscheinlich, die Wirkung der Tabletten lässt rapide nach!)

Doch die Ernüchterung folgt kurz darauf. Der wahre Grund, warum Johann Klara mitnehmen will, ist ein ganz anderer: Mein Liebling will keinen Verdacht aufkommen lassen. Verdacht? Weswegen? Bisher hat mir doch mein Geliebter pausenlos erklärt bis auf den Sex liefe in ihrer Ehe alles bestens? Vielleicht doch nicht?!? Klara soll nicht auch nur im Entferntesten auf die Idee kommen, er hätte irgendetwas vor, was sie nicht wissen dürfe. Denn, dass Johann am Wochenende etwas alleine unternimmt, ist absolut unüblich. Da Johann sich von Klara aber bis zum Stadion bringen lässt und auch von dort wieder abholen, ist so gesehen jeglicher Zweifel an Johanns Vorhaben ausgeschlossen. Man könnte sagen, damit ist seine Unschuld schon vor Zustandekommen einer Anschuldigung bewiesen.

Auch für mich ist dies die perfekte Idee. Meine zuvor klar festgelegten Kriterien werden alle erfüllt. Also darf ich Johanns Idee toll finden, so wie bisher auch alles andere was Johann sagt, macht und tut – habe ich das etwa schon einmal erwähnt? Somit haben wir sogar sonntags ein wenig Zeit für uns zur Verfügung. Das ist ja dann schon wie bei einem „richtigen" Pärchen! Na, zumindest fast! Da soll noch einer sagen, ich hätte keinen intelligenten Freund.

Soweit, so gut. Aber wir haben wie des Öfteren die Rechnung ohne Klara gemacht. Hahaha – welch Wunder!

Am Sonntag warte ich zur ausgemachten Zeit am vereinbarten Treffpunkt auf Johann. Da ich sicherheitshalber um eine halbe Stunde zu früh bin, ich will nicht unbedingt gleichzeitig mit Klara eintreffen, stelle ich mein Auto auf den großen Parkplatz beim Eishockeystadion mit Blickrichtung auf die Einfahrt. Mein Johann soll mich gleich sehen, wenn er auf der Suche nach mir auf den Autoabstellplatz spaziert kommt. Um die Zeit bis zu seiner Ankunft zu überbrücken, lese ich noch ein wenig in der mitgebrachten Zeitung. Doch, oh mein Gott!!! Wie soll ich es am besten ausdrücken, mir bleibt fast das Herz stehen!

Anstatt meinen Johann flotten Schrittes auf mich zukommen zu sehen, fährt Klara auf den Parkplatz. Ohne meinen, oder soll ich doch besser ihren Johann sagen? Egal. Sie kommt also allein im Auto, ohne unseren Johann. Sie erblickt mich sofort und hält neben meinem Auto. Leugnen oder abstreiten ist in diesem Fall wohl eher sinnlos und lächerlich. *Also, Brigitte, mach gute Miene zum bösen Spiel und stell dich „wie eine Frau" der Situation.*

Freundlich erklärt Klara mir, dass Johann nicht kommen wird. Woher sie das weiß? Weil Johann seit zwanzig Jahren ihr Ehemann ist. Weil sie ihren Johann kennt! Klara ersucht mich um ein Gespräch in ihrem Auto. Völlig perplex ob der „leicht" geänderten Situation steige ich zu ihr in den Wagen. Sie offenbart mir, dass, als sie Johann aus dem Auto steigen ließ, sie ihn beobachtet hätte. Als er nur wenige Meter Richtung Eingang der Eishalle gegangen wäre, dann umgedreht hätte und schnellen Schrittes Richtung Parkplatz marschiert wäre, wäre für sie alles klar gewesen. Sie kam ihm zuvor und war als Erste bei mir.

Ach, muss ich toll sein! Soll ich Klara jetzt gratulieren, weil sie den „Wettlauf" gegen ihren Mann gewonnen hat? Ich bin mir inzwischen bewusst, dass ich mit meiner rosaroten Brille teilweise gehirntechnisch blockiert bin. Gott sei Dank nur teilweise, denn ich habe sehr wohl registriert, dass Klara soeben zu mir gesagt hat, „in dem Moment, wo Johann in Richtung Parkplatz statt Richtung Eingang der Eishalle gegangen wäre, wäre für sie alles klar gewesen". Bei dieser Aussage, beginnen dann aber doch einige, noch lange nicht alle, Warnblinklämpchen in meinem Oberstübchen zu leuchten. Leider braucht so ein Durchdringen von Licht durch alle Gehirnwindungen, bis es endlich an die richtige Stelle kommt, einige Zeit. Deshalb ist der Zeitpunkt des tatsächlichen Bewusstwerdens von Klaras Worten erst nach dem Gespräch mit ihr.

Dafür dann aber umso heftiger, und je mehr ich darüber nachdenke, umso größer wird mein Ärger, für wie blöd mich mein Johann verkauft. Wie lange lasse ich mich noch so offensichtlich belügen, und verschließe vor allen noch so hundert prozentigen Indizien die Augen? Woher, wenn nicht aus bereits früher erlebtem Fremdgehen ihres Mannes sollte Klara diese Situation kennen?

Hmmm, mein Johann wird doch mir gegenüber nicht völlig unbeabsichtigt (Scherzchen!), vorangegangene Ehebrüche verdrängt, vergessen oder nicht erwähnt haben? Ich kann mich noch sehr gut daran erinnern, wie Johann mir versichert hat, er hätte seine Frau bisher noch nie betrogen. So etwas würde er nie machen! Aber weil ich, die Brigitte, eine Frau bin, wie er sie noch nie getroffen hätte und wie er sie sich Zeit seines Lebens immer schon gewünscht hätte, hätte er sich dazu hinreißen lassen. Ich wäre so einmalig, so toll, so einzigartig, und nur deshalb würde er seine Frau mit mir betrügen. Wenn ich aber mit meiner, und wenn ich Klara richtig verstanden habe, auch ihrer Einschätzung richtig liege, dann würde das heißen, Johann hatte schon mindestens ein weiteres Mal eine Affäre. Das würde dann auch bedeuten, ich wäre gar nicht soooo einzigartig, wie Johann mir glaubhaft versichert hat. Was ist dann noch alles gelogen, was mein Liebling mir im Laufe unserer Affäre, oder auch schon seit unserem Kennenlernen erzählt hat?

So, jetzt aber zurück zu meinem dann doch eher ungeplanten Gespräch mit Klara in ihrem Auto: Wir unterhalten uns freundschaftlich. Obwohl, freundschaftlich ist sicherlich nicht das richtige Wort für eine Unterhaltung zwischen betrogener Ehefrau und Geliebter, aber mir fällt momentan kein passenderer Ausdruck ein. Vielleicht trifft es betont emotionslos noch am besten. Ich getraue mich aber zu behaupten, falls uns jemand beobachtet hätte (doch nicht vielleicht unser Johann??? Nein, nein, der ist zwischen den geparkten Autos verschwunden), er hätte unsere Unterhaltung sehr wohl als freundschaftlich gedeutet. Es wird weder laut gesprochen, noch geweint, noch werden von Klara oder mir sonstige Emotionen nach außen getragen. Beim Poker spielen hätten Johanns Ehefrau und ich mit unserer ausdruckslosen Gesichtsmimik sicherlich Vorteile.

Ich erzähle in meiner grenzenlosen Ehrlichkeit, oder vielleicht wieder mal Dummheit, Klara so ziemlich alles von Johanns Affäre mit mir. Nein, nennen wir es nicht Dummheit, sondern eventuell Ungeübtheit in solch einer Situation, oder auch Hilflosigkeit. Vielleicht erzähle ich ihr aber auch deshalb so viel von Johanns Affäre mit mir, damit endlich etwas Bewegung in diese verzwickte Situation kommt. Sonst haben wir diese Dreiergeschichte in zehn Jahren immer noch.

Also, wie bereits erwähnt, ich erzähle Klara bereitwillig wie lange unser Versteckspiel schon dauert, wie oft wir uns treffen, und auch wo wir uns treffen. Vielleicht ist es ja Schicksal, dass Klara mich getroffen hat und wenn schon Johann nicht den Mut aufbringt mit Klara zu reden und zur Wahrheit zu stehen, dann ist das jetzt mit Sicherheit der richtige Zeitpunkt dafür. Kein Mensch, auch Klara nicht, würde mir jetzt die Geschichte von einem zufälligen Treffen glauben, dazu kann ich zu schlecht lügen!

Aber irgendwie, und das soll jetzt nicht als Entschuldigung für meine Offenlegung der Affäre von Johann und mir gelten, nein, irgendwie hat doch auch Klara das Recht, die Wahrheit zu erfahren. Denn soweit ich das beurteilen kann, wird sie von ihrem Ehemann nicht nur nach Strich und Faden betrogen, sondern auch belogen. Und das kann doch nicht in ihrem Interesse liegen. Jetzt bitte nichts falsch verstehen. Ich will damit keinesfalls ausdrücken, dass belügen schlimmer ist als betrügen! Nein, keinesfalls! Beides ist absolut falsch und dem Partner gegenüber mehr als unfair und ein schwer wieder gut zu machender Vertrauensbruch.

Naja, grenzenlose Ehrlichkeit meinerseits ist dann vielleicht auch von mir etwas übertrieben, aber es ist definitiv so, dass ich doch immer versuche, die Wahrheit zu sagen. Zugegeben, manchmal ist es nicht möglich oder nicht angebracht, aber grundsätzlich bin ich ein Verfechter von Lügen. Ab und zu fällt es unter „Eigenschutz", wenn man die Tatsachen ganz leicht verdreht, aber ich bin mir sicher, niemals soooo berechnend gelogen zu haben wie Johann, und wie sich später herausstellen soll, auch Klara. Ich bin immer noch der Meinung, wir sind keine kleinen Kinder und es ist am vernünftigsten, Probleme, welcher Art auch immer, soweit es möglich ist in Ruhe auszureden, und so die bestmögliche Lösung für alle Beteiligten zu finden.

Mir ist dabei allerdings ein „kleiner" Denkfehler passiert. Ich kenne Klara überhaupt nicht, und weiß nicht, inwieweit sie meine Meinung, unser Problem auszudiskutieren, unterstützt. Oder besser ausgedrückt, es gibt für sie eigentlich offiziell nur ein Problem: MICH!!! Natürlich kann man jetzt einwenden, wenn in einer Ehe alles so toll ist, dann besteht auch für den Ehemann kein Bedarf seine Frau zu betrügen.

Folglich gäbe es dieses „Problem" mit mir gar nicht, aber ich glaube, diesen Denkansatz lasse ich jetzt lieber ungesagt.

Ich hätte allerdings wissen müssen, dass keine Ehefrau „freundschaftlich" mit der Geliebten ihres Mannes spricht, und schon gar nicht ehrlich! Ja, sehr gut, jetzt weiß ich es auch. Aber ich Dummerchen, eher Größenwahnsinnige, bin der Meinung, wenn Klara jetzt von mir nochmals von Frau zu Frau erfährt, dass Johann und ich uns lieben, uns regelmäßig treffen und wir sie seit einer gefühlten Ewigkeit (nicht lachen, immerhin sind es schon einige Wochen!) hintergehen, sie dann die Konsequenzen ziehen würde, und das Territorium, in unserem Fall, Johann, mir überlassen würde.

Denn in meinen Augen ist es doch so: Wer will denn mit einem Mann verheiratet sein, der offensichtlich eine andere liebt?!?

Andere Frage: Wer will den einen Mann als Geliebten, oder auch mehr, der anscheinend in keinster Weise vorhat, sich von seiner Frau zu trennen?!?

Aber auch Johann beobachtet die Situation, und in dem Moment, als er sieht, dass Klara zu mir kommt, verschwindet er augenblicklich in der Menge. Der „arme" Mann versteckt sich eineinhalb(!!!) Stunden, solange wird das Gespräch zwischen Klara und mir dauern, zwischen den geparkten Autos! Jetzt darf aber wirklich niemand denken: „Was ist denn mit dem los?!?" Für meinen tollen Johann wäre es zu nervenaufreibend sich der Situation zu stellen. Schließlich muss er Klara wie schon öfters erwähnt, langsam und vorsichtig darauf vorbereiten, dass er sie verlassen wird. Da wäre der Zeitpunkt jetzt wirklich etwas verfrüht und zu plötzlich. Ja, ja, ich weiß, jeder hat recht, der das Gefühl hat, mir sollte irgendjemand die Augen öffnen oder noch besser, mich „mit Gewalt zur Vernunft bringen", aber es ist außer Klara und mir in dem Moment niemand anwesend. Und Klara versucht ohnehin alles, mir Johann auszureden.

Jetzt aber wieder zurück zu meinem Gespräch mit Klara. Gleich zu Beginn lässt die Ehefrau meines Geliebten mich wissen, dass sie schon lange den Verdacht hegt, Johann hätte mit mir eine Affäre begonnen. Laut ihrer Aussage hätte sie quasi einen sechsten Sinn für solche Dinge. Ist das jetzt ein neuerlicher Hinweis darauf, dass ich nicht die erste und einzige Affäre in der Ehe von Johann und Klara bin? In der Aufregung allerdings hinterfrage ich diese Aussage von Klara nicht weiter und lasse sie weiterreden: "Frau Brigitte, ich weiß ja nicht, was Ihnen mein Mann über unsere Ehe erzählt hat, Fakt ist aber, wir führen eine sehr gute und harmonische Ehe."

Ich sehe sie leicht irritiert an. Aber ich kann sie jetzt beim besten Willen nicht fragen, wozu er dann mich hat, wenn doch alles in Johanns und Klaras Beziehung bestens ist. Und jetzt ist Klara auch plötzlich der Meinung der Sex in ihrer Ehe wäre erfüllend und gut. Diese Aussage steht jetzt im krassen Gegensatz zu der beim gemeinsamen „Kaffeeklatsch" getätigten. Verstehe ich irgendetwas falsch oder widerspricht sich Klara in jedem Satz selbst?!?

Ich leugne in unserem Gespräch nicht, Johann zu lieben. Das sind Gefühle, die man nicht einfach ausschalten oder abdrehen kann. Nichtsdestotrotz ist mir aber auch klar, dass das für Klara sicherlich keine Entschuldigung für das Verhalten von Johann und mir ist. Sie soll aber trotzdem wissen, dass wir, ich denke, da kann ich auch für Johann sprechen, sie absolut nicht böswilliger Weise hintergehen. Oder mein Liebling vielleicht doch?!? Wenn ich mich allerdings in Klaras Situation hineinzuversetzen versuche, dann ist es der betrogenen Ehefrau wahrscheinlich weitestgehend egal, weshalb sie betrogen wird, nur die Tatsache, DASS sie es wird, ist der ausschlaggebende Punkt.

Um nochmals zu betonen, dass ich sie auch wirklich in gewisser Weise verstehen kann, entschuldige ich mich bei Klara, mich in ihren Mann verliebt zu haben. Das ist jetzt etwas übertrieben, aber in dieser obskuren Situation ist ohnehin nichts „normal". Da kommt es auf so eine Kleinigkeit auch nicht mehr an.

Man kann die Sache drehen und wenden wie man will, es ist doch so, ich kann nichts dafür, mich in ihren Mann verliebt zu haben!!! Wenn meine Gefühle von ihm nicht erwidert würden, dann wäre die

Sache ohnehin ein für allemal erledigt, aber so!?! Klara sieht mich etwas mitleidig an und meint: "Wissen Sie, Frau Brigitte, es ist ein großer Unterschied, ob man Johann nur stundenweise trifft, oder ihn jeden Tag zuhause hat. Es ist nicht wirklich prickelnd einen Mann zu haben, der jeden Tag nach der Arbeit nach Hause kommt, sich aufs Sofa legt und schläft."

Mittlerweile wirkt Klara ein wenig traurig, fast resigniert, dennoch redet sie weiter: "Ich würde tatsächlich gerne ab und zu mit meinem Mann Ausflüge unternehmen oder auch ein paar Tage verreisen, aber Johann verwendet seine ganze Energie für seine Arbeit."

Täusche ich mich, oder hat Klara jetzt tatsächlich Tränen in den Augen. Jetzt tut sie mir leid. Aber was soll ich denn machen?

Verbittert fügt sie noch hinzu: "Und das, obwohl er schon in Pension ist und nur noch „zum Spaß" arbeitet. Und so kommunikativ, aufgeschlossen und gut gelaunt er sich Ihnen gegenüber präsentiert (woher weiß sie denn das?!?), ist er im „wahren" Leben nicht. Sie wären tatsächlich überrascht, wenn Sie Johann erleben würden, wie er wirklich ist!!!"

Anschließend erklärt Klara mir, sie würde liebend gerne auf Johann verzichten, da sie einen Mann, der sie immer betrügt und belügt nicht haben wolle.

Wieso immer? Aber in der Hitze des Gefechts überhöre ich dieses Wort und gehe daher auch darauf nicht näher ein. Aber leider, oder Gott sei Dank oder wie auch immer, kommt alles irgendwann ans Tageslicht beziehungsweise auch an meine Ohren. Aber warten wir es ab.

Ja, aber wenn sie ihn nicht will, wieso ist sie dann noch bei ihm? Oder auch, wieso ist sie dann nicht froh, wenn er eine andere Frau findet und sie ihre Ruhe vor ihm hat, wenn er doch gar nicht so toll ist, wie ich glaube? Schön langsam aber sicher kenne ich mich überhaupt nicht mehr aus!

Johann sagt, er bliebe bei seiner Frau, weil sie überfordert wäre, wenn er sie alleine ließe.

Klara wiederum meint, sie wolle ihn nicht mehr, bleibt aber trotzdem bei ihm??? Klara teilt mir aber auch mit, ich solle mich nicht zu früh freuen, welches „Exemplar" ich mir da ins Haus hole.

Wie jetzt??? Verzichtet sie jetzt doch auf Johann und überlässt ihn entgegen ihrer früheren Aussagen mir? Ist ihr klar geworden, dass Johann und ich zusammengehören? Oder gibt sie mit dieser Aussage zu, dass ihre Beziehung mit Johann doch nicht mehr so glücklich ist, wie anfangs behauptet?

Für mich ist klar, eine verschmähte Ehefrau muss auch etliche negative Eigenschaften ihres untreuen Ehemannes vorbringen, ob sie jetzt der Wahrheit entsprechen oder nicht. Sie kann wahrscheinlich gar nicht anders reden, irgendwie muss sie ihn mir doch ausreden.

Wenn sie ihn mir ausreden will, dann will sie ihn ja anscheinend doch wieder behalten! Ohh, mein Gott!

Vielleicht ist das ein abgekartetes Spiel von Klara und Johann und sie wollen mich gemeinsam in den Wahnsinn treiben? Anders kann ich mir die Argumentation der beiden im Moment nicht erklären. Oder, aber, wir sind bei „versteckter Kamera". Und gleich hüpft Johann mit dem Kamerateam zwischen den Autos hervor und macht mir einen Heiratsantrag, weil Klara gar nicht seine echte Frau ist!

Jetzt ist es soweit! Ja, ich spüre es förmlich, ich werde verrückt!!!

Aber zurück zur traurigen Wirklichkeit, und Klaras Bemühungen mir Johann auszureden. Und wie könnte das besser gelingen, als mir klarzumachen, dass ich nicht den „tatsächlichen" Johann kenne, sondern nur den, der mir ausschließlich seine „Schokoladenseite" präsentiert? Klara, das ist offensichtlich, hat nach zwanzig Jahren(!) Ehe doch gar keine Ahnung wie ihr Johann wirklich ist! Daher redet sie schlecht über ihn. Aber ich, die tolle Brigitte, die ihren Johann erst relativ kurze Zeit kennt und immer nur stundenweise seinem grenzenlosen Charme (Scherzchen!) erliegen darf, denn länger hat er für mich keine Zeit, weiß natürlich ganz genau Bescheid, dass Johann ausschließlich positive Seiten hat. Sämtliche negativ angehauchten Geschichten und Erzählungen von Klara sind sicherlich frei erfunden, um Johann vor mir schlecht zu machen.

Außerdem ist es ganz einfach: Klara ist schlicht und einfach nicht die richtige Frau für Johann.

Aber ich bin ja nicht blöd (hahahah!!!!) und glaube Klara kein Wort. Ich bin doch nicht „auf der Nudelsuppe daher geschwommen". Selbstverständlich muss eine gehörnte Ehefrau ihren Mann vor der Geliebten schlecht machen, es wäre ja noch schöner, wenn sie ihn auch noch loben würde.

So weit, so gut! Aber man soll nie vergessen, ein Quäntchen Wahrheit steckt in jeder Aussage, auch in der einer betrogenen Ehefrau. In der vielleicht erst recht, aber warten wir es ab, es wird sich alles noch herausstellen!

Im Anschluss an unser Gespräch versuchen sowohl Klara als auch ich, Johann telefonisch zu erreichen. Ohne Erfolg. Er geht nicht an sein Handy. Nach außen hin immer noch völlig emotionslos, innerlich jedoch aufgewühlt und durcheinander, verabschieden wir uns und ich verlasse Klaras Auto. Schließlich ist es nicht alltäglich, mit einer quasi Fremden über seine innersten Gefühle zu reden, und schon gar nicht mit der „Rivalin". Trotzdem endet dieser neunzigminütige Austausch von Informationen unseren Johann betreffend, dann für mich doch eher enttäuschend. Nach wie vor ist alles ungewiss was meine Zukunft mit Johann betrifft.

Als Klara vom Parkplatz fährt, läutet mein Handy. Johann!!! Oh, welch Überraschung!

"Warte auf mich, ich komme schon zu dir!" Das sind die Worte von Johann, und keine zwei Minuten später steigt er zu mir ins Auto. Sprachlos blicke ich ihn an und warte auf eine Erklärung von ihm. Und, was soll ich groß sagen? Es ist genauso wie Klara es prophezeit hatte.

Johann ist zwar Richtung Eingang des Eishockeystadions los marschiert, hat aber nach wenigen Schritten umgedreht um zu mir auf den Parkplatz zu kommen. Als er bemerkt hat, dass Klara ebenfalls mit ihrem Auto zum Parkplatz fährt, mich entdeckt hat und sich neben mein Auto gestellt hat, hat er sich wie vermutet zwischen in der Nähe parkenden Autos versteckt und uns beobachtet. Ich wiederhole: neunzig Minuten lang! Er wollte uns, wie er mir jetzt erzählt, nicht stören und uns quasi in Ruhe und unter uns ausmachen lassen, wer ihn jetzt bekommt!!! Zu seiner Verteidigung muss ich jetzt betonen, dass das nicht die Originalworte von Johann waren, aber sinngemäß trifft es den Kern der Sache genau.

Diese Erklärung seinerseits trägt jetzt nicht wirklich dazu bei, mich von meiner Sprachlosigkeit zu erholen. Um ihn zu informieren, was er bei Klaras und meinem Gespräch verpasst hat, berichte ich meinem Liebling, dass ich seine Frau sehr ausführlich von unserer Affäre in Kenntnis gesetzt hätte. Ich sehe ihm an, dass ihm das nicht recht ist, aber da gibt es nichts mehr zu rütteln. Gesagt ist gesagt! Außerdem hatte er die Möglichkeit zu uns zu kommen, und seine Version des „zufälligen" Treffens zum Besten zu geben.

Jetzt im Nachhinein kann auch mein Liebling, an dem von Klara mit mir geführten Gespräch absolut nichts mehr ändern oder schönreden. Das dürfte auch Johann klar sein, denn plötzlich stellt er eine Frage, die mich mehr als überrascht: "Und? Nimmst du mich jetzt mit zu dir?"

Was mich unter normalen Umständen zu einem freudigen Luftsprung veranlasst hätte, Johann entscheidet sich endlich für mich und will nicht zu Klara zurück, lässt mich jetzt erstarren. Ich kann es nicht wirklich beschreiben oder erklären, aber mein Bauchgefühl, und ja, ich besitze so etwas, wenn es mich auch manchmal schwerlich im Stich lässt, gibt mir eindeutig zu verstehen, dass das nicht die Lösung ist, die ich anstrebe oder die ich mir wünsche. Keine Ahnung, warum, denn das Ergebnis wäre eigentlich das Gewollte: Johann wäre bei mir!

"Nein, wie stellst du dir das denn vor?" Meine Worte, die quasi wie von selbst aus mir heraussprudeln, noch bevor ich sie mir recht überlegen kann, und noch bevor ich wirklich bewusst entscheide, was ich denn jetzt tatsächlich antworten will, überraschen in diesem Moment sogar mich. Aber auch jetzt gilt, gesagt ist gesagt.

Ich denke, ich bin von dem Gespräch mit Klara noch so durcheinander, dass ich nicht wirklich weiß, was ich jetzt von dieser abermals so spontan geänderten Situation halten soll. Außerdem, und das muss ich schon auch ehrlich zugeben, habe ich irgendwie das Gefühl, dass ich jetzt nur so eine Art Notlösung für Johann wäre. Ich will jetzt nicht sagen, dass er unter den gegebenen Umständen Angst davor hat, wieder zu Klara zurückzukehren, aber ganz wohl ist ihm bei diesem Gedanken daran mit Sicherheit nicht. Denn bis jetzt hat er ihr doch immer hoch und heilig versprochen, ausgesprochen glücklich mit ihr zu sein und ihr versichert, dass sie sich eine Affäre mit mir nur einbilde. Und so leicht möchte ich es ihm jetzt doch nicht machen.

Toll! Ist das jetzt ein Zugeständnis, dass ich sehr wohl weiß, dass ich es meinem Johann nicht allzu schwer mache, mich als Geliebte so nebenbei zu haben? Ja?? Na, dann besteht ja noch ein klein wenig Hoffnung für mich! Ich möchte, dass Johann sich ganz bewusst zu mir bekennt, schließlich bin ich der Meinung wir lieben uns, und da wird es sogar mir, der wahrscheinlich unromantischsten Person überhaupt, zu unromantisch. So darf nicht einmal mein geliebter Johann mit mir und meinen Gefühlen umgehen.

Mit dieser, meiner Antwort hat mein Johann jetzt aber nicht gerechnet. Etwas verständnislos sieht er mich an, meint aber dann doch sofort: "Na, dann muss ich Klara anrufen, dass sie mich abholt!"

Ach, das freut mich jetzt aber, dass Johann seine Enttäuschung so offen zeigt, nicht mit mir mitkommen zu können oder zu dürfen. Nämlich gar nicht! Eigentlich scheint es ihm völlig egal, wenn nicht ich, dann wird er eben doch wieder zu seiner Ehefrau zurückgehen. Mir kommt vor, für ihn ist die Hauptsache, er ist nicht allein. Aber welche Frau dann im Endeffekt bei ihm ist, ist ihm egal. Na, bravo!! Klara erklärt sich sofort bereit, jetzt anscheinend doch wieder „ihren" Johann gleich vom Parkplatz abzuholen und nach einem Abschiedskuss (*Hallo, was ist denn mit mir los?? Was soll das denn wieder??*) von Johann verschwinde ich schnell vom Parkplatz. Mir ist jetzt nicht danach noch einmal auf Klara zu treffen. Ach, wirklich?

Das überrascht jetzt aber jeden!

Wie es nun aber mit Johann und mir weitergeht, beziehungsweise ob es überhaupt mit uns weitergeht, kann ich im Moment beim besten Willen nicht sagen. Das Einzige, was mich an dieser Situation noch ein bisschen tröstet, ist die Tatsache, dass Johann jetzt nicht ganz aus meinem Leben verschwunden ist, da wir uns zwangsläufig während der Arbeit wieder über den Weg laufen (müssen) und so die Weichen für ein neuerliches Treffen bereits gestellt sind.

9

Zur Abwechslung zurück zu meiner Freundin Simone. Schließlich muss oder möchte ich demonstrieren, dass ein Beginn einer Beziehung nicht ausschließlich in eine solche Katastrophe münden muss, wie bei mir.

Simone wartet auf einen Vorschlag von Peter für ein etwas Intimeres oder wenigstens ein normales Wiedersehen. Das ständige SMS-Schreiben ist anfangs zweckmäßig, aber keinesfalls ausreichend zum näheren Kennenlernen. Simone, und hoffentlich nicht nur sie, hat das Bedürfnis, Peter, mit dem sie mittlerweile auch schon sehr private Dinge austauscht, wieder „in natura" zu sehen. Aber bislang besteht kein Grund zur Panik, es läuft ohnehin alles bestens bei den beiden. Wenn es nach den schriftlichen Aussagen von Peter geht, kann er es gar nicht abwarten Simone wieder zu sehen, und natürlich auch endlich zu küssen. So schreibt er zumindest in fast allen seinen SMS.

Na, dann? Wo ist das Problem? Hmmmm, ja, und bitte jetzt nicht lachen. Peter schreibt einfach nicht, dass er sich tatsächlich mit Simone treffen möchte! Es kommt nichts! Rein gar nichts! Nur permanent schriftliche Bekundungen seiner tiefen Zuneigung zu ihr. Langsam aber sicher beginnt Simone an den Worten von Peter zu zweifeln und auch daran, ob sie dieses jetzt doch schon einige Zeit andauernde Spielchen weiter mitmachen möchte. Da die ständigen Komplimente und netten Worte von Peter ihr aber doch sehr schmeicheln, springt Simone über ihren Schatten.

Entgegen aller guten Vorsätze wagt sie den Vorstoß und macht Peter in ihrer nächsten SMS den Vorschlag sich doch tatsächlich wieder einmal zu treffen. Sie würde ihn gerne wiedersehen und sich nach dieser langen(!) Zeit wieder einmal persönlich, so von Angesicht zu Angesicht, ohne „Zwischenstation Telefon" mit ihm unterhalten.

Ich warne sie, es ihm nicht zuuu einfach zu machen, schließlich sollte er sich doch auch ein wenig um sie bemühen müssen, aber Simone hat die SMS bereits versendet. Haha, ja, richtig erkannt, da spricht die wahre Expertin.

Es ist offensichtlich, wie weit ich es mit meiner Weisheit schon gebracht habe. Bis auf ein freiwilliges, sowie auch unfreiwilliges Treffen mit der Frau meines Geliebten, sind Johann und ich, oder besser gesagt, ich mit Johann, noch keinen Schritt weitergekommen. Aber im Ratschläge geben, bin ich Weltmeister.

Wir, also Simone und ich, versuchen sofort zu planen wie und wo dieses zukünftige Treffen mit Peter stattfinden soll. Selbstverständlich bin ich meiner Freundin wieder behilflich, wenn wir schon so gemütlich beisammen sitzen, können wir das doch auch gleich mit kreativen Gedanken verbinden. Wir gehen davon aus, dass in den nächsten Minuten die Antwort-SMS von Peter mit der hocherfreuten Zusage für das sozusagen erste offizielle Date kommt.

Hmm, wir trinken einen Kaffee, wir trinken einen zweiten Kaffee, mittlerweile bin ich schon bei einem Soda-Zitrone angekommen. Wenn ich noch einen weiteren Kaffee trinke, bin ich ein nervliches Wrack, wobei ich ohnehin nicht mehr weit davon entfernt bin! Also kurz und gut, es hilft alles nichts, bringen wir es auf den Punkt, Peter schickt KEINE SMS und es erfolgt auch KEIN hocherfreuter Anruf von ihm. Nein, es kommt nicht einmal ein „normaler" Anruf.

Etwas ratlos schauen Simone und ich uns an. Das hätten wir uns jetzt wieder einmal ganz anders vorgestellt. In unseren Köpfen beginnen die Rädchen zu rattern. Warum meldet sich Peter nicht? Ist er arbeitstechnisch verhindert, sodass er sein Handy nicht benutzen kann? Hat er vielleicht sein Handy im Moment nicht bei sich? Und jetzt der schlimmste Gedanke: Will er sich vielleicht gar nicht mit Simone treffen? Waren das nur nette Worte ohne wahren Hintergrund, die Peter die letzten Wochen per SMS an meine Freundin verschickt hat? Ist Simone nur die Abwechslung für zwischendurch, für unterwegs, denn für tatsächliche Treffen hat er ohnehin seine Frau?

Unschlüssig, wie wir Peters Verhalten einstufen sollen, und Simone sicherlich auch deprimiert und traurig, machen wir uns auf den Heimweg. Selbstredend ringe ich Simone noch das Versprechen ab, mir sofort Bescheid zu geben, falls Peter sich doch noch melden würde. Niedergeschlagen nickt sie und schaut zum – ich weiß nicht wievielten Mal – erfolglos auf ihr Handy.

Endlich, nach drei Stunden läutet mein Telefon. Simone. Wir führen ein halbstündiges Gespräch, es dreht sich dabei jedoch immer um dasselbe: Peter hat angerufen!

Gott sei Dank war Simones Mann zu diesem Zeitpunkt nicht zuhause und so hatte sie Zeit in Ruhe mit ihrem Schwarm zu plaudern. Peter wäre hocherfreut, dass Simone so viel Interesse an ihm zeige. Oh, welche Überraschung! Wer täte das in seiner Situation nicht? Er würde sich selbstverständlich sehr gerne mit ihr treffen, lieber heute als morgen, aber so einfach wie sie sich das vorstelle, wäre das nicht! Schließlich wäre er in der Arbeit derzeit gerade sehr eingespannt und auch seine Frau würde genau aufpassen, was er mache und wo er sich gerade aufhielte.

Aha, anscheinend wieder so ein Exemplar bei dem die Ehefrau schon „auf der Hut" ist und genau weiß, was passiert, wenn sie die Zügel etwas zu lang lässt. Schon traurig, oder! Aber egal, darauf können wir jetzt nicht auch noch achten. Das ist nicht unser, oder besser gesagt, Simones Problem. Oder vielleicht doch?!?

Das klingt jetzt in den Ohren von manch einem sicherlich sehr rücksichtslos. Ist es aber ganz und gar nicht. Ihr könnt mir wirklich glauben, es ist nicht so, dass wir einfach tun und lassen, was wir, also Simone und ich, wollen. Wir haben tatsächlich den Ehefrauen gegenüber ein schlechtes Gewissen. Und das Letzte was wir wollen ist, irgendjemandem weh zu tun oder zu schaden. Aber, dass wir deshalb immer auf der Strecke bleiben, kann auch nicht sein. Außerdem, und das soll nicht als Entschuldigung gelten, - oh doch, das soll es sehr wohl - wer hat sich denn an uns „herangemacht"? Wer hat denn versucht Kontakt mit uns aufzunehmen? Wer gibt uns eindeutig zu verstehen, mehr von uns zu wollen, als nur ein nettes Gespräch? Wer erklärt uns in jeder erdenklichen Situation wie unglücklich er zuhause bei seiner Frau ist? Also, in meinen Augen ist die Bereitschaft für ein näheres Kennenlernen oder eventuelles Fremdgehen schon eindeutig von unseren Männern ausgegangen.

Nach langem Hin und Her am Telefon, Simone hatte fast das Gefühl, sie müsse um ein Treffen mit Peter betteln, verbleiben die beiden mit dem Versprechen von ihm, sich in Kürze bei ihr mit einem Vorschlag für ihr erstes offizielles Date zu melden. Das mit dem „um ein Treffen betteln müssen" ist jetzt ein bisschen übertrieben, aber Simone war tatsächlich schon kurz davor, die ganze Sache abzubrechen und auch die Nummer von Peter gleich zu löschen. Schließlich wird diese Aktion langsam lächerlich. Nach der Zusage sich bezüglich eines Treffens zu melden, ist Simone jetzt einerseits beruhigt, andererseits ist die unbändige Vorfreude doch um einiges gemindert. Die Unbeschwertheit ist verschwunden. Das hat sich Simone nämlich ganz anders vorgestellt!

Zwei Tage später, auch wenn Simone es insgeheim gehofft hat, so wirklich damit gerechnet hat sie nicht mehr, meldet sich Peter tatsächlich. Er schlägt einen Treffpunkt circa in der Mitte ihrer beiden Wohnorte, auf einem Parkplatz an einem Badesee vor. Ein Ort, wo sich um diese Jahreszeit nicht allzu viele Menschen aufhalten. Sie würden dann vor Ort entscheiden wie es weitergehe, aber er möchte sie unbedingt sehen. Aha, jetzt auf einmal doch? Wir Frauen sind ja überaus flexibel, wenn es darum geht, etwas zu bekommen, was wir unbedingt wollen. Deshalb findet Simone schnell eine Möglichkeit, zum genannten Zeitpunkt am ausgemachten Treffpunkt zu erscheinen und bringt auch noch einige Stunden Zeit mit, um für alle Eventualitäten gerüstet zu sein.

Dann ist es endlich soweit. Peter erscheint pünktlich mit einem etwas schüchternen Lächeln im Gesicht und küsst Simone vorsichtig auf die Wange. Der erste echte Kuss von Peter! Wenn auch vorerst nur auf die Wange, aber Simone genießt die Berührung. Die Situation ist ein wenig angespannt, es ist anscheinend doch ein großer Unterschied ob man telefoniert und SMS schreibt, oder sich persönlich gegenübersteht. Die Spannung löst sich aber schnell und die beiden können bei einem kurzen Spaziergang ein neutrales Gespräch beginnen und so langsam wieder ein wenig emotionale Nähe zueinander aufbauen.

Trotzdem spürt Simone von Anfang an eine gewisse Zurückhaltung von Peter. Sie spricht ihn nicht gleich darauf an, doch nach einer halben Stunde völlig belangloser Plauderei will sie doch wissen, wie die Dinge jetzt stehen.

Peter sieht Simone mit großen Augen an und erklärt ihr, dass er sehr interessiert an ihr wäre und sie wirklich äußerst anziehend fände. Er wäre aber in solchen Dingen, damit meint er außereheliche „Geschichten", das Wort „Fremdgehen" will er nicht in den Mund nehmen, absolut ungeübt und möchte nichts überstürzen.

„Aha, also nichts überstürzen! Das klingt in seinen SMS aber immer ganz anders", sind die ersten Gedanken von Simone zu Peters Aussage. Denn schriftlich gibt Peter sich als der Draufgänger schlechthin und laut seinen SMS würde er am liebsten von heute auf morgen mit Simone zusammenziehen (durchbrennen, wäre wohl der richtige Ausdruck) und sein gesamtes Leben hinter sich lassen.

Simone ist jetzt mit der Befürchtung, hihihi, das ist vielleicht nicht der richtige Ausdruck, Hoffnung, ist das passende Wort, zu dem Treffen gekommen, Peter vor allzu stürmischen und „handgreiflichen" Taten zurückhalten zu müssen. Es ist aber eher das Gegenteil der Fall. Noch bevor auch nur die Möglichkeit besteht, etwas körperliche Nähe zuzulassen, erklärt Peter Simone plötzlich, er müsse jetzt aber wirklich wieder zurückfahren. Seine Frau warte bestimmt schon auf ihn. Entgeistert und nicht sicher, ob das jetzt ein schlechter Scherz von Peter ist, schaut Simone ihn an.

"Ich bin jetzt fast zwei Stunden mit dem Auto hierher gefahren, habe meinen Mann belogen, mein Kind bei der Oma untergebracht, mir extra Zeit für dich genommen, und jetzt gehen wir eine knappe

Stunde an einem Badesee bei fünf Grad Außentemperatur spazieren und unterhalten uns quasi „übers Wetter"? Das kann jetzt aber nicht dein Ernst sein!", etwas ungehalten hält Simone Peter sein doch nicht ganz nachvollziehbares Verhalten vor.

Dieser wiederum macht jetzt selbst ein eher ärgerliches Gesicht und meint trocken: "Ja, wie stellst du dir das denn vor? Ich habe dir doch von Anfang an gesagt, dass ich verheiratet bin! Natürlich wollte ich dich sehr gerne treffen, weil ich mich total angezogen von dir fühle! Aber so einfach, wie du dir das vorstellst, ist das alles nicht! Ich habe wirklich angenommen, du hättest für meine Situation mehr Verständnis! Aber da kann man halt nichts machen! Ich wünsche dir noch einen schönen Tag! Alles Liebe und Gute!"

Auf diesen Monolog hinauf dreht er sich um, geht zu seinem Auto und fährt weg!

Ich bin nicht gewalttätig und auch sonst nicht aggressiv veranlagt. Ganz tief in meinem Inneren vielleicht doch? Aber bei dieser Schilderung von Simone drängt sich mir der Gedanke auf, das einzig Richtige in dieser Situation wäre gewesen, sie hätte einen etwas größeren Kieselstein vom Schotterweg genommen und Peter in seinem tollen Firmenwagen hinterhergeworfen. Das kann doch jetzt unmöglich wahr sein? Der ist ja noch schlimmer als mein Johann! Obwohl ich bis jetzt der Meinung war, dass Aktionen von meinem Johann nicht mehr zu toppen wären.

Es hilft alles nichts, Simone setzt sich in ihren Wagen und fährt wieder nach Hause. Etwas anderes bleibt ihr auch in diesem Moment nicht übrig. Selbstverständlich ruft sie mich gleich während der Fahrt an und schildert mir ihr absolut nicht zu ihrer Zufriedenheit abgelaufenes Date mit diesem, für sie noch bis vor kurzem so tollen Mann.

Spontan vereinbaren wir ein sofortiges Treffen um zu überlegen wie es denn jetzt bei Simone weitergehen soll, beziehungsweise, ob es überhaupt weitergeht.

– Ihr habt kein Déjà vu! Ich kann euch in der Hinsicht beruhigen.

Aber ihr habt absolut richtig bemerkt, genau denselben Ausdruck habe ich im vorigen Kapitel auch benützt, nämlich „keine Ahnung wie es weitergeht beziehungsweise, ob es weitergeht", ja, der einzige Unterschied besteht in der Konstellation der Personen: jetzt geht es um Simone und ihren verheirateten Freund, und ein Kapitel davor sind Johann und ich die Protagonisten. Ist das eventuell ganz „normal" bei einer Affäre mit einem verheirateten Mann? Wahrscheinlich! An uns kann es ja nicht liegen, oder vielleicht doch???

Simone ist sich nicht sicher: War das eine Verabschiedung für immer oder nur für heute? Oder was war das jetzt überhaupt für eine Aktion von Peter, außer einer bodenlosen Frechheit ihr gegenüber!

Bei einer unserer nächsten „Sitzungen" will Simone von mir wissen, ob ich denn etwas dagegen hätte, wenn sie meinen Johann um Rat fragen würde, wie sie Peters Verhalten interpretieren solle. Im Laufe der vergangenen Monate hat mein Liebling teilweise Einzug in meinen Freundeskreis gehalten. Er ist dadurch automatisch auch in manche prekäre Liebesangelegenheit meiner Freundinnen eingeweiht. Selbstverständlich nur bei meinen engsten Freunden, schließlich ist das Verhältnis von Johann und mir immer noch nicht offiziell.

Nach diesem ominösen Treffen am Stadionparkplatz allerdings, bin selbst ich nicht sicher, ob die Affäre zwischen meinem Liebling(?!?) und mir überhaupt noch existiert. Vielleicht haben sich Johann und Klara mittlerweile wieder versöhnt? Wer weiß? Aber ich werde es am nächsten Arbeitstag erfahren.

Aber zurück zu Simone. Simone argumentiert folgerichtig, Johann und Peter sind fast gleich alt. Sie gehören also derselben Generation an. Sie sind beide verheiratet und beide doch etwas merkwürdig im Umgang mit ihrer Affäre. Diese derart auffällige Ähnlichkeit in ihrem Verhalten lässt den Schluss zu, dass sie ungefähr gleich denken. Dementsprechend könnten auch ihre Erwartungen und Vorstellungen von einer außerehelichen Beziehung sehr nahe beisammen liegen. Simone und ich sind mit einer Interpretation ihrer Wünsche eindeutig überfordert. Möglicherweise sind sich die beiden aber im Klaren, was sie geplant haben: Sprich, was wollen sie von uns? Und wofür wollen sie uns?

Simone will von Johann die für sie nicht nachvollziehbaren Handlungen und Denkansätze ihres Peters erklärt bekommen. Außerdem will sie wissen, ob er, Johann, denke, dass Peter eventuell doch ernsthaft an ihr interessiert wäre.

Diese Idee von Simone, Johann quasi als „Dolmetscher" einzusetzen, erscheint auch mir logisch. Selbstverständlich bestärke ich sie in dem Vorhaben, ihr Problem ausführlich mit Johann zu erläutern um Klarheit in ihre Situation zu bringen. Vielleicht bringt die Aufarbeitung des Themas auch etwas mehr Licht in meine Beziehung mit Johann. Man soll die Hoffnung niemals aufgeben!

Im Moment ist der aktuelle Status unserer Affären, sowohl bei Simone als auch bei mir: Keine Ahnung, ob sie überhaupt noch existieren!

In der Theorie ist Simones Idee, Gespräche mit Johann bezüglich Peter zu führen, ein hervorragender Einfall. In der Praxis geht dieser „Schuss" ganz gewaltig nach hinten los. Allerdings erst Wochen später. Derzeit ist noch alles in bester Ordnung und Johann ist hocherfreut, Simone bei ihren Überlegungen behilflich sein zu können. Ich bin davon überzeugt, Johann bemüht sich, dieses „Männerproblem" aus seiner Sicht darzustellen und uns die Gedankengänge von ihm und wahrscheinlich auch von Peter verständlich zu interpretieren:

Da wäre zu allererst die Angst, sich tatsächlich von seiner Frau zu trennen, ohne der Möglichkeit jederzeit wieder in das schützende, oder auch gemachte Nest zurückkehren zu können. Das hieße dann, wenn auch vielleicht nur kurzzeitig, ohne Frau, also ganz alleine(!!!) dazustehen. Wahrscheinlich verdrängt ein Mann in den besten Jahren (vielleicht auch schon ein wenig darüber!), dass er schon erwachsen ist und auf den sogenannten „eigenen Beinen" steht oder zumindest die Fähigkeit besäße stehen zu können.

Dann beschäftigt laut Auskunft meines Lieblings Peter und ihn die

Ungewissheit, ob eine um doch etliches jüngere Frau wirklich wisse, worauf sie sich einließe, wenn sie sich für diese doch schon im gesetzteren Alter befindlichen Männer entscheiden würde. Aha! Im Umkehrschluss heißt das dann aber für mich: Für außereheliche „Späße" sind wir alt genug, für ein gemeinsames Leben aber zu jung. Das ist ja wieder einmal ein interessanter Denkansatz von meinem Liebling. Denn, so erklärt mein Johann weiter, es bestünde die Gefahr, dass diese jüngeren Frauen nach einiger Zeit bemerken würden, dass sie mit diesem Altersunterschied doch nicht klarkämen. Folglich müssten Johann und Peter sich im Alter zwangsläufig noch einmal auf die Suche nach einer neuen, fixen Partnerin machen. Alleine würden sie auf keinen Fall bleiben wollen. Und diese neu zu suchende Partnerin wäre dann wahrscheinlich abermals eher in ihrem Alter. Naja, und da, meint meine große Liebe dann mit Sicherheit auch in Peters Namen zu sprechen, wäre es ehrlich gesagt vernünftiger gleich bei der derzeitigen Ehefrau zu bleiben. Denn, und da ist sich mein Johann sicher, leichter wird die „Weibchensuche" im Alter mit Sicherheit nicht. Bei ihren schon vorhandenen Ehefrauen wüssten sie wenigstens, woran sie wären.

Ganz kurzer Einwand meinerseits, da mir bei der Erklärung von Johann etwas doch Wesentliches auffällt: Augenscheinlich ist nicht der Altersunterschied das Problem, obwohl Johann versucht, die Sache darauf hinauslaufen zu lassen. Nein, das Problem, dass diese beiden Männer mit uns selbstbewussten und auch finanziell unabhängigen Frauen haben, ist die Angst, uns nicht verbindlich auf ihre restliche Lebenszeit an sich binden zu können.

Ganz im Gegenteil zu ihren aktuellen Ehefrauen. Wie Johann auch bei der Fortsetzung seiner Analyse richtig darstellt: Bei ihren derzeitigen Ehefrauen hätten sie die Gewissheit, dass diese bei ihnen blieben, da sie größtenteils finanziell von ihren „Göttergatten" abhängig wären. Aufgrund der guten Jobs ihrer Ehemänner war es für die meisten Ehefrauen nicht notwendig oder auch nicht üblich, wir sprechen da von einer Generation vor uns(!), arbeiten zu gehen. So haben diese Frauen jetzt weder ein eigenes Einkommen noch Anspruch auf eine staatliche Altersversorgung.

Und damit entsteht dann auch noch ein neues Problem, nämlich, dass die Herren laut Gesetz dazu verpflichtet wären, ihren dann Ex-Frauen monatlich einen gewissen Geldbetrag zu zahlen. Das ist dann natürlich auch etwas, was unseren „Traummännern" gar nicht „schmeckt". Ein weiteres Argument ist auch noch, - und wie heißt es in einem Sprichwort so schön: Einen alten Baum verpflanzt man nicht! – dass sie wissen, dass sie, also die Herren der Schöpfung, oder weniger poetisch ausgedrückt, die fremdgehenden Ehemänner von „zuhause" ausziehen müssten. Und das, wo sie doch mit Wohnung, Inventar und Umgebung schon quasi verwurzelt sind. Ihre Frauen hätten in den Wohnungen beziehungsweise Häusern das Wohnrecht. Die „armen Ehemänner" müssten dann quasi wieder ganz von vorne anfangen.

Es gibt noch eine ganze Menge weiterer Gründe, die Johann vorbringt. Auf den Punkt gebracht ist es für meinen Liebling dann doch so, dass das hundertprozentige Risiko bei den Männern liegt. Wir hingegen, „diese Frauen, die sie verführt haben" könnten nur mit Gewinn bei der Sache aussteigen. Komischerweise(?) erwähnt Johann das Wort „Liebe" in Verbindung mit dem Wort „Ehefrau" kein einziges Mal. Warum wohl nicht?!? Das ist anscheinend absolut zweitrangig und nicht relevant?!?

Also, so würde ich diese Aufarbeitung der Gedankengänge von Johann und Peter jetzt nicht unterschreiben. Als Grund, sich nicht zu einer neuen Liebe zu bekennen, ein zu großes Risiko anzugeben, ist dann doch etwas einfach. Dass diese „tollen" Männer nur um diese Ungewissheit auszuschließen, in einer Ehe ausharren, die sie, ach ja, doch sooo unglücklich macht, das glauben sie doch wohl selbst nicht! Und ob diese Männer ein sooo großer Gewinn für uns Frauen sind, das sei nach etlichen bereits erlebten, aber auch noch auf uns wartenden Katastrophen erst einmal mit einem riesengroßen Fragezeichen versehen.

Abgesehen davon bin ich der Meinung, dass es, unabhängig vom Alter, doch lebenswerter ist, eventuell nur eine gewisse Zeit wirklich zu hundert Prozent glücklich zu sein, anstatt sein Leben aus Gründen der Sicherheit oder Gewohnheit so zu verbringen wie bisher. Immer in dem Bewusstsein, nicht mehr wirklich glücklich zu sein und wahrscheinlich auch nicht mehr zu werden. Da lebe ich(!) doch lieber mit dem Restrisiko, dass die Liebe irgendwann abflacht oder ganz vorbei ist.

Es könnte aber auch sein, dass Johann bei der Aufschlüsselung der Gedanken von ihm und wahrscheinlich auch der von Peter ein wenig geschummelt hat. Ich sage absichtlich nicht gelogen, ich will ihm nichts unterstellen. Es gibt in meinen Augen noch einen anderen, sehr gut vorstellbaren Grund für ihr Verhalten: Es ist durchaus möglich, dass sich unsere Liebhaber, die doch so treuen Ehemänner, ab und zu „Opfer" suchen. Ich meine damit Frauen wie uns, denen sie den armen, unverstandenen und unglücklichen Ehemann vorspielen. Wenn sie dann das Glück haben, auf solch nette und unvoreingenommene Frauen wie Simone und mich zu treffen, haben sie praktisch den Jackpot schlechthin gewonnen. Sie können sich verhätscheln, bemitleiden und verwöhnen lassen, bis es dann zur wahrscheinlich niemals und bei keinem zu verhindernden Entscheidungsfrage kommt: Ehefrau oder Geliebte!

Dann aber schnell wieder zurück zur Ehefrau, schließlich ist es doch eigentlich gar nicht soooo schlecht zuhause. Das nächste Abenteuer kommt bestimmt und so können unsere Männer ihr Risiko relativ gering halten.

Unangenehm für diese „echten Männer" wird es nur dann, wenn sie von ihren Ehefrauen erwischt werden. Wenn sie die Gefahr des Fremdgehens vielleicht doch ein wenig unterschätzen, siehe meinen Johann, und bei ihren Taten leichtsinnig werden. Oder aber, auch diese Möglichkeit existiert in meiner Phantasie, sie sich entgegen ihrer Berechnungen doch einmal bis über beide Ohren neu verlieben. Ja, genau, damit meine ich abermals meinen Johann (ist wieder ein

Scherzchen), und dann in eine emotionale Zwickmühle geraten. Wie dem auch sei, man kann nichts erzwingen, und in der Liebe auch schwer kalkulieren, da bin ich mit meinem Johann das beste Beispiel.

So, damit hat Simone jetzt eine Erklärung für Peters Verhalten aus der Sicht eines nahezu Gleichgesinnten. Mit einem erstaunten Gesichtsausdruck sieht Simone Johann an und kann es irgendwie nicht fassen, was sie da zu hören bekommt. Das ist ja nun tatsächlich komplett etwas Anderes als sie erwartet hätte. Aber sie glaubt Johann und ist irgendwie froh, jemanden gefunden zu haben, der so denkt wie Peter. Oder von dem anzunehmen ist, dass er so denkt wie Peter. Wahrscheinlich wie die meisten Männer, die neben ihrer Ehe noch Abwechslung bei anderen Frauen suchen. Das ist jetzt aber nur eine Vermutung, die zugegebener Weise sehr nahe liegt, aber keine fundierte Feststellung, die im Zweifelsfalle gegen mich verwendet werden könnte. Haha, bei Gericht hätte ich ohnehin keine Probleme, ich würde sicher von jeder Strafe verschont bleiben, bei mir wäre absolut kein Zweifel, ich käme sofort in die geschlossene Anstalt. Bei mir wäre „Hopfen und Malz" verloren und ich wäre mit Sicherheit ein sehr schwer zu therapierender Patient und eine Herausforderung für jeden Psychiater.

Aber ich hege immer noch die stille Hoffnung, dass mein Johann eine Ausnahme ist und mich wirklich liebt! Deshalb heißt es auch so schön: Die Hoffnung stirbt zuletzt! Ja, das ist das richtige Motto für Johann und mich!

Und wenn man sich etwas nur intensiv genug wünscht, dann geht es auch in Erfüllung. Folglich kann bei mir nichts mehr schief gehen, und Johann und ich leben gemeinsam, glücklich und zufrieden bis ans Ende unseres Lebens.

Ja, ich denke jetzt ist es soweit und die sogenannte „Gummizelle" sollte schon einmal für mich reserviert werden.

10

Um unmissverständlich klarzustellen, dass ich mir sehr wohl Gedanken über meine Beziehung mit einem verheirateten Mann mache, möchte ich jetzt nicht ganz unabhängig von meiner Geschichte einige Gedanken loswerden. Sie sollen nicht als Entschuldigung für mein Handeln dienen, sondern als Erklärung.

Animiert zu diesen Überlegungen hat mich der doch hin und wieder von Arbeitskollegen geäußerte Vorwurf, ich würde vorsätzlich eine Ehe zerstören. Selbstverständlich treffen mich solche Aussagen, und ich bekomme diesbezüglich ein schlechtes Gewissen. Aber muss ich wirklich die alleinige Schuld bei mir suchen?

Nach schlaflosen Nächten und tagelangem Grübeln, komme ich schließlich zu folgendem Ergebnis:

Warum soll ich daran schuld sein? Ich will da noch nicht einmal die Ausrede vorbringen, wenn ich es nicht bin, dann ist es eine andere, mit der er seine Frau betrügt. Das wäre aber vielleicht auch ein richtiger Ansatz. Für mich jedoch war es noch nie eine Option, etwas zu tun, was andere auch machen, und damit automatisch richtig zu liegen oder unschuldig zu sein. Nein, ich tue Dinge, hinter denen ich voll und ganz stehe, und nicht weil andere es auch machen.

Mein nächster Gedanke ist: Ich bin volljährig, erwachsen und für meine Taten verantwortlich. Warum kann man das dann von einem Mann nicht auch verlangen? Er ist doch mit Sicherheit (ja, mit absoluter Sicherheit) auch volljährig und erwachsen und sollte somit auch für seine Taten zur Rechenschaft gezogen werden. Warum ist dann der verheiratete Mann am Fremdgehen weniger Schuld?

Ich denke, es ist doch gerade umgekehrt! Ein verheirateter oder in einer Beziehung lebender Mann muss sich sehr wohl ganz alleine dafür verantworten, wenn er seine Partnerin hintergeht und betrügt.

Das ist absolut nicht die Aufgabe einer Geliebten. Ganz im Gegenteil, als alleinstehende Geliebte bin ich niemandem bezüglich meines Liebeslebens Rechenschaft schuldig. Ich bin definitiv nicht für die Rücksichtnahme anderer Menschen auf ihre Partner zuständig. Jeder soll vor seiner eigenen Türe kehren und seine individuellen Entscheidungen treffen, was er in seinem Leben verantworten kann/will oder nicht!

Auch von einer anderen Seite betrachtet: Ich habe nicht das Recht und auch nicht die Pflicht, einem anderen Menschen vorzuschreiben, oder von ihm zu verlangen, sich von seinem Partner zu trennen oder scheiden zu lassen, um mich zu küssen oder eventuell noch intimer mit mir zu werden. Ich kann nur für mich abwägen, ob ich damit leben kann zu wissen, der Mensch, den ich liebe, hat jemanden zuhause, dem er sehr verbunden ist. Denn ganz ehrlich, nur zum „Spaß" und ohne tiefer gehende Gefühle geht niemand eine Beziehung oder Ehe ein und schon gar nicht eine längerdauernde.

So gesehen ist eine gewisse Gleichheit gegeben. Jeder weiß oder sollte sich zumindest dessen bewusst sein, worauf er sich einlässt. Jeder kann absolut frei entscheiden, ob er das für sich verantworten will und kann oder nicht. Diese Antwort, denke ich, fällt sehr unterschiedlich und subjektiv aus, da jeder Mensch in seinem Leben andere Prioritäten und auch andere persönliche Maßstäbe setzt.

Ein jetzt sicherlich berechtigter Einwand ist, dass ich durch eine Affäre mit Johann seiner Frau keine Freude bereite. Richtig! Das kann ich nicht abstreiten, und diese Tatsache hat mich auch lange beschäftigt und mir einiges „Kopfzerbrechen" beschert. Dann bin ich jedoch zu dem Schluss gekommen, solange sie nichts davon erfährt, tut es ihr auch nicht weh. Stimmt, das ist jetzt schon etwas billig und eine fadenscheinige Ausrede.

Und wieder sind wir bei der Frage angekommen: Warum ist immer die Geliebte die „Böse"? Meiner Meinung nach hat doch ein Außenstehender nur dann die Möglichkeit in eine Beziehung einzugreifen, wenn in dieser Beziehung etwas nicht stimmt. Gut, für ein schnelles Sex-Abenteuer spricht die Abwechslung vom Alltag, das Neue. Wenn dann aber so eine echte Dreiecksbeziehung daraus wird, dann ist doch sehr wohl jeder der drei Beteiligten zu einem gewissen Teil schuld, wobei das Wort Schuld im Zusammenhang mit Gefühlen, sicherlich nicht das Richtige ist.

Gleichgültig ob Mann oder Frau, wenn ein Partner in einer festen Beziehung, egal ob verheiratet oder nicht, sich entschließt, eine Affäre zu beginnen, dann doch sicherlich deshalb, weil er zuhause etwas vermisst. Jedem fehlt in seiner Beziehung etwas anderes, aber die häufigsten Dinge sind meiner Meinung nach: Liebe, Verständnis, Gespräche, Geborgenheit, Spaß, einfach das Gefühl, gerne Zeit zu zweit zu verbringen und natürlich auch Sex und noch ganz viel mehr. Soweit, da gehe ich fest davon aus, sind wir uns alle einig.

Um die Sache nicht komplizierter zu machen, als sie ohnehin schon ist, finde ich den Vergleich mit einem saftigen Schinken sehr treffend. Ja, ihr habt richtig gelesen! Ihr könnt ruhig lachen, oder mitleidig lächeln, eventuell sogar leicht den Kopf schütteln, aber ich bin überzeugt, dieser Vergleich bringt das Problem für jeden leicht nachvollziehbar auf den Punkt!

Wenn im Kühlschrank immer zwanzig Deka frischer Schinken liegen, werde ich nicht ins Geschäft gehen und Schinken kaufen. Das heißt, wenn ich zuhause das habe, was ich brauche um glücklich und zufrieden zu sein, sowohl psychisch als auch physisch, dann beanspruche ich nichts von außerhalb. Daher auch der Ausdruck: Wunschlos glücklich sein!

Wenn ich aber immer und immer wieder mein Verlangen und meine Wünsche äußere, und sie nicht erfüllt bekomme, werde ich versuchen, mein Verlangen anderswo zu stillen. Das heißt in unserem Fall, wenn ich meinen heißbegehrten Schinken, gleichgültig, ob selbst besorgt oder nicht, nie zuhause vorfinde, werde ich versuchen mir außerhalb meines Kühlschranks Schinken zu besorgen. Ob ich es schaffe, und ob das meine Sehnsüchte befriedigt, sei dahingestellt und muss jeder für sich selbst klären oder herausfinden.

Die aktuelle Frage lautet: Warum ist plötzlich, oder auch schleichend, kein Schinken mehr da, er war doch anfangs permanent in Hülle und Fülle vorhanden! Eine der möglichen Antworten lautet: Weil keiner der Partner sich die Mühe macht, welchen zu besorgen. Der Kühlschrank ist ohnehin voll, es wird also niemand verhungern. Es wird zwangsläufig etwas anderes gegessen. Funktioniert zweifelsohne eine gewisse Zeit, aber je nach Genügsamkeit wird irgendwann der Moment kommen, wo man (Mann, Frau) die Gelegenheit auf richtigen Schinken bekommt, und dann auch zugreift.

Damit ist die Welt für beide Partner plötzlich wieder total in Ordnung. Der, den Schinken nicht vermissende Partner, der selbstverständlich erstmal nichts vom Schinkenverzehr des Partners außerhalb der eigenen vier Wände mitbekommt, ist begeistert und denkt, „Gott sei Dank hat das Gejammer um den fehlenden Schinken endlich ein Ende, ich habe es doch gewusst, es geht auch ohne!" Und der den Schinken außerhalb der Beziehung konsumierende Partner ist zuhause auch wieder friedlich und glücklich, er isst ja seinen geliebten Schinken jetzt außer Haus. Dass das nur eine kurzfristige Lösung des Problems ist, leuchtet jetzt wohl jedem ein, wenngleich manche außerehelichen Affären auch oft jahrelang vom anderen Partner unentdeckt bleiben. Aber ich denke, das sind Ausnahmefälle.

So, und jetzt die Gretchenfrage: Wer ist die/der „Böse" in dieser Situation?

Der Schinken? Der außer Haus zur Verfügung steht, obwohl er sich bewusst ist, dass im fremden Haushalt der Kühlschrank voll mit anderen Delikatessen ist? Und der außerdem weiß, dass er ein lange mehr oder weniger unterdrücktes Verlangen stillen kann ohne nicht auch selbst davon zu profitieren?

Oder ist der Partner der „Böse", der nach vielleicht jahrelangem, nicht erhörtem Verlangen nach Schinken jetzt zugreift, wo die Möglichkeit dazu besteht und er damit sein Bedürfnis stillen kann?

Oder ist der Partner der „Böse", der das Verlangen des Partners nicht ernst genommen hat und dessen Wünsche mit Ersatzdelikatessen zufriedenstellen wollte, was dann letztendlich aber leider nur bis zu einem gewissen Grad möglich war?

Diese Fragen zu beantworten ist jetzt jedem selbst überlassen, und die Antworten werden auch sicherlich ganz individuell ausfallen, je nachdem in welcher Rolle der drei Personen man sich befindet.

Ich für mich kann aber definitiv sagen, ich fühle mich nicht schuldig. Punkt! So, und jetzt wieder zurück zur „Liebesgeschichte"!

11

Nach diesem doch etwas unglücklichen Ausgang des fast perfekt geplanten Wochenend-Dates von Johann und mir beim Eishockeystadion, treffen wir uns am Montag wie nicht anders zu erwarten wieder in der Arbeit. Johann benimmt sich, als hätte es dieses Wochenende nie gegeben. Ich hingegen bin noch leicht irritiert und weiß nicht, wie ich mit dieser Situation umgehen soll.

In der Mittagspause sucht Johann das Gespräch mit mir. Will er jetzt Nägel mit Köpfen machen und mit mir über unsere Zukunft sprechen? Falsch! Zu früh gefreut. Sachlich erklärt mein Liebling mir, dass er „die Sache" mit Klara geklärt hätte. Aha, welche Sache? Was geklärt? Laut meinem Johann wäre Klara jetzt davon überzeugt, die Affäre zwischen ihm und mir sei ein für alle Mal beendet. Wie sonst wäre es zu erklären, dass mein Liebling an diesem Wochenende sofort wieder mit Klara zurück nach Hause gefahren ist und noch einen „normalen" Sonntag mit ihr verbracht hätte?

Super! Toll! Hervorragend! Das freut mich aber, wenn der Sonntag noch so harmonisch für ihn verlaufen ist. Ich bin zuhause doch eher unter Spannung gestanden, in der Ungewissheit, ist unsere Beziehung jetzt zu Ende oder nicht. Johann hingegen kann meine Besorgnis in keinster Weise nachvollziehen. Schließlich hätte er mir schon des Öfteren versichert, dass er nur mich liebe und er ausschließlich aus Rücksicht auf Klara bei ihr bliebe. Weshalb würde ich denn an seinen Worten zweifeln? Er gäbe mir doch absolut keinen Grund auch nur ansatzweise seinen Worten zu misstrauen. Ganz im Gegenteil, er würde mir doch mit solchen Aktionen, damit meint er unser Treffen beim Eishockeystadion, nur beweisen, welches Risiko er für mich in Kauf nähme, um mich auch außerhalb der bereits obligatorischen Treffen noch zu sehen. Für ihn ist es selbstverständlich, dass es genauso weitergeht wie vor diesem doch etwas überraschenden und ungeplanten Treffen mit seiner Ehefrau. Er kann es sich dann aber doch nicht verkneifen, mir etwas vorwurfsvoll mitzuteilen, es wäre nicht notwendig gewesen, Klara so detailliert von unserer Affäre zu berichten. Es wäre tatsächlich, oh, der arme Mann, schwierig für ihn gewesen und er hätte sich sehr bemühen müssen, sie vom Gegenteil zu überzeugen.

Und ja, dann meint mein Liebling auch noch: "Was auch noch wichtig ist, Brigitte, wir müssen jetzt die erste Zeit wieder etwas mehr aufpassen! Es könnte sein, dass Klara noch ein klein wenig misstrauisch ist, und wir(???) wollen ihr doch keinen Anlass dafür geben! Wenn etwas Zeit vergangen ist, können wir uns sicher wieder ungezwungener und öfter treffen. Aber das verstehst du doch sicherlich, oder? Schließlich liebst du mich doch genau so sehr wie ich dich? Stimmt"s?"

Ja, natürlich! Selbstverständlich! Alles total klar und logisch! So werden wir es machen! (Gummizelle!!!! Ich komme!!!!)

Ich habe das Gefühl, dass diese Lösung, er wohnt, isst und schläft bei Klara, zwischendurch trifft er sich mit mir, wann immer es ihm möglich ist, für Johann jetzt schon so zur Normalität geworden ist, dass er sein restliches Leben in dieser Art und Weise verbringen könnte. Und was noch schlimmer ist, er das vielleicht sogar auch möchte.

Ach ja, fast hätte ich es vergessen: Ich darf und soll meinem Liebling „keine Schwierigkeiten" machen. Das ist der von meinem Geliebten bevorzugt verwendete Ausdruck, wenn er mir sagen möchte, dass ich ihn nicht drängen soll, seine Frau zu verlassen. Selbstverständlich soll ich auch nicht eifersüchtig sein, denn es bestünde absolut kein Grund dazu! Um für uns die Affäre so angenehm wie möglich zu machen, wäre es äußerst nützlich (für meinen Liebling!), wenn ich immer dann für ihn Zeit hätte, wenn es ihm passt. Ich bin ohnehin alleinstehend und kann mir meine Zeit besser einteilen als er.

Diese ganz bewusst von mir gemachten „kleinen", man könnte fast sagen, minimalen (Scherzchen!) Abstriche und Abweichungen von meiner grundsätzlichen Einstellung, eine Beziehung zwischen zwei sich liebenden Menschen betreffend, müssen sein, um meinen Liebling zu behalten und ihm das Leben so schön und einfach wie nur möglich zu machen.

Und er ist sich meiner Liebe definitiv sicher. Nachdem ich alles nach den Wünschen von Johann mit mir geschehen lasse, muss ich ihn wirklich lieben oder sehr dumm sein. Ich will mich jetzt nicht festlegen, welche der beiden Möglichkeiten auf mich zutrifft.

Das ist alles recht schön und gut für Johann, wenn er sich in seinem Leben jetzt so wohl fühlt! Für mich ist diese Lösung weniger toll und meine Leidenschaft für Johann wird etwas gedämpft. Die sogenannte „Luft" aus unserer so einzigartigen und prickelnden Affäre ist draußen, naja, draußen, ist vielleicht übertrieben, aber sie wird Schritt für Schritt weniger! Ich fühle mich nicht mehr als die unwiderstehliche Geliebte, sondern als nette Gespielin für zwischendurch, immer dann, wenn es Johanns Zeitplan zulässt.

Trotzdem gebe ich mich damit vorerst zufrieden. Selbstverständlich bin ich es im tiefsten Innersten nicht. Aber wäre es wirklich vernünftiger, immer und immer wieder dieselben Dialoge zu führen und Grundsatzfragen mit ihm zu diskutieren? Da kommen wir nicht weiter. Irgendwie ist es doch so: Entweder ich akzeptiere sein Verhalten oder ich beende die Affäre. Es gibt im Moment für mich keine andere Alternative.

Ganz ehrlich zugegeben, genauso, wie wir unsere Beziehung jetzt führen, genauso, haben wir auch vereinbart sie zu führen! Er behält seine Frau und ich meine „Freiheit"! Für meinen Johann war es eindeutig von vornherein klar, so, und nicht anders kommt für ihn eine Affäre in Frage. Und ich war einverstanden!!! Weil ich jetzt plötzlich mehr von ihm will, heißt das objektiv gesehen nicht, dass er das auch will. Auch wenn er es zeitweise behauptet. Sein dauerhaftes Verleugnen von mir vor seiner Frau sagt doch ohnehin alles und beweist eher das Gegenteil.

Soll ich meinen Liebling zum fünfzigsten Mal drängen sich für mich ODER Klara zu entscheiden? Ja, drängen kann ich ihn schon auch noch zum hundertsten Mal, ändern wird es aber nichts. Und ehrlich gesagt, wie armselig ist das denn, dass ich mein zukünftiges Leben davon abhängig mache, ob mein Geliebter sich für mich entscheidet? Hallo??? Wenn schon eine Entscheidung getroffen werden soll, dann wohl von mir. Und zwar ob ICH mich für ihn entscheide oder nicht! Und nicht umgekehrt! So sieht"s aus!!!

Soll ich ihm die Entscheidung abnehmen und einen endgültigen Schlussstrich ziehen, bevor ich noch weitere Tage, Monate oder Jahre in dieser für mich aussichtslosen Beziehung verharre?

Mein Kopf und alles was in mir auf Vernunft gepolt ist, schreit: „Ja, ja, ja!!! Genau das sollst du tun!!! Werde endlich vernünftig, Brigitte! Werde wieder du selbst!" Aber die andere Seite in mir will ihn einfach (noch) nicht aufgeben.

Soll ich warten bis Klara Johann vor die Tür setzt und er dann zu mir kommt? Nein, denn genau das hatten wir ja schon (Eishockeystadion), dass er zu mir kommen wollte, wenn es daheim „brenzlig" wird. Nein, nein, nein!!! Ich will, jawohl, und darauf bestehe ich, dass er sich aus freien Stücken und mit Überzeugung für mich entscheidet! Das wäre ja sonst noch schöner. Bei einem Hinauswurf zuhause wäre ich dann wohl doch noch die bessere Option als ins Hotel zu gehen oder auf der Straße zu landen. Ich weiß, das ist jetzt etwas überzogen, aber bei diesem Gedanken werde ich so wütend, dass die sprichwörtlichen „Pferde" mit mir durchgehen. Abgesehen davon ist der Gedanke von Johann, schlafend unter einer Brücke, eine Genugtuung.

Ist das jetzt ein Beweis dafür, dass ich mir doch noch ein Quäntchen Stolz bewahrt habe?!? Ich hoffe es! Also! Fakt ist, und ja das steht für mich ausnahmslos fest: Wenn aus Johann und mir ein „echtes" Paar werden soll, dann nur, wenn Johann sich aus freien Stücken eindeutig für mich entscheidet. Aber auf keinen Fall, weil ich vielleicht die passende Notunterkunft oder besser als gar nichts, sprich besser als gar keine Frau bin!

Das habe ich jetzt sehr vernünftig überlegt und genau so mache ich es!! Ja, hurra, ich finde wieder zu mir selbst zurück und handle langsam auch wieder meinen Prinzipien entsprechend. *Bravo, Brigitte, es besteht noch Hoffnung für dich*!!!

Allerdings nur, bis zu dem Zeitpunkt, wo Johann wieder vor mir steht. Alles, was für mich vor Sekunden noch völlig selbstverständlich und beinhart durchdacht war, ist plötzlich nicht mehr wichtig und ich will nur noch eines: Meinen Johann! Koste es, was es wolle! Sogar einen Teil (eventuell Großteil?) meines Stolzes und meiner Selbstachtung. Und so geht unsere Beziehung eins zu eins weiter wie bisher. In meinem Unterbewusstsein ist mir jedoch bereits klar, so kann es nicht ewig weitergehen. Noch ist dieser Gedanke aber nicht zur Umsetzung ausgereift.

Doch es geht schneller als erwartet! Bei einem unserer jetzt doch schon eher regelmäßigen Treffen wird mir die Tatsache, dass unsere Affäre ewig eine Affäre bleiben wird nochmals so richtig bewusst. Ich fühle mich mehr und mehr benutzt und nicht mehr geliebt! Für den Anfang unseres geheimen Verhältnisses mögen unsere sorgfältig und nach Johanns Möglichkeiten geplanten Treffen in Ordnung gewesen sein. Es tut mir leid, oder eigentlich auch nicht, für mich ist einfach mehr daraus geworden. Ich habe mich entgegen aller Vernunft und jeglicher getroffenen Vereinbarungen in Johann verliebt und möchte mehr von ihm. Und ich will mehr Zeit mit ihm verbringen, als es ihm in der derzeitigen Lage als Ehemann möglich ist. Das habe ich zwar so im Ansatz schon öfter erwähnt, aber jetzt bin ich mir definitiv sicher: Ich will Johann für mich alleine, und wenn er sich nicht dafür entscheiden kann, seine Frau zu verlassen, dann werde ich mich aus dieser Liaison zurückziehen. Ich fühle mich bei dieser Geschichte einfach nicht mehr wohl.

Sicher, es ist immer noch sehr schön, wenn ich bei Johann bin, egal ob mit Sex oder ohne, aber diese stundenweisen Treffen erfüllen mein

Bedürfnis nach Zweisamkeit mit meinem Geliebten nicht mehr. Ich habe rein subjektiv betrachtet, bisher schon zu viele Monate meines Lebens als sogenanntes „fünftes Rad am Wagen" verbracht. Ja, ich weiß, dass ist relativ, aber für mein Empfinden sind es viele, zu viele!! Trotz meiner häufigen Bekundungen meiner Liebe und meiner Bereitschaft mit Johann zu leben, kann oder will er sich nicht zu mir bekennen und Johann wohnt und lebt weiterhin bei seiner Frau. Und das Schlimmste daran: Ich habe immer noch in keinster Weise das Gefühl, dass er daran etwas ändern möchte. Denn es ist doch so: Wenn er es wollte, würde er es tun!

Nein, ich will nicht mein restliches Leben als seine Geliebte verbringen und mich verstecken müssen. Nein! Nein! Nein! Für mich als alleinstehende Frau ist die Sachlage ja relativ einfach, ich will mehr oder gar nichts. In dieser Form eine Beziehung mit Johann weiterzuführen kommt für mich nicht mehr in Frage. Mittlerweile verletzt und belastet es mich, wenn er nach unseren stundenweisen Treffen wieder zurück zu seiner Frau geht oder er nur dann mit mir Kontakt aufnehmen kann, wenn sie nicht zuhause ist oder sonst wie abgelenkt ist.

Als ich mir im Klaren darüber bin, was ich will, teile ich ihm meine Entscheidung in aller Ruhe mit. Auch auf die Gefahr hin, eventuell ganz auf ihn verzichten zu müssen, es ist ja seine freie Entscheidung mit welcher Frau er leben möchte. Ich will definitiv nicht mehr diejenige sein, die quasi auf Abruf bereit steht.

Mein Johann, verständnisvoll wie immer (hahaha!), er wirkt diesmal tatsächlich besonnen, nickt und wirkt wenig überrascht, so als wäre diese Situation nicht wirklich fremd für ihn. Aber ich will da jetzt nichts hineininterpretieren. Er erklärt mir, er habe so etwas schon kommen sehen, er verstünde meine Entscheidung, er wisse auch, dass das für mich auf Dauer kein Leben wäre. (Für ihn anscheinend schon!) Aber nichtsdestotrotz, er könne von seiner Frau aus finanziellen, emotionalen und was weiß ich noch für fadenscheinigen Ausreden, nicht weg.

Ich kann verstehen, dass es nicht leicht ist, sich in dem Alter, nach zwanzigjähriger, allerdings kinderloser Ehe, von seiner Frau zu trennen oder sich scheiden zu lassen. Aber gibt es im Leben etwas Wichtigeres als die Liebe? Wir sind beide, wenn ich ihm glauben darf, was er mir immer versichert, der Meinung, im anderen die Liebe unseres Lebens gefunden zu haben. Ach ja, wirklich? Habe ich das?!? Jetzt plötzlich doch wieder? Wenn es für ihn auch so ist, worauf warten wir dann? Er wird schließlich nicht jünger und ein paar schöne Jahre möchte ich dann doch auch noch mit ihm verbringen. Und zwar alleine, ohne seiner Ehefrau!

Jetzt entsteht wahrscheinlich unweigerlich der Eindruck, ich wäre mittlerweile schon ein wenig verrückt geworden. Das ist gut möglich, nichtsdestotrotz bin ich mir bewusst, dass ich mir bei den letzten Sätzen oder auch Seiten permanent widerspreche. Dieses ewige Hin und Her spiegelt exakt meine Stimmung wider. Aber vielleicht kennt ihr das Gefühl, man weiß, man muss etwas ändern, weiß aber nicht wie. Das ist wirklich grausam!

Meine Gefühlsschwankungen, die durch das unterschiedliche Verhalten meines Lieblings mir gegenüber ausgelöst werden, zerren an meiner Substanz. Einmal bin ich die Liebe seines Lebens, dann verleugnet er mich wieder. Von himmelhochjauchzend bis zu Tode betrübt ist jeden Tag aufs Neue jede Gefühlsregung bei mir möglich.

Aber die Entscheidung liegt jetzt einzig und allein bei ihm, und er hat sich entschieden:

Johann bleibt bei seiner Frau! Ende der Diskussion! Ich akzeptiere das, ohne ihm irgendwelche Schwierigkeiten machen zu wollen, und auch er muss sich mit meiner Entscheidung abfinden. Es bleibt ihm auch nichts anderes übrig. Ganz so leicht, wie ich es hier beschreibe fällt uns beiden die Auflösung unseres Verhältnisses dann doch nicht, und wir verabschieden uns, beide in Tränen aufgelöst. Aber es hilft nichts, so kann es nicht ewig weitergehen. So weh es im Moment tut, diese vermeintliche Affäre ist beendet. So jedenfalls ist meine Einschätzung der Situation.

Am selben Abend erhalte ich einen Anruf von Johann. Jetzt stellt sich vielleicht die Frage, warum gehe ich ans Handy, wenn ich doch gerade Schluss gemacht habe und von Johann folglich nichts mehr wissen will?!?

Wir sind für mein Empfinden doch in relativer Freundschaft auseinandergegangen. Soweit man das von zwei erwachsenen, hemmungslos schluchzenden Personen sagen kann. Deshalb ist es in meinen Augen nicht zwingend notwendig, den anderen zu ignorieren. Johann hat bei unserem Gespräch die Trennung akzeptiert, warum soll er mich dann nicht anrufen? Ich bin ja auch mit einigen anderen „Verflossenen" ab und zu noch in Kontakt. Nur weil eine Partnerschaft nicht klappt, heißt das doch nicht automatisch, dass man diesen Menschen, den man ja doch einmal mehr oder wenig geliebt hat, komplett aus seinem Leben streichen muss! Nein, für mich ist das definitiv kein Grund. Und deshalb nehme ich seinen Anruf entgegen.

Und ich bin froh, dass ich es tue. Völlig verzweifelt und betrunken(!) erklärt mein ehemaliger Geliebter mir weinerlich, er säße irgendwo in einem Lokal. Er wisse nicht mehr wie es weitergehen soll, denn er wolle und könne ohne mich nicht leben.

Johann trinkt so gut wie keinen Alkohol und ich habe ihn noch nie betrunken oder auch nur angeheitert erlebt. Dementsprechend überrascht bin ich von seinem Zustand. Er war bisher mir gegenüber immer ein absoluter Verfechter des Alkohols. Ich bin ehrlich besorgt. Ich möchte ihm gerne helfen, ich kann doch einen Menschen, den ich bis vor fünf Stunden noch geliebt habe, und natürlich immer noch liebe, in einer solchen Situation nicht seinem Schicksal überlassen! Allerdings kann ich auch seine Frau nicht aus seinem Leben „zaubern", und er hat sich doch eindeutig freiwillig dazu entschieden bei ihr zu bleiben und sich von mir zu trennen. Auch wenn sich das am Telefon jetzt genau nach dem Gegenteil anhört.

Stimmt das Sprichwort, „Kinder und Betrunkene sagen die Wahrheit!" vielleicht doch? Besteht etwa doch noch ein Fünkchen Hoffnung für ein gemeinsames Leben von Johann und mir? Aber das ist jetzt nicht das Thema und mich beschäftigen andere Gedanken:

Was soll ich denn jetzt machen? Was denkt sich mein ehemaliger(!) Liebling bei seinen Taten? Denkt er überhaupt? Ist Johann vielleicht sogar mit dem Auto unterwegs? Oh, mein Gott, wie kann ich ihm nur helfen?

Wie schon einmal erwähnt, Johann und ich wohnen mehr als eineinhalb Autostunden voneinander entfernt. Da ich mich in Johanns Wohngegend überhaupt nicht auskenne, rufe ich in meiner Verzweiflung kurzerhand seinen Freund an. Ja, genau den, mit dem wir diese wunderschönen Tage in Italien verbracht haben, in der Hoffnung, dass der mir, respektive Johann, helfen kann. Ich schildere ihm kurz die Situation, mit der Bitte, Johann zu suchen und gesund nach Hause zu bringen.

Richtig erkannt, nicht zu mir, sondern zu seiner Ehefrau. Das ist jetzt eine Situation, die mich klar in meiner Entscheidung, mich von Johann getrennt zu haben, bestätigt. Ich weiß, es geht ihm schlecht, und ich darf oder kann nicht für ihn da sein, weil er zu seiner Frau fährt. Und nicht zu vergessen, er fährt freiwillig zu seiner Frau! Er hat sich noch vor ein paar Stunden ganz eindeutig für sie (und gegen mich!) entschieden. Er will zu ihr und nicht zu mir! Diesen Gedanken verdränge ich manchmal, ich Dummerchen! Aber warum ruft er dann mich an?

Mit dem Versprechen von Johanns Freund, das Bestmögliche zu versuchen beenden wir das Telefonat. Na, toll, logischerweise kann ich jetzt Johann nicht mehr anrufen, denn ich habe keine Ahnung was er in seinem Zustand macht, und vielleicht ist er auch schon wieder bei Klara. Ich möchte nicht noch größere Probleme heraufbeschwören, aber leicht fällt mir dieses „nichts unternehmen können" nicht. Und als wäre das nicht schon genug, geht jetzt auch noch Johanns Freund nicht mehr an sein Handy. In dieser Nacht mache ich aus lauter Sorge um meinen verheirateten Ex-Liebling kein Auge zu.

Jetzt stellt sich heraus, wie recht meine Freundinnen hatten, als sie mich von vornherein gewarnt hatten, eine Affäre mit einem verheirateten Mann wäre absoluter Wahnsinn, und man könne keine logischen Vereinbarungen in einer Liebesbeziehung treffen. Wo Liebe im Spiel ist, wird das Leben einerseits wunderschön, aber andererseits auch unberechenbar. Und als Liebespaar in ein und derselben Firma, oder wie jetzt, als Ex-Liebespaar, ist dann nur etwas für „Fortgeschrittene"! Leider gehören weder Johann noch ich zu dieser Kategorie.

Am nächsten Morgen, einem ganz normalen Arbeitstag, kommt Johann wie gewöhnlich zu mir ins Cafè. Er erklärt mir, er würde kündigen, weil er es nicht aushielte, jetzt, da unsere Affäre beendet wäre, mich jeden Tag zu sehen. Gleichzeitig richtet er sich ein Glas Wein her, das er in einem Zug austrinkt. „Oh, mein Gott", denke ich, und das um zehn Uhr vormittags. Aber zumindest ist er gestern gut nach Hause gekommen. Wobei mein ehemaliger Geliebter, jetzt anscheinend in seinen, aber nur in seinen, Augen wieder ganz Herr der Lage, mir stolz(!?!) erzählt, er wäre am Vorabend noch selbst mit dem Auto nach Hause gefahren. Seinen Freund erwähnt er mit keinem Wort. Na, perfekt!! Toller Freund! Den bitte ich sicher nie wieder um Hilfe!

Ganz über den Dingen stehend und meine Gefühlsregung so weit wie möglich unterdrückend, mache ich Johann angesichts seiner „Verfassung" einen Vorschlag: "Wir setzen uns nach Dienstschluss zusammen und besprechen die Situation in Ruhe. Mit Sicherheit werden wir für alles eine Lösung finden. Allerdings nur, wenn du bis dahin keinen Alkohol mehr trinkst. Ansonsten hat ein Gespräch keinen Sinn."

Ich ersuche ihn noch, seine Handlungen jetzt nicht zu überstürzen. Nach außen hin wirke ich ruhig, innerlich bin ich allerdings mehr als angespannt. Aber wie auch schon anfangs erwähnt, will zumindest ich meine persönlichen Probleme nicht in der Öffentlichkeit, und schon gar nicht in der Firma lösen. Wohingegen ich mir ziemlich sicher bin, Johann hat bereits mit einigen Mitarbeitern sein „Problem" besprochen. Als Johanns „Problem" bezeichne ich jetzt kurzerhand meine Entscheidung, nicht mehr als Geliebte neben der Ehefrau zur Verfügung zu stehen.

Johann ist mit meinem Vorschlag sich nach der Arbeit noch zu treffen und in Ruhe zu reden einverstanden, und wir versuchen diesen Arbeitstag so gut wie möglich hinter uns zu bringen.

Selbstredend wissen in der Firma bereits alle Bescheid, (na, habe ich es nicht gesagt) und ergreifen je nach Sympathie für Johann oder mich Partei. Das hat mir jetzt noch gefehlt! Damit ist keinem geholfen und außerdem geht es eigentlich auch keinen etwas an. Wir wollen ihnen aber zugutehalten, dass sie es nur gut meinen. Interessant ist, dass alle versuchen uns zu trösten, indem sie uns den jeweils anderen ausreden. Kein einziger „Berater" ist der Meinung, wir würden gut zusammenpassen, und es wäre schade, wenn wir nicht doch versuchen würden, eine Partnerschaft einzugehen. Bei Partnerschaft meine ich jetzt nicht die Fortsetzung unserer Affäre, sondern eine, die nur aus Johann und mir, ohne Klara besteht. Das gibt mir jetzt doch etwas zu denken. Warum kann sich keiner vorstellen, dass Johann und ich gemeinsam glücklich werden könnten?!?

Endlich ist Dienstschluss und Johann und ich setzen uns zusammen, um unsere Lage und unsere Möglichkeiten zu besprechen. Aufmerksamen Lesern ist sicher aufgefallen, dass ich schreibe, wir wollen UNSERE Lage und UNSERE Möglichkeiten besprechen. Das ist unbewusst passiert, lässt aber vielleicht schon erahnen, dass ich zu allem bereit bin, nur damit es Johann wieder besser geht. Völlig selbstlos!!! Vielleicht bin ich eine Heilige? Das wird es sein! Ich gebe es zu, das ist jetzt die beste Ausrede des Jahrhunderts, meine Affäre mit Johann doch nicht zu beenden. Aber ich kann auch nicht zulassen, dass Johann seinen Job wegen mir kündigt, wo seine Arbeit ihm alles bedeutet.

Aber warten wir unser Gespräch ab, vielleicht kommt alles auch ganz anders. Da auch wir dazulernen, nicht immer, aber wenigstens ab und zu, treffen wir uns diesmal tatsächlich in privater Atmosphäre, in der wir nicht gestört werden, und auch nicht im „Schaufenster" der gesamten Firmenbelegschaft sitzen.

Sofort beginnt Johann zu sprechen: "Brigitte, ich liebe dich aus tiefstem Herzen, aber du musst auch versuchen, mich zu verstehen. Wir kennen uns doch erst seit einigen Monaten. Seit noch kürzerer Zeit haben wir eine Affäre. Ganz ehrlich, ich kenne dich einfach noch nicht gut genug, um meine zwanzigjährige Ehe in der ich genau weiß, was ich erwarten kann, zu beenden."

Bei der „klugen" Brigitte beginnt es im Oberstübchen zu rattern. Johann hat Recht. Aber: Woher sollen wir uns kennen, wenn unsere gemeinsam verbrachte Zeit aus Plaudern und Scherzen während der Arbeitszeit und einem, oder vielleicht auch zwei, wöchentlichen Treffen in der Wohnung meiner Freundin besteht? Meine logische Schlussfolgerung lautet demnach: Solange seine Klara so gut auf ihn aufpasst und er sich so genau kontrollieren lässt, besteht für Johann und mich relativ wenig bis keine Möglichkeit uns näher beziehungsweise besser kennenzulernen.

Klara ruft meinen Johann, ja, ich weiß, er ist nicht mehr „mein Johann", immer noch, wie auch schon die Monate zuvor, mindestens alle zwei Stunden an, um sich zu erkundigen, was er mache und zu erfragen ob ohnehin alles in Ordnung sei. Trotz der häufigen Bekundungen meines Ex-Lieblings, in seiner Ehe wäre soweit alles bestens, (die Liebe fehlt, aber das ist anscheinend nebensächlich) keimt in mir langsam der Gedanke, dass seine Aussage nicht ganz der Wahrheit entspricht. Nicht umsonst kontrolliert Klara ihren Mann so genau. Sie hat am Stadionparkplatz eindeutig zu mir gesagt, sie hätte von Johanns Affären „die Nase voll". Das Wort „Affären" bedeutet für mich, dass ich nicht die einzige bin, wie mein Ex-Geliebter immer behauptet. Auch wenn ich nicht genau weiß, wem von den beiden ich glauben kann, ein Stückchen Wahrheit wird wohl bei beiden dabei sein. Obwohl die Indizien eindeutig gegen Johann sprechen. Sicherlich kennt Klara ihren Mann gut genug, um zu wissen, oder zu ahnen, oder zu befürchten, wenn auch nur irgendwie der Funke einer Möglichkeit besteht, belügt und hintergeht er sie. Auf die Idee, dass er das dann vielleicht, oder eher sehr wahrscheinlich auch mit mir machen würde, komme ich aber nicht. Wie denn auch, wo ich doch so unwiderstehlich bin und er so in mich verliebt ist.

Ja, ja, meine Naivität ist nicht zu überbieten. Aber zurück zu Klara. Bei diesen Telefonanrufen, ich nenne sie eher Kontrollanrufe, kann sie unter anderem aus den Hintergrundgeräuschen entnehmen, ob es stimmen kann was Johann ihr erzählt. Ob es zeitlich passt, wo er behauptet zu sein, denn im Großen und Ganzen ist Johanns Tagesablauf immer der gleiche. Ab und zu erscheint Klara dann spontan in einem Lokal der Firma, um ihm „Hallo" zu sagen, da sie „zufällig" in der Gegend ist, oder sich mit einer Freundin trifft.

Also die Wahrscheinlichkeit, dass Johann und ich uns besser kennenlernen ist sehr gering, wenn wir unser Verhältnis so weiterführen wie bisher.

Nur kurz am Rande erwähnt, weil es mir gerade einfällt: Es ist ja auch nicht weiter wichtig! Hahahaha!!! Von Johanns Versprechen, mit Klara bezüglich einer Trennung oder sogar Scheidung zu sprechen, ist keine Rede mehr! Und auch ich erwähne diese Tatsache jetzt nicht, ich will die Stimmung nicht komplett ruinieren. Wenn ich dieses Thema jetzt auch noch anschneide, können wir ein Gespräch in Ruhe vergessen.

Weshalb ernte ich jetzt „schiefe" Blicke?!? Ja, doch! Sicher! Diese Überlegung macht Sinn! Einerseits Ex-Geliebter, andererseits soll er sich von seiner Frau trennen! Ich verlange jetzt auch nicht, dass irgendjemand meine Gedankengänge nachvollziehen kann, das kann ich ja selbst nicht. Vielleicht ist das gleichzeitig eine Warnung an alle Leser: Ihr könnt genau nachvollziehen was eine Affäre mit einem verheirateten Mann aus einer bis dahin relativ „normalen" Frau machen kann!! Allerdings gehe ich davon aus, dass diese Art einer Affäre nicht der Norm entspricht.

Um Johann zu zeigen, dass ich seine Argumentation vom „zu wenig Kennen" teilweise nachvollziehen kann, schlage ich meinem ehemaligen und vielleicht doch wieder zukünftigen Geliebten vor, wenigstens zu versuchen, uns öfter zu treffen. Ich erhalte aber sofort zur Antwort: "Ja, aber ich kann doch nicht!"

Diese Worte werden zu Johanns Lieblingsspruch, den ich im Laufe unserer gemeinsamen Zeit noch tausend Mal zu hören bekomme. Ja, ja, ich weiß, das ist jetzt wieder übertrieben, ich gebe es zu! Aber doch sehr häufig, nämlich immer dann, wenn ich einen Vorschlag mache, der ihm nicht zu Gesicht steht. Oder der ihm einfach in der Ausführung zu gefährlich erscheint, bei Klara in Missgunst zu fallen. Trotzdem habe ich Mitleid mit ihm, und glaube ihm, dass er zwischen Klara und mir hin- und hergerissen und mit der Situation überfordert ist.

Aber von der anderen Seite, von meiner(!), betrachtet, macht meinen Liebling das für mich nicht gerade attraktiver. Wer will denn einen Mann, der nicht weiß, was er will. Oder der sehr wohl weiß was er will, aber zu feige ist, es auszusprechen und dementsprechende Konsequenzen zu ziehen. Egal ob für Klara oder mich oder keine von uns beiden. Warum sitzt er denn jetzt wieder bei mir, wenn er sich am Vortag eindeutig zu seiner Frau bekannt hat. Dann soll er mich in Ruhe lassen!!! Zu seiner Verteidigung muss ich zugeben, er kann das alles nur machen, weil ich es mit mir machen lasse. Auch das habe ich schon einige Male erwähnt. Ich möchte damit nur kommentieren, dass ich mir immer noch dessen bewusst bin, diese Option zu besitzen und die Beziehung endgültig beenden zu können. Aber ich bin wirklich so größenwahnsinnig und glaube, für ihn bricht eine Welt zusammen, wenn ich dieses abartige Spiel (Affäre) beende.

WIR suchen also jetzt nach einer Lösung, wie mein Johann seine Frauen unter einen Hut bekommt. Ja, ich mache mir ernsthaft Gedanken, wie Johann mit mir beisammen sein kann, ohne seine Klara zu verärgern. Oder besser ausgedrückt, ohne sich von seiner Ehefrau dabei erwischen zu lassen. *Mann, bin ich blöd!* Aussagen von Johann, wie: „Zuerst bringe ich zuhause alles in Ordnung und dann ....", oder „man will es sich doch nicht verschlechtern ...", überhöre ich, oder nehme sie nicht in dem Ausmaß zur Kenntnis, wie sie gemeint sind. Nämlich zu hundert Prozent genauso, wie er sie sagt.

Ein Mann, der einer Frau sagt, er müsse überlegen, ob er sich sein Leben mit ihr nicht ohnehin verschlechtere, ist es grundsätzlich nicht einmal wert, mit ihm zu sprechen. Richtig! Aber das sagt jetzt nicht irgendein Mann, sondern mein geliebter Johann. Und der meint das ganz bestimmt nicht so. Er ist im Moment mit dieser Situation, in die er sich ganz alleine hineingeritten hat, überfordert. Auch wenn er behauptet ich hätte ihm quasi keine Chance gelassen. So ein Blödsinn, wie soll ich ihn denn zwingen mit mir eine Affäre zu beginnen? Unter den gegebenen Umständen kann es dann schon vorkommen, dass Johann Aussagen tätigt, die er nicht so meint. Dieser letzte Satz bezieht sich leider auf sehr viele Aussagen die mein Geliebter in letzter Zeit getätigt hat.

Zurück zu unserem Gespräch. Johann hat objektiv gesehen eindeutig zu verstehen gegeben, dass er gerne bei seiner Frau bleiben möchte. Er hat Angst vor einer festen Beziehung mit mir, weil ich zu jung und zu unverlässlich wäre. Unter „fester Beziehung" versteht Johann in dem Fall eine Beziehung nur mit mir, ohne Klara im Hintergrund.

Ich habe absolut keine Ahnung, warum er an meiner Zuverlässigkeit zweifelt. Ich glaube, mein Ex-Liebling oder doch wieder aktueller Liebling, wer weiß, meint nicht wirklich, dass ich unverlässlich wäre, sondern für ihn eher unberechenbar in meinen Taten und Handlungen. Ich bin spontan, ja, dazu stehe ich. Wenn ich merke, ich liege mit einer Meinung falsch, dann verfolge ich nicht stur den von mir eingeschlagenen Weg, sondern versuche den Schaden so gering wie möglich zu halten und orientiere mich wieder neu. Mein „vielleicht" Liebling ist da anders. Wenn er sich einmal etwas in den Kopf gesetzt hat, dann zieht er diesen Gedanken oder diese Handlung bis zum bitteren Ende durch, ohne die sogenannte „Rücksicht auf Verluste". Er zieht „sein Ding" durch, ohne nach links und rechts zu schauen. Wir sind in unserer Denkweise total konträr und damit kann und will Johann sich nicht beschäftigen, also bin ich in Summe ein zu großer

Risikofaktor für ihn.

In meinen Ohren jedoch ist nur angekommen, dass es zu bald für ihn ist sich zu entscheiden, da er mich noch nicht gut genug kennt, und er noch nicht sagen kann ob er seine Frau oder mich will.

Na, wenn es sonst nichts ist!! Dafür habe ich doch zum siebenhundertsten Mal Verständnis. Was habe ich ein paar Zeilen weiter oben geschrieben? Ich wäre spontan? Zum Beweis habe ich schon die perfekte Lösung: Jetzt ist April und ich denke, wenn ich ihm ein weiteres halbes Jahr zum „Überlegen", zum „Besser Kennenlernen" und zum „Ausprobieren" (Wovon?? Von mir??? Geht es noch dümmer???) Zeit gebe, ist das ausreichend. Somit könnte oder besser, kann, mein in dieser Richtung doch etwas unsicherer Liebling in Ruhe eine Entscheidung treffen. Ich nenne es jetzt eher Auswahl treffen, aber egal, Fakt ist, unsere Affäre kann bis dahin, nun ja, man könnte sagen, aus gutem Grund, weitergehen wie bisher. Ich gebe es ungern zu, aber ich habe ihm, meinem geliebten Johann tatsächlich diesen Vorschlag gemacht. Also, ehrlich: Schlimmer, geht"s nimmer!!

Falls jetzt jemand der Überzeugung ist, Johann fällt mir erleichtert und freudestrahlend um den Hals, dann hat er sich getäuscht. Nein, für Johann ist das nicht genug Zeit, denn, wie er mir jetzt mitteilt, steht Ende des Jahres bei ihm eine wichtige, finanzielle Entscheidung an. Worum es sich dabei handelt, erfahre ich selbstredend nicht, denn darüber sprechen kann er auf keinen Fall mit mir. Ja, man, nur leider ich nicht, erkennt deutlich, Johanns Vertrauen zu mir hält sich sehr in Grenzen. Diese mysteriöse Finanzgeschichte muss er auf alle Fälle noch mit Klara abwarten, da er sonst zu viel verlieren würde. Ja, logisch, verstehe ich! Wie denn auch nicht, ich verstehe doch alles, was mein Liebling macht, nur leider nicht, welch mieses Spiel er mit mir spielt.

Welch Überraschung, ein halbes Jahr ist meinem Liebling zu wenig! Kein Problem, dann warten wir eben bis zur endgültigen Entscheidung bis, na, sagen wir mal Februar. Mein Johann soll doch keinen Stress bekommen. Zehn Monate müssen dann aber doch auch für den größten Skeptiker genug sein.

Als meine Freundinnen von dieser Abmachung hören, erklären sie mich für geistesgestört und würden mich am liebsten entmündigen lassen. Doch ich denke, die haben von wahrer Liebe einfach keine Ahnung. Von „wahrer Liebe" brauchen sie auch keine Ahnung haben, davon sind wir nämlich kilometerweit, nein, Lichtjahre, entfernt. Aber sie sehen sehr wohl, wenn ein Mann ein ganz linkes Spiel mit einer verliebten Frau spielt. Aber zum jetzigen Zeitpunkt sind sie machtlos und halten sich einfach bereit, um für mich da zu sein, wenn bei mir das „große Erwachen" beginnt.

Das Gespräch von Johann und mir ist damit beendet. Wir haben wieder einmal eine „vertragliche" Vereinbarung über unsere Gefühle getroffen. Das hat ja schon beim ersten Mal nicht funktioniert, und das ist noch untertrieben, aber warum den gleichen Fehler nicht nochmals machen? Dass bei dieser Vereinbarung meine verletzten Gefühle auf der Strecke bleiben, damit muss ich wohl leben, aber für Johann läuft alles genauso toll wie bisher. Ich Dummerchen bin jetzt auch noch der Meinung wir profitieren beide von dieser Abmachung.

Ich komme aber Gott sei Dank schon nach kurzer Zeit wieder etwas zur Vernunft und sehe ein, dass diese Vereinbarung für die nächsten zehn Monate nicht eins zu eins von mir umgesetzt werden kann. Ich werde diese Zeit nicht tatenlos und auf Abruf bereit absitzen. Allerdings will ich auch nichts Unüberlegtes unternehmen, denn ich will mir die Chance auf ein gemeinsames Leben mit Johann, ohne Klara, jetzt so knapp vor dem Ziel (hahahaha!) nicht entgehen lassen. Aber irgendetwas muss passieren!

Und weil das Schicksal es gut mit mir meint, bietet sich eine hervorragende Gelegenheit um diese neu gewonnene Harmonie von Johann und mir ein wenig aus dem Gleichgewicht zu bringen. Und das ist jetzt absolut positiv von mir gemeint.

Man (frau) erkennt aufgrund meiner bisherigen Schilderungen sofort, wer bei dieser verzwickten Liebesgeschichte von Johann und mir der Böse und wer die Gute ist. Keine Frage, ich bin definitiv in dieser Beziehung die Arme, die Benachteiligte und sowieso die Unschuldige. Menschen mit ausgeprägtem Gerechtigkeitssinn mögen jetzt vielleicht erwähnen, dass bekanntlich immer zwei dazugehören. Mich zwingt niemand, bei diesem doch etwas kranken, anders kann nicht einmal ich diese Beziehung bezeichnen, Spiel mitzumachen. Richtig, das ist ein Einwand, den man vielleicht geltend machen könnte. Wenn jemand aber schon einmal in solch einer verzwickten Situation war, was ich eher bezweifle, dann weiß er ganz genau, dass es nicht so einfach ist, da wieder herauszukommen.

Abgesehen davon ist es doch auch sicherlich so, einen gewissen Stolz habe auch ich, Brigitte, mir noch bewahrt, wenn auch zugegebener Weise sehr gut versteckt. Und jetzt aufzugeben, nachdem wir schon so weit sind?!? Ach ja? Wie weit sind wir denn? Johann will bei seiner Frau bleiben. Die ahnt höchstwahrscheinlich von meiner immer wiederkehrenden Existenz und will trotzdem auch bei Johann bleiben. Perfekt, das Ehepaar ist sich einig! Und ich, die Johann immer noch „nachläuft" und ihn um jeden Preis will! Ja, definitiv, wir sind wirklich weit! Aber aufgeben? Nein, das kommt doch für mich wirklich nicht in Frage.

Es wäre doch gelacht und ich nicht Brigitte, wenn ich nicht den längeren Atem hätte. Ich habe bis dato in meinem Leben alle Ziele erreicht, die ich mir in meinen Kopf gesetzt habe, also werde ich auch in dieser, eher verzwickten Situation, nicht vorzeitig das Handtuch werfen und auf Johann verzichten. Der Kampf um Johann ist noch lange nicht verloren, und ich werde das Feld nicht frühzeitig räumen. Ich weiß genau, was und wen ich will. Und das ist eine Beziehung mit Johann!

Dieser letzte Absatz zeigt wie stark und selbstbewusst ich bin!!! Oder gerne wäre! Der wirklich einzige Grund, warum ich das tue, ist: Ich liebe Johann! Ich bilde mir ein, Johann zu lieben. Das wäre wohl die bessere und richtigere Formulierung.

Möglicherweise sind jetzt einige von euch versucht, aufgrund meiner bisherigen selbstlosen Rücksichtnahme auf Johann mir einen

Heiligenschein zu verleihen. Ich muss aber einräumen, es bleibt mir eigentlich gar nichts anderes übrig, wenn ich Johann als Geliebten behalten möchte.

Ab und zu, eigentlich viel zu selten kommt dann aber doch auch das kleine(!) Teufelchen in mir zum Vorschein. Wenn es das Schicksal auch noch gut mit mir meint, kann nichts mehr schiefgehen. Wobei, objektiv betrachtet ist alles völlig harmlos, ich unterbreche nur den gewohnten Trott ein wenig. Naja, und vielleicht spiele ich ein klitzekleines Stückchen mit Johanns Eifersucht.

12

Mit meinen Kollegen und Kolleginnen verstehe ich mich sehr gut, es grenzt schon, würde ich sagen, an echte Freundschaft. Wir unternehmen auch hin und wieder gemeinsame Ausflüge oder gehen abends noch etwas Essen oder auf ein Getränk um uns in privater Atmosphäre und ohne Arbeitsstress entspannt zu unterhalten.

Bei einer dieser Unterhaltungen erwähnt ein Kollege aus der Schweiz, der ursprünglich der Liebe wegen nach Österreich gekommen ist, mittlerweile aber wieder Single ist, dass er in zwei Tagen, nämlich dann, wenn bei uns ein verlängertes Wochenende ansteht, wieder einmal nach Hause fährt. Zu diesem Zeitpunkt findet in seinem Heimatort, einem kleinen Dorf in den Bergen, das alljährliche Dorffest statt. Dorffest ist vielleicht ein wenig untertrieben, da es sich laut den Aussagen meines Kollegen um ein riesengroßes Spektakel handelt, mit öffentlichem Grillen, Livemusik, großem Feuerwerk und sonst noch allerhand. Im Mittelpunkt dieser Veranstaltung stehen diverse festliche Aktivitäten. Unter anderem ein Umzug, bei dem Einheimische in alten Trachten durch das Dorf marschieren und so die landestypischen Traditionen aufrechterhalten. Mein Kollege möchte diese Veranstaltung nützen, um nach Längerem wieder Freunde aus Jugendzeiten zu treffen und mit ihnen beim gemütlichen Zusammentreffen in Erinnerungen schwelgen. Völlig unerwartet fragt er mich, ob ich denn nicht Lust hätte mitzukommen. Es würde für mich sicherlich ein unvergessliches Erlebnis werden, denn dieses Fest in den Bergen sei einzigartig und wirklich sehenswert. Es würden Menschen aus ganz Europa anreisen, um bei diesem Festival dabei zu sein.

Wie bereits erwähnt, bin ich ein offener, aufgeschlossener Mensch und für spontane Unternehmungen immer zu haben, und so beschließe ich kurzerhand diese Einladung anzunehmen. Ein wenig Abwechslung würde mir sicher gut tun. Dieser Kollege, Franz, ist circa zehn Jahre jünger als ich und in der Kategorie „attraktiver Mann" einzureihen. Allerdings nicht der Typ Mann, auf den ich stehe, wie denn auch, es kann doch nicht jeder so gut aussehen wie mein Johann! Das war jetzt wieder ein Scherzchen!

Für mich ist Franz ein sehr netter Arbeitskollege, mit dem ich mich gerne unterhalte und der immer für ein Späßchen aufgelegt ist, mehr aber nicht! Ich bin davon überzeugt, dass ein gemeinsames Wochenende sehr lustig werden könnte. Als „nur" Geliebte ist es meiner Meinung nach nicht notwendig, meinen verheirateten Freund, sprich, meinen geliebten Johann um Erlaubnis zu fragen ob ich ein verlängertes Wochenende mit Freunden verbringen darf. Der Ausdruck „um Erlaubnis fragen" ist jetzt ironisch gemeint! Ebenso das „verbringen darf"! Obwohl, hmmm, vielleicht (oder eher ganz sicher) würde es Johann sogar gefallen, wenn ich ihn um Erlaubnis fragen würde. Aber nur keine Panik, das mache ich definitiv nicht! Also! Erwachsen und ohne feste Partnerschaft, da dürfte es soweit kein Problem geben. Noch dazu, wo mein Liebling ohnehin an freien Tagen bei seiner Frau zuhause ist. Oder sein muss?!? Oder sein will?!?

Logischerweise kennt Johann diesen Kollegen, und so besteht auch keine Gefahr eines grundlosen Eifersuchtsanfalls von Seiten meines Geliebten. Johann weiß, davon bin ich überzeugt, dass von Franz keine diesbezügliche „Gefahr" ausgeht. Na klar, sonst hätte ich schon längst eine Affäre mit Franz und nicht mit Johann oder würde meinem Johann nicht mehr hinterherlaufen. Das ist leicht nachvollziehbar, oder?!? Und so bin ich sehr euphorisch, als ich meinem Liebling von meinem Vorhaben erzähle.

Na, aber „Holla, die Waldfee", da habe ich mich aber gründlich getäuscht. Ich bin noch gar nicht fertig Johann freudestrahlend zu erzählen, was ich besagtes Wochenende alles erleben werde, als ich am Gesichtsausdruck meines verheirateten Geliebten schon erkennen kann, dass er von meinen Absichten auf Kurzurlaub zu fahren gar nicht begeistert ist. Ich bin ehrlich leicht verwundert, denn somit müsste ich das verlängerte Wochenende nicht sooo alleine, also ohne ihn, zuhause verbringen. Johanns Worte am Samstag sind fast immer: „Ich wünsche dir ein schönes Wochenende, auch wenn ich weiß, dass du lieber bei mir wärst." Man beachte den Ausdruck, er weiß, dass ich lieber bei ihm wäre, er wäre aber nicht lieber bei mir! Aber zu diesem Zeitpunkt fällt mir dieser Unterschied in seiner Ausdrucksweise überhaupt nicht auf. Für mich ist klar, wir würden beide lieber übers Wochenende beisammen sein. Aber anscheinend ja nicht!

Weiter in der üblichen „Samstagsrede" meines Lieblings: „Aber du weißt, das ist jetzt noch nicht möglich. Ich muss Klara erst noch langsam darauf vorbereiten, aber ich mache das schon." Diese Worte kommen mittlerweile wohl jedem schon bekannt vor, und es nimmt sie wohl keiner mehr so richtig ernst! Bis auf mich!! Ich denke, auch Johann sagt diesen Satz schon automatisch, denn eigentlich wäre er jetzt nicht mehr nötig. Laut unserer letzten Vereinbarung hat mein Liebling ohnehin noch fast zehn Monate Zeit sich zu entscheiden.

Jetzt aber zurück zu meiner, von meinem Geliebten, erwarteten Begeisterung für meinen kommenden, verlängerten Wochenendausflug. Aber weit gefehlt! Johann, meine einzige große Liebe, das ist in diesem Moment eher humorvoll gemeint, von der Bezeichnung „große Liebe" rücke ich immer weiter ab, dreht quasi komplett durch!

"Dann ist das mit uns beiden wohl vorbei, wenn du dir ohnehin schon einen Jüngeren gesucht hast und mit dem bereits auf Urlaub fährst. Also ehrlich Brigitte, so etwas hätte ich nie von dir gedacht! Aber es war ja klar, du bist eine junge, hübsche Frau und ich ein alter Mann! Es haben mir ohnehin alle prophezeit, dass du mich nur wegen meines Geldes willst. Gut, dass ich meine Frau nicht wegen so einer wie dir verlassen habe!" Nach diesem Monolog dreht Johann sich um und geht.

So, ich denke, mein Gesichtsausdruck hätte nicht mehr

Überraschung ausdrücken können, wenn jetzt ein Marsmännchen vor mir gestanden und nach der nächsten Busverbindung zum Mond gefragt hätte.

Was war das jetzt??? Als Allererstes schnappe ich nach Luft, die ist mir jetzt während der „Ansprache" von Johann tatsächlich kurz weg geblieben. Dann überlege und versuche ich die paar wirklich verletzenden Sätze in Einzelteile zu zerlegen um zu analysieren, was er, dieser Johann, denn tatsächlich damit gemeint hat. Was bildet der sich eigentlich ein, so mit mir zu sprechen?

Auch bestätigt sich hier wieder einmal, wenn auch zum wiederholten Male im negativen Sinne, mit uns beiden wird es nie langweilig. Offensichtlich kann ich wirklich immer und überall auch noch etwas Positives entdecken. Darin bin ich echt gut. Ich sollte Seminare anbieten: Finde auch noch in den verworrensten, deprimierendsten und aussichtslosesten Momenten etwas Positives! Ein Mentaltrainer hätte seine helle Freude an mir.

Schluss mit lustig, beginnen wir Johanns Monolog aufzuschlüsseln:

„Ja, dann ist das mit uns beiden wohl vorbei" - Hallo?? Geht"s noch?? Der Ausdruck „das", soll wohl unsere innige Liebe, unsere Leidenschaft, unsere Beziehung bezeichnen, so ist das also! Diese Affäre, diese „fast Beziehung", dieses zeitweise Drama, die tausend Versprechungen, er wäre ja längst bei mir, wenn seine Frau nicht langsam auf eine Trennung vorbereitet werden müsste, die schon geplante Zukunft von uns beiden! Hoppla, ist da vielleicht zum wiederholten Male die Fantasie mit mir durchgegangen, und unsere gemeinsame Zukunft sehe nur ich? Das alles ist für meinen Johann nur „das"? Na, toll!

Die Unterstellung, ich hätte ja schon einen Neuen, also, wenn ich gentechnisch mit etwas mehr Temperament ausgestattet worden wäre, ach, ja, ich weiß, das hatten wir schon, aber es ist doch so, ab und zu nur ein klein wenig „grober" zu sein, würde mir schon helfen. Spätestens jetzt wäre der Moment gewesen, an dem eine saftige Ohrfeige, und ich bin immer noch ein vehementer Gegner von Gewalt, ihn zum Nachdenken hätte anregen sollen. Da ich aber nicht der „Schlägertyp" bin, habe ich Johann ohne Widerrede zugehört, wenngleich seine Worte für mich absolut nicht verständlich oder auch nur ansatzweise nachvollziehbar gewesen sind. Ich habe bereits im Vorfeld erklärt, dass es sich bei diesem Kollegen auf keinen Fall um einen Konkurrenten von Johann handelt, folglich können wir diese Unterstellung von meinem Liebling (haha!!!) als widerlegt betrachten. Jetzt noch einmal ganz ehrlich? Käme irgendein vernünftig denkender Mensch auf so eine Idee? Ich denke doch eher nicht. Darin bestätigt sich jetzt wieder die Einzigartigkeit von meinem Johann. (Scherzchen!) Diesmal zum wievielten Male eigentlich? Jedoch leider wieder eine eher negativ einzustufende Einzigartigkeit.

Aber um beim Thema zu bleiben, wie kommt mein Johann auf so eine Idee? Doch wohl nicht, weil er selbst jede sich ihm bietende Gelegenheit nützt um zu betrügen und fremdzugehen? Ich glaube, da geben mir sogar echte Fans von Johann Recht, der Verdacht liegt nahe. Aber wie heißt es vor Gericht so schön? „Im Zweifelsfalle für den Angeklagten!", also, lassen wir das und beschränken uns auf die möglichst objektive Analyse (aus meiner Sicht natürlich, haha!!).

So, der nächste Satzteil: „es war ja klar, dass so etwas passiert!" - Was passiert denn? Ich fahre mit einem Arbeitskollegen, oder anders ausgedrückt, einem guten Bekannten ein paar Tage auf ein außergewöhnliches Fest. Nicht mehr und nicht weniger. Was ist das Problem? Ich versichere Johann täglich, stündlich, minütlich, ihn von Herzen zu lieben und mit ihm zusammen sein zu wollen. Der einzige Grund, warum wir noch keine wahre Beziehung führen, ist, dass Johann nicht kann, nicht will, oder nicht dazu imstande ist, sich für mich zu entscheiden. Jetzt mir für sein Unvermögen, klar Schiff zu machen, zu seinen Gefühlen zu stehen und Klara endlich die Wahrheit zu sagen, die Schuld in die Schuhe zu schieben, ist wirklich dreist und grenzt schon ein wenig (oder eventuell sogar viel?) an Frechheit.

Dass ich eine junge, hübsche Frau bin, ist in diesem Monolog wohl das Einzige was der Wahrheit entspricht. Für alle ersichtlich, ich habe meinen Humor trotz Johann noch nicht ganz verloren! Das heißt, diesen Satzteil können wir dahingehend unkommentiert stehen lassen.

Als nächstes kommt dann „und ich ein alter Mann"! - Ja, objektiv betrachtet hat er mit dieser Aussage absolut Recht. Aber erstens war es meinem Liebling bis jetzt vollkommen egal, dass er doch um einiges älter ist als ich und zweitens, solange es mich, die junge, hübsche Frau nicht stört, diese Worte sind mir jetzt aber ganz leicht über die Tastatur gerutscht, ist diese Tatsache eher irrelevant. Der Altersunterschied besteht schließlich schon seit Beginn unserer Affäre und hat sich seitdem nicht geändert. Bisher war mein Johann immer der Überzeugung, dass er ein ewig Junggebliebener wäre und Zahlen, speziell das Alter betreffend, und welch Wunder, ganz im Speziellen sein Alter betreffend, absolut nichtssagend wären. Eine funktionierende und auf Liebe basierende Beziehung hätte, laut Johanns Überzeugung, mit Sicherheit nichts mit dem Alter zu tun. Das schaut aber bei seinem Eifersuchtsanfall ganz anders aus! Jetzt ist mein armer Johann ganz offensichtlich der Leidtragende aufgrund seines Alters und nicht aufgrund seiner Unfähigkeit oder Feigheit sein Leben, und damit auch teilweise mein Leben, zu regeln.

Es ist für meinen Liebling wesentlich einfacher, sich als arm und hilflos hinzustellen als selbst eine Entscheidung zu treffen. Eine, die vielleicht doch eine gewisse Zeit Unannehmlichkeiten oder Stress und Streit mit sich bringen würde. Dass das Auflösen von sämtlichen Lügen seiner Frau, und vielleicht auch mir gegenüber kein „Honiglecken" werden wird, darüber sind wir uns wohl alle einig. Aber es hat Johann keiner gezwungen, seine Frau zu betrügen! Nein, ganz ehrlich, auch ich nicht! Obwohl er in Situationen seiner absoluten Verzweiflung schon auch meint, ich hätte ihn verführt und ihm keine Chance gelassen, nein zu sagen. Ich hätte ihn mit meinen Annäherungsversuchen einfach überrumpelt. Dass das jetzt absoluter Schwachsinn ist, ist jetzt hoffentlich jedermann klar. Zugegeben, ich habe ihm klar zu verstehen gegeben, an ihm interessiert zu sein. Dass ich ihn aber seinen Aussagen nach quasi „gezwungen" hätte, mit mir eine Beziehung, oder auch nur eine Affäre, einzugehen, beziehungsweise auch „nur" seine Frau mit mir zu betrügen, ist dann doch etwas lächerlich.

Nächster Satzteil: „es haben mir ja alle prophezeit" - sehr gut! Diese Aussage stimmt nicht! Nicht alle unserer Berater(!) sind der Meinung, dass eine Beziehung oder Affäre mit mir ein Risiko wäre. Natürlich gibt es immer einige, die von vornherein Probleme sehen wo keine sind. Oder aber zu Recht Probleme sehen, weil sie meinen Johann sehr gut kennen. Sie wissen eventuell auch schon aus Erfahrung, wovon sie sprechen. Aber abgesehen davon, und das ist eigentlich für mich das Wesentlichere und Wichtigere: Es handelt sich bei unserer Beziehung, um eine doch sehr persönliche Sache zwischen meinem Johann und mir. Da sollten wir beide soweit sein, die Verantwortung für alles was zwischen uns passiert selbst zu übernehmen. Dazu gehört meiner Ansicht nach auch, zu entscheiden, ob uns unsere Beziehung einige Problemchen wert ist oder nicht! Aber ich habe langsam das Gefühl, Johann hat keine Ahnung wem er vertrauen kann oder soll, und wem nicht. Ganz sicher jedoch hat er große Schwierigkeiten auf sich selbst und sein Bauchgefühl zu hören.

Jetzt zerlegen wir den nächsten Satzteil in seine Einzelteile, um zu verstehen was mir dieser Mann damit sagen will. „Du willst mich nur wegen meines Geldes!" - Das ist eine für mich sehr interessante Aussage. Ich habe ehrlich gesagt noch zu keinem Zeitpunkt das Gefühl gehabt, Johann hätte viel Geld. Ich kann nur mit Sicherheit sagen, dass, wenn wir uns ab und zu in die Öffentlichkeit wagen, einmal mein Johann die Rechnung übernimmt und dann wieder ich. So als hätte ich es bereits geahnt, da kann Johann mir absolut nichts vorwerfen. „Können" natürlich schon, und das macht er hiermit ja auch ganz deutlich um mich zu verletzen, was ihm ohne weiteres anstandslos gelingt. Aber zu meiner inneren Befriedigung weiß ich, dass das völlig aus der Luft gegriffen und haltlos ist.

Das einzige Indiz aus dem man schließen könnte, dass Johann etwas Geld besitzt, ist, dass er ein schönes, großes, Auto der Mittelklasse fährt, aber auch nicht mehr. Dieses hat er jedoch, und das schreibe ich jetzt nicht aus Neid, sondern um ihm zu zeigen, dass ich sehr wohl eine ungefähre Ahnung habe wie viel ein Auto wert ist, nicht neu gekauft, sondern gebraucht übernommen. Wobei ich bösartiger Weise betonen möchte, dass wir auch hier noch weit von reich, so wie ich reich definieren würde, entfernt sind. Insgesamt gesehen, spielt das Thema Geld für Johann eine absolut große Rolle und ich getraue mich fast zu sagen, dass Geld mit das Wichtigste in seinem Leben ist.

Aber das ist jetzt nur eine Vermutung. Wie soll man einen Menschen besser kennenlernen, wenn man ihn immer nur stundenweise sieht?!? Diese Tatsache haben wir aber ohnehin vor einigen Tagen schon einmal herausgefunden. Auch drehen sich unsere Gespräche fast immer ums gleiche Thema, nämlich wie unglaublich leidend mein Johann ist. Er liebt mich und muss bei seiner „bösen, ihn nicht verstehenden Frau bleiben". Spätestens beim Thema, er muss bei seiner Frau bleiben, aus Gründen die er mir beim besten Willen nicht sagen kann, beginnt dann mein Wunsch ihn näher, besser und von verschiedenen Seiten kennenzulernen sich in Luft aufzulösen. Wie kann oder soll ich einen Menschen näher kennenlernen, wenn der mir von vornherein klar zu verstehen gibt, es gibt einige Dinge in seinem Leben die er mir nicht sagen könne, vielleicht irgendwann einmal, aber sicherlich nicht jetzt und auch nicht in nächster Zeit. Solche und ähnliche Aussagen fördern nicht gerade mein Vertrauen.

Trotzdem, und das muss ich leider immer wieder ehrlich zugestehen, mich zwingt definitiv niemand bei Johann zu bleiben, aber ich tue es! Aus absolut nicht logisch erklärbaren Gefühlen. Aber irgendwie auch wieder nicht schlecht, denn all das, was ich mit Johann durchmache, hätte ich sonst hundertprozentig nie erlebt und die Nachwelt vor solchen Menschen wie meinem Liebling warnen können. Na, eben, auch wenn ich mich wiederhole, wieder etwas Positives, das ich bei Johanns Affäre mit mir auflisten kann. Und, ich kann ehrlich behaupten, diese ganze Geschichte zwischen ihm und mir bis jetzt ohne bleibenden Schaden überstanden zu haben (hahaha!!!).

Für gegenteilige Beweise bin ich (teilweise) empfänglich.

Jetzt bin ich aber wieder einmal komplett vom Thema abgekommen. Also zurück und weiter in Johanns Monologanalyse.

Der letzte Satzteil ist wohl auch der am verletzendste. „Gut, dass ich meine Frau nicht wegen so einer wie dir verlassen habe!" - Weiß dieser Mann eigentlich was er sagt? War ich nicht noch vor einigen Minuten seine große Liebe? Eine so erfüllende, bedingungslose Liebe, er hätte nie gedacht, dass es so etwas überhaupt gäbe, beziehungsweise, dass er das erleben dürfe? Dass ich die Frau seines Lebens wäre, auf die er immer schon gewartet hätte? Habe ich mir das alles nur eingebildet, oder hat mein toller Johann all das im Brustton der Überzeugung schon hunderte Male zu mir gesagt? Und? Welche Version soll ich jetzt glauben? Was will dieser „möchtegern" Casanova?!? Warum, wenn nicht aus Liebe sollte ich denn sonst bei ihm sein? Was kann er mir denn so Tolles bieten, dass ich ihn ausnützen würde??? So ein absoluter Blödsinn. Und außerdem wäre ich doch dann schon längst nicht mehr bei ihm, denn ich glaube, mit jedem x-beliebigen anderen Mann hätte ich es definitiv leichter, wenn ich keine ehrlichen Absichten verfolgen würde. Ich bin aber leider davon überzeugt, dass er in dem Moment wo er diesen „Schwachsinn" von sich gibt, sehr wohl selbst glaubt, was er sagt. In solchen Momenten völliger Hilflosigkeit kann mein Geliebter (Gummizelle!!!!) nicht mehr „normal" denken. Um sich auch nur irgendwie zu schützen (wovor???), und seine doch sehr offensichtliche Unfähigkeit nicht preiszugeben, fängt er an, völlig irrational und sinnlos rund um sich zu schlagen. Aus Verzweiflung und Wut, wahrscheinlich am meisten gegen sich selbst.

Ob das von mir jetzt eine objektive Auflösung dieser verletzenden Worte mir gegenüber ist oder nur eine abermalige Entschuldigung für Johanns Ausraster kann sich jetzt jeder selbst aussuchen. Jedoch denke ich, dass auch das sofortige Verschwinden von Johann nach diesen Worten dafür spricht, dass er sehr wohl weiß, wenn ich die Möglichkeit bekäme ihm zu antworten, er bei einer Diskussion eher schlecht abschneiden würde. Er müsste dann sicherlich zugeben, zumindest teilweise Unrecht zu haben und genau das ist es, was er mit aller Macht verhindern möchte. Denn damit würde er genau die Schwäche preisgeben, die er doch mit allen ihm zur Verfügung stehenden Mitteln, jedoch nur mäßigem Erfolg, zu vertuschen versucht.

Meine Top Analyse hilft mir in diesem Moment allerdings absolut gar nicht weiter.

Völlig perplex stehe ich da und verstehe die Welt nicht mehr. Anstatt sich mit mir zu freuen, dass sich mir die Möglichkeit bietet, ein lustiges, interessantes, Wochenende zu verbringen, macht mein Liebling mir eine derartige Szene.

In der Mittagspause treffe ich Johann wieder. Jedoch nicht wie ursprünglich vereinbart im Cafè, nein, mein Johann ist doch jetzt ob meines bevorstehenden kleinen Ausflugs aufs Tiefste beleidigt und schmollt in seinem Büro! Er ist jedoch immerhin so gnädig (hahaha!!!), und lässt mich zu ihm, um mit ihm zu reden. Oh, wie nett von ihm!

Ich erkläre ihm ausführlich, und wie einem kleinen Kind, meine Beweggründe für diese Reise. Ich erwähne ausdrücklich, dass ich mich sehr freuen würde, wenn er mitkäme. Ich hätte das auch bereits mit meinem Kollegen abgeklärt. Auch Johann wäre herzlich willkommen. Ja! Das stimmt wirklich! Ich habe mit Franz gesprochen, und ihn gefragt, ob es denn möglich wäre auch Johann mitzunehmen. Mit einem verschmitzten Lächeln im Gesicht meinte mein Kollege nur, dass selbstverständlich auch mein Geliebter eingeladen wäre. So sind meine Kollegen! Einer toller als der andere! Und das meine ich jetzt ganz ehrlich!!

Was ich allerdings nicht ganz ernst meine, ist die an Johann gerichtete Frage, ob er denn eventuell mitkommen möchte. Ich weiß eigentlich ganz genau, dass das für Johann schier unmöglich ist! Wie sollte er das seiner Klara erklären? Schon wieder eine „Dienstreise"? Das würde sie ihm nie glauben! Aber um ihm zu beweisen, dass ICH (im offensichtlichen Gegensatz zu ihm!) sehr wohl an ihn denke, wollte ich diese Frage schon sicherheitshalber im Vorfeld abklären. Für den Fall der Fälle, man weiß ja nie, und bei meinem Liebling schon gar nicht. Falls mein Liebling durch ein „Wunder" doch die Möglichkeit fände, mitzukommen, wäre der Weg für ihn bereits geebnet. Und falls er erwartungsgemäß nicht mitkommen kann, der arme Mann (war jetzt ironisch gemeint, aber das ist wohl im Moment jedem klar!), kann mein Johann keinen Grund finden, sich benachteiligt oder hintergangen zu fühlen. Ja, ab und zu bin auch ich ein Schlauerchen!

Ärgerlich, wie nicht anders zu erwarten, schaut Johann mich an und meint: "Du weißt ganz genau, dass ich nicht wegfahren kann. Was soll ich denn meiner Frau sagen?"

Ich schaue ihm einige Sekunden tief in die Augen und meine Blicke sprechen das aus, was wir beide ohnehin schon wissen. Trotzdem möchte ich Johann sicherheitshalber auch noch einmal akustisch zu verstehen geben, wie die Sachlage sich verhält: „Du kannst nicht weg! Und das soll jetzt ein Grund sein, dass auch ich anscheinend bis an mein Lebensende, oder zumindest so lange, wie ich mich mit dir in dieser heimlichen, aber, ach so liebevollen Geheimbeziehung befinde, keine Reise, oder besser gesagt keinen Ausflug mehr machen kann?!? Denn, wenn es so weitergeht wirst du nie dazu bereit sein, deiner Frau die Wahrheit zu sagen, dich von ihr zu trennen und offiziell zu mir zu stehen. Du kennst die Menschen mit denen ich unterwegs sein werde, du könntest jederzeit mitkommen und wärst herzlich willkommen! Ich bin es, die immer zu dir steht. Weil du unfähig bist, dein Leben zu regeln, machst du mir so ein Theater?"

Schon etwas kleinlaut antwortet Johann: "Ich weiß ja ohnehin, dass du Recht hast. Aber ich habe Angst, du könntest einen anderen, jüngeren, treffen, der dir besser gefällt als ich, und mich dann nicht mehr mögen!"

Na, da kommen wir der Wahrheit ja schon um einiges näher. Ich erkläre meinem Liebling, dem ich bei diesen Worten sofort alles

Gesagte verzeihe, dass ich doch diejenige wäre, die ihn so haben möchte wie er ist. Nur er kann nicht oder will nicht oder was auch immer, weil er mir nicht vertraut.

Das sieht jetzt sogar mein Johann ein und schlussendlich wünscht er mir viel Spaß bei meinem Ausflug. Gleichzeitig verspricht er mir keine Szene mehr zu machen und mir zu vertrauen. Ich versichere ihm meinerseits, mich jeden Tag soweit er in der Arbeit wäre, bei ihm zu melden. Allerdings solle er nicht sofort in Panik verfallen, wenn ich mich erst im Laufe des Vormittags bei ihm melden würde. Ich wäre sicherlich abends länger unterwegs und würde dann auch dementsprechend länger schlafen.

Verständnisvoll nickt Johann. Das versteht er doch. Noch ein kurzes Küsschen und ich gehe wieder an meine Arbeit.

Am nächsten Morgen beginnt meine Reise in die Schweiz und ich werde Johann bis dahin nicht mehr sehen. Eventuell, wenn ich Glück habe, noch hören, falls er abends die Möglichkeit findet, sich nochmals bei mir zu melden, aber das hängt dann natürlich wieder von seiner Frau ab.

Und, welch Zufall, wer hätte das gedacht? Wenn es ihm wirklich wichtig ist findet mein Liebling eine Möglichkeit mich anzurufen. Und das noch am selben Abend! Kurz nach sieben Uhr abends läutet mein Telefon und Johanns Stimme dringt etwas leiser als sonst an mein Ohr: "Meine Frau ist gerade im Keller Wäsche aufhängen, und da habe ich mir gedacht, ich melde mich kurz bei dir. Ich wünsche dir schöne Tage in der Schweiz und freue mich schon, wenn du wieder kommst. Und nicht vergessen: Ich liebe dich!! – So, ich muss aufhören, ich glaube Klara kommt schon wieder. Bussi!"

"Ja, auch Bussi!" das ist alles, was ich noch schnell sagen kann und dann höre ich auch schon das Tüten aus der Leitung. Er hat bereits aufgelegt und öffnet sicherlich gerade Klara die Wohnungstür. Einerseits freue ich mich über seinen Anruf, er riskiert ja wirklich viel für mich (hahaha!!!!), andererseits wird mir aber gerade durch solche Anrufe auch wieder sehr bewusst, das ist nicht das Leben und nicht die Beziehung die ich den Rest meines Lebens führen möchte.

Am nächsten Morgen, ich sitze seit zehn Minuten im Auto meines Kollegen und die doch etwas lange Fahrt in die Schweiz beginnt, als mein Telefon klingelt. Ja, natürlich, heute ist noch ein normaler Arbeitstag, also kann mein Johann ohne Probleme telefonieren, seine Frau ist zuhause und er in der Arbeit!

Freudig melde ich mich und in den Worten meines Lieblings schwingt ein gewisser neugieriger Unterton mit: "Guten Morgen! Seid ihr schon unterwegs?"

Da ich meinen Liebling doch schon ein wenig (hihihi?!) kenne, weiß ich sofort, woher der doch für mich deutlich zu hörende Unterton herrührt! Er will wissen, ob ich „normal" mit ihm rede, oder ob irgendjemand in der Nähe ist, und ich nicht möchte, dass dieser jemand (sein frei erfundener Nebenbuhler!) weiß, dass Johann mich anruft. Denn wenn es so wäre, dann wäre seine Eifersucht ja vollends bestätigt und ich hätte etwas vor meinem Liebling zu verbergen. Ja, definitiv, ich kenne meinen Johann schon sehr gut und kann mir aus den kleinsten Nuanceunterschieden in seiner Tonlage genau zusammenreimen, was dahintersteckt. Hmmm, ich bin schon toll!!! Oder paranoid!! Das kann auch sein, ist aber egal, ändert an meiner Situation ohnehin rein gar nichts! Da ich im Gegensatz zu meinem Liebling nichts zu verstecken habe, mein Kollege weiß ohnehin über meine Affäre mit Johann Bescheid, kann ich im Unterschied zu ihm ganz normal reden und beginne auch sofort damit.

Doch bereits nach zwei Sätzen unterbricht mich mein Johann mit einer Frage seinerseits: "Ich hoffe doch, du hast ein eigenes Zimmer und schläfst nicht in einem Raum mit deinem Arbeitskollegen?"

Diese Frage ist komplett aus dem Zusammenhang unseres Gesprächs gerissen. Oder anders ausgedrückt, diese Frage hat absolut nichts mit meiner aus bereits zwei Sätzen(!!!) bestehenden Plauderei mit Johann zu tun. Ja, es ist offensichtlich, es ist ein Vergnügen mit meinem Liebling zu telefonieren!!! Oder auch nicht!!! Der Tonfall, in dem Johann die Frage stellt lässt mich gleich ahnen, dass mein verständnisvoller Liebling, der mir noch vor einigen Stunden erklärt hat, er wünsche mir einen schönen Kurzurlaub und würde mir vertrauen, wieder unmittelbar vor einem seiner Eifersuchtsanfälle steht. Zum, ich weiß nicht wievielten Mal erkläre ich ihm, dass ich dank der Gastfreundschaft der Eltern meines Arbeitskollegen in dessen Haus kostenlos nächtigen darf, ich sehr wohl aber ein eigenes Zimmer hätte. Und ich sehr dankbar wäre, mit so viel Freundlichkeit empfangen zu werden.

"Aha, na dann ist es ja gut. Es wäre für mich nämlich absolut nicht in Ordnung, wenn du in einem Zimmer mit „dem" schlafen würdest."

Es ist, als hätte das klärende Gespräch zwischen Johann und mir gestern in seinem Büro nie stattgefunden. Johanns Ton mir gegenüber wird immer rauer, und ehrlich gesagt ist mir die Lust, noch weiter mit ihm zu sprechen, total vergangen. Ganz im Gegenteil, ich atme erleichtert auf, als ich Johann kurz angebunden höre: "Ich muss dann wieder arbeiten."

Und schon ist die Leitung unterbrochen, kein „Tschüss", kein „Bussi", kein „Ich liebe dich". Na gut, dann eben nicht! Ich lasse mir deshalb die Laune noch lange nicht verderben und freue mich auf ein paar schöne Tage in der Schweiz. Soll er doch schmollen, was er will. Vielleicht wird ihm so klar, dass es an ihm liegt, etwas an seiner, respektive unserer Situation zu ändern. Trotzdem murmle ich leise, aber süffisant: „Danke, ich liebe dich auch und freue mich, dass du mir einen schönen Aufenthalt wünscht und mich angerufen hast, um mir zu sagen, wie sehr du mich vermisst, und wie gerne du jetzt bei mir wärst."

Es wäre gelogen, wenn ich behaupten würde, ich würde mich nicht über Johanns Anruf ärgern. Zum wiederholten Male kann ich es nicht begreifen, wieso ich ihm Rechenschaft schuldig sein sollte, und doch versuche ich ihm alles recht zu machen, um keinen neuen Wutausbruch von Johann zu provozieren. Doch angesichts der bevorstehenden Tage schiebe ich diesen Gedanken schnell wieder beiseite und genieße die gemütliche Fahrt. Am frühen Nachmittag erreichen wir unser Ziel. Nachdem wir unser Gepäck ins Zimmer gebracht haben und ich wirklich sehr herzlich von der Familie meines Kollegen empfangen wurde, marschieren Franz und ich gleich los, um einige seiner Freunde aus Kindheitstagen zu treffen.

Beim gemütlichen Beisammensitzen erfahre ich amüsante Anekdoten aus der Schulzeit von Franz und seinen Freunden und die Stunden vergehen wie im Flug.

Trotzdem, oder Gott sei Dank wird es dennoch an diesem Abend nicht allzu spät, sodass wir am nächsten Morgen schon wieder gegen neun Uhr auf den Beinen sind. Franz und seine Freunde haben sich vorgenommen, mir so viel wie möglich von ihrer Heimat zu zeigen.

Während der Fahrt zum nächsten Besichtigungspunkt rufe ich meinen Johann wie vereinbart in der Firma an. Da heute und morgen noch ein ganz normaler Arbeitstag ist, erwartet Johann meinen Anruf bereits. Und, oh Wunder, heute verläuft unser Telefonat absolut harmonisch und nachdem wir uns unsere Liebe einige Male gegenseitig versichert haben, legen wir mit den Worten „Bussi, bis morgen!" auf.

Johann muss jetzt ohnehin arbeiten und verbringt den restlichen Tag dann mit seiner Frau. Am Abend kommen Bekannte von Klara und Johann zu ihnen zum Abendessen. Da staunt ihr, was ich alles weiß! Selbstverständlich versucht mein Johann mich so viel wie nur irgendwie möglich an seinem Leben, und somit auch am Leben von Klara, sprich, ihrem Eheleben, teilhaben zu lassen. Schließlich hat er ja nichts vor mir zu verbergen?!? Aufgrund des abendlichen Besuchs bei Johann zuhause, besteht für meinen Liebling heute keine Möglichkeit mehr, sich bei mir zu melden.

Mein Tag verläuft wunderschön, wir sind an absolut herrlichen Aussichtsplätzen und die Natur zeigt sich von ihrer schönsten Seite. Am frühen Nachmittag geht es dann wieder ab ins Elternhaus meines Freundes zum gemütlichen Kaffeeplausch. Anschließend steht „Aufbrezeln" für das in der ganzen Gegend und auch darüber hinaus bekannte und berühmte Mega-Event am Abend auf dem Programm.

Sicherheitshalber habe ich mein Handy immer dabei, könnte doch sein, dass mein Johann doch eine Möglichkeit findet sich noch bei mir zu melden.

Pünktlich um neunzehn Uhr holen uns einige Freunde von meinem Kollegen ab und wir marschieren los. Am Marktplatz sind bereits viele Tische und Bänke vor der Tribüne mit der Live-Musik aufgebaut und fast die Hälfte davon ist schon besetzt. Franz ist in seinem Heimatdorf bekannt und beliebt, und so gibt es bei seinem Erscheinen ein großes „Hallo" und jeder will ein paar Worte mit ihm wechseln. Nachdem ich gefühlten hundert Freunden vorgestellt wurde, die mich alle ganz herzlich empfangen haben, Freunde von Franz sind immer gerne willkommen, setze ich mich mit einigen mir vom Vortag schon bekannten Gesichtern an einen Tisch und betrachte das bunte Treiben. Es wimmelt von Kindern und gutgelaunten Gästen die sich bemühen, eine Konversation neben der bereits laut spielenden Band zustandezubringen.

So ist es auch nicht verwunderlich, dass ich bei diesem Geräuschpegel mein Handy nicht läuten höre. Erst so gegen einundzwanzig Uhr blicke ich sicherheitshalber auf mein Telefon. Es könnte doch sein, dass eine Nachricht von meinem Johann auf mich wartet. Schließlich, so denke ich, eine kurze Nachricht könnte mein Liebling auch auf der Toilette schreiben, selbst wenn er Besuch hat, vorausgesetzt es ist ihm wichtig genug. Mein Blick aufs Display verrät mir, Johann hätte mich vor gut zwanzig Minuten angerufen, aber ich habe aufgrund der Lautstärke um mich herum nichts gehört. Na, so ein Schlaumeier! Wenn er die Möglichkeit hat mich anzurufen, dann wäre es doch sicher ein Leichtes gewesen, mir eine kurze SMS zu schreiben, wenn er bemerkt, ich höre das Handy nicht. Naja, schade, da kann ich jetzt leider nichts machen, denn zurückrufen oder auch eine SMS schreiben ist aus den bereits erwähnten Gründen leider nicht möglich.

Das Fest ist ein voller Erfolg. Wir wandern vom Marktplatz über unzählige andere Eventplätze, angefangen von Live-Musik in jeder

Stilrichtung über einen Vergnügungspark, extra für dieses Fest installierte Grillplätze bis zu einer aus vielen verschiedenen Ständen aufgebauten Essecke, wo wirklich alles, von süß bis sauer, warm bis kalt und für alle Geschmäcker etwas angeboten wird. In geselliger Runde vergeht die Zeit viel zu schnell und wir kommen erst weit nach Mitternacht, richtiger wäre zu sagen, schon fast in den Morgenstunden nach Hause und ins Bett.

Um gemütlich ausschlafen zu können, denn für morgen haben wir einen absoluten Entspannungstag geplant, schalte ich mein Handy auf lautlos. Ein fataler Fehler von mir, wie sich alsbald herausstellen wird.

Am nächsten Morgen, oder besser gesagt, Mittag, denn es ist exakt dreiundzwanzig Minuten nach zwölf Uhr werde ich zum ersten Mal munter und mein erster Gedanke ist, na klar, wie könnte es anders sein – Johann! Jetzt muss ich aber schnell sein und ihn anrufen, bevor er seine Arbeit beendet und dann über den Feiertag und den anschließenden Sonntag ohnehin für mich nicht mehr zu erreichen ist.

Ich nehme mein Handy und sehr zu meinem Erstaunen erscheint auf dem Display der Hinweis: Sieben Anrufe in Abwesenheit! Hmmm, wer hätte das gedacht? Johann vermisst mich also doch, denn selbstverständlich sind alle Anrufe von ihm. Mit einem Lächeln im Gesicht wähle ich seine Nummer, um ihm vom gestrigen Abend zu erzählen. Es läutet einige Male und dann höre ich auch schon meinen Johann. Allerdings etwas anders, als ich es geplant habe. Kein „Guten Morgen, wie geht es Dir, mein Liebling? Ich habe dich schon vermisst! Hattest du einen schönen Abend?" Nein, wutentbrannt und gar nicht nett oder einfühlsam legt Johann los, ohne mich auch nur einmal zu Wort kommen zu lassen: "Nett, dass du dich auch einmal meldest! Warst du bis jetzt bei deinem Liebhaber? Hast du dich nicht von ihm losreißen können? Ist dir jetzt eingefallen, dass es mich auch noch gibt? Wegen mir hättest du dein Schäferstündchen nicht beenden müssen! Jetzt weiß ich wenigstens wie ich mit dir dran bin. Du kannst mich ein für alle Mal aus deinem Gedächtnis, deinem Leben streichen! Mit so einer wie dir will ich nichts zu tun haben! Du bist ja schon gestern Abend bei ihm gewesen. Aber das hätte ich mir ja denken können. Man fährt nicht einfach so mit einem Arbeitskollegen auf Urlaub. Aber es haben mir ohnehin alle gesagt, dass es so kommen wird und dass du so eine bist! Ich habe trotzdem bis zuletzt gehofft, dass das nicht stimmt, aber jetzt bin ich ja eines Besseren belehrt worden! ..."

Die Beschimpfungen von Johann dauern noch circa zehn Minuten an. Es dreht sich immer um dasselbe. Seine unbegründete Eifersucht. Irgendwie kommt mir das äußerst bekannt vor! Hatten wir das nicht gerade vor drei Tagen?!? Es wäre jetzt falsch zu sagen, ich wäre nicht aufs Neuerliche schockiert. Aber ich muss ehrlich zugeben, so verletzend oder auch tief in mein Innerstes durchdringend empfinde ich dieses neuerliche „Durchdrehen" meines Lieblings nicht mehr. Vielleicht bin ich sogar ein klein wenig genervt von diesem Wutausbruch. Irgendwann wird es sogar der nachsichtigsten und verständnisvollsten Brigitte zu dumm! Haben Johann und ich nicht gerade darüber gesprochen? Hat er mir nicht versprochen mir zu vertrauen und diese dummen Eifersuchtsanfälle sein zu lassen oder zumindest unter Kontrolle zu halten? Ich komme mir im Moment abermals vor wie im Kindergarten. Eigentlich wäre es vernünftig gewesen, sobald Johann wieder mit seinen Beschimpfungen loslegt, die Leitung zu unterbrechen und mein Handy für den Rest des Urlaubs auszuschalten. Ja, ja, wäre(!), hätte(!), habe ich aber nicht! Leider!

Dennoch, hier ist der Auslöser für Johanns aktuellen „Ausraster":

Als Johann gestern Abend Besuch von Bekannten bekommen hat, ist er unter dem Vorwand Getränke aus dem Keller zu holen, aus der Wohnung und hat mich angerufen, da er meine Stimme hören wollte. Oh, wie süß! Doch leider habe ich mein Handy wie bereits erwähnt, nicht gehört. Und da ist bei Johann die sogenannte Sicherung durchgebrannt und sein Eifersuchtswahn hat aufs Neue begonnen. Völlig außer sich hat er mich sofort am nächsten Morgen, also heute, sobald er seine Wohnung verlassen hat, um sieben Uhr angerufen. Bei aller Liebe, aber kein Mensch, und auch ich nicht, steht im Urlaub um sieben Uhr auf, und schon gar nicht, wenn er am Vorabend lange unterwegs war. Genau das habe ich ihm im Vorhinein schon mitgeteilt, damit er sich keine unnötigen Sorgen macht und natürlich auch, um genau so einem Eifersuchtsanfall vorzubeugen.

Und, wie kann ich es wagen, auch um sieben Uhr in der Früh nicht an mein Handy zu gehen. Das war dann für Johann zu viel. Völlig verzweifelt ist er in der Firma angekommen und hat seine Gedanken, warum ich nicht ans Telefon gehe, mit allen die von unserer Beziehung wissen, geteilt und mit jedem diskutiert, warum und wieso es so etwas geben kann. Ja, ja, mein Liebling weiß sich immer zu helfen. Ab und zu allerdings schadet ihm dieser „Ideenreichtum" mehr als er ihm nützt.

Mein Geliebter ist wirklich allen Ernstes, also wirklich zu hundert Prozent, und ich betone das ausdrücklich so, weil er es tatsächlich glaubt, der Meinung, die gesamte Menschheit, einschließlich aller in diese Affäre eingeweihten Mitarbeiter der Firma hätten absolutes Verständnis für seine schwierige Lage. Selbstredend ist Johann auch der Meinung, alle, und ich wiederhole und betone nochmals ALLE sind Johanns Meinung, dass er alles nur Erdenkliche und in seiner Macht stehende täte, um unsere Beziehung am Leben zu erhalten ohne sich scheiden lassen, oder zumindest von seiner Frau trennen zu müssen. Selbstverständlich haben viele Mitarbeiter, Mitwisser ihre Meinung kundgetan. Von, wie wahr, sie hat das Handy nicht gehört, der Akku ihres Handys ist leer, sie hat das Handy zuhause liegen lassen bis zu, sie hat einen anderen, du bist ja nur für nebenbei, du wirst doch nicht glauben, dass sie es ernst mit dir meint, ist so ziemlich alles dabei!

Selbstredend gibt es auch einige, die diese Beziehung von Johann und mir nicht gut finden. Sei es, weil sie es grundsätzlich falsch finden, in der Ehe eine Affäre zu beginnen, wobei sie da auch gar nicht so Unrecht haben, aber diese Grundsatzdiskussion hatten wir vorher schon. Oder aber auch, und ja, auch das gibt es, sie gönnen Johann diese Affäre mit mir nicht, weil sie nicht wirklich so

„begeistert" von Johann sind. Mein Liebling ist nämlich entgegen seiner Annahme nicht nur beliebt in der Firma, da er doch eine gewisse Arbeitsmoral voraussetzt beziehungsweise verlangt, und da auch ziemlich streng ist. Aber ich denke, das ist das Los von allen Vorgesetzten, bei manchen Mitarbeitern sind sie beliebt, bei anderen weniger, so ist das nun einmal. Aber dessen sollte man sich, und in unserem Fall mal wieder mein lieber Johann, bewusst sein.

Ganz abgesehen davon, dass Privat- und Berufsleben strikt voneinander getrennt werden sollten. Bitte kein schiefer Blick zu mir, jetzt reden wir von meinem Liebling!!! Diese Trennung von Privat- und Berufsleben ist für meinen Johann gänzlich unverständlich, da er doch meistens der Meinung ist, „seine" Firma sei auch seine Familie. Und genau da ist der „Hund" begraben. Diese ihm nicht so wohl gesonnenen Mitarbeiter sehen jetzt ihre Chance und gießen das sprichwörtliche Benzin ins Feuer ohne sich quasi selbst dabei die Finger zu verbrennen, aber mit der hundertprozentigen Gewissheit diesmal Johann genau dort zu erwischen, wo es ihm wirklich weh tut! Und ganz ehrlich, ja, ich kann sie verstehen. Johann ist selbst schuld, wenn er sein Privatleben zum wiederholten Male in der Firma breittritt. So etwas fällt dann in die Rubrik: Unbelehrbar! Oder auch: Es gibt Menschen, die lernen nie aus ihren Fehlern!

Für mich persönlich ist diese Situation wieder einmal nicht so positiv, aber das kennen wir ja schon! (Haha, schmunzel!) Was jetzt aber nicht heißt, dass ich mittlerweile gegen solche absolut haltlosen und frei erfundenen Vorwürfe schon resistent wäre. Nein, ganz und gar nicht! Erst in solch einer Situation wird mir bewusst, wie machtlos ich als alleinige Person bin, wenn ich jemanden, der sich so in eine Sache verlaufen hat, vom Gegenteil überzeugen möchte.

Als ich endlich zu Wort komme, um die Sache klarzustellen, muss ich noch froh und dankbar sein, dass Johann mir nicht das Wort abschneidet oder noch besser, gleich das Telefon auflegt. Aber nein, ich kann wirklich auf ihn einreden, ja, auf ihn einreden ist der richtige Ausdruck, denn anders kann man meine beschwichtigenden Worte nicht bezeichnen. Immer wieder und wieder versuche ich ihm die Sachlage zu erklären. Dass ich mich so gefreut hätte, von ihm zu hören oder zu lesen, aber leider die Umstände das verhindert hätten. Auch mein Ausschlafen heute früh versuche ich für meinen Johann verständlich in Worte zu fassen. Er hört mir zu, nicht ohne ab und zu wieder beleidigende Worte einzuwerfen, aber anscheinend ist das ein Teil meines Johanns, den ich erst jetzt kennenlerne und wohl oder übel akzeptieren muss.

Obwohl ich mir bewusst bin, dass dieses neuerliche Ausrasten meines Liebling(?) bei ihm aus purer Verzweiflung heraus entsteht, nervt es mich mittlerweile. Seine absolut unberechtigten Zweifel, ob ich jetzt die Wahrheit sage, oder ob doch die „ach, so verständnisvollen Mitarbeiter" Recht haben, stehen in keiner Relation zu seinen abermaligen, völlig halt- und grundlosen Beschuldigungen. Johann ist nicht bei mir und kann sich somit nicht von der Wahrheit überzeugen. Aber das ist nun wieder einmal eindeutig sein Problem. Ich hätte ihn ja liebend gerne mitgenommen. Er will aber sein zweigleisiges Leben beibehalten, und nun bekommt er einen Teil der Rechnung präsentiert! Geschieht ihm eigentlich ganz recht, wenn nicht auch ich die Leidtragende in dieser Situation wäre.

Unser Telefonat dauert sage und schreibe siebenundsechzig Minuten. Dann ist aber alles geklärt, sprich, ich kann ihn von meiner Unschuld und meiner noch immer sehr großen Liebe zu ihm überzeugen, und wir sind wieder Freunde. Die große Frage lautet nur: Wie lange? In weiser Voraussicht, oder auch aus Erfahrung weise ich meinen geliebten, oder zumindest zeitweise geliebten Johann noch etliche Male darauf hin, dass er sich doch bitte, bitte, bitte um Himmels Willen, die beiden restlichen Tage nicht mehr von seiner „Firmenfamilie" gegen mich aufhetzen lassen soll. Wenn ich wieder zurück wäre, würden wir in aller Ruhe nochmals meine Urlaubstage Revue passieren lassen. Ich würde Johann alle noch anfallenden Fragen beantworten, damit sämtliche Ungereimtheiten bei ihm ausgeräumt werden könnten. Danach stünde einer Weiterführung unserer hochkomplizierten Beziehung hoffentlich nichts mehr im Wege.

Hoch und heilig verspricht mir Johann auf keinen Menschen mehr zu hören und mir zu vertrauen. Schließlich räumt er dann doch ein wenig kleinlaut ein, hätte er ja keinen Grund mir nicht zu vertrauen, da ich ihn ja noch nie belogen oder enttäuscht hätte. Das sind zur Abwechslung einmal wahre Worte von meinem Liebling. Zum wiederholten Male weise ich ihn darauf hin, dass ja eigentlich nur er nicht zu mir stehen würde, ich hingegen schon zu ihm! Mittlerweile weiß das wirklich jeder! Mit dem Versprechen, sich jetzt unter Kontrolle zu haben, beenden wir das Gespräch.

Ich bin ehrlich erleichtert, dieses Problem jetzt hoffentlich endgültig aus der Welt geschafft zu haben. Nichtsdestotrotz ist mir doch irgendwie dank meines Johanns die Lust an diesem Urlaub ein wenig vergangen. *Ja, ja, Brigitte, du wolltest unbedingt einen verheirateten Freund. Jetzt schau wie du damit klar kommst!*

Zum Abschluss dieses wirklich traumhaften Wochenendausflugs wandern wir am nächsten Vormittag zu einem Gebirgssee. Es ist ein romantisches, idyllisches Plätzchen und der ideale Ort um seinen Gedanken nachzuhängen und unseren letzten Urlaubstag noch in aller Ruhe ausklingen zu lassen, bevor es am nächsten Tag wieder nach Hause geht.

Um nur ja keine neuen Exzesse von Johann heraufzubeschwören, rufe ich sobald wir am See angelangt sind und ich wieder eine Netzverbindung bei meinem Handy habe, Johann an. Es wäre ihm zuzutrauen, dass er sich wieder einredet, ich hätte ihn vergessen und dieses grundlose Eifersuchts-Theater würde von vorne beginnen. Denn trotz seiner Versprechen am Vortag, ganz wohl ist mir nicht bei dem Gedanken, dass er fast vierundzwanzig Stunden Zeit hatte, sich Gedanken über mich und meinen Urlaub zu machen. Die Gefahr eines neuerlichen Eifersuchtsanfalls ist meiner Meinung nach nicht gebannt. Also nichts wie los, Johann anrufen und herausfinden wie denn die Gefühlslage bei ihm ist. Hält Johann sein Versprechen und ist relaxt oder kommt doch wieder eine neue Eifersuchts- beziehungsweise Beschimpfungsszene auf mich zu!?! Aber anhand meiner entspannten Schreibweise erkennt man schon, ich gewöhne mich an diese, na, nennen wir es Eigenarten meines Johanns.

Hmmm, nach etlichen Klingeltönen meldet sich nur die Mailbox des Handys von meinem Liebling. So, damit habe ich jetzt nicht gerechnet! Was heißt das nun wieder für mich? Ist das nun ein gutes oder eher schlechtes Zeichen? Manchmal denke ich, ich stehe schon kurz vor der Einweisung in die Psychiatrie. Ach, wie war das noch gleich mit der entspannten Schreibweise?!? Ja, ja, da ist der Gedanke an meine hoffentlich schon bereitstehende Gummizelle wieder.

Das alleinige Nichtabheben des Handys lässt bei mir bereits wieder alle Alarmglocken schrillen und mir wird abwechselnd heiß und kalt. Ich kann jetzt absolut nicht einschätzen, was das wieder zu bedeuten hat. Wie ich bereits mit sich in Grenzen haltender Begeisterung berichtet habe, geht mein Johann eigentlich immer ans Telefon. Auch in absolut unpassenden Situationen! Ja, genau! Jetzt ist der Groschen gefallen?!? Also! Hallo?!? Was ist los? Warum nicht auch bei mir??? Ich versuche es sofort nochmals, doch abermals komme ich nur in die Mailbox.

Während ich mir noch den Kopf zerbreche, warum mein Liebling nicht abhebt, läutet mein Handy und am Display steht „Mein Johann". Ja, ich weiß, nicht sehr originell, aber effektiv. Freudig ob des prompten Rückrufs hebe ich ab und mein freundliches „Halloooo" soll erst einmal vorsichtig abklären, wie die Stimmung denn bei Johann so ist.

Ich bin ja auf viel vorbereitet, darauf allerdings nicht! Nicht mein Johann ist am Telefon sondern Klara, seine Frau!!!

"Frau Brigitte!!! Waaas wollen Sie von MEINEM Mann?!?" Ja, natürlich kommt euch dieser Satz bekannt vor, genau so steht er auch als Einstieg zu dieser Geschichte in diesem Buch.

So, jetzt ist guter Rat teuer! Ich habe Klara am Apparat! Aber warum nur? Es ist zehn Uhr vormittags und Johann muss doch in der

Firma sein. Warum ist dann seine Frau bei ihm? Und noch schlimmer, warum ist sie am Telefon?

"Ja, also, guten Morgen!", das sind die Worte die sich am schnellsten von meinen Lippen lösen und die auch ziemlich unverfänglich sind.

"Was wollen Sie von meinem Mann?", hier ist die Frage wieder. Ich kann doch jetzt beim besten Willen nicht sagen, was ich wirklich von Klaras Mann möchte, wenngleich sie es doch eigentlich ohnehin weiß. Nein, nein, täuschen und tarnen, das machen Johann und ich schon seit wir uns kennen. Also, wieso nicht genau auf dieser Schiene weiterfahren? Außerdem möchte ich Johann auf keinen Fall in den Rücken fallen. Er hat gesagt, er wird das mit Klara klären, ich solle ihm nur vertrauen und abwarten. (Gummizelle, ich komme!!!)

Und, wir dürfen eines nicht vergessen: Es gibt doch bereits eine neuerliche Vereinbarung von Johann und mir! Wir haben uns darauf geeinigt, dass er noch einige Monate Zeit hat, mich näher oder besser oder was auch immer kennenzulernen bevor er sich fix entscheiden muss!!! Es liegt bei ihm, ob er auf mich verzichtet und bei seiner Frau bleibt oder umgekehrt! Warten wir es ab, vielleicht fällt ihm bis dahin noch eine neuerliche Ausrede ein, um den Termin zu verschieben. Oder er erfindet einen neuen, absolut wichtigen Grund unseren Deal doch nicht einhalten zu müssen. Es wäre doch tatsächlich zu schön um wahr zu sein, wenn uns diese Vereinbarung wirklich an unser, oder vielleicht auch nur mein Ziel bringen würde.

Bis jetzt allerdings hat Johann es eindeutig noch nicht sehr weit gebracht mit seinem vorsichtigen Vorbereiten von Klara auf eine Trennung. Sie würde mich sonst nicht fragen, was ich von ihrem Mann will. Das muss jetzt noch nichts heißen, denn vielleicht hat mein Johann auch seine Strategie der Trennungsvorbereitung geändert. Fakt ist aber derzeit, Klara ist ganz eindeutig und offensichtlich der Meinung ich hätte in Johanns Leben nichts, oder nichts mehr, verloren.

"Ja, also, ich wollte ihm nur schöne Urlaubsgrüße ausrichten. Auf

Wiederhören!" Und schwupps, drücke ich die Taste, um das Gespräch zu beenden. Ich weiß, die Idee mit den Urlaubsgrüßen ist jetzt nicht sehr originell, aber versetzt euch mal in meine Lage und dann findet bessere Worte! Ganz ehrlich, ich finde es schon toll, dass mir überhaupt etwas eingefallen ist, und ich nicht einfach aufgelegt habe. So bin ich doch wenigstens höflich gewesen. Ja, man kann wirklich sagen was man will, ich lege auch in den groteskesten Situationen noch Wert auf ordentliche Umgangsformen.

In dem Moment als ich die Taste zur Gesprächstrennung drücke wird mir schlagartig klar, warum Klara am Apparat war. Heute ist ein Feiertag!!!! Und natürlich ist Johann zu Hause. Ohh, mein Gott!!! Was habe ich jetzt bloß wieder angerichtet? Ich will gar nicht daran denken, welche Katastrophe ich mit meinem Anruf wieder ausgelöst habe. Ja, soweit sind wir jetzt schon. Aus Angst, und das meine ich jetzt leider wortwörtlich, vor einem neuen Eifersuchtsanfall meines Lieblings, weil ich mich nicht rechtzeitig melde, und der daraus sicherlich wieder folgenden bösartigen Beschimpfungen, habe ich nicht mehr daran gedacht, dass heute ein Feiertag ist.

Genau dieser Tag ist „schuld", dass ich mich überhaupt hier in den wunderschönen Schweizer Bergen befinde. Dieser Platz könnte nicht romantischer sein, ach, wie gerne hätte ich meinen Johann jetzt bei mir. (Kann man eine Gummizelle auch „lebenslänglich" mieten?) Aber nein, er sitzt bei seiner Frau, die auch noch das Handy von ihm beobachtet und mich auf frischer Tat ertappt hat. Der Tag fängt ja gut an. Aber warum zerbreche ich mir den Kopf darüber? Ich kann an dieser Situation jetzt ohnehin nichts mehr ändern.

Vielleicht ist es ja Schicksal, dass ich diesen Feiertag übersehen habe, und Klara macht Johann eine ordentliche Szene zuhause. Ganz ehrlich, böse wäre ich ihr deshalb nicht, denn eigentlich geschähe es Johann ganz recht. Ich weiß, das klingt nicht nach verständnisvoller, Rücksicht nehmender oder sich an Vereinbarungen haltenden Geliebten. Aber es ist ab und zu wirklich nervtötend, immer muss ich zuerst genau überlegen, ob ich meinen Liebling anrufen kann oder darf oder nicht. Auch wenn ich mich in gewisser Weise daran gewöhne, ich glaube ganz tief in mir stirbt bei jeder dieser Überlegungen ein Teil von meiner wirklich einmal riesengroß gewesenen Liebe zu Johann. Immer wieder bricht ein kleines Stückchen weg. Irgendwann wird nichts mehr übrig sein von diesen einst so übermächtigen und schönen Gefühlen. Schade, eigentlich!

Zu meiner grenzenlosen Verwunderung ruft mich Johann am Nachmittag an. Was ist denn jetzt los? Am Feiertag, am Nachmittag? Wieso steht er nicht unter Beobachtung seiner Frau? Vorsichtig melde ich mich, ich weiß ja nicht, vielleicht ist wieder Klara am Apparat oder ich muss mich aufs Neuerliche wegen einer neuen Eifersuchtsattacke von Johann beschimpfen lassen. Obwohl ich von dieser Art der Unterhaltung langsam die Nase voll habe. Ich habe mir fest vorgenommen, wenn es noch einmal so weit kommt, und Johann nicht weiß, wie er sich mir gegenüber zu benehmen hat, dann lege ich einfach auf. Auf diesem Niveau eine Beziehung zu führen, nein, danke! Da kapituliere ich. So war das nicht ausgemacht. Ich will eine liebevolle, zumindest halbwegs auf Vertrauen basierende Beziehung. Es ist schon schlimm genug, wenn es so läuft, wie es läuft. Wenn jetzt aber auch noch unbegründete Eifersuchtsanfälle mit völlig halt- und niveaulosen Beschimpfungen dazukommen, dann wird es selbst mir zu viel.

Aber, oh Wunder, Johann ist am Telefon und so freundlich wie schon lange nicht mehr. Drückt ihn vielleicht sein schlechtes Gewissen? Hat er überhaupt ein Gewissen? "Hallo Brigitte, mach dir bitte keine Sorgen wegen deines Anrufs heute Vormittag. Ich denke, du hast vergessen, dass ein Feiertag ist. Aber ich habe das sofort mit Klara klären können, und es ist alles in bester Ordnung. Wie geht es dir denn? Ich vermisse dich und freue mich schon, wenn du morgen wieder zurückkommst und wir uns am Montag endlich wieder treffen können."

Jetzt bin ich wirklich überrascht. Mit allem hätte ich gerechnet, aber nicht damit, dass mein Johann plötzlich so nette Worte findet.

Wenngleich mir sehr wohl bewusst ist, dass sein Ausdruck „ich habe das mit Klara klären können, und es ist alles in Ordnung" bedeutet, dass er mich abermals verleugnet hat und Klara davon überzeugen konnte, dass dies ein rein freundschaftlicher Anruf von mir war. Er hat ihr sicher weis gemacht, dass er nicht wisse aus welchem Grund ich angerufen hätte, aber er auf keinen Fall noch irgendwie näher mit mir in Verbindung stünde. Diese Affäre mit mir, Brigitte, wäre definitiv ein für alle Mal zu Ende.

Ja, selbstverständlich, natürlich, klar, ich weiß, so muss es sein, denn er ist verheiratet. Aber in so einem Moment denke ich, dass ich nicht wirklich die böse, böse Geliebte bin, die eine Ehe zerstört, sondern dass ich mindestens genauso leide, wie Klara und Johann auch. Dass mein Johann jetzt ganz offen und ehrlich ausspricht, dass er mich vermisst, freut mich dann aber doch sehr. Wenn er so lieb (hahaha!!!) mit mir spricht, vermisse ich ihn auch gleich wieder ganz extrem.

Ab und zu habe ich das Gefühl, als hätte Johann zwei Seiten. Ja, vielleicht ist er sogar eine gespaltene Persönlichkeit! So stelle ich mir eine solche Person zumindest vor. Einerseits bösartig, berechnend und egoistisch, auf der anderen Seite aber ein sehr liebevoller, fürsorglicher Mensch. Diese Gedanken, warum sich mein Liebling verhält wie er sich verhält, helfen mir in meiner momentanen Situation aber nicht wirklich weiter. Ich muss mir ernsthaft überlegen, wie lange ich dieses Auf und Ab in unserer Beziehung noch mitmache oder auch aushalte. Ich habe das Gefühl, langsam aber sicher zerrt diese Affäre an meiner Substanz. Und, überhaupt! Ist das eine Beziehung?

Dennoch freudig, endlich wieder normal mit meinem Johann plaudern zu können, unterhalten wir uns lange, und ich habe sogar die Möglichkeit ihm von meinen Eindrücken hier in der schönen Schweiz zu berichten. Überraschender Weise gibt er mir das Gefühl, mir ehrlich interessiert zuzuhören. Ich nehme an, nein, eigentlich weiß ich es, für „normale" Menschen, so wie es auch für mich in Zeiten „vor

Johann" normal war, ist es selbstverständlich bei einem Telefongespräch dem Anderen zuzuhören und seine Gedanken zu teilen. Sich mit ihm auch über weite Entfernungen zu freuen oder welche Emotionen auch immer zu teilen. Darin besteht schließlich der Sinn eines Telefonats.

Für mich aber ist so ein ganz normales Telefongespräch mit meinem Johann schon ein „Highlight"! Jetzt darf aber niemand meinen Liebling vorschnell verurteilen, schließlich kann auch er nicht aus seiner Haut heraus. Er macht ohnehin schon alles in seiner Macht stehende, um mich, und natürlich auch ihn, glücklich zu machen. Und so sehe ich das auch!! Die letzten beiden Sätze bitte nicht ernst nehmen, ich bin wieder rosarot bebrillt! Das ist aber angesichts des soooo netten, oder auch „normalen" Telefonats mit meinem geliebten Liebling absolut verständlich, oder?!

Zum Abschluss unseres Gesprächs weise ich ihn nochmals darauf hin, er solle sich bitte(!!!) bis Montag, je nachdem ob er sonntags noch eine Möglichkeit findet, sich bei mir zu melden oder nicht, nicht wieder in Sachen hineinsteigern, die er sich nur einbilde und mir vertrauen. Wenn ich einen anderen lieber hätte als ihn, dann würde ich es ihm definitiv sagen, warum denn nicht, für mich wäre es keine Option, zwei Männer gleichzeitig zu haben, ich könnte das nicht.

Das sieht mein Johann ein, denn meine Situation ist doch wesentlich anders (einfacher) als seine, ich bin nicht verheiratet und könne daher meine Partner nach Belieben wechseln, aber er hingegen …. Ja, die Geschichte von dem armen, verheirateten Mann der Rücksicht auf seine Frau nehmen muss, kennen wir jetzt alle schon zur Genüge und deshalb reichen die paar Punkte um euch mitzuteilen, wie das Telefonat endet.

Nachdem offensichtlich in unsere Affäre wieder Ruhe eingekehrt ist, kann ich den superschönen Feiertag beim Gebirgssee noch in vollen Zügen genießen und ausklingen lassen. Das Leben kann so schön sein, sogar mit einem Geliebten wie Johann! Huch, war das jetzt wieder böse, aber wahr! Zeitweise lasse ich sogar meine Seele so intensiv baumeln, dass meine Sorgen und Bedenken Johann gegenüber verschwinden.

Am nächsten Morgen brechen wir in Richtung Heimat auf. Ich bin Franz wirklich dankbar, dass er mich auf diesen Wochenendtrip mitgenommen hat. Es war, genauso wie er es mir prophezeit hat, ein ganz, ganz tolles Erlebnis und für mich ein wirklich wunderschönes Wochenende. Für die Ausraster von Johann kann er ja nichts.

Am Nachmittag, ich bin schon zuhause und packe gerade meine Reisetasche aus, meldet sich mein Johann. Schon wieder? Am Sonntagnachmittag? Was ist da los?

"Hallo, mein Liebling! Ich bin gerade nach Hause gekommen. Schön, dass du dich melden kannst! Wie geht es dir?" Freudig begrüße ich meinen Geliebten am Telefon. Schließlich verlief unsere letzte Unterhaltung doch so friedlich. Es sind gerade einmal vierundzwanzig Stunden vergangen, und da heute Sonntag ist, war Johann auch nicht in der Firma bei seiner „Familie", die ihm wieder mit Rat und Tat in Bezug auf mich zur Seite gestanden hätte, also alles bestens. Ja, Brigitte, man soll sich nie sicher sein, und in Bezug auf Johann schon gar nicht, denn:

"Tu nicht so nett, gar nichts ist in Ordnung. Mir geht es sehr schlecht, denn was du mit mir machst, das hält ja kein normaler Mensch aus! (Ach?!? Erstens ist Johann ganz eindeutig nicht „normal" und zweitens, wenn einer diese Beziehung nicht aushält, dann ja wohl ich!!!) Und nur dass du es weißt, den Kaufvertrag für unser Haus, habe ich storniert! Ich bin sehr enttäuscht von dir!" Johanns Stimme kommt etwas sonderbar aus dem Telefon.

Entweder wir haben eine schlechte Verbindung, was ich aber nicht annehme, oder Johann ist den Tränen nahe oder weint sogar. Aber er ist diesmal definitiv nicht betrunken. Na, wenigstens etwas! Keine Ahnung was ihn jetzt wieder zu diesem „Ausraster" animiert hat. Ich weiß es wirklich nicht! Er tut mir definitiv leid, aber auch bei mir ist irgendwann der Punkt erreicht, wo ich mir denke, es reicht.

Aber von welchem Haus hat er den Kaufvertrag storniert?? Was redet er da? Ich weiß von absolut nichts! Es interessiert mich im Augenblick auch nicht wirklich.

Vielleicht ist Johann geistig verwirrt? Ehrlich! Ich frage mich das jetzt ganz im Ernst. Nachdem ich jetzt drei- oder viermal stundenlang, nach jedem neuerlichen, planlosen, niveaulosen und absolut grundlosen Eifersuchtsanfall von meinem Liebling, und das ist leider nicht übertrieben auf ihn eingeredet habe, sind diesmal auch bei mir die Grenzen des Erträglichen erreicht. Im Moment bin ich mir nicht einmal mehr sicher, ob er überhaupt noch mein Liebling ist! Das wollte ich nur kurz zwischendurch erwähnen.

"Du bist doch nicht normal! Unter diesen Umständen unterhalte ich mich nicht mehr mit dir! Wenn du wieder richtig bei Sinnen bist, kannst du dich ja wieder melden! Tschüss!" Ja, so hart kann ich sein. Ob ihr es nun glaubt oder nicht, aber ich fühle mich nach diesen sehr klaren Worten Johann gegenüber endlich, nach langer Zeit wieder einmal richtig gut und so, als hätte ich ein Stück von mir selbst zurückerobert. Ich bin stolz auf mich!

Wie klar vorherzusehen ist, treffen Johann und ich uns montags wieder in der Firma. Vorerst aber nur dienstlich. Er versucht ein Treffen mit mir zu vermeiden, was aber nicht realisierbar ist, da es unabdingbar für ihn ist, das Café in dem ich arbeite, zu betreten. Er geht an mir vorbei als würde ich nicht existieren. Ja, das nenne ich Benehmen! So etwas mag ich!! Zuerst aufdrehen als wäre er der „König von China", nichts gegen China (hihihi!!!), mir fällt nur gerade kein besserer Spruch ein, und dann nicht dazu stehen, und praktisch so agieren, als wäre nie etwas zwischen uns gewesen, weder positiv noch negativ. Ja, das sind mir die Liebsten!!! Da bin ich echt sauer. Wenn man sich falsch verhalten hat, dann soll man auch dazu stehen. Aber wahrscheinlich ist das bei meinem Johann bei dieser Menge an Verfehlungen mir gegenüber schon gar nicht mehr möglich. Trotzdem, das ist keine Entschuldigung für sein Verhalten!

Am dritten Arbeitstag hat sich an unserer Situation nichts geändert und Johann läuft immer noch an mir vorbei, als gäbe es mich nicht. So kann das nicht weitergehen. Das ist kein Arbeiten. Ich muss immer Kollegen bitten, mit Johann Dinge abzuklären, die wirklich für die Firma wichtig sind, weil ich nicht mit ihm reden kann.

Ja, ja, wie war die Warnung von meinen Freundinnen und einigen Arbeitskollegen? „Fang dir nur nichts mit Johann an!" oder „Alles, nur keine Affäre mit einem Arbeitskollegen, das kann nur schlecht ausgehen!"

Jetzt weiß ich es auch, aber wer, oder besser gesagt natürlich wieder ich, hätte denn damit gerechnet, dass Johann so ein „Spinner" ist. Er war doch am Anfang soooo nett und wirklich lieb, da hätte ich doch nie vermutet, dass sich hinter dieser so freundlichen Fassade ein derart mit sich selbst im Unreinen befindlicher Mensch versteckt.

Für mich ist diese Arbeitssituation unerträglich und auch sehr kindisch. Deshalb ersuche ich Johann am vierten Tag, an dem ich für ihn quasi Luft bin, meine Geduld ihm gegenüber ist wirklich zu Ende, um ein neutrales Gespräch, um die Situation in der Firma wieder zu neutralisieren. Freundlich, ganz der Mann von Welt, emotionslos, ich habe das Gefühl er will mir auch ein wenig zeigen, wie souverän er mit dieser Situation umgehen kann, im Gegensatz zu mir (eh klar!), stimmt er einem Treffen zu.

Nach diesem Arbeitstag treffen wir uns in seinem Büro, rein dienstlich, versteht sich. Diesmal aber wirklich!!

Ohh, mich überkommen soo schöne Erinnerungen in diesem Raum! Aber nur für einen kurzen Augenblick, denn als ich Johann anblicke sind sämtliche Träume und Gefühle verschwunden. Das ist nicht der Mann in den ich mich verliebt habe. Vor mir sitzt ein harter, rücksichtsloser, egoistischer Vorgesetzter.

Da ich mir ganz fest vorgenommen habe ausschließlich Geschäftliches mit meiner Ex-Affäre zu besprechen, wähle ich meine Worte sehr sorgfältig. Ich möchte alles vermeiden, was die Emotionen wieder hochkommen lassen könnte, denn dann wäre ein neutrales Gespräch sofort wieder unmöglich. Ich habe das Gefühl, dass auch Johann plant, so professionell wie möglich mit mir und dieser

Situation umzugehen. Ich erkläre ihm, dass wir in der Firma wieder einen „normalen" Umgangston miteinander finden müssten, da ein Arbeiten für mich, und wahrscheinlich auch für ihn, sonst auf Dauer unmöglich wäre. Ohne Widerspruch gibt mir Johann sofort Recht.

Für einen winzig kleinen Augenblick wirkt er doch leicht nervös. Vielleicht lässt ihn meine Gegenwart doch nicht so kalt, wie er vorgibt?

Jetzt ist der Moment wo das Geschäftliche geklärt ist und ich gehen sollte. So habe ich es geplant und so sollte ich es machen, damit soweit wie möglich wieder Ruhe und Frieden (hahaha!) zwischen Johann und mir einkehren kann. Aber Brigitte wäre nicht Brigitte, wenn sie nicht doch noch ein klein wenig nachstochern würde, aber es interessiert mich ja wirklich: "Eine Frage hätte ich noch! Wie war das mit deinem Hauskauf beziehungsweise der Stornierung des Kaufvertrages gemeint? Ich habe das nicht verstanden!"

Bravo, toll gemacht, Brigitte! Jetzt sind wir wieder in der Beziehungsschiene gelandet. Ach, wieso kann ich meinen Mund einfach nicht halten. Ich fühle mich doch gar nicht soo unglücklich ohne Johann. Nein, ganz im Gegenteil, irgendwie hält dieses von innerem Druck befreite Gefühl seit meinem letzten Telefonat mit Johann immer noch an. Wieso riskiere ich meine gerade frisch gewonnene Freiheit mit einer so unwichtigen Frage? Was heißt riskieren!?! Ich will ja nichts von diesem Mann. Ich möchte nur wissen, was es mit diesem Hauskauf oder eben Nicht-Kauf auf sich hat. Ich werde doch noch fragen dürfen.

"Nach unseren stundenlangen Telefonaten während deines Urlaubs, in denen du mir immer wieder deine Liebe versichert hast, na, das sehen wir ohnehin jetzt, habe ich beschlossen, uns ein Haus zu kaufen. Ich wollte dir damit zeigen, dass ich an einer gemeinsamen Zukunft für uns arbeite!", hart stößt Johann diese Sätze hervor.

Bei seinen Worten gibt es mir einen kurzen Stich im Herzen. So weit war er also schon, dass er mit mir zusammenziehen wollte? Und ich habe es vermasselt! Ich, wieso ich??? Wieso suche ich schon wieder die Schuld bei mir? Ich habe nichts getan! Johann ist wieder ausgerastet und hat mich beschimpft. Soll ich mir das gefallen lassen, nur weil ER beschlossen hat, sein Leben jetzt doch mit mir zu verbringen? Nein! Nein! Nein! Das soll ich definitiv nicht.

"Ich war schon auf der Bank um über eine Finanzierung zu sprechen, aber nachdem ich von dir so enttäuscht wurde, habe ich alles wieder storniert!", trotzig sieht Johann mich an.

Ganz kurze Bemerkung am Rande, das muss sein, ich halte das sonst nicht aus, aber ihr kennt mich ja mittlerweile schon (hihihihi!!): So viel also zum Thema, ich will Johann, weil er ja sooo viel Geld hat. Na, so viel kann es ja nicht sein, wenn er eine Finanzierung für ein Haus braucht! Das ist jetzt, auch wenn es keiner glaubt, absolut nicht böse von mir gemeint. Oh, doch, um ehrlich zu sein, ist es doch böse gemeint, denn ich habe seine ewigen Unterstellungen, ihn nur wegen des Geldes zu wollen, nicht vergessen. Und damit ist dieser Vorwurf von Johann jetzt definitiv von ihm selbst ein für alle Mal mehr als stichhaltig aus der Welt geschafft und entkräftet. Ja, ja, so ist es! Irgendwann kommt die Wahrheit ans Licht! Es gibt doch noch eine Gerechtigkeit!

Aber zurück zum geplanten, oder ich würde es eher als nicht geplant bezeichnen, Hauskauf. Gut, das ist jetzt sicherlich nett von ihm gemeint, dass er uns, oder besser ausgedrückt, er für uns ein Haus kaufen wollte, aber ich habe ein Haus! Etwas irritiert frage ich ihn, ob er denn vergessen hätte, dass ich ein Haus hätte, in dem ich mit meinen Kindern lebe. Dieser, mein und damit auch der Lebensmittelpunkt meiner Kinder wäre circa eineinhalb Stunden von seinem jetzigen Wohnort entfernt. Ich hätte definitiv nicht vor meine Kinder aus ihrer gewohnten Umgebung zu reißen, nur weil er eigenständig irgendwo ein Haus gekauft hätte. Und ich ginge nicht davon aus, dass dieses besagte Haus in meiner Nachbarschaft stehe. Auch hätte ich nicht vor, meine Kinder zur Adoption freizugeben, um alles mit ihm machen zu können, was ihm gerade einfiele. Natürlich ist das jetzt ein wenig übertrieben ausgedrückt, aber ich muss meinem

Ex-Geliebten zu verstehen geben, dass diese, seine Idee mit dem doch etwas ominösen Hauskauf nicht gerade gut durchdacht war. Außerdem, und das muss ich schon auch noch hinzufügen, wäre es doch eigentlich normal, so einen, zumindest für mich, doch großen Schritt in eine gemeinsame Zukunft, miteinander zu besprechen und zu planen.

Aber ich gehe jetzt einfach einmal davon aus, mein Liebling (hahaha!!) hat in einem Moment der völligen Hilflosigkeit oder auch Verzweiflung nach einem stundenlangen „Eifersuchts-Terror-Telefonat" mit mir, kurzfristig seinen ganzen Mut zusammengenommen und diesen Schritt mit dem Hauskauf unternommen. Er wollte damit am ehesten wohl sich selbst beweisen, wie ernst ihm die Beziehung mit mir ist. *Ja, ja, Brigitte träum weiter!* Ist an diesen Gedanken wieder die rosarote Brille schuld oder meine grenzenlose Fantasie?!?

Oder aber, und das kommt wahrscheinlich der Wahrheit schon viel näher, obwohl es auch wieder reine Spekulation meinerseits ist, der Hauskauf war reine Erfindung. Um mir zu beweisen, wie knapp vor einer gemeinsamen Zukunft wir schon gestanden hätten. Aber durch mein(!) Fehlverhalten musste er zwangsläufig alles wieder rückgängig machen. Er wäre bereit gewesen für unsere Zukunft. Ja, so ein toller Mann aber auch!! Aber egal, das ist wieder ein zusätzlicher Punkt, den ich nie erfahren werde, und deshalb beende ich das Thema. Also, abgehackt und die Zeit wird mich all das vergessen beziehungsweise nicht mehr so dramatisch und lebensbestimmend sehen lassen.

Um auf den eigentlichen Grund unseres Gesprächs zurückzukommen, will ich von Johann zum Abschluss noch einmal bestätigt bekommen, dass wir in Zukunft zumindest geschäftlich „wie normale Menschen" miteinander sprechen würden. Somit könnte in der Firma wieder eine gewisse Normalität einkehren.

Ich denke mein Ex-Liebling hat begriffen, dass diese Affäre für mich jetzt tatsächlich ein für alle Mal abgehakt ist. Er ist sich dessen bewusst, dass er es diesmal übertrieben hat. Mir geht es nur noch darum, unsere beiden Jobs, die wir grundsätzlich beide gerne machen, zu behalten. Johann nickt, und ich interpretiere das als eine eindeutige Zustimmung seinerseits.

Nachdem wir dieses Problem ohne gröbere Beschimpfungen oder Kränkungen geklärt haben, stehe ich auf um mich zu verabschieden. Auch Johann erhebt sich von seinem Schreibtischsessel und schaut mich an, plötzlich wieder mit Tränen in den Augen. "Ach, Brigitte, wieso hast du das mit mir gemacht?!?"

Was??? Habe ich das jetzt richtig verstanden? Ich? Mit ihm? Ich denke doch, es ist genau umgekehrt! Wer hat denn da wen beschimpft? Wer macht wem andauernd absolut unbegründete Eifersuchtsszenen? Wer klagt mir täglich sein Leid von einer unglücklichen Ehe? Wer erklärt mir immer wieder, ohne mich nicht mehr leben zu können oder wollen? Wer will um nichts auf der Welt von seiner Frau weg? Und wer ist bereit eine gemeinsame Zukunft anzustreben? Allerdings, und das ist in den Augen meines Ex-Lieblings wohl mein größter Fehler, nur unter der Voraussetzung, dass er Klara endlich reinen Wein einschenkt und ihr die Wahrheit sagt. Also, ich glaube ich bin im falschen Film! Wieder einmal verständnislos sehe ich Johann an und will wissen, ob er das Gesagte jetzt tatsächlich ernst meine?!?

"Ja, ganz ernst! Glaubst du das ist lustig für mich? Mir gegenüber bist du jetzt wieder so nett, und dann machst du so etwas (???) mit einem Kollegen und stellst mich noch dazu vor der ganzen Firma bloß. Wie kannst du mir das nur antun? Wie stehe ich denn jetzt da? Und außerdem ist Franz doch viel zu jung für dich!" Leise, diesmal eher traurig als wütend presst Johann diese Sätze zwischen seinen fast verschlossenen Lippen hervor.

Aha, daher weht der Wind. Jetzt beginnt dieser ganze Wahnsinn der sinnlosen Unterstellungen von vorne? Wir haben das bereits in stundenlangen Gesprächen sowohl vor meiner Abfahrt als auch während meines Aufenthalts in der Schweiz besprochen. Dann waren diese Gespräche bis jetzt absolut umsonst, mein Johann hat nichts, aber auch gar nichts begriffen! Na, toll!!!

Beschwichtigend, und eigentlich diesmal ganz ehrlich gefühlsneutral setze ich mich wieder hin. Ich versuche erneut, diesem Mann die Situation zu erklären. Wir beginnen abermals meinen Urlaub, den ich grundsätzlich als entspannten und interessanten Ausflug für mich gesehen habe, zu analysieren. Obwohl ich mir eigentlich sicher bin, dass Johann auch dieses Mal meine Erzählung falsch interpretiert, nicht versteht oder nicht verstehen will. Aber ich gebe die Hoffnung nicht auf. Hoffnung worauf? Die Sache ist gelaufen, und ob Johann meine Gründe für diesen Urlaub versteht oder nicht, ist doch völlig gleichgültig.

Für Menschen wie Johann, die anscheinend nur aus Eifersucht und Misstrauen bestehen, noch einmal zum Mitschreiben: Ich habe weder mit Franz noch mit irgendjemand anderem in diesem Urlaub auch nur ansatzweise geflirtet!!! So, ist das jetzt deutlich genug?

Ich bin doch nicht Monate in so einer seltsamen Beziehung mit ihm, meinem geliebten Johann (ach? jetzt doch wieder?), und mache jede noch so absurde Situation mit ihm durch, lasse mich von ihm verleugnen und was weiß ich noch alles, um ihn dann im Urlaub mit einem anderen zu hintergehen? Jetzt nicht böse sein, aber das ist nicht MEINE Art, sondern SEINE! Wenn ich einen anderen hätte, dann würde ich es ihm sagen. Was hätte es denn für mich für einen Sinn unter diesen Umständen noch länger eine Affäre mit ihm zu haben? Aber soweit denkt mein von Eifersucht und Misstrauen getriebener Ex-Freund" offensichtlich nicht. Ja, doch wieder Ex-Freund, wenn ich mir das so recht überlege!

"Weißt du, Brigitte, ich habe am Sonntag als du heimgefahren bist, noch mit meinem Freund geredet. (Noch ein ganz toller Freund von Johann! Dieser ratgebende Freund und ich kennen uns überhaupt nicht!) Und der hat mein Misstrauen dir gegenüber noch verstärkt, denn auch er meinte, dass es unmöglich wäre, dass du dir nichts mit diesem Arbeitskollegen angefangen hättest. Bei vier Tagen gemeinsamen Urlaubs, da MUSS doch irgendetwas passiert sein!", fragend blickt Johann mich an.

Wieso ist dieser Mann, also Johann, soooo verbohrt! Wäre es für ihn wirklich unmöglich vier Tage mit einer Frau, die nicht seine ist (hahaha!) auf Kurzurlaub zu fahren, ohne zu versuchen mit ihr „anzubandeln" oder auch mehr? Wahrscheinlich, sonst käme er nicht auf solche Ideen! Das würde dann aber im krassen Gegensatz zu der noch vor kurzem getätigten Aussagen von Klara und Johann stehen. Die beiden schaffen es doch schon jahrelang ohne Sex, da das in ihrem Alter nicht mehr relevant wäre? So behaupten sie es zumindest die meiste Zeit, allerdings nicht immer. Wahrscheinlich entscheiden sie spontan, welche Version sie vor der Öffentlichkeit, respektive mir, vertreten. Mit oder ohne Sex?!? - Je, nachdem was besser zur Situation passt! Wenigsten eine Gemeinsamkeit, die die beiden noch miteinander verbindet.

Ich werde die jetzt kommende, von Johann und mir geführte Debatte abkürzen. Ich könnte wahrscheinlich dreißig Seiten füllen, einerseits mit meinen abermaligen Beteuerungen meiner sexuellen Abstinenz am vergangenen Wochenende, andererseits seinen Vorhaltungen, dass es unmöglich wäre mit einem Mann auf Urlaub zu fahren, ohne mehr von ihm zu wollen. Für Johann ist es anscheinend unvorstellbar, dass eine Freundschaft (ohne Sex) zwischen Mann und Frau funktioniert. Bei ihm bedeutet ein Zusammensein von Mann und Frau automatisch Sex.

Hmmm, wenn ich das jetzt auf ihn projiziere, na dann „Gute Nacht". Da habe ich mich ja ordentlich in Johann getäuscht. Das ist vielleicht der Tatsache zuzuschreiben, dass man, na vielleicht nicht man, sondern nur ich, die naive Brigitte, immer glaubt, alle wären so wie man selbst. Aber das ist jetzt offensichtlich ein Fehler. Deshalb überspringen wir die imaginären dreißig Seiten, und steigen bei Seite einunddreißig, wieder ein.

Johann kann meine Argumentation, nichts mit einem anderen Mann im Urlaub angefangen zu haben doch noch nachvollziehen. Zumindest gibt er mir zu verstehen, dass er es täte, und schlussendlich entschuldigt (zum wiederholten Male!!!) er sich bei mir für die falschen Anschuldigungen und Beschimpfungen. Er gibt schlussendlich zu: "Ich hätte wissen müssen, dass du so etwas nicht tust. (Vollkommen richtig!) Aber wenn alle auf einen einreden und sagen, ... und ich so alleine und unglücklich zuhause sitze, dann steigere ich mich vielleicht ein klein wenig zu viel in meine Eifersucht hinein und du musst es dann leider ausbaden! (Wieder vollkommen richtig!) Es tut mir leid! Kannst du mir noch einmal verzeihen? Ich verspreche dir hoch und heilig, so etwas kommt nie wieder vor. Ab jetzt weiß ich, dass du so etwas nicht tust und ich weiß auch, dass ich dir wirklich zu hundert Prozent vertrauen kann!"

Ja, da ist guter Rat teuer. Einerseits wäre es von mir gelogen, wenn ich behaupten würde, es täte meinem Ego nicht gut, dass er sich jetzt vor mir sooo klein macht, seine Fehler zugibt und sich entschuldigt. Er gibt mir damit klar zu verstehen, ab jetzt würde er mir ohne Wenn und Aber(?!?) vertrauen, und eigentlich hätte uns diese Geschichte im Endeffekt mehr zusammengeschweißt als auseinandergebracht. Hoppla!! Interpretiere ich da vielleicht schon wieder Wunschgedanken von mir in Johanns ganz normale Entschuldigung hinein? Nein, nein, ganz tief in mir drinnen bin ich mir sehr wohl bewusst, dass das alles sehr schön klingt, im Ernstfall aber von ihm sofort wieder vergessen wird. Er ist nun einmal so wie er ist. Nämlich: Sehr, sehr, sehr eifersüchtig und misstrauisch. Seine Gabe unbegründet Vorhaltungen zu machen und aus der Luft gegriffene Anschuldigungen vorzubringen ist ihm eher hinderlich als nützlich. Einmal ganz abgesehen vom fehlenden Selbstvertrauen, das ihn veranlasst allen Außenstehenden, nur nicht den an der Sache Beteiligten und sich selbst zu vertrauen. Aber zumindest hat er zu einem, wenn auch zugegebenermaßen kleinen Teil eingesehen, dass er diesmal eindeutig zu weit übers Ziel hinausgeprescht ist.

Ja, toll! Wunderbar! Im Analysieren von Johanns Taten und Gedanken bin ich mittlerweile schon echt gut, aber was hilft mir das jetzt in dieser Situation? Mit der Frage ob ich ihm noch einmal verzeihen könne, war eindeutig gemeint, ob wir unsere Affäre wieder aufleben lassen könnten, oder ob ich ihm sooo böse wäre, dass er keine Chance mehr bei mir hätte.

Ich weiß es nicht! Ganz ehrlich! Wenn ich bei Johann bin, fühle ich mich trotz allem sehr wohl. (Gummizelle? Tabletten? Pinke Brille? – Wohl von allem etwas!) Aber reicht mir das? Was ist in der restlichen Zeit, wenn Johann bei seiner Frau ist und ich alleine zuhause? Ich bin über mich selbst verwundert, aber ich war diese letzten Tage, in denen Johann mich ignoriert hat und ich für ihn definitiv nicht „existiert habe", nicht wirklich unglücklich! Ja, zugegeben, es war nach diesen Monaten der teilweisen Zweisamkeit ungewöhnlich, aber dass ich jetzt sagen würde, ich wäre vor Liebeskummer fast gestorben, also davon sind wir wirklich weit entfernt. Ich denke, es ist für alle Beteiligten besser, wir beenden diese Geschichte jetzt ein für alle Mal. Der Anfang ist ohnehin gemacht, jetzt ziehen wir diese Trennung noch ein paar Tage, Wochen und vielleicht Monate durch, und dann ist alles vergessen. Danach kann es weitergehen, als hätte es diese Affäre zwischen Johann und mir nie gegeben. Ich erspare mir die ständigen Demütigungen des Verleugnet werdens und der ewigen Versteckspiele. Und Johann kann wieder ausschließlich für seine Frau da sein, die er ja doch niemals verlassen wird.

Ich habe nie bestritten, dass die Möglichkeit, dass diese Affäre zwischen Johann und mir nicht funktionieren könnte, existiert. Jetzt ist dieser Fall leider oder auch Gott sei Dank, je nachdem auf wessen Seite man steht, eingetreten. Wir sind nicht die einzigen, deren Beziehung scheitert. Wir werden beide nicht daran zerbrechen, sondern aller Wahrscheinlichkeit nach daraus lernen. Das wäre uns zumindest zu wünschen. Ich für meinen Teil kann mit absoluter Sicherheit sagen, nie, nie, nie wieder etwas mit einem verheirateten Mann anzufangen. Allerdings, und das möchte ich schon auch noch betonen, nicht aus Rücksichtnahme der Ehefrau gegenüber, sondern aus reinem Selbstschutz!

All diese Gedanken wirbeln in Sekundenschnelle durch meinen

Kopf und um ehrlich zu sein, in meinem Unterbewusstsein weiß ich schon seit Anfang dieses Gesprächs, ich will diese Beziehung nicht mehr aufleben lassen. Ich wollte es mir nur bis jetzt noch nicht offiziell eingestehen. Aber es ist einfach schon zu viel schief gelaufen zwischen uns. Wie schon einige Seiten vorher beschrieben, mit jeder neuerlichen Demütigung ist ein Stück von meiner Liebe Johann gegenüber verschwunden. Und der verbliebene Rest reicht jetzt nicht mehr aus um nochmals an das große Glück mit ihm zu glauben. Ich schaue ihn an, um ihm meine Entscheidung mitzuteilen.

Aber: Ohh, mein Gott!! Johann laufen tatsächlich Tränen über die Wangen und er blickt mich verzweifelt an: "Bitte, Brigitte! Gib uns noch eine Chance! Ich liebe dich wirklich von ganzem Herzen. Das ist nicht gelogen und es tut mir soo furchtbar leid, dass ich dir solche Dinge unterstellt habe, bitte verzeih mir noch einmal! Was soll ich denn ohne dich machen?"

Bravo! Super! Wunderbar! Genau das wollte ich NICHT! Vorbei ist es mit meiner superharten Entscheidung, die Beziehung zu beenden. Blitzartig entfachen meine Gefühle für Johann aufs Neue, wenn ich ihn so derart unglücklich sehe. Vielleicht ist es aber auch nur Mitleid? Ich hätte wirklich nie gedacht, dass ich solch derart unlogische Situationen nicht souverän lösen könnte. Aber das reale Leben verläuft anscheinend nicht so, wie es in meinen theoretischen Vorstellungen geplant ist. Bin ich zu „weich" für diese Welt? Ich nehme ihn in die Arme um ihn zu trösten, und in diesen Minuten leide ich wirklich mit ihm. Das ist alles einfach so dumm mit uns gelaufen, aber es ist wie es ist, und das können wir im Nachhinein auch nicht mehr ändern.

Lange Rede, kurzer Sinn: Ich verzeihe meinem Johann noch einmal! Diesmal aber wirklich zum aller-, aller-, allerletzten Mal. Ich glaube ihm, dass er mich wirklich so unwahrscheinlich heftig liebt, wie er mir sagt oder ich es mir immer noch wünsche. Ich gebe es zu, auch meine Gefühle sind wieder frisch erwacht. Ich bin mir sicher, jetzt ist es nicht mehr Mitleid sondern wirklich Liebe und ich freue mich, ihn wieder als Geliebten zu haben.

Also auf ein Neues. Die Affäre von Johann und Brigitte geht weiter, oder soll ich besser sagen, die Katastrophe von Johann und Brigitte findet einfach kein Ende?

Nach dieser Aussprache trennen wir uns wie Frischverliebte und keiner von uns beiden kann den nächsten Morgen erwarten, um uns wieder in die Arme zu fallen. Im Moment ist wieder alles so rosarot, fast schon wieder pink (hihihihi!), sodass es mir in diesem Augenblick auch egal ist, dass Johann jetzt wieder zu seiner Frau nach Hause fährt. Ja, ich bin definitiv wieder zu hundert Prozent in unsere Beziehung zurückgekehrt und auch das Verdrängen der immer noch existierenden Ehefrau funktioniert wieder genauso einwandfrei wie am Anfang unserer Affäre.

Wie schon zu Beginn angedeutet, das Schicksal meint es gut mit mir. Grundsätzlich wollte ich mit meinem kleinen Ausflug nur ein wenig frischen Wind in unsere Beziehung bringen. Der Wind war kein Wind sondern ein ordentlicher Sturm, um nicht zu sagen Orkan. Unsere Beziehung und auch unsere Gefühle sind, nachdem sie diese Windböe fast nicht überstanden hätten, wieder zu neuem Leben erwacht. Da bestätigt sich die Warnung meiner Freundinnen abermals:

In der Liebe kann und soll man nichts planen! Diesmal erfolgt die Bestätigung aber ausschließlich(?!?) positiv!!!

13

Auch die Lovestory von Simone und Peter verläuft offensichtlich nicht ohne Probleme. Aber, mein Wissensstand ist absolut nicht aktuell, wie mir Simone heute mit vor Glück strahlenden Augen erzählt. Vielleicht sind tatsächlich die Ratschläge von meinem Johann, oh, bin ich stolz auf ihn (Scherzchen!), wie Simone auf Peter eingehen soll, so toll. Oder Peter hat selbst gemerkt, so kann er nicht weitermachen, wenn er Simone behalten will. Ja, was heißt schon behalten! Wohl eher, wenn er Simone nicht aufgeben will. Denn, außer dem doch etwas missglückten Treffen am Badesee ist noch gar nichts passiert!

Ich habe jedoch gar nicht mehr länger Zeit, mir Gedanken zu machen, warum und wieso Simone jetzt plötzlich so euphorisch ist, denn meine Freundin beginnt sofort zu erzählen.

Aufgrund von Johanns Analyse zu Peters Verhalten gehe sie jetzt nicht mehr ganz so fordernd und stürmisch auf Peter zu. Sie ließe ihm jetzt mehr Zeit, und zeige Verständnis für sein Leben, sprich für seine Ehe und der daraus für ihn schwierigen Situation. Dass auch Simone verheiratet ist und eigentlich exakt die gleichen Schwierigkeiten hat, lassen wir unter den Tisch fallen. Das wird auch überraschender(?) Weise von meinem Johann in seiner Analyse nicht beachtet. Ganz im Gegenteil, Simones Probleme laufen für meinen Johann unter dem Motto „selber schuld"! Denn trotz allem ist mein Liebling davon überzeugt, dass die treibende Kraft bei dieser sich anbahnenden Affäre Simone ist, genau wie ich es bei ihm war oder in Johanns Augen immer noch bin. Und es gibt für Johann keinen Zweifel, Peter kann sich genauso wenig gegen die Annäherungsversuche von Simone zur Wehr setzen, wie Johann bei mir. Die logische Schlussfolgerung von meinem schlauen(???) Liebling: Peter ergibt sich seinem Schicksal und macht gute Miene zum „bösen" Spiel und lässt sich quasi von Simone erobern!?

Um nichts misszuverstehen, und um nicht zu riskieren die Meinung meines Lieblings falsch zu interpretieren, wiederhole ich Johanns Worte eins zu eins: „Etwas anderes bleibt Peter eigentlich nicht über! Er kommt von Simone ohnehin nicht los!" Denn laut der fundierten Meinung von Simones privatem Ratgeber, ja genau, damit meine ich meinen Geliebten, in Sachen „Wie erobere ich einen verheirateten, älteren Mann" ist es doch so: Wenn eine Frau sich etwas in den Kopf setzt, bekommt sie es sowieso, da ist jeder Mann machtlos!

Ob Simone das alles auch so sieht? Ich denke, manche Denkansätze von Johann sind auch für meine Freundin eher befremdend!

Aber wie schon einmal erwähnt, und auch dieses Mal ist es ehrlich nicht böse mit dem anderen Geschlecht gemeint: Ich bin der festen Überzeugung, eine Frau kann mit problematischen oder nicht alltäglichen Situationen einfach besser umgehen. Das sieht man ja eindeutig bei mir. (Scherzchen!!!) Vorausgesetzt, es ist ihr wichtig! Ich spreche hier sowohl von dem Umgang mit Johanns Analyse, als auch von der etwas merkwürdigen Beziehung von Simone zu oder mit Peter. Ein Vergleich mit Johann und mir steht hier nicht zur Debatte(!). Wir sprechen jetzt von Simone und Peter. Aber, dass es Simone wichtig ist, Peter näher und besser kennenzulernen, lässt sich anhand ihrer Erzählungen eindeutig feststellen.

Nachdem das erste Treffen am Badesee nicht gerade zur Zufriedenheit beider Parteien abgelaufen ist, und das ist noch untertrieben, war bei Simone und Peter einige Tage Funkstille. Doch dann meldet sich Peter wieder! (Ach, welch Überraschung!?!) Noch ein ganz kurzer Einwand meinerseits, dann geht es sofort wieder mit Simone weiter: PETER MELDET SICH BEI SIMONE! So viel dazu, dass er keine Chance hätte, Simone zu entkommen!

Peter ruft Simone an und entschuldigt sich für sein unüberlegtes Verhalten bei ihrem ersten Treffen! Laut Aussage meiner Freundin, ist Peter wie verwandelt! Simone sitzt mir gegenüber und strahlt mich an!

Sie kann sich vor Glück und Freude gar nicht beruhigen. Peter ersucht meine Freundin um ein neuerliches Treffen, er nähme sich mehr Zeit und würde sich ehrlich freuen, sie wiederzusehen. Wie von Johann empfohlen, bleibt Simone am Telefon ganz ruhig und entspannt, zumindest ist ihrer Stimme keine außergewöhnliche Emotion anzumerken. Gott sei Dank kann man bisher durch das Handy sein Gegenüber noch nicht sehen, sodass Peter nicht bemerkt, wie Simone vor Freude auf ihrem Schreibtischsessel nervös hin und her rutscht. Laut meinem Johann wäre es nämlich der angehenden Beziehung ganz und gar nicht hilfreich, wenn Simone versuchen würde Peter Druck zu machen. Also, was Druck machen jetzt damit zu tun hat, sich die Freude anmerken zu lassen, verstehe ich jetzt nicht, aber mein Geliebter wird schon wissen, was er Simone rät. (Ach, wirklich?)

Anmerkung am Rande: Johann meint, nein, er ist davon überzeugt, wie denn auch nicht, es wäre für Simone absolut von Vorteil, wenn sie immer, und ich betone immer, viel Verständnis und Rücksicht zeigen würde. Dann würde Peter sich zu nichts gedrängt fühlen, ohh, der Arme, und auf sie zukommen. Ach, jetzt also doch wieder? Ohne Druck würde er doch wieder freiwillig auf Simone zugehen? Weiß mein Johann eigentlich was er sagt?!? Ansonsten könnte es Peter zu stressig (hahaha!) werden und er würde sich wieder zurückziehen. Man beachte, dass Johann ausschließlich, ja, selbstverständlich, was denn sonst, auf einen Vorteil für Simone bedacht ist. Niemand käme auf die Idee, dass sowohl Peter als auch Johann am meisten davon profitieren, wenn wir, ihre „Traumfrauen", viel Verständnis und Rücksicht zeigen und nehmen würden. Vielleicht macht uns ja gerade dieser Umstand zu ihren „Traumfrauen". Es ist ziemlich wahrscheinlich, dass unsere „Traummänner" nicht oft solche Frauen wie uns treffen, die ihr eigenes Ego quasi vergessen, und nur noch für das Wohlbefinden ihrer Geliebten leben. Zumindest denke ich, dass es nicht so viele Dummerchen gibt wie uns, oder irre ich mich da?!?

Johanns Meinung steht allerdings, und das nicht zum ersten Mal, im krassen Gegensatz zu meiner. Ist mir „selbstsüchtigen" Frau doch schon ein paar Mal die Aufforderung, jetzt endlich mit seiner Frau bezüglich einer Trennung oder Scheidung zu sprechen, herausgerutscht! Ja, ja, ich bin eine ganz Mutige (hihihi)! Jedoch muss ich ehrlicherweise anmerken, an meinem Verhalten Johann gegenüber erkennt man relativ schlecht, dass ich mit diesen, seinen Rücksichtnahmeregeln nicht einverstanden wäre, denn, wenn einer nach den Wünschen seines Lieblings agiert, dann ja wohl ich! Leider! Aber, nur nicht aufgeben, auch ich werde noch merken, dass mir dieses einseitige Liebesverhältnis auf Dauer nicht gefällt und vielleicht meine Konsequenzen daraus ziehen. Ich habe aber das Wort „vielleicht" verwendet, ich hoffe, das ist jedem aufgefallen! Aber noch darf wirklich niemand die Hoffnung aufgeben, dass ich wieder zu meinem wahren Ich zurückfinde!

Ich habe das Gefühl, Johann interpretiert all seine Wünsche in das zu analysierende Verhalten von Peter. Simone hingegen ist nach wie vor felsenfest davon überzeugt, alle Ratschläge von Johann haarklein verfolgen zu müssen, um ans Ziel zu kommen. Für mich wirkt es ein klein wenig übertrieben. Schließlich will doch Simone eine Beziehung mit Peter beginnen oder aufrechterhalten, und nicht mit Johann! Oder sehe ich das falsch? Klingt das jetzt böse? Bin ich auf meine Freundin eifersüchtig, weil sie so oft mit Johann telefoniert und so begeistert von ihm ist? Ganz ehrlich, ich weiß es nicht. Ich habe so ein komisches Gefühl, ich kann es nicht genauer erklären, für mich ist dieses „Johann ist der beste Beziehungsratgeber der Welt" von Simone etwas übertrieben.

So, das waren jetzt wieder einmal meine Gedankengänge, die ich einfach nicht für mich behalten kann, jetzt aber wieder zurück zu den Tatsachen und zu Simone und Peter:

Peter schlägt Simone vor, sich nochmals am Badesee zu treffen. Diesmal aber nicht um Smalltalk zu betreiben, sondern wirklich persönliche Dinge auszutauschen, so wie das ja auch schon bestens per Telefon, SMS oder Whats App funktioniert. Und wenn alles so harmonisch abläuft, wie geplant, hat er vorsorglich ein Zimmer in einem hübschen Hotel gebucht!

Jetzt lassen die beiden aber nichts „anbrennen"! Hut ab! Wenn es dabei bleibt, und keiner der beiden einen Rückzieher macht, dann sind sie jetzt beziehungstechnisch aber ordentlich auf der Überholspur unterwegs. Toll!!!

Wir dürfen bei dieser ganzen Geschichte nicht vergessen, auch Simone ist verheiratet. Genau wie Peter will auch sie ihre Ehe nicht leichtfertig aufs Spiel setzen. Obwohl die beiden doch gleichzeitig auch wieder sehr wohl mit dem Gedanken an eine gemeinsame Zukunft spielen. Wenn auch nur ganz geheim und in ihrem tiefsten Inneren.

Für mich ist dieser Gedankengang der beiden nicht wirklich nachvollziehbar. Alleine, dass sie laut darüber nachdenken, aufgrund ihres Kennenlernens ihre Ehen in Frage zu stellen, finde ich etwas merkwürdig. Nach zwei tatsächlichen Treffen und vielleicht dreißig (oder auch mehr?!?) telefonischen Kontakten die Überlegung anzustellen, deshalb seine Ehe zu beenden, ist für mich unbegreiflich. Das macht für mich absolut keinen Sinn. Aber ich denke, ich bin da etwas zu geradlinig. Für mich gibt es einfach nur die Möglichkeit, ich fühle mich in meiner Beziehung, Ehe nicht mehr wohl, also beende ich sie, das dann aber unabhängig davon, jemand Neuen kennengelernt zu haben. Oder ich bin ohnehin glücklich in meiner Beziehung und suche nur ein Abenteuer für zwischendurch. Dass ich aber jemanden kennenlerne und von einer fixen, festen Beziehung ohne Unterbrechung in die nächste wechsle, finde ich nicht sinnvoll! Aber wie gesagt, das ist meine persönliche Meinung. Ich kann mir aber durchaus vorstellen, dass es genug Menschen gibt, die auch meine Art der Beziehung mit Johann nicht gerade sinnvoll oder erstrebenswert finden. Ja, ich denke, da würde man einige finden, die nur mehr den Kopf über Johann, oder mich oder uns beide schütteln.

Und wieder stellt sich die Frage: Gibt es diese „große Liebe" vielleicht doch? Ich habe ja schon vorhin für mich feststellen müssen, dass es außer theoretischen Überlegungen und logischem Denken, in der Liebe auch noch etwas anderes geben muss. Da muss ich mich aber erst noch vorsichtig herantasten. Das ist für mich definitiv noch eine sehr fremde Welt und ein noch sehr weiter Weg diese Tatsache ohne Wenn und Aber zu akzeptieren. *Also, Brigitte, keine vorschnellen Urteile, jeder lebt sein Leben wie er es für richtig hält!* Da gibt es nichts daran zu bekritteln, im Endeffekt versucht doch ohnehin nur jeder, sein Glück zu finden!

Aber zurück zu Simone, zum wievielten Mal? Es tut mir leid, aber immer wieder fällt mir etwas so immens Wichtiges ein, dass ich es einfach sofort festhalten muss.

Simone ist auch so ein Schlauerchen wie ich. Das meine ich jetzt wirklich ganz lieb. Um auf Nummer sicher zu gehen und kein Risiko bei einem Treffen mit Peter einzugehen, kauft sie sich eine Perücke! Wozu? Na, ganz einfach (hihihihi!): Falls sie mit Peter ins Hotel gehen sollte, zeitversetzt, versteht sich, dann besteht trotzdem die Möglichkeit, auch wenn sie beide doch einige Kilometer von zuhause entfernt sind, dass im ungünstigsten Moment jemand auftaucht, der sie kennt. Dann fliegt diese Affäre auf, bevor sie eigentlich begonnen hat. Wenn Simone aber mit Perücke erscheint, und sie hat sich für ein sehr flottes Modell mit Bob und Pony in kastanienbraun, also komplett anders als in Wirklichkeit entschieden, dann ist sie für den kurzen Augenblick den sie im Foyer des Hotels verbringt, wahrscheinlich nicht einmal für ihren eigenen Mann zu erkennen. Ich sage doch, Schlauerchen! Diese Idee könnte glatt von mir sein. Aber vielleicht borgt sie mir die Perücke im Bedarfsfall!

Ja, und was soll ich sagen, Simones und Peters Treffen verläuft wie aus dem Bilderbuch. Alles funktioniert genauso, wie Simone es sich gewünscht hat. Zuerst ein Treffen am Badesee. Ein romantischer Spaziergang mit angeregter Unterhaltung über Hobbys, persönliche Vorlieben und Wünsche, Zukunftspläne, alles was für die beiden jetzt am Anfang von gegenseitigem Interesse ist, leichte Körperberührungen und dann ab ins Hotel, selbstverständlich mit Perücke (schmunzel!). Definitiv, es könnte nicht besser für Simone laufen. Im Unterschied zu Johann und mir, absolut problemlos, man könnte fast schon sagen: Langweilig! Nein, das war wieder ein Scherzchen! Ich vergönne den beiden ihr Glück von ganzem Herzen. Und es gibt einen ganz wesentlichen Unterschied zwischen Peter und Johann:

Peter schaltet sein Handy bei einem Treffen mit Simone aus!!! So ein mutiges Kerlchen aber auch! Und weil es bei diesem Treffen so toll geklappt hat, soll es nicht bei diesem einen bleiben! Ab jetzt ist die Perücke fixer Bestandteil im Handschuhfach von Simones Auto und man kann sagen, wann immer sich auch nur die geringste Möglichkeit für ein Treffen bietet, dann ergreifen die beiden diese.

Ich kenne dieses Gefühl aus eigener Erfahrung. Am Anfang solcher Versteckspiele, wenn sich die Probleme noch in Grenzen halten, ist das Glücksgefühl so dominant, dass es unmöglich erscheint, dass dieses Gefühl jemals beeinträchtigt werden oder noch schlimmer, einmal ganz aufhören könnte.

Trotz ihrer im Moment bestens verlaufenden Affäre bleibt Simone weiterhin in telefonischem Kontakt mit Johann um ihn am Laufenden zu halten und weiterhin Ratschläge von ihm entgegenzunehmen. Sie ist der fixen Überzeugung, durch diese Tipps von meinem Johann (bin schon wieder stolz auf ihn, hmmm, war schon wieder ein Scherzchen!!) mittlerweile „ihren" Peter besser zu verstehen und so gröberen Problemen vorzubeugen oder sogar ganz aus dem Weg zu gehen. Wieso habe ich keine problemlose Affäre zustande gebracht? Liegt es an mir oder doch eher an meinem Johann?!? Egal, darüber zerbreche ich mir jetzt nicht meinen Kopf, im Moment sind doch ohnehin Johann und ich auch wieder glücklich, also, alles im grünen Bereich!

Aber jetzt geht es bei Simone und Peter richtig los. Ihre Affäre wird aufregender, und das ist jetzt ausnahmsweise einmal absolut positiv gemeint. Es kommt Action in ihre Beziehung. Peter muss eine Dienstreise machen! Eine wirkliche Dienstreise (hihihi!)! Aber er wird sich laut seiner Aussage dort nicht gerade überarbeiten, sprich, es gäbe die Möglichkeit auch viel Zeit mit Simone zu verbringen. Das wäre dann die perfekte Gelegenheit für meine Freundin endlich einmal mehr Zeit, als die inzwischen schon obligaten stundenweisen Treffen, mit Peter zu verbringen und auch ihre Affäre zu intensivieren. Kurzerhand nimmt sie sich in ihrer Firma Urlaub und erklärt ihrem Ehemann für einen krank gewordenen Kollegen einzuspringen und anstelle von diesem auf Schulung fahren zu müssen. Da Simone ab und zu dienstlich unterwegs ist, erweckt dies bei ihrem Ehemann absolut keinen Verdacht.

Ich glaube, ich habe noch nicht erwähnt, dass die Dienstreise von Peter nach Spanien geht! Ist das jetzt toll, oder ist das toll?!? Um wieder das Risiko so gering wie möglich zu halten, nein, diesmal reist Simone nicht mit Perücke (hihihi!), buchen Simone und Peter zwei getrennte Flüge. Peter fliegt vor, für ihn ist ohnehin bereits ein Hotelzimmer von seiner Firma gebucht. Dass eine zweite Person bei ihm einzieht, klärt Peter vor Ort und begleicht auch gleich den Differenzbetrag. Als sechs Stunden später das Flugzeug von Simone landet, erwartet Peter sie bereits freudig in der Ankunftshalle, mit einem riesengroßen Blumenstrauß! Ach, es gibt doch noch richtige Romantiker!

Das nenne ich eine Dienstreise! Wenn Peter zu tun hat, liegt Simone am Hotelpool und genießt das herrliche Wetter, die restliche Zeit verbringen die beiden absolut harmonisch in trauter Zweisamkeit, als hätten sie nie etwas anderes getan. Kein Streit, kein Stress, keine Meinungsverschiedenheit, nur Verliebtheit und Einigkeit, ja, ja, so etwas gibt es auch! Und ja, jetzt bin ich ein wenig neidisch - auch kein Handyanruf von Peters Frau.

Aber natürlich geht auch dieser Urlaub vorüber und Simone und ich sitzen wie schon des Öfteren wieder auf einen Kaffee beisammen und ich höre mir ihre tolle Liebesgeschichte jetzt schon wahrscheinlich zum fünften Mal an. Aber jedes Mal, wenn sie die Berichterstattung abschließen will, fällt ihr noch ein, ach, so wichtiges Detail ein, was Peter gesagt oder getan hat, denn Peter ist doch so aufmerksam und unterhaltsam. Peter macht das, und Peter kann das und überhaupt, Peter ist einfach nur megatoll! Ich glaube ihr das alles, denn am Anfang war ja auch Johann genauso toll für mich, bis dann die ersten Problemchen aufgetreten sind. Aber Peter ist nicht Johann, und deshalb besteht die Möglichkeit, dass Peter wirklich so toll bleibt! Ich freue mich mit Simone und hoffe für sie, dass ihre Affäre, oder ist es doch schon eine Beziehung, so harmonisch bleibt.

Eindeutiges Fazit bis zu diesem Moment: Es lohnt sich sowohl für Simone als auch für mich, für unsere große Liebe zu kämpfen. Wir sind im Moment beide bis über beide Ohren verliebt und total glücklich. Wenn ich mir jetzt etwas wünschen dürfte, dann wäre es mit Sicherheit, dass dieser Zustand der absoluten Harmonie noch ewig (oder zumindest fast) anhält. Aber leider gehen nicht alle Wünsche in Erfüllung – es ist ja auch nicht Weihnachten.

Meine Hoffnung, dass Simones und Peters Affäre so harmonisch bleibt, erfüllt sich leider nicht!

Ein paar Wochen nach dem für Simone unvergesslichen Spanienurlaub mit ihrem Geliebten sitzen wir wieder beisammen. Selbstredend telefonieren wir auch fast täglich, um uns gegenseitig beziehungstechnisch auf dem Laufenden zu halten, aber ein persönliches Gespräch ist dann doch etwas anderes.

Unsere Zusammenkunft als Krisensitzung zu bezeichnen wäre jetzt übertrieben, aber so glücklich wie beim vorigen Treffen ist Simone nicht mehr. Das Strahlen in ihren Augen ist verschwunden. Ihre „Perücken-Treffs" finden nicht mehr statt und im Moment läuft nicht alles so einwandfrei, wie sie es sich wünschen würde. Es gibt nicht das eine Riesenproblem, aber, diese Beziehung zwischen Peter und ihr besteht doch schon eine Weile, sprich einige Monate, und jetzt würde Simone von Peter gerne wissen, wie das denn mit ihnen weitergehen soll.

Bitte jetzt nichts falsch verstehen! Simone will nicht, dass Peter sich sofort scheiden lässt um mit ihr eine neue Familie zu gründen, obwohl das so gesehen gar nicht die schlechteste Idee wäre (na, das wäre ja eine Überraschung!). Nein, es ist doch nur so, nach einiger Zeit möchte man (diesmal zur Abwechslung nicht ich, sondern Simone) doch wissen, wie sich das geliebte Gegenüber denn die Zukunft vorstellt?! Denn für Simone ist klar: Sie hat sich total verliebt, und sie wäre definitiv bereit, ihr bisheriges Leben (ach, das klingt aber theatralisch) aufzugeben, um mit Peter neu durchzustarten.

Wobei aufgeben sicher der falsche Ausdruck ist, denn eigentlich, wenn man es sich genau überlegt, bleibt ja doch fast alles beim Alten! Ihr Kind nimmt sie selbstverständlich in die neue Beziehung mit, ihr Job bleibt auch derselbe, „nur" ihr Partner wechselt. Das ist ja eigentlich vollkommen unwesentlich, das war jetzt ironisch gemeint, - für alle Moralapostel und Spaßbremsen! Mit ihrem derzeitigen Ehemann bleibt sie ebenfalls in Verbindung, schon allein ihres Sohnes wegen. Ob es eine „schmutzige" oder vernünftige Trennung wird, das obliegt ja den beiden beteiligten Parteien. Genauso ist es auch bei Peter. Wir sprechen da auch nicht über ein völlig neues Phänomen: die Scheidung! Nein, das haben ganz, ganz, viele Pärchen vor Simone und Peter auch schon durchgezogen, mehr oder weniger erfolgreich.

Übrigens, vielleicht sollte ich das noch erwähnen, diese Frage von Simone an Peter, wohin ihre Affäre führen soll, ist NICHT auf Empfehlung von Johann entstanden! Nein, ganz im Gegenteil! Johann rät Simone selbstverständlich von so einer Frage ab, mit der einfachen Begründung: „Warum willst du denn etwas an eurer Beziehung verändern, wenn sie doch so schön und problemlos läuft?" Ja, da haben wir es wieder. Das sind die Gedanken von meinem Johann. Warum soll man auf etwas verzichten (Johann meint damit die eigene Frau), wenn man beides haben kann? Trotz aller Warnungen von Johann entschließt sich Simone dann doch, diese Frage an Peter zu richten und bekommt zur Antwort: "Aber Simone, darüber haben wir doch schon am Anfang unseres Kennenlernens gesprochen. Du bist verheiratet und ich bin es auch. Wir haben beide in unseren Ehen Verpflichtungen, nicht nur unseren Partnern, sondern auch unseren Kindern (zur Erinnerung: Peter hat fast erwachsene Kinder) gegenüber. Wie sieht das denn aus, wenn wir uns jetzt trennen? Außerdem, sobald WIR in einer fixen Beziehung leben, wird unser Leben doch genauso werden, wie wir es jetzt in unserer Ehe erleben, das ist nun einmal so! Die Routine kommt schneller als du glaubst. Warum willst du an etwas so Schönem wie wir es jetzt haben, etwas ändern?"

Hmmm, jetzt ist Simone wohl so ziemlich an derselben Stelle angekommen wie ich! Leider! Peter ist mit seiner Rolle als Ehemann und so ganz nebenbei als Liebhaber von Simone sehr zufrieden. Warum sollte er etwas daran ändern? Zuhause ist alles so wie immer, und für das Abenteuer zwischendurch steht Simone bereit. Also, seien wir ehrlich, was hätte Peter für einen Grund sein Leben zu verändern? Da muss sogar ich jetzt meinem Johann wieder einmal Recht geben. (Haha, das war gelogen!)

Na, ja, mir würden da trotzdem ein paar Gründe einfallen: Einer davon wäre zum Beispiel, weil er Simone so sehr liebt, dass er mehr als nur ein paar Stunden in der Woche mit ihr verbringen will?

Für unsere Liebhaber, und ja, da werfe ich jetzt Peter und Johann in einen Topf, ist es unverständlich: Warum sehen wir Frauen denn jetzt auf einmal ein Problem? Und Peter hat noch ein ganz stichhaltiges Argument, warum er von zuhause nicht weg kann! Er meint, und das ist jetzt kein schlechter Scherz von mir, nein, er sagt wortwörtlich zu Simone: "Und außerdem Simone, wenn ich jetzt von zuhause weggehen würde, was wäre dann mit meinem schönen Obstgarten? Ich habe so viel Zeit in die Aufzucht meiner Bäume gesteckt, da kann ich doch jetzt nicht einfach gehen?"

Mit vor Stolz geschwellter Brust sieht Peter Simone an und ist sich absolut sicher, sie mit diesem Argument restlos überzeugt zu haben.0

Hmmm, welch Überraschung, sie versteht es nicht! Nein, ganz im Gegenteil, Simone ist ganz kurz, aber wirklich nur Bruchteile einer Sekunde der Meinung, Peter mache einen Scherz, sie merkt aber sehr schnell, Peter meint es tatsächlich ernst. Er bleibt lieber bei seinem Obstgarten, als zu ihr zu kommen! Nein, da muss sie sich jetzt verhört haben, das kann nicht wahr sein, so etwas gibt es doch nicht!

Hat jetzt noch irgendein Leser Zweifel, warum ich anfangs geschrieben habe, besser ihr wisst nicht, wo man solche tollen Männer wie Peter und natürlich auch meinen Johann kennenlernt?

Dass Simone jemals in ihrem Leben mit einem Obstgarten konkurrieren müsse, damit hat sie wirklich nicht gerechnet und es fällt ihr tatsächlich schwer, ach, welch Wunder, diese Tatsache anzuerkennen. Ich habe das Gefühl, langsam aber sicher nähert sich auch Simone mit ihrem Peter meiner Ebene, einer eher nicht nachvollziehbaren oder auch etwas wahnsinnigen Liebesbeziehung. Aber wie schon erwähnt, jeder ist seines Glückes Schmied und es gehören überall zwei dazu. Jetzt obliegt es Simone wie sie mit dieser Situation umgeht. Ich will und kann ihr da jetzt keine Tipps geben, ich bin ja selber mit Johann zeitweise, oder besser ausgedrückt, meistens, total überfordert! (Ach ja? Wirklich?)

Logischerweise ist Simone zuerst einmal geschockt von Peters Worten. Wenn sie auch viel von ihrem Geliebten erwartet hätte, so etwas mit Sicherheit nicht. Sie war sicher, Peter würde ein gemeinsames Leben mit ihr, wenn schon nicht konkret planen, dann zumindest in Erwägung ziehen. Aber objektiv betrachtet hat Peter Simone für diese Annahme absolut keinen Grund gegeben. Ganz im Gegenteil, ich finde, Peter verhält sich eigentlich eins zu eins wie Johann. Und das heißt eindeutig, es war und ist nie die Rede davon, dass einer der beiden „tollen" Männer ernsthaft vorhätte, seine Frau für uns zu verlassen. Dass Peter so gar nicht daran denkt, sein derzeitiges Leben in Frage zu stellen, ist für Simone unbegreiflich. Umgekehrt wäre Simone nämlich sehr wohl bereit, ihre Ehe aufzugeben um ein gemeinsames Leben mit Peter zu beginnen. Aber den Gedanken kann sie jetzt vorerst einmal auf Eis legen.

Ja, da sitzen Simone und ich bei unserem obligaten Kaffee und ich kann sie soooo gut verstehen. Natürlich war uns von Anfang an klar, dass es kein „Honiglecken" wird, eine Beziehung, nein, am Anfang noch eine Affäre, mit einem verheirateten Mann zu beginnen. Oder nein, das ist jetzt so nicht richtig! Am Anfang haben wir uns überhaupt keine Gedanken darüber gemacht, ob es einfach oder schwierig werden könnte. Am Anfang war nur das Gefühl des Verliebtseins, des Begehrtwerdens, und natürlich auch des Umschwärmtwerdens. Dann kam der Reiz des Verbotenen, das Aufregende dazu. Etwas zu tun, das eigentlich verpönt ist. Diese Mischung war anfangs unwiderstehlich, für uns genauso wie anscheinend auch für Peter und Johann. Davon bin ich überzeugt. Und ich denke, da kann ich auch im Namen von Simone sprechen, wir haben beide nicht damit gerechnet, dass wir uns dann derart verlieben, dass wir aus dieser Affäre eine feste Beziehung machen wollen.

Für Johann und Peter muss ich meine These leicht umändern: Sie haben sich laut ihren Aussagen auch ehrlich in uns verliebt, nur ist das für die Männer noch lange kein Grund, ihre derzeitigen Ehefrauen zu verlassen. Denn unsere Liebhaber sehen in der Liebe zu uns und dem gleichzeitigem Verbleiben bei ihren Ehefrauen absolut keinen Widerspruch: Was hat das eine mit dem anderen zu tun?

Aber ganz unabhängig davon bin ich fest davon überzeugt, es muss zumindest zwischen Johann und mir, bei Simone und Peter kann ich es nicht mit Sicherheit sagen, irgendeine unerklärliche Verbindung geben. Etwas, ich weiß beim besten Willen nicht, wie ich es ausdrücken soll, das uns derart aneinander bindet und uns davon abhält, dieses für uns beide, zermürbende Liebesspiel endlich für immer zu beenden.

Nachdem Simone und ich wieder einmal, zum wievielten Male eigentlich, ratlos sind, trinken wir unseren Kaffee aus, und machen uns auf den Heimweg. Vielleicht kommt uns noch ein Einfall, wie wir unsere Liebhaber, oder jetzt im Speziellen, Peter, davon überzeugen könnten, dass Simone seine „alleinige" Frau fürs Leben ist? Ach, wie traurig und erniedrigend ist das denn jetzt wieder? Wenn er es nicht selbst bemerkt, wie toll Simone ist, dann soll er es doch bleiben lassen! Ja, ich rede mich leicht wenn es um Simone geht. Da sehe ich die Realität auch sehr klar und objektiv, aber seien wir ehrlich, bei mir ist es doch ganz genau so! Auch ich möchte Johann immer davon überzeugen, dass ich, und nur ich, die richtige Frau für ihn bin.

Langer Rede, kurzer Sinn: Die einzig mögliche Lösung ist: Wir schicken Peter und Johann wieder zu ihren Frauen, oder wohin auch immer, zurück, und leben unser emanzipiertes und klar strukturiertes Leben weiter. Ja, objektiv und offensichtlich die eindeutig beste Lösung für alle Parteien! Aber!!! Unsere Gefühle!!! Macht es denn wirklich Sinn, nur aufgrund von logischen Überlegungen unsere Gefühle komplett aus dem Spiel zu lassen? Wenn es wenigstens so wäre, dass von den Männern absolut keine Resonanz auf unsere, na, nennen wir es Liebe, auch wenn diese Bezeichnung vielleicht nur subjektiv ist, käme, dann wäre sogar mir, und wahrscheinlich auch Simone klar, wir müssen, sollen und im Endeffekt wollen, das Feld räumen. So kann es nicht weitergehen. Aber infolgedessen unsere Lieblinge doch auch von sich aus immer wieder beteuern wie wichtig wir ihnen sind, und dass sie sich ein Leben ohne uns überhaupt nicht mehr vorstellen könnten, sind wir doch der Meinung, dass unsere Liebe auf Gegenseitigkeit beruht.

Und? Jetzt sollen wir, oder reden wir wieder nur von mir, schließlich muss Simone sich selbst ihre Gedanken über ihre Affäre machen, und soll sich nicht von meinen Gedanken beeinflussen lassen, diese Beziehung, die doch auch ihre wundervollen Momente hat, aufgeben? Nein, das kann ich einfach nicht! Das funktioniert nur in der Theorie, praktisch ist es vollkommen unmöglich! Und ich weiß, wovon ich rede, schließlich haben Johann und ich in der Vergangenheit schon des Öfteren probiert, ohne einander auszukommen, das hat dann aber auch immer nur sehr kurze Zeit funktioniert und danach waren wir froh und auch wieder glücklich, uns doch wieder vereint zu sein.

Ich weiß, es gibt viele Dinge die wesentlich schlimmer und dramatischer als mein „Problem" sind. Das ist aber kein Grund, die Liebe nicht auch wichtig zu nehmen, schließlich ist sie meiner Meinung nach ein ganz wesentlicher Bestandteil unseres Lebens.

Glücklich zu sein und geliebt zu werden, oder auch selbst zu lieben sind doch die wichtigsten Bausteine für ein erfülltes Leben. Das ist meine Meinung! Und dafür werde ich kämpfen! Ha, das ist doch einmal eine Ansage von mir! Das ziehe ich jetzt durch! Hmm, ich darf dabei allerdings nicht vergessen, dass zu so einem Vorhaben immer noch zwei gehören, aber das bekomme ich hin!!! *Die schlaue Brigitte macht das schon, ihr werdet sehen!* (Oder auch nicht!)

Simone und Peter, um wieder beim Thema zu bleiben, gehen nach diesem für Simone doch eher negativ verlaufendem Gespräch bedrückt auseinander. Jetzt stellt sich für die beiden die Frage: Wie geht es weiter? Geht es überhaupt weiter? Welchen Sinn macht diese Affäre dann noch für Simone?

Wunderbar! Jetzt haben wir wieder viele Fragen und absolut keine Antwort darauf. Aber das ist ja nichts Neues!!

14

So, jetzt widmen wir uns wieder ausschließlich meinem Lieblingsthema: JOHANN

Nachdem unsere Aussprache in Johanns Büro nach meinem Kurztrip in die Schweiz damit geendet hat, dass wir so verliebt sind, wie am ersten Tag, geht unsere Affäre munter weiter.

Mittlerweile haben wir uns so weit organisiert, dass wir uns nicht mehr nur ab und zu, sondern regelmäßig an meinem freien Tag in der Wohnung einer Freundin treffen, die uns, da sie äußerst selten zuhause ist, ihr Gästezimmer zur Verfügung stellt. So beginnt sich eine gewisse Routine und Normalität in unsere Beziehung einzuschleichen. Wieder einmal! Wir wissen beide, was wir an dem anderen haben (oder auch nicht), haben uns an unser wöchentliches Treffen gewöhnt, und jeder von uns lebt trotzdem sein Leben weiter. In der Firma ist die Affäre von Johann und mir mittlerweile ein offenes Geheimnis, aber offiziell weiß niemand etwas davon.

Ganz selten kommt Johanns Frau bei mir im Cafè vorbei. Ich denke immer dann, wenn sich mein Johann zuhause wieder etwas verdächtig verhält. Ein möglicher Grund (wohl eher ein Wunschgedanke von mir!) dafür wäre, dass mein Liebling sich über sich selbst ärgert, weil er sooo sehr verliebt in mich ist, und es einfach nicht schafft eine Entscheidung zwischen seinen beiden Frauen zu treffen.

Ein anderes Motiv wären die trotz aller Verliebtheit sporadisch auftretenden Meinungsverschiedenheiten zwischen meinem Liebling und mir. Selbstverständlich belastet das nicht nur mich, sondern auch meinen Geliebten. Dann passiert es, dass er auch zuhause bei Klara unausgeglichener reagiert als unter normalen, „glücklichen" Umständen.

Und Klara ist in diesen Dingen geschult, ich will nicht sagen, geübt, aber sie spürt mit Sicherheit jegliche noch so kleine Gefühlsregung bei Johann. Das wird doch nicht langjährige Erfahrung sein?!? Wenn dann bei Klara die Alarmglocken läuten, will sie sich mit eigenen Augen davon überzeugen, dass die Affäre zwischen ihrem Mann und mir tatsächlich (immer noch) vorüber ist. Und sie auch nicht wieder zu neuem Leben erwacht.

Bei diesen Besuchen von Johanns Frau betreiben wir höfliche Konversation, während sie versucht herauszufinden, wie das momentane Verhältnis zwischen ihrem Mann und mir ist. Sie hofft sicherlich darauf, dass ich in meiner „Verzweiflung" wieder so ehrlich mit ihr rede, wie am Parkplatz des Eishockeystadions, und sie damit über die tatsächliche Sachlage informiert werden würde. Denn, dass sie von Johann nicht die Wahrheit serviert bekommt, ist uns wohl beiden klar.

Da ich aber langsam, wenngleich auch sehr langsam, in das Leben einer Geliebten hineinwachse, und lerne, mich auch als solche zu verhalten, gebe ich ihr (hoffentlich) unmissverständlich zu verstehen, dass das Verhältnis zwischen dem Objekt der Begierde (hihihihi, ich meine unseren Johann) und mir, nur mehr ausschließlich arbeitstechnisch bedingt ist. Vielleicht spricht es ein ganz klein wenig für mich, dass ich behaupten kann, wohl fühle ich mich nicht in meiner Haut, wenn ich Klara so offensichtlich ins Gesicht lüge.

Das hilft der betrogenen Ehefrau sicherlich unheimlich! *Bravo! Ganz toll, Brigitte!* Es gelingt mir aber dann doch immer wieder relativ schnell, diese Tatsache zu verdrängen und alles geht wieder seinen gewohnten Weg.

Selbstverständlich habe auch ich Zeiten, in denen es mir schwerer fällt zu akzeptieren, dass Johann verheiratet ist. Aber ich habe eine gute(???) Strategie entwickelt, mich zu trösten: Ich rede mir dann ein, und, ja, einreden ist der richtige Ausdruck, dass Klara „nur" für die materiellen Dinge, wie Wäsche waschen, bügeln, kochen, putzen zuständig ist, ich hingegen ausschließlich für Johanns Gefühlswelt. Ich weiß, dieser Vergleich hinkt stark, denn ich habe absolut keinen

Beweis dafür, dass Klara und Johann emotional nicht mehr verbunden sind. Aber auch im Verdrängen werde ich immer besser! Ja, absolut richtig erkannt, ich entwickle mich weiter! Hmmm, die Frage lautet nur: Wohin?

Da ich mich in allem was die Ehe meines Lieblings betrifft nur an seine Aussagen halten kann, heißt das für mich so viel wie gar nichts. Denn Johann verdreht die Tatsachen mit Sicherheit so, dass es in erster Linie für ihn passt. Na, logisch! Ob sie aber der Wahrheit entsprechen, steht auf einem anderen Blatt Papier.

Aber, und das ist ein absolut wichtiger Punkt, der mich Hoffnung schöpfen lässt: Wir haben ja unsere tolle Vereinbarung! Könnt ihr euch noch erinnern? Auf mein doch eher penetrantes Drängen, hat Johann mir schlussendlich zugesichert, bis Februar zu wissen, ob er mich oder seine Klara will. Bis dahin halte ich noch durch. Das ist doch eine Kleinigkeit für mich! Man merkt ohnehin sehr deutlich, welche „Kleinigkeit" das für mich ist. Also ehrlich, manchmal ist es nicht wirklich lustig, nur dann Zeit mit Johann verbringen zu können, wenn Klara es indirekt zulässt. Aber wie schon einmal, kommt mir auch diesmal das Schicksal zu Hilfe!?!

Wie bereits üblich treffen Johann und ich uns in der Mittagspause im nahegelegenen Café. An der Körperhaltung meines Lieblings erkenne ich sofort, dass irgendetwas passiert sein muss! Hilfe! Was ist denn jetzt wieder los? Panikmäßig lasse ich in Sekundenschnelle die letzten Minuten, Stunden und sogar Tage Revue passieren. Habe ich irgendeinen Fehler gemacht? Habe ich durch mein Verhalten Johann wieder zu einem Eifersuchtsanfall animiert? Was könnte es sein, was meinen Liebling so aus der Bahn wirft. Wie unschwer auch für den größten Optimisten zu erkennen, langsam aber sicher werde ich paranoid. Aber mein psychischer Zustand sowie meine Ängste sind jedenfalls nebensächlich, solange mein geliebter Johann keinen Grund für einen neuerlichen Ausraster findet.

Vorsichtig setze ich mich Johann gegenüber und schaue ihn an. Ich bin mir absolut keiner Schuld bewusst, trotzdem bin ich auf alles vorbereitet. Hoffe ich zumindest!

"Brigitte, wieso schaust du denn so erschrocken? Was ist denn passiert?", will mein Liebling sofort von mir wissen. Aha, er sieht also auch auf den ersten Blick, dass ich „etwas" verspannt bin.

Nachdem diese Frage von Johann an mich in einem für mein Empfinden eher liebevollem Ton gestellt wird, wage ich den Versuch ihm die Wahrheit zu sagen. "Du wirkst irgendwie anders als sonst. Ich weiß nicht, wie ich es am besten ausdrücken soll, aber ich denke, aufgewühlt, ist wohl der passendste Ausdruck dafür. Da ich keine Ahnung habe woher deine Gefühlsregung kommt, bin ich ein wenig nervös. Ich habe Angst, dass du, aus welchem Grund auch immer, mir wieder irgendetwas unterstellst, oder mir die Schuld für etwas gibst, an dem ich absolut unschuldig bin. Und dann haben wir wieder eine völlig sinnlose Krise. Und das, wo es doch im Moment so gut zwischen uns funktioniert!", während der letzten Sätze schießen mir die Tränen in die Augen. Ja, so sieht eine glückliche Geliebte aus! (Scherzchen! Hat wahrscheinlich jeder jetzt erkannt!)

So, jetzt ist es raus. Warten wir ab, wie mein Liebling auf meine Worte reagiert.

Entsetzt sieht mich Johann an: "Aber Brigitte, was ist denn mir dir los? Was denkst du denn von mir? Wir haben uns doch ausgesprochen, und ich habe eingesehen, dass ich dir völlig grundlos misstraut habe. Ich habe dir versprochen, nicht mehr eifersüchtig zu sein! Jetzt entspann dich, ich habe dir etwas Tolles zu erzählen."

Johanns Augen beginnen zu strahlen und jetzt endlich bin ich mir sicher, es ist alles in Ordnung. Phhuuu, bin ich froh. Erleichtert sehe ich ihn an, und bin gespannt, was er mir zu berichten hat.

Und schon sprudelt es aus ihm heraus: "Ich habe dir doch unlängst erzählt, dass Klara seit längerem nicht mehr gut schlafen kann. Sie wird in der Nacht häufig munter und hat zeitweise das Gefühl, sie bekäme zu wenig Luft. Sie war deswegen schon öfters beim Arzt, aber der konnte ihr bis jetzt nicht wirklich helfen. Deshalb hat er ihr empfohlen, sich in einem Schlaflabor genau durchchecken zu lassen."

Aha, das ist schön für Klara. Aber warum erzählt mir Johann das? Können wir nicht über Dinge reden, die uns beide, also Johann und mich betreffen? Muss ich mir wirklich anhören, welche Schlafprobleme die Ehefrau meines Lieblings hat?

Fragend sehe ich ihn an: "Aaahhhhaaa! Und jetzt muss sie also in ein Schlaflabor? Hoffentlich können sie ihr dort weiterhelfen."

Was soll ich denn darauf antworten? Die Wahrheit? Ich kann doch unmöglich sagen, dass es mir absolut gleichgültig ist, ob Klara gut schlafen kann oder nicht. Aber Johann ignoriert meine Hilflosigkeit in Bezug auf eine Antwort und spricht sofort weiter: "Nein, du verstehst nicht, Brigitte. Klara muss HEUTE um achtzehn Uhr im Schlaflabor sein. Sie wird die ganze Nacht überwacht und ihr Schlafverhalten wird genauestens analysiert. Und sie darf erst morgen früh wieder nach Hause!"

Der Groschen ist bei mir immer noch nicht gefallen. Hilfe! Was soll ich denn jetzt wieder sagen? Warum erzählt mir dieser Mensch jetzt schon seit einer gefühlten Ewigkeit von den Schlafproblemen seiner Frau? Mich interessiert das nicht!!!

"Ich habe schon auf deinen Dienstplan geschaut. Du hast heute um neunzehn Uhr dreißig Dienstschluss. Danach fährst du direkt zu mir nach Hause. Ich werde für uns das Abendessen vorbereiten und dann bleibst du über Nacht bei mir. Morgen früh stehen wir dann gemeinsam auf, du fährst schnell zu dir nach Hause, und machst dich wieder für die Arbeit fertig. Ich habe deinen Dienstplan schon geändert, du fängst morgen erst um zehn Uhr an. So hast du keinen Stress und alles geht sich bestens aus.", stolz blickt Johann mich an.

Jetzt bin ich sprachlos. "Echt?!?", das ist das Einzige, was ich im Moment herausbringe.

"Freust du dich gar nicht? Wir können endlich einmal eine ganze Nacht gemeinsam verbringen. Das hast du dir doch schon so lange gewünscht.", jetzt ist Johann derjenige, der mich irritiert anblickt.

Ja, er hat Recht. Das habe ich mir gewünscht. Aber erstens kommt das jetzt ein wenig plötzlich, und zweitens habe ich mir eine Nacht mit meinem Geliebten nicht unbedingt in seiner ehelichen Wohnung gewünscht. Zaghaft frage ich sicherheitshalber doch noch einmal nach: "Bist du dir sicher, dass wir wirklich in deiner Wohnung übernachten sollen? Wäre es nicht vernünftiger in ein Hotel zu gehen? Natürlich freue ich mich. Du hast recht, das habe ich mir schon lange gewünscht, denn für mich macht es einen großen Unterschied, ob man die Nacht gemeinsam verbringt, oder nur ein paar Stunden. Das kommt nur jetzt ein wenig plötzlich."

"Wieso willst du in ein Hotel? In meiner Wohnung ist es doch viel gemütlicher. Da haben wir alles, was wir brauchen. Aber wenn du nicht willst, dann lassen wir es eben.", leicht verärgert nimmt Johann einen Schluck von seinem Kaffee.

Nein, so habe ich es doch nicht gemeint. Natürlich möchte ich die Nacht mit meinem Liebling verbringen. Wer weiß, wann wir das nächste Mal die Möglichkeit dazu haben. Schnell stehe ich auf, drücke ihm einen Kuss auf die Wange, schließlich befinden wir uns in der Öffentlichkeit und erkläre ihm jetzt schon entspannt lächelnd, dass ich mich sehr freuen würde, die Nacht heute mit ihm zu verbringen.

Versöhnt, und mit einem breiten Grinsen im Gesicht verabschiedet sich mein Liebling mit den Worten: "Na, dann, bis heute Abend, Brigitte. Ich freue mich schon auf dich. Bussi!"

Ich blicke ihn glückselig an und mit einem "Ich beeile mich! Bis bald!", gehe auch ich wieder an meine Arbeit.

Im Laufe des Nachmittags macht sich kurzzeitig ein Aufbäumen in meinem Unterbewusstsein bemerkbar. Die emanzipierte, selbstbestimmende Seite in mir findet es nicht in Ordnung, das Johann so einfach mir nichts, dir nichts, meinen Dienstplan ändert. Und das aus rein privaten Gründen. Etwas anderes wäre, wenn es dienstlich notwendig gewesen wäre. Aber so! Er hätte mich fragen müssen, ob ich damit einverstanden bin.

Die verliebte Seite in mir aber ist da komplett anderer Meinung. Sie meint, es wäre sehr umsichtig von Johann mir sämtliche Hürden aus dem Weg zu räumen, um eine ungestörte, wunderschöne Nacht mit ihm verbringen zu können.

Ist es wirklich sooo schlimm, die Nacht in der ehelichen Wohnung meines Geliebten zu verbringen? Jaaaa! Ist es. Aber was soll ich denn machen? Ich habe ohnehin vorgeschlagen in ein Hotel zu gehen. Wenn mein Liebling aber nicht will, soll ich deswegen auf eine Nacht mit ihm verzichten? Wem ist damit geholfen? Niemandem, oder? Na, also!

Vor wenigen Tagen habe ich selbstbewusst festgestellt, mich immer mehr mit der Rolle der Geliebten identifizieren zu können. Jetzt ist wohl der Zeitpunkt gekommen, wo ich diese These unter Beweis stellen muss. Also werfe ich sämtliche Skrupel über Bord und lasse den Großteil meiner ethischer Grundsätze für eine Weile außer Acht. Na, wenn das mal gut geht!!!

Bis Dienstschluss habe ich meine Bedenken vollständig verdrängt und ich freue mich ehrlich auf einen schönen Abend und eine noch schönere Nacht mit meinem Liebling. Punkt neunzehn Uhr dreißig beende ich meine Arbeit und einige Minuten später sitze ich schon im Auto auf dem Weg zu meinem Johann. Jetzt kann es mir gar nicht mehr schnell genug gehen. Ich bin total aufgeregt!

Endlich, kurz vor zwanzig Uhr erreiche ich den Parkplatz vor Johanns Wohnung. Ich rufe meinen Liebling an, um ihm mitzuteilen, dass ich jetzt da wäre.

„Du warst aber schnell, Brigitte. Ich freue mich, dass du da bist. Du weißt ja den Weg, komm einfach gleich rauf zu mir!", fröhlich tönt Johanns Stimme aus meinem Handy.

Natürlich weiß ich den Weg. Ich bin ja nicht zum ersten Mal da. Obwohl ich mir nach dem Kaffeeplausch bei Klara und Johann geschworen habe, diese Wohnung aus Pietätsgründen nie wieder zu betreten, stehe ich jetzt abermals vor der Haustüre von Johanns ehelicher Wohnung.

Brigitte, jetzt ist noch Zeit umzukehren. Noch hast du die Wohnung nicht betreten. Noch kannst du beruhigt in den Spiegel schauen.

Aber meine Beine bewegen sich nicht. Und schon öffnet Johann die

Wohnungstür und schließt mich freudig in seine Arme. Ich spüre es, er freut sich wirklich, dass ich hier bei ihm bin. Also, logische Schlussfolgerung: Ich habe alles richtig gemacht. Johann ist glücklich, und ich bin es selbstverständlich auch!

Aber jetzt einmal ganz ehrlich und so von Geliebter zu Geliebter: Wenn es die mehr oder weniger einzige Möglichkeit ist, mit seiner großen Liebe eine GANZE Nacht ungestört zu verbringen? Dafür gibt es sicherlich „mildernde Umstände", oder? Nicht von Klara, aber vom Rest der Welt – zumindest von einem Teil davon?!?

Sportlich, in einer knallroten Jogginghose und gelbem T-Shirt steht er in seiner ganzen Pracht vor mir. Ja, da ist sie wieder, die rosarote Brille, hihihi, aber er gefällt mir wirklich sehr gut – auch ohne Brille! Ich merke sofort, das ist die Umgebung in der er sich wohl fühlt, das ist sein Zuhause. Mein Wohlfühlfaktor ist nicht ganz so hoch.

Johann schließt die Wohnungstür hinter mir und auch gleich noch ein weiteres Schloss, das durch Drehung eines Hebels einen Riegel vor die Tür schiebt. Das wäre einfacher als jedes Mal mit dem Schlüssel die Tür von innen zu versperren, erklärt er mir auf meinen fragenden Blick hin. Das ist eindeutig Ansichtssache, ob man sich in seiner Wohnung einsperren will, um sich wohl und sicher zu fühlen oder nicht. Aber wenn er das so gewöhnt ist und er sich besser fühlt dabei, dann soll er es machen. Ich bin eher der freiheitsliebende Mensch und schließe nie irgendwelche Türen ab, bei mir gibt es nichts zu holen. Ich bin der festen Überzeugung, wenn jemand herein möchte, dann schafft er das. Egal in welcher Art und Weise ich meine Tür verriegle. Ich versperre auch mein Auto nicht, was für meinen Johann absolut inakzeptabel ist. Aber wie gesagt, das handhabt jeder individuell, und mit solchen kleinen Unterschieden kann ich gut leben.

Wir gehen zuerst wieder einmal ins Wohn-, Esszimmer. Das ist mir vom Kaffeeplausch bereits bestens bekannt. Johann hat schon liebevoll den Tisch für ein romantisches Abendessen zu zweit gedeckt. Ach, er kann aber auch wirklich lieb sein. Mein Liebling hat nie behauptet, der geborene Koch zu sein. Umso mehr schätze ich seine heutigen Bemühungen. Er hat sich für mich quasi selbst übertroffen: Es gibt Würstel mit Senf und Krenn. Jeder der jetzt abfällig die Stirn runzelt, weiß nicht, mit wieviel Liebe mein Liebling den Krenn selbst gerieben hat. Diesmal meine ich den Satz genauso wie ich ihn formuliert habe, da ist absolut keine Ironie dabei. „Der Wille zählt fürs Werk!" Und genau so sehe ich das auch. Ich freue mich darüber, allen Lästerern zum Trotz. Und es gibt auch noch eine Semmel dazu!

Wir beginnen in aller Ruhe zu essen und unterhalten uns zwanglos, so als wäre es absolut alltäglich für uns. Vielleicht ein Zeichen für eine gemeinsame Zukunft?!? *So ist es also dann, wenn man mit Johann zusammenlebt.* Ich muss zugeben, für mich wäre das in Ordnung. Ja, richtig erkannt, das klingt jetzt nicht übermäßig begeistert. Das liegt aber nicht daran, dass ich unzufrieden bin, sondern an meiner fehlenden Energie. Ich fühle mich plötzlich wie ausgelaugt. Ich bin überzeugt davon, der Grund dafür liegt in der Aufregung heute Mittag, und bei den vielen Gedanken die mir nachmittags durch den Kopf gegangen sind und selbstverständlich auch der Vorfreude auf den heutigen Abend. Das alles ist im Moment ein wenig viel für mich. Ich brauche ein paar Minuten um wieder ich selbst zu werden.

Doch langsam entspanne ich mich und beginne den Abend zu genießen. Plötzlich läutet ein Handy.

Meines ist es nicht, mein Klingelton ist ein anderer. Auch Johanns Klingelton klingt anders. Mein Liebling springt auf und sieht sich in der Wohnung um. Ich blicke ihn neugierig an und frage, welches Handy das denn wäre? Leicht irritiert antwortet er, es könne eines seiner Reservehandys sein, oder aber auch ein Handy von Klara. Er sieht demonstrativ in diversen Schubladen im Wohnzimmer nach. Ohne Erfolg. Dann geht er auf der Suche nach dem Handy mit dem unbekannten Klingelton noch ins Vorzimmer und Arbeitszimmer. Ja, ja, mein Johann hat ein Arbeitszimmer. Dort steht ein Sofa für Notfälle, falls er mit Klara streitet und nicht im Ehebett schlafen will oder darf. Auch so etwas soll vorkommen, wie in jeder anderen Beziehung auch. Außerdem hat er dort seinen Computer stehen, denn, wenn er ins Internet vertieft ist, will er seine Ruhe haben. Da staunt ihr, was ich alles weiß. Aber wie schon öfters erwähnt, Johann will mich so viel wie möglich an seinem Privatleben teilhaben lassen, und dazu gehört eindeutig auch die Schilderung seiner Wohnungseinrichtung, aber auch seiner Lebensgewohnheiten zu Hause.

Mittlerweile hat das Handy logischerweise zu läuten aufgehört und Johann kommt wieder zu mir zurück und setzt sich. Auf meine Frage, welches Handy das denn jetzt im Endeffekt gewesen wäre erwidert er nur, er wisse es nicht. Und damit Themenwechsel.

Hmmm, merkwürdig. Aber in so einer Situation wie ich mich befinde, ist das wirklich nicht wichtig. Es kann doch ohne weiteres sein, dass man in seiner eigenen Wohnung nicht weiß, welches oder wessen Handy läutet! (Das war jetzt wieder ein Scherzchen!) Soll ich mir an einem Abend, und einer darauffolgenden vollständigen Nacht, die ich mit meinem Geliebten verbringen werde (haha, ich freue mich schon!!) Gedanken um ein Handy machen? Nein, definitiv nicht. Da habe ich, und wahrscheinlich auch Johann doch definitiv besseres zu tun.

Also, alibihalber noch ein wenig plaudern, dann kuscheln und ab ins Bett. Zu meiner Verteidigung, wenn so etwas in meiner momentanen Situation überhaupt noch Sinn macht, schlage ich meinem Geliebten vor, doch im Arbeitszimmer auf dem Sofa zu übernachten. Sein Ehebett wäre vielleicht doch etwas unpassend!?! Aber Johann schaut mich völlig entgeistert an und lehnt ganz heftig ab: "Nein, auf keinen Fall! Ich habe doch schon das Bett für uns neu bezogen. Du brauchst keine Angst zu haben, Klara bemerkt sicher nichts und wir können viel besser schlafen. Mach dir keine unnötigen Gedanken. Du weißt doch, die Beziehung zwischen mir und Klara besteht mehr oder weniger nur noch aus finanziellen Gründen."

Aha!! Jetzt sind es also finanzielle Gründe? Bis jetzt war es doch immer so, dass mein Liebling mir erklärt hat, seine Frau wäre emotional nicht soweit, dass er sie mit einer Trennung konfrontieren könne? Darüber müssen wir vielleicht auch noch einmal reden, aber sicher nicht heute Abend. Diesen Abend lasse ich mir nicht verderben, alles andere läuft uns ohnehin nicht davon. Leider!

Dann fügt Johann noch hinzu: "Aber wie ich dir schon des Öfteren erklärt habe, über diese finanziellen Dinge kann ich dir im Moment nicht mehr erzählen. Fakt ist, es besteht absolut kein Grund für ein schlechtes Gewissen, wenn wir im Ehebett schlafen."

Hmm, naja, ganz wohl ist mir bei diesem Gedanken nicht. Aber das ist offensichtlich der Preis den ich zahlen muss, um eine Affäre mit einem verheirateten Mann zu haben. Entweder ich springe über meinen Schatten, der doch (Gott sei Dank) noch ansatzweise vorhanden ist, und aus so etwas wie Respekt gegenüber der Ehefrau, oder einfach nur richtiges Benehmen in Extremsituationen besteht, oder ich fahre auf der Stelle nach Hause und schäme mich in Grund und Boden.

Ja, klar, ich springe (über meinen Schatten) und marschiere mit Johann ins Schlafzimmer. Um unser nächtliches Kuschelnest noch gemütlicher und intimer wirken zu lassen, schließe ich die Tür hinter mir. Alles, was hinter geschlossenen Türen geschieht ist doch geheim, und damit vielleicht weniger schlimm? Aber Johann setzt sich sofort im Bett auf und verlangt von mir die Türe wieder zu öffnen.

"Warum denn?", ist meine berechtigte Frage.

"Ach, hmm, ich fühle mich in geschlossenen Räumen so eingeengt. Ich habe immer die Schlafzimmertüre offen, das ist mir lieber, das bin ich gewöhnt!", meint Johann nur und zieht mich an sich.

Was tue ich nicht alles für meinen Johann. Wenn er sich wohler fühlt, dann lassen wir die Türe selbstverständlich geöffnet. Dass ich mich wohler gefühlt hätte, wenn die Türe geschlossen wäre, ist zweitrangig. Abgesehen davon, es ist es ja noch immer seine Wohnung.

Völlig unromantisch frage ich meinen geliebten Johann, ob ihm denn schon eingefallen wäre, welches Handy denn nun vorhin geläutet hätte? Etwas ärgerlich schüttelt er den Kopf und meint, das wäre jetzt doch wirklich nicht wichtig, wir hätten jetzt Besseres zu tun und küsst mich. Ja, er hat ja sooo Recht und ich erwidere seinen Kuss leidenschaftlich. Ja, so kann diese Nacht weitergehen!

Trotzdem, ganz, ganz weit hinten in meinem Oberstübchen lässt mich das fremde Handyklingeln nicht los.

Einige Stunden später schlafen wir glücklich und verliebt, eng umschlungen ein. Ich habe mein schlechtes Gewissen Klara gegenüber erfolgreich unterdrückt und konnte jede Sekunde mit meinem Johann genießen.

Plötzlich, es ist noch stockdunkel, ich habe keine Ahnung wie lange wir schon geschlafen haben oder wie spät es ist, schrecke ich aus dem Schlaf hoch. Ein Geräusch hat mich geweckt. Jeder der schon einmal längere Zeit in einer Wohnung gelebt hat, kennt dieses eigene und eigentlich unverwechselbare Geräusch, wenn die Wohnungstür ohne Schlüssel von außen zugezogen wird. Und genau dieses „Klacken" hat mich geweckt. Jetzt kann man natürlich sagen, es ist völlig unmöglich, ein Geräusch, das nur einen Bruchteil einer Sekunde dauert, richtig einzuordnen. Noch dazu, wenn man geschlafen hat und durch dieses Geräusch munter geworden ist. Das ist zeitlich gar nicht machbar, denn während man munter wird, ist dieses Geräusch doch schon wieder lange vorbei. Ja, das mag theoretisch stimmen, praktisch bin ich mir zu hundert Prozent sicher, dass ich genau dieses „Klacken" gehört habe. Und ich habe es definitiv gehört! Nicht geträumt! In einem fremden Bett, in einer fremden Wohnung schläft es sich vielleicht doch nicht so entspannt und tief und deshalb habe ich dieses Geräusch gehört. Gleichgültig warum, es ist definitiv so, ich habe es gehört!

Johann wird durch mein abruptes Aufsetzen im Bett munter. Aha, er schläft also auch nicht ganz so tief und fest! Nagt an ihm eventuell auch ein klein wenig das schlechte Gewissen? Schlaftrunken will mein Liebling von mir wissen, was denn los wäre. Ich erkläre ihm, was mich geweckt hätte. Kopfschüttelnd schaut er mich an und will wissen, wie ich mir das praktisch vorstelle. Wir sind die einzigen in der Wohnung und liegen beide im Bett. Wer oder was soll da auch nur im Entferntesten irgendetwas mit der Wohnungstüre machen? Ja, stimmt! Rein von der Logik ist es unmöglich, trotzdem habe ich es gehört, und da bringen mich keine „zehntausend Pferde"(komischer Ausdruck, da muss ich, wenn ich einmal Zeit habe, nachschauen, warum das so heißt) davon ab und mein Johann auch nicht.

Mein Liebling jedoch ist überzeugt, mich beruhigt zu haben und wir legen uns wieder nieder. Innerhalb von zehn Sekunden atmet mein Geliebter wieder tief ein und aus und ist fest eingeschlafen. Ganz im Gegenteil dazu: Ich!!! An Schlaf ist nicht mehr zu denken. In meinem Kopf beginnt es zu rattern. Ich weiß doch, was ich gehört habe!

Wahrscheinlich kennt das jeder: Erstens ist in der Nacht immer alles fünfmal dramatischer als tagsüber, und zweitens, wenn man sich in einen Gedanken „verläuft", dann lässt einen dieser nicht mehr los. Und genau so passiert es mir jetzt. Ich bin nicht mehr müde. Ich will nur das soeben Erlebte richtig zuordnen, um wieder meinen inneren Frieden, zumindest was diese Situation anbelangt, zu finden.

Meine Gedanken rasen in Lichtgeschwindigkeit durch meinen Kopf und plötzlich kommen mir einige Brocken aus der Unterhaltung mit Klara am Stadionparkplatz wieder in den Sinn.

Da Klara und ich doch einige Zeit miteinander „geplaudert" haben, und ich ihr ausführlich von der Affäre mit ihrem Mann erzählt habe, hat auch sie mir einiges aus ihrem Leben mit Johann erzählt. Unter anderem haben wir auch über Freunde von Johann gesprochen. Ich kann jetzt ehrlich nicht mehr sagen, in welchem Zusammenhang wir auf dieses Thema gekommen sind. Wir haben so viel geredet, dass ich manches einfach als nicht wirklich interessant für mich, nach ganz hinten in mein Gehirn verbannt habe. Aber offensichtlich doch noch immer abrufbereit, wie man jetzt eindeutig erkennen kann.

So ein für mich bis jetzt eher uninteressanter Freund ist Ludwig. Da ich Freunde aus dem privaten Umfeld von Johann nicht kenne, habe ich mich auch nie wirklich bemüht, sie aufgrund von Erzählungen von Johann „kennenzulernen". Laut meinem Liebling wäre die Gefahr, dass sich einer von ihnen einmal bei Klara verrät, wenn er ein Wort über mich verliert, einfach zu groß. Jetzt aber kommen mir die Worte von Klara wieder so deutlich in den Sinn, als würde sie neben mir stehen und mit mir reden:

Johann kennt Ludwig schon seit mindestens zwanzig Jahren. Das heißt, Ludwig war schon Johanns Freund bevor Johann Klara kennengelernt hat. Anfänglich unternahmen sie Radausflüge, Ludwig mit seiner damaligen Partnerin, Klara und Johann. Doch Ludwig hatte laut Klaras Aussage so seine Probleme mit Frauen. Im Laufe der Zeit bemerkte Klara, dass Ludwig seine Partnerinnen sehr häufig wechselte. Ludwig war immer öfters alleine unterwegs, entweder weil er mit einer aktuellen Freundin gerade zerstritten war oder aber auch schon wieder auf der Suche nach einer neuen war. Es gab laut der Ehefrau meines Lieblings dann einige Vorfälle Ludwig betreffend, von denen mir Klara aber keine Einzelheiten erzählen wollte. Sie verriet mir nur so viel: Seit dieser Zeit hält sie absolut nichts mehr von Ludwig und sie grüßen sich nicht einmal mehr. Auch darf Ludwig die Wohnung von Klara und Johann seither nicht mehr betreten. Johann hingegen trifft sich noch zeitweise, laut Klara aber nicht mehr häufig mit ihm. Aber wie gesagt, ich habe keine Ahnung was damals tatsächlich passiert ist und da es für mich zum damaligen Zeitpunkt absolut irrelevant war, habe ich auch nicht versucht, Näheres zu erfahren. Noch dazu war ich der Meinung, es hätte absolut nichts mit mir zu tun, wenn Klara ein Problem mit Ludwig hat.

All das schießt mir jetzt durch den Kopf. Ich habe keine Ahnung warum gerade diese Geschichte jetzt so vordergründig bei mir präsent ist. Aber plötzlich zähle ich eins und eins zusammen, und langsam aber stetig ergibt sich ein komplett homogenes Bild in mir.

Nennen wir es weibliche Intuition, Einbildung, freie Erfindung, Bauchgefühl, wie auch immer, meine Interpretation der Situation steht:

Als ich heute Abend zu Johann in die Wohnung spaziert bin, war die Tür zu Johanns Arbeitszimmer nur circa zwanzig Zentimeter weit geöffnet und ich konnte nicht hineinsehen. Das war nicht weiter schlimm für mich, beziehungsweise ist mir in dem Moment auch nicht wirklich bewusst gewesen, denn ich war nicht sonderlich neugierig darauf. Ich kann mir vorstellen, wie ein Zimmer mit Schlafsofa, Schreibtisch und Computer aussieht. Auch bei meinem ersten Besuch bei Johann und seiner Frau sah ich Johanns Arbeitszimmer nicht, denn auch damals gingen wir sofort in den Wohn-, Essbereich mit offener Küche und logischerweise sah ich den Rest der Wohnung nicht. Ein Rundgang durch die Wohnung wäre dann doch etwas übertrieben gewesen. Als ich heute bei Johann in der Wohnung war, hat er mir voll Freude sofort das Schlafzimmer, das Bad mit supertoller, großer Badewanne, die Toilette und den Abstellraum gezeigt. Das Arbeitszimmer haben wir links liegen gelassen, ohne es auch nur ansatzweise zu erwähnen, geschweige denn zu besichtigen. Wozu auch? Wie gesagt, ich bin der Meinung, ich kann mir das Zimmer sehr gut vorstellen, abgesehen davon, hatten Johann und ich heute wirklich Besseres es tun, als ein Arbeitszimmer zu besichtigen!!

Doch jetzt fügt sich plötzlich ein Puzzleteil zum nächsten. Das für meinen Liebling nicht zuordenbare Handyklingeln kam direkt aus der Richtung vom Arbeitszimmer. Beim sogenannten „Suchen" nach der Ursache für dieses unbekannte Klingeln ging Johann auch ins Arbeitszimmer. Ich saß beim Esstisch, von wo aus ich keine Sicht auf die Arbeitszimmertür, geschweige denn auf den Bereich hinter der Tür hatte. Ich hörte Johann jedoch weder Schubladen öffnen, noch vernahm ich sonst irgendein Geräusch, wie es sich ergibt, wenn man etwas sucht. Dennoch war Johann für einige Sekunden im Arbeitszimmer verschwunden. Warum? All diese Erinnerungen vom akkuraten Verlauf am gestrigen Abend kommen mir jetzt schlagartig wieder aus dem Unterbewusstsein in den Sinn.

Gestern noch waren diese „Kleinigkeiten" für mich völlig uninteressant. Ich habe mich nur auf meinen Liebling konzentriert, alles andere war definitiv zweitrangig. Und jetzt, haltet euch fest, kommt meine absolut unbeweisbare Theorie:

Ich bin mir hunderttausend Prozent sicher, dass dieser ominöse Ludwig sich im Arbeitszimmer versteckt hat und er vergessen hat, sein Handy auszuschalten (ja, ja, so spielt das Leben)! Warum er sich dort versteckt hat? Ich weiß es nicht! Woher auch! Aber ich habe sehr wohl eine Vermutung. Aber die wiederum verdränge ich jetzt noch. Eine Möglichkeit wäre, Johann will Ludwig beweisen, dass er tatsächlich eine Freundin hat und Ludwig sie, also mich, sehen will. Aber dafür hätte es auch eine einfachere Lösung gegeben.

Oder, und jetzt kommt die Variante, die ich am liebsten für immer und ewig verdrängen würde: Will Johann Ludwig beweisen, oder besser gesagt zeigen, wie toll er im Bett ist? Oder was für mich noch viel schlimmer ist, war ich gerade Mittelpunkt einer Peepshow? Oh, mir wird schlecht!! Mein Puls rast. Damit wäre ja dann auch zu erklären, warum wir die Schlafzimmertüre offen lassen mussten. Ganz klar, damit keine unnötigen Geräusche beim Öffnen entstehen!

Oh, mein Gott! Ich will hier weg! Ich will nur mehr weg! Wann wird es endlich Zeit zum Aufstehen? Mein Johann, nein, wie nennt man einen Menschen, der hinter meinem Rücken solche Dinge zulässt, nein, schlimmer, vereinbart und plant, liegt immer noch entspannt schlafend neben mir. Er bekommt von meinen Gedankengängen und mittlerweile schon Ängsten überhaupt nichts mit.

Ich hingegen liege wie versteinert schweißgebadet im Bett und zähle jede Sekunde bis es draußen endlich ein wenig hell wird. Vielleicht ist auch nichts passiert und ich bilde mir alles nur ein? Beweise habe ich nicht einen einzigen! Und in der Nacht fallen einem ja die unmöglichsten Dinge ein! Und ich habe ja ausreichend Zeit mich in meine Horrorgeschichte hineinzusteigern! Ich will auch niemandem etwas unterstellen.

Das mache ich aber gerade ganz bewusst und heftig, sogar mit fremden Personen. Das alles nur aufgrund der Aussage von Klara, dass sie vom Freund ihres Mannes nichts hält! Jetzt mal ganz ehrlich, von mir hält sie auch nichts, also Sympathie ist subjektiv. Und nur aus Antipathie wird man nicht gleichzeitig zum „Verbrecher".

Also Brigitte, pass mit deinen Anschuldigungen auf! Urteile nicht über Menschen, die du nicht kennst!Solche Anschuldigungen sind nicht witzig und zerstören mit Sicherheit mehr als sie bringen.

Ja, ich weiß. Aber mein Bauchgefühl ist zu stark und intensiv, um von mir ignoriert zu werden. Ich denke, das kennen auch ganz viele von euch: Es gibt keine handfesten Beweise, trotzdem ist man sich im tiefsten Inneren total sicher, dass man Recht hat. Das ist einfach ein Gefühl.

Aber vielleicht kommt die Wahrheit doch noch ans Licht. Eine Möglichkeit für einen echten Beweis haben wir noch: Die Eingangstüre! Wenn ich dann die Wohnung verlasse, muss ich Johann die ganze Zeit im Auge behalten und aufpassen, ob mein Liebling(?!?) die Verriegelung, die er nach meiner Ankunft von innen vorgeschoben hat, aufmacht.

Wenn ich beobachten kann, dass er die Verriegelung wegschiebt, ist alles in Ordnung, und meine Beschuldigungen waren alle grundlos und falsch. Denn Ludwig müsste sie auf alle Fälle geöffnet haben, um aus der Wohnung zu kommen. Anschließend, beim Zuziehen der Wohnungstüre entstand dann dieses verhängnisvolle „Klacken", das ich gehört habe.

Leider bleibt noch ein gewisser Unsicherheitsfaktor, denn Johann kann die Verriegelung auch wieder vorschieben, während ich zum Beispiel im Bad bin, und dorthin muss ich in der Früh definitiv. Und wenn ich Johann ersuche mit mir auf die Toilette zu gehen, wird die Geschichte nicht einfacher.

Aber ich denke, Johann denkt im Moment nicht an diese Kleinigkeiten. Es ist doch so, wenn ich nicht in irgendeiner Weise skeptisch wäre, würde ich sicherlich nicht darauf achten, ob die Verriegelung vorgeschoben ist oder nicht. Und ich bin überzeugt, Johann hat bis jetzt nichts von meiner Verunsicherung oder auch

Anschuldigung bemerkt. Wie denn auch, selig schlummernd wie ein Baby (hahaha, mit hundert Kilo Körpergewicht), liegt er neben mir. Ich hingegen, in meiner Panik, oder in dem von mir eventuell (hoffentlich, denn dann wäre ich wirklich erleichtert) künstlich inszeniertem Horrorszenario, das ich mir in der Nacht zurechtgebastelt habe, ich hatte ja ausreichend Zeit dazu, achte jetzt auf jedes Detail.

Endlich wird es Zeit zum Aufstehen. Johann verhält sich wie immer. Also nicht der leiseste Ansatz von Nervosität oder eines schlechten Gewissens bei ihm. Warum auch! Selbst wenn meine Geschichte stimmen würde, Ludwig ist weg und alles ist erledigt, also weswegen nervös sein? Und das mit dem Gewissen bei Johann ist ohnehin so eine Sache für sich. Wer mit der Freundin die Nacht im eigenen Ehebett verbringt, weil die Ehefrau nicht zuhause ist, bei dem ist die Hemmschwelle dann doch eher niedrig angesetzt.

Ja, ich weiß, das sagt jetzt die Richtige. Schließlich bin ich diejenige mit der Johann sein Ehebett geteilt hat. Aber ich habe wenigstens ein schlechtes Gewissen! Ja, definitiv, das habe ich! Damit ist Klara jetzt zum wiederholten Mal so gut wie überhaupt nicht geholfen und lässt die ganze Geschichte auch nicht fairer werden.

Als ich aus dem Badezimmer komme, steht Johann schon mit dem Staubsauger im Vorzimmer und auf meinen fragenden Blick erklärt er mir, dass er bereits zu putzen beginne, denn es dürften keinesfalls Haare von mir herumliegen. Klara wäre da sehr genau und solch eine Kleinigkeit könnte uns entlarven.

Ja, was soll ich sagen? Johann hat Recht, aber meine Stimmung ist damit am Nullpunkt!

Genau das will ich (nicht)! Solange ich noch da bin, werden schon meine Spuren beseitigt! Johann denkt wirklich an alles, um Klara nicht den kleinsten Anhaltspunkt als Beweis für sein Fremdgehen zu bieten. Und ich lasse mir alles gefallen! Hallooooo! Ich bin die Geliebte, da ist das doch ganz selbstverständlich. Ja, mein Johann hat wirklich ein schönes Leben und das Glück, die zwei dümmsten Frauen von „hier bis Mexiko" gefunden zu haben. Ich bin fest davon überzeugt, mit vielen Frauen könnte er das nicht machen.

Ich ziehe mir die Schuhe an und lasse dabei die Haustüre nicht aus den Augen. Leider sehe ich aus dieser Entfernung nicht, ob der Riegel vorgeschoben ist oder nicht, aber Johann greift mit der Hand zum Griff um den Riegel wegzuschieben. Ja, und jetzt ist guter Rat teuer. Hat Johann jetzt den Riegel wirklich beiseite geschoben? Oder hat er in dem Moment als er den Hebel bewegt hat, bemerkt, dass der Riegel ohnehin schon offen war? Ich kann es nicht sagen. Fakt ist, Johann will den Hebel zum Öffnen des Riegels betätigen, sei es aus Gewohnheit oder warum auch immer. Aber ob der Riegel jetzt im Endeffekt wirklich von ihm beiseitegeschoben wird oder nicht kann ich nicht mit hundert prozentiger Sicherheit sagen.

Ich bin also genauso schlau wie vorher und habe für meine ekelhafte Geschichte nicht einen einzigen stichhaltigen Beweis. Allerdings bin ich der tiefsten Überzeugung, dass mich mein Bauchgefühl nicht täuscht und es sich genauso abgespielt hat, wie ich es mir zusammengereimt habe.

Es wäre jetzt absolut sinnlos, Johann mit meiner Geschichte zu konfrontieren. Er schneidert sich sein Leben und jede Situation so zusammen, dass es für ihn passt und alles, was nur ansatzweise negativ für ihn wäre, streitet er vehement ab. Also ohne Beweis habe ich keine Chance von ihm die Wahrheit zu erfahren. Ganz im Gegenteil, er würde es schaffen, mich, als die Böse oder als paranoid hinzustellen, da ich ihm derartig abartige Taten unterstelle. Und wenn ich mir diese Geschichte tatsächlich nur eingeredet hätte, hätte er sogar Recht! Und das brauche ich in meiner jetzigen Situation wirklich nicht.

Die Verabschiedung fällt eher kühl aus. Ich will mir nichts anmerken lassen, aber ich kann auch nicht vor Leidenschaft „übersprudeln". Obwohl, und das muss ich meinem Liebhaber wirklich lassen, wäre nicht diese Ungewissheit in mir, es wäre die perfekte Nacht gewesen. Johann hat für uns wirklich einen schönen Abend und eine tolle Nacht geplant und dieser Plan ist vollends aufgegangen. Bis zum Beginn meiner sich quasi selbständig machenden Gedanken habe ich es sehr genossen, so viel Zeit in privater Atmosphäre mit Johann zu verbringen.

Ich denke, Johann bemerkt von meiner zurückhaltenden Verabschiedung nichts, denn er ist in Gedanken schon beim Saubermachen der Wohnung. Akribisch versucht er, alle, auch nur im Entferntesten auf meinen Besuch hinweisenden Beweise zu beseitigen. Denn wie gesagt, Klara muss geschont werden, und ist noch nicht soweit, mit einer eventuellen Trennung konfrontiert zu werden. Ja, man erkennt wahrscheinlich mittlerweile an meinen Worten, dass ich dieses Thema nicht mehr ganz ernst nehme, denn für Johann wird nie der richtige Zeitpunkt sein, um sich zu trennen. Aber zum momentanen Zeitpunkt ist mir das gar nicht so unrecht, denn einen gewissen Knacks in unserer Beziehung hat diese Nacht schon in mir hinterlassen. Wenngleich, und ich erwähne es ausdrücklich um niemanden falsch zu beschuldigen, ich keinerlei Beweise habe und ich es wahrscheinlich niemals erfahren werde, ob ich mir diese Geschichte nur eingebildet habe oder ob sie tatsächlich Realität ist. Aber das Gefühl ist in mir und ich für mich bin mir sicher, dass es so war. Aber ich kann doch Johann nicht für etwas verantwortlich machen, dass ich mir nur einbilde!

Jetzt lassen wir erst einmal etwas „Gras" über die Sache wachsen, vielleicht relativiert sich meine (frei erfundene????) Horrorgeschichte noch, beziehungsweise wie heißt es so schön: „Die Zeit heilt alle Wunden!" Dementsprechend wird auch dieses Erlebnis nach einiger Zeit nicht mehr ganz so dominant in meinem Kopf herumschwirren. Nach einiger Zeit werden wir unsere Affäre wieder unbeschwert weiterführen, bis zum nächsten Eklat! Und das der wieder kommen wird, ja dazu brauche ich keinen Hellseher, das ist so sicher wie das „Amen" im Gebet. Mein Leben bleibt also spannend! Hurra!! (Der letzte Satz war jetzt wieder eher ironisch gemeint, aber nur so kann ich den Einzug in die auf mich bereits wartende Gummizelle noch eine Weile aufschieben.)

15

Und genau so wie ich es vorhergesagt habe, kommt es. Die Affäre zwischen Johann und mir normalisiert sich wieder. Damit hätte wohl niemand gerechnet (Scherzchen!). Ich gehe davon aus, mein Liebling hat nichts von meinem kurzzeitigen, gefühlstechnischen Entfernen von ihm bemerkt, denn ich war und bin weiterhin, wie es den Aufgaben einer Geliebten entspricht, zeitlich jederzeit verfügbar, gut gelaunt, nicht fordernd und sowieso überaus lieb und nett! Kurz ausgedrückt: eine Marionette! Aber wie schon oft(!!!) erwähnt, ich mache das alles freiwillig und keiner zwingt mich dazu! Gut, diese Sätze waren maßlos übertrieben, aber der Ansatz stimmt.

Ab und zu, aber doch eher selten (leider) kommt meine egoistische Ader zum Vorschein und ich möchte Johann für mich alleine. Wenn mir diese aussichtslosen Gedanken durch den Kopf gehen, geht es mir kurzzeitig wirklich schlecht und ich bin leicht verzweifelt.

Aber nicht nur ich leide unter dieser Situation, sondern auch mein Johann. Auch er kommt langsam aber sicher immer mehr an den Punkt, an dem er mehr Zeit mit mir verbringen möchte.

Ist es noch Verliebtheit was Johann und mich verbindet, oder doch schon echte Liebe? Es muss(!) Liebe sein, denn was, wenn nicht Liebe, würde uns(!) dann so zusammenhalten und alle Beleidigungen, Verletzungen und Vorhaltungen verzeihen lassen? Meinem Geliebten fehlt nur noch das letzte Quäntchen Mut, um sich wirklich ausschließlich für mich zu entscheiden.

Woher ich das weiß: Als Geliebte spürt man das! (Scherzchen!) Aber genau aus diesem Grund wird er zuhause (bei Klara) immer unausgeglichener, mürrischer und launischer. Dieses Verhalten macht Johanns Ehefrau stutzig. Sehr stutzig!

Logische Schlussfolgerung (für mich): Johann liebt mich!!! Davon bin ich jetzt überzeugt. Ich liebe Johann!! Davon bin ich noch mehr überzeugt! Punkt. Aus. Ende der Geschichte.

HAPPY END!!

Fast! Denn so wirklich hat sich durch meine plötzliche Erkenntnis nichts geändert. Ganz im Gegenteil, wenn Johann mich tatsächlich liebt, dann wird auch sein Problem mit Klara größer. Seine Verzweiflung und Hilflosigkeit, wie er sich aus seiner Ehe befreien kann, aber auch seine Angst mit mir eine Partnerschaft einzugehen, von der er nicht weiß, was sie bringen wird, setzen ihn unter Druck. Mein Liebling ist kein Freund von Veränderungen. Und schon gar nicht, wenn es um so wichtige Dinge wie sein doch mehr oder weniger geregeltes Leben geht. Und diese Mischung aus Unzufriedenheit mit der derzeitigen Situation und Angst vor der Zukunft bringen meinen Liebling auf die merkwürdigsten Gedanken.

In jeder Beziehung, so auch bei Johann und mir gibt es Meinungsverschiedenheiten und Gesprächsbedarf. Ach, wirklich? Da wir eindeutig weniger Zeit für Zweisamkeit haben, als Paare ohne Dreiecksgeschichte (ach, wie langweilig!) bleibt uns dementsprechend auch weniger Zeit für Gespräche. Wir wollen die kurze, uns zur Verfügung stehende Zeit nicht mit Diskussionen vergeuden. Was aber ab und zu sehr vernünftig wäre, denn so bleiben viele Dinge zwischen uns unausgesprochen, und das ist einer Beziehung sicherlich nicht förderlich. Auch wissen wir für meine(!) Begriffe immer noch sehr wenig von einander. Immerhin sind wir nun doch schon einige Monate ein „Pärchen"!Aus diesem Grund beginnen mein Liebling und ich nun, uns regelmäßig und ganz bewusst zusammenzusetzen um wirklich zu reden und uns (noch) besser kennenzulernen. Wie sich zeigt, ist unser Gesprächsbedarf enorm und wir führen (ohne Probleme – ja, auch so etwas gibt es bei uns) interessante und teilweise sehr aufschlussreiche Gespräche. Wobei mein Johann es auch hier mit der Wahrheit nicht allzu genau nimmt, aber das ist mein Johann! Bei einigen „Geschichten" erfahre ich im Laufe unserer Beziehung durch glückliche oder unglückliche Umstände dann doch noch die Wahrheit!

Trotz der für unser Versteckspiel von mir gesetzten Deadline mit Ende Februar, wird uns von Tag zu Tag bewusster, dass nicht nur ich gerne sehr viel mehr Zeit mit ihm verbringen möchte, sondern auch er mit mir. Noch ist dies aber aufgrund des Vorhandenseins seiner Ehefrau nicht möglich. (Und nein, mein Johann will seine Frau jetzt nicht umbringen! Auch ich suche auf diesem Weg niemanden, der mir in der imaginären Tatzeit ein Alibi geben kann.) Diesen Sicherheitsfaktor, also seine Ehefrau (so sieht mein Johann das), in seinem Leben will er sich noch ein wenig aufrecht erhalten. Trotzdem versuchen wir so viel gemeinsame Zeit wie nur möglich zu verbringen. Das bedeutet unterm Strich: Johann verbringt sehr viel mehr Zeit mit mir als ihm als verheiratetem Mann zur Verfügung stehen würde. Dementsprechend wenig ist er zuhause bei seiner Frau.

Auch heute ist wieder so ein Tag, an dem Johann und ich vereinbart haben, uns nach der Arbeit noch schnell auf ein Getränk in einem in der Nähe gelegenen Café zu treffen. Und das zum wiederholten Male, obwohl er schon nach Hause sollte. Aber für ein paar private Worte muss einfach noch Zeit sein. Für jedermann ersichtlich: Wir lernen dazu! Wir treffen uns nicht mehr in einem firmeneigenen Lokal sondern gehen tatsächlich wohin, wo uns wahrscheinlich niemand kennt! Mein Liebling erwartet mich bereits. Ohne ihn zu küssen, sicher ist sicher, setze ich mich zu ihm an den Tisch.

Ganz ehrlich, schön langsam gehen mir diese Geheimniskrämerei und dieses Versteckspiel ziemlich auf die Nerven. Ich weiß, das habe ich schon des Öfteren erwähnt! Manchmal möchte ich doch auch ganz spontan meinem Johann einen Kuss geben oder seine Hand berühren oder einfach öffentlich zeigen, dass man zusammengehört und stolz(?!?) aufeinander ist. Aber das ist nicht möglich und auch nicht der Wahrheit entsprechend. Denn nicht wir gehören zusammen, sondern Klara und er! Beim Bewusstwerden solcher Tatsachen kommt dann doch Wehmut in mir auf.

Aber wir haben keine Zeit für solche Gefühlsduselei, auf uns rollen andere Probleme zu:

Noch bevor der von uns bestellte Kaffee gebracht wird, eilt Klara zu uns an den Tisch. Oh, mein Gott! Wo kommt die denn jetzt her? Sie fängt augenblicklich an, Johann zu beschimpfen, für mein Gefühl etwas zu laut. Ich nehme an, die am Nachbartisch sitzenden Gäste haben nicht das Bedürfnis von Klara über deren Eheprobleme informiert zu werden. Aber darauf nimmt Johanns Frau jetzt keine Rücksicht. Diesmal verhält sich Klara nicht so bedacht, emotionslos und verständnisvoll wie beim Eishockeystadion, nein, diesmal ist sie wirklich wütend. Auch die Wortwahl von Klara erschreckt mich, Worte, die ich nicht einmal im Traum in den Mund nehmen würde.

Wenn ich jetzt eine ganz „normale" Geschichte schreiben würde, wäre der passende Ausdruck dafür: Klaras Worte treiben mir die Schamesröte ins Gesicht! Aber, unter den gegebenen Umständen ist es wohl nicht sehr passend, wenn ich mich als prüde, zart besaitet und fehlerlos hinstelle.

Jeder geht anders mit seinen Aggressionen um. Harmlos und in meinen Worten ausgedrückt, unterstellt Klara ihrem Mann, eigentlich völlig zurecht, er wäre falsch, verlogen und würde mit mir ein Verhältnis unterhalten. Auch mir wirft sie an den Kopf, etwas zu sehr an ihrem Johann interessiert zu sein. Naja, zugegeben, da hat sie nicht ganz Unrecht, hmm, muss aber in dieser Situation definitiv möglichst glaubhaft von mir geleugnet werden. Da Johann und ich absolut unverfänglich am Tisch sitzen, als hätten wir gespürt, dass Vorsicht geboten wäre, kann Klara uns erstmal absolut nichts nachweisen. Wir versuchen beide, Johann etwas mehr als ich, Klara zu beruhigen und sie davon zu überzeugen, dass nichts, aber schon rein gar nichts zwischen uns laufen würde. Wir würden schnell einen Kaffee miteinander trinken, und währenddessen einige dienstliche Angelegenheiten besprechen. Das würde hier besser funktionieren als im firmeneigenen Lokal, da wir hier nicht andauernd von Mitarbeitern gestört würden.

Dass wir Klara so kaltblütig ins Gesicht lügen, ist für mich einerseits selbstverständlich, andererseits bin ich nicht der Typ fürs Lügen. So schnell geht eine Typveränderung also?!? Ich fühle mich in dieser Situation absolut unwohl. Mir ist es lieber die Sache beim Namen zu nennen, und alles auszudiskutieren, aber logischerweise befinde ich mich da bei einer Affäre mit einem verheirateten Mann auf dem falschen Dampfer. Und so traurig es klingt, ich weiß, wenn Johann sich zwischen Klara und mir entscheiden müsste, würde er bei Klara bleiben, das hat er bis jetzt auch noch nie abgestritten. Und bei dieser, seiner Aussage bin ich mir ausnahmsweise einmal zu hundert Prozent sicher, dass sie der Wahrheit entspricht. Leider! Ich bin und bleibe für ihn ein zu großer Risikofaktor. Aber nur mehr bis Februar!!! Dann wird alles anders!!!!

Es macht meinem Liebling Angst, dass ich ohne Probleme alleine leben kann. Das nimmt ihm die Garantie, dass ich auch wirklich ein Leben lang bei ihm bleiben würde, wie es seine Frau offensichtlich tut. Oder bösartiger ausgedrückt, dass ich nicht so lange bei ihm bleiben würde, wie ich für ihn interessant bin. Denn wenn er sich neuerlich verliebt, dann wechselt mein Liebling mich genauso aus, wie seine jetzige Ehefrau auch. Nein, so ein Blödsinn. Ich bin doch DIE absolute Traumfrau für ihn! Mich würde er nie, nie mehr gegen eine andere tauschen. (Hilfe!!!! Gummizelle!!!) Für Johann ist es wichtig, dass er nicht alleine ist, dass jemand da ist, der für ihn kocht, wäscht, putzt, bügelt, sich seine Sorgen anhört, und immer, ganz egal in welcher Situation, auch in der kuriosesten, zu ihm hält. Und so eine Person hat er in Klara gefunden. Zumindest bis jetzt.

Zurück zu unserem Treffen im Cafè: So sehr ich für das Ausdiskutieren von Problemen bin, so sehr bin ich dagegen, dies in der Öffentlichkeit zu tun. Das gehört für mich in die eigenen vier Wände und nicht in ein Café. Dementsprechend peinlich ist mir diese Situation jetzt und das einzig Richtige wäre aufzustehen, und den Ort des Grauens schnellstmöglich zu verlassen.

Vollkommen logisch und richtig. Nur, und jetzt kommt das Teufelchen in mir zum Vorschein. Meine weibliche Intuition sagt mir, was die beiden jetzt in der Wut von sich preisgeben, erfahre ich unter normalen Umständen nie wieder.

Na? Wie entscheide ich mich? Richtig! Ich bleibe ganz still sitzen, um Klara und Johann nicht zu unterbrechen oder abzulenken und höre neugierig zu. Und schon legt Klara los: "Glaubst du, ich mache dieses ganze Theater jetzt schon wieder mit? Jetzt war ich mir gerade ein paar Jahre sicher, dass du nicht wieder fremdgehst, und jetzt fängt das Ganze wieder von vorne an."

Und an mich gerichtet: "Genau dasselbe haben wir vor einigen Jahren schon einmal gehabt. Nach eineinhalb Jahren war es seiner damaligen Geliebten, die übrigens ebenfalls zwanzig Jahre jünger war als er, zu dumm mit ihm, und sie hat ihn verlassen. Daraufhin brach für meinen Mann eine Welt zusammen. Ich bin mit ihm zum Psychologen gegangen, habe Therapien mit ihm gemacht, Tabletten besorgt, und mich Tag und Nacht um ihn gekümmert, weil er fix und fertig war. Aber ich habe absolut keine Lust, das Ganze nochmals mit ihm durchzumachen."

Aha, sehr interessant. Ich habe es ja geahnt, jetzt erfahre ich Dinge, die ich sonst nie erfahren hätte. Gut, dass ich geblieben bin! Mein supertoller Johann hat seine Frau anscheinend schon mindestens einmal betrogen. Wobei er doch, was weiß ich wie oft beteuert hat, in seiner Ehe mit Klara noch niemals fremdgegangen zu sein, da er so etwas nicht täte. Ich wäre eine Ausnahme, auch er könne sich nicht erklären, was ich mit ihm angestellt hätte, aber er hätte noch nie so viel für eine Frau empfunden wie für mich.

Gut, so viel also dazu, was mein Johann behauptet und wie die Dinge tatsächlich liegen. Denn, dass Klara in diesem Moment die Wahrheit sagt, bezweifle ich zu keiner Sekunde. Außerdem hat Johann zu keinem Zeitpunkt versucht zu widersprechen oder die Sache abzustreiten. Das heißt also im Klartext für mich: Ab und zu kommt Klara meinem, oder vielleicht in dieser Situation besser gesagt, ihrem Johann auf die Schliche und ertappt ihn mit anderen Frauen. Wie oft sie ihn jedoch nicht erwischt, bleibt offen. Fakt ist, ich bin eine von vielen! Jetzt muss ich erst einmal schlucken, ich habe ja mit einigem gerechnet, aber das ist jetzt doch ein wenig viel für mich.

Es war bisher für mein Ego definitiv gut, wenn mein Johann mir immer wieder versichert hat, wie einzigartig ich wäre. Nur ich hätte es geschafft, ihn zum Fremdgehen zu verführen. Diese Sätze könnte ich mir stundenlang (wieder übertrieben!) anhören. Wenn er dann aber quasi gleichzeitig noch behauptet, er wollte eigentlich gar keine Affäre mit mir beginnen aber er konnte sich gegen mich nicht wehren, dann zweifle ich doch an seiner Wahrnehmungsfähigkeit. Und ab diesem Zeitpunkt nicht mehr nur daran!

Unter normalen Umständen (Ja, was heißt das schon? Was ist heutzutage schon normal?) ist spätestens jetzt der Zeitpunkt für jede klar denkende Frau gekommen, Johann, der sich augenscheinlich in dieser Situation nicht wehren kann und schweigend seiner Frau zuhört, wieder seiner Frau zurückzugeben. Soll sie sich doch um diesen „Waschlappen" kümmern. Das habe ich jetzt absichtlich sehr bösartig formuliert. Aber ich bin entsetzt und enttäuscht wie kaltblütig mein Johann mich angelogen hat. Obwohl genauer betrachtet, eigentlich logisch, wieso soll er es mit mir anders als mit seiner Frau machen, die er ja auch nach Strich und Faden belügt?

Noch mehr wundere ich mich aber über mich selbst, wie blauäugig ich mich belügen lasse.

Mit den Worten: „Ich mache das nicht noch einmal mit dir durch, du wirst schon sehen, was du davon hast!", verlässt Klara das Cafè, ohne mich noch eines Blickes zu würdigen, was ich absolut verstehen kann.

Augenblicklich verwandelt sich der eben noch wie ein kleiner Junge neben seiner Mama sitzende und sich schimpfen lassende Johann wieder in den Mann von Welt, den er mir bis jetzt, bis auf einige kleine Ausnahmen, auch absolut gekonnt vorgespielt hat. Er versucht die Situation ins Lächerliche zu ziehen, indem er seine Frau als dumm, als Lügnerin und krankhaft eifersüchtig hinstellt. Aber so ganz gelingt ihm das nicht. Diesmal war ich bei der Konfrontation der beiden dabei und habe alles gesehen und gehört. Johann kann mich also nicht wieder einfach so anlügen, zumindest nicht in dieser Sache.

Wir trinken unseren Kaffee aus und verabschieden uns. Irgendwie ist uns die Stimmung für Zweisamkeit vergangen. Wieder einmal!

Am nächsten Morgen kommt Johann völlig aufgelöst zu mir. Er erzählt mir, Klara wäre sofort nach unserem gestrigen Gespräch zur Bank gefahren und hätte sein Konto leergeräumt und auch das Sparbuch genommen. Mit einem hämischen Grinsen meint er noch, gut, dass sie keinen Zugriff auf seine gesamten Ersparnisse hätte und er alles gut versperrt zuhause aufbewahre. Leicht irritiert schaue ich meinen Geliebten(???) an und frage nach: „Wie meinst du das, gut versperrt zuhause aufbewahren?"

Also für mich ist das wieder einmal etwas völlig Unmögliches. Ich kann doch nicht vor meinem Lebenspartner wichtige Dokumente oder Geld verstecken oder Geheimnisse dieser Art haben? Aber mein lieber, netter Johann wird sehr wohl wissen, warum er dies tut. Für mich hingegen ist klar, entweder ich habe und lebe eine Partnerschaft oder nicht, aber das ist meine persönliche Meinung. Für Johann sind meine Gedankengänge genauso abwegig, wie seine für mich.

Als wäre es das Selbstverständlichste auf der Welt erklärt er mir: „Na, selbstverständlich habe ich in meinem Schreibtisch ein Fach zum Versperren, wo ich meine persönlichen Gegenstände und auch mein Geld aufbewahre. Das ist ja schließlich mein Geld. Es hat Klara gar nicht zu interessieren wie viel ich habe, ich habe es schließlich selbst verdient."

Ja, also mich geht die Sache noch weniger etwas an, aber merkwürdig ist das schon, und sollte mir vielleicht zu denken geben, welchen Mann ich mir da an Land ziehe oder gezogen habe.

Am Nachmittag dann der entwarnende Anruf von Johann. Klara hätte ihm alles Geld wieder zurückgegeben. Mein Liebling hat ihr noch einige Male, anscheinend glaubhaft, versichert, sie bilde sich diese Affäre zwischen ihm und mir nur ein, und sie gebeten, nicht so kindisch zu agieren. Nachdem das Geld wieder auf Johanns Konto ist, lässt er sofort ihre Zugriffsberechtigung auf sein Konto sperren. Ist ja wirklich ein ganz entzückendes Kerlchen, mein Johann. Aber wenn er das für richtig hält, wird das richtig sein, denn mein Johann ist ja ein wahrlich guter Mensch, wie er mir noch des Öfteren beweisen wird. Außerdem, so die Argumentation von Johann, Klara hat auch ihr eigenes Konto, auf das er keinen Zugriff hätte. Ach, so! Na, dann ist ja alles in Ordnung.

Dass Johann in seinem Leben eigentlich alles anders macht, als ich es für richtig und fair halte, macht vielleicht meine Faszination an ihm aus. Anders kann ich mir im Moment meine Begeisterung für Johann nicht erklären. Wie von ihm ja eindeutig bewiesen, kommt man auch auf diese Art und Weise gar nicht so schlecht durchs Leben.

Wenn ich doch eigentlich jetzt schon entsetzt bin vom Charakter meines Geliebten, wieso beende ich diese Affäre nicht einfach? Ich kündige meinem Job, ärgere, oder besser gesagt, wundere mich nicht länger über ihn und jeder geht seinen Weg und die Sache ist erledigt? Ich weiß es nicht, wieso ich es nicht schaffe. Ganz tief in mir verspüre ich ein Gefühl, das mir sagt, er kann doch nicht so verlogen, rücksichtslos und berechnend sein. Irgendwann kommt der ehrliche, warmherzige und liebenswerte Johann zum Vorschein. Und der ist dann der perfekte Mann für mich. Hinter seiner meterdicken Schutzschicht steckt ein ganz lieber, netter, süßer Kerl. Es kann gar nicht anders sein. So täuschen kann ich mich doch gar nicht.

In der momentanen Situation bleibt mir ohnehin nur abzuwarten und zu hoffen, dass ich es schaffe diese Mauer zu durchbrechen oder noch besser zum Einsturz zu bringen. Möglicherweise ist aber auch für mich aktuell schon die Grenze des Ertragbaren erreicht.

16

Es ist eigentlich unglaublich, aber wieder einmal hat es mein Johann geschafft, seine Frau davon zu überzeugen, dass zwischen ihm und mir nur noch rein berufliche Interessen bestehen würden. Rein logisch kann ich nicht nachvollziehen, wie sie sich von ihrem Mann immer wieder so am „Schmäh" halten lässt. Hihihi, ja, ich weiß, da redet die Richtige! Aber Fremde zu beurteilen fällt ganz offensichtlich wesentlich leichter als vor der eigenen Tür zu kehren. Und erst recht, wenn man die Fehler und Schwächen der anderen unbedingt sehen und kommentieren möchte. Wohingegen die selbst verschuldeten Katastrophen von mir als vollkommen unvorhersehbar eingestuft werden.

Nichtsdestotrotz, Klara ist tatsächlich wieder von der Unschuld ihres Mannes überzeugt. Das bestätigt eindeutig das von ihr an meinen Liebling zurückgegebene Sparbuch. Folgerichtig bedeutet das für meinen Geliebten und mich: Grünes Licht!

Wir können uns wieder unbeschwert treffen und alles ist bestens. Quasi frisch verliebt, nichts und niemand kann an unserer Liebe rütteln. Offensichtlich nicht einmal die eigene Ehefrau. Mein Johann und ich sind und bleiben ja doch das absolute Dreamteam!

Da Johann und ich in letzter Zeit beruflich, mein Liebling sicherlich auch privat, sehr eingespannt waren, sind unsere Treffen auf ein Minimum zusammengeschrumpft. Das heißt konkret, wir treffen uns nur noch ein Mal pro Woche abends in der Wohnung meiner Freundin. Und ja! Definitiv ist mir nur ein privates Treffen in der Woche zu wenig!!! Auch wenn Klara eigentlich wieder von der Unschuld ihres Mannes überzeugt ist, kontrolliert sie ihren Johann im Moment auf Schritt und Tritt. Die kleinste Abweichung vom vereinbarten oder üblichen Tagesablauf reicht aus, um sie sofort an

Johanns Aussagen zweifeln zu lassen. Wenn mein Geliebter Klaras Misstrauen nicht erneut herausfordern will, bleibt ihm nichts anderes übrig als sich den zeitlichen Einschränkungen seiner Ehefrau unterzuordnen. Und das gilt dann logischerweise auch für mich.

Abgesehen von diesem einen Abend in der Woche, wo wir uns wie ein ganz normales Pärchen fühlen, sehen wir uns nur noch ein paar Minuten am Morgen und bei künstlich herbeigeführten Treffen während der Arbeitszeit. Auch die Mittagspausen gehören nicht mehr ausschließlich uns, da immer irgendjemand etwas von meinem Johann will. Ihr seht also, eindeutig zu wenig Zeit, um wirklich beziehungstechnisch weiter zu kommen. Was heißt weiterkommen, es ist sogar, zumindest für mich, zu wenig, um die gefühlte Nähe permanent aufrecht zu erhalten! Es besteht jedoch diesbezüglich auch kein Stress, da ich ohnehin noch bis Ende Februar bis zu einer Entscheidung von Johann zu Gunsten von Klara oder mir warten muss.

Beim Schreiben dieser Zeilen stellen sich mir alle Haare auf. Gut, dass es Epiliergeräte gibt, sonst sähe ich jetzt aus wie ein Teddybär.

Ab und zu gibt es auch Telefonate zwischen Johann und mir. Manchmal nur ein kurzes „Hallo", aber immerhin besser als gar nichts. Selbstverständlich nur, wenn Klara gerade nicht auf meinen Johann aufpasst. Na klar, wie denn sonst?!? Alles schön und gut. Aber ein persönliches Treffen in entspannter Atmosphäre kann durch ein solches Telefonat nicht ersetzt werden. Außerdem besteht beim Telefonieren ein speziell in unserer Situation nicht zu unterschätzendes Problem: Da wir des Öfteren während der schönsten Diskussionen, und diesmal ist Diskussion ausschließlich positiv gemeint, unser Gespräch beenden müssen, aus welchen Gründen auch immer, sind diese Telefonate für uns nicht immer gewinnbringend. Abrupte Beendigungen oder Unterbrechungen lassen viel Ungesagtes und vielleicht noch Erklärungsbedürftiges im Raum stehen, und das ist für unsere Beziehung absolut nicht bereichernd. In das dadurch entstehende offene Ende des Gesprächs interpretiert dann jeder seine

Gedanken und die gehen sehr häufig nicht konform mit den Ansichten des Gegenübers. Ich sage hier jetzt absichtlich „sehr häufig", denn ab und zu sind wir unglaublicher Weise tatsächlich einer Meinung!

Trotzdem wäre es vernünftig diese Gespräche dann nochmals aufzunehmen und zu Ende zu führen, damit auch wirklich für beide Partner klar ist, was Sache ist und wie der andere zu diesem Thema steht. Es „wäre" wie gesagt vernünftig, aber bis zum nächsten Telefonat oder Treffen vergeht dann wieder so viel Zeit, dass inzwischen schon wieder einige neue Themen aufgetaucht sind, die be- oder auch zerredet werden wollen. So bleibt für die vergangenen, noch nicht ausdiskutierten Themen mit noch offenem Ende keine Zeit mehr. Mein Ausdruck „so viel Zeit" ist relativ, für manche ist eine Stunde viel, für andere eine Woche. Aber probiert einmal aus, mit eurem Partner nur maximal einmal am Tag, oft nicht einmal das, zu telefonieren und in dieses Telefonat das Alltägliche, aber auch eure Gedanken zur Partnerschaft, zur Liebe und zu den daraus resultierenden Problemen unterzubringen. Für ein seit zwanzig Jahren verheiratetes Ehepaar wahrscheinlich kein Problem, für Frischverliebte oder auch Personen die sich in komplizierten Partnerkonstellationen befinden, ich spreche hier von Fremdgehern, Affärenunterhaltern oder sonstigen „illegalen" Liebespaarungen wird es definitiv schwierig.

Und nichts ist schlimmer, und da spreche ich eindeutig aus Erfahrung, als bei solchen Aufarbeitungsgesprächen, falls sie dann doch einmal stattfinden, neuerlich unterbrechen zu müssen. Da ist das Ende dann meist schlimmer, als wenn gar nicht mehr darüber gesprochen worden wäre. Eigentlich führen wir doch jedes Gespräch mit dem Hintergedanken, nein, nicht mit dem Hintergedanken sondern mit der definitiven Absicht, den anderen besser kennenzulernen und dadurch besser zu verstehen.

Wie von mir schon des Öfteren erwähnt, ruft Klara immer noch gefühlte hundert Mal während unserer Treffen an. Dass ihre Telefonate aus einer anderen Motivation heraus resultieren als der, ihren Mann noch besser kennenzulernen, versteht sich von selbst. Diese Anrufe von der Ehefrau meines Geliebten empfinde ich in unserer derzeitigen Situation aber noch störender als ohnehin schon, da sich unsere gemeinsamen Stunden auf ein Minimum reduziert haben. Wir können nicht einmal diese quasi abgezählten Minuten ohne Kontrolle durch Klara verbringen. Und selbstverständlich unterbrechen diese Anrufe auch unsere Gespräche. Folglich können wir unsere Diskussionen auch im Beisammensein nicht mehr in Ruhe und Frieden ungestört zu Ende führen. Einerseits für mich aus Klaras Sicht verständlich, andererseits müsste mein Liebling doch fähig sein, seiner Frau klar zu machen, einige Stunden ohne telefonischen Kontakt auszukommen.

Also, ich an seiner Stelle würde auch einmal das Telefon zuhause vergessen, damit hätte sich die Angelegenheit dann von selbst erledigt. Aber das ist meinem Liebling zu riskant. Er hat sein Telefon immer bei sich. Warum wohl? Rufen ihn noch andere Frauen an? Was gäbe es sonst für einen Grund das Telefon nicht zuhause liegen zu lassen? Ich werde ihn ja nicht anrufen, wenn ich bei ihm bin. Allerdings könnte Klara Johanns Handy „durchsuchen". Aber laut Auskunft meines Lieblings löscht er alle Kontakte mit mir sofort wieder, egal ob per SMS oder Telefonat. Was könnte sie also demnach sonst Verbotenes finden? Also, hmmm, was hat es mit seinem geheimnisvollen Handy auf sich?

Derzeitiger Stand der Dinge ist aber immer noch der, dass Johann sein Handy immer bei sich trägt und ausnahmslos jeden Anruf seiner Frau annimmt. Der Mensch gewöhnt sich an alles, Brigitte aber nicht. Ach ja, wirklich? Das hätte jetzt wohl niemand vermutet.

Es ist jetzt nicht so, dass ich Johann nicht jedes Mal lächelnd, verständnisvoll und absolut liebevoll darauf hinweisen würde, dass es legitim wäre, sein Telefon auch einmal für dreißig Minuten abzuschalten, aber er weigert sich vehement! Für mich und ich nehme an, auch für ihn ist es nicht unbedingt lustfördernd, während unserer ohnehin schon knappen Zeit zu zweit, auch noch im Bett ans Telefon zu gehen. Johann ist bei diesen Gesprächen mit Klara nicht überfreundlich, aber nett, oder „normal" genug, sodass seine Frau wenig oder meistens gar keinen Verdacht schöpft. Vielleicht oder im Moment eher hoffentlich, fühlt er sich dadurch auch gestört, und nicht nur ich. Das wäre wenigstens etwas!

Leider gibt es, aber ich glaube auch das habe ich schon häufiger wehmütig erwähnt, für Johann keinen, absolut KEINEN Moment, an dem er nicht ans Telefon gehen würde. Für Nichtbetroffene, die sich die Situation bildlich vorstellen, wahrscheinlich eher belustigend. Irgendwann ist aber sogar auch für mich der Punkt erreicht, an dem ich nicht mehr alle unentschuldbaren Verfehlungen meines Lieblings weg lächle, sondern sogar soweit gehe, Konsequenzen zu ziehen.

Zum dritten Mal bei insgesamt vier (intimen!) Treffen, läutet Johanns Telefon. Bei normalen Treffen mit meinem Geliebten ist Klaras Anruf mittlerweile kein Problem mehr für mich (gelogen!!). Ganz im Gegenteil, wenn sie nicht anruft mache ich mir schon Sorgen, ob bei ihr alles in Ordnung ist. Richtig erkannt, das war jetzt wieder ein Scherzchen! Aber zurück zu meinem, und anscheinend tatsächlich nur meinem Problem, denn Johann macht keine Anstalten sein Verhalten zu ändern. Warum denn auch, es läuft ja alles bestens – für ihn! Aber…

Zum wie gesagt DRITTEN Mal in einer wirklich denkbar ungünstigen Situation läutet Johanns Telefon, und er steht zum dritten Mal auf und telefoniert mit Klara. Ich weiß, es ist nicht zu glauben, aber es ist so – Indianerehrenwort! Da reißt mir der Geduldsfaden! Ich stehe auf, ziehe mich an und erkläre meinem Johann, komischerweise wieder einmal völlig ruhig, dass unsere Beziehung so für mich wirklich keinen Sinn mehr mache. Er solle sich überlegen, wie und vor allen Dingen auch, ob, das mit uns weitergehen soll.

Es erstaunt mich jedes Mal wieder, wie souverän ich diese Entscheidungen treffe. Man würde doch annehmen, dass in einer Phase der, nennen wir es hilflosen Verzweiflung, ich in Tränen ausbrechen würde, oder zumindest aus Wut etwas lauter werden würde. Aber nein, ich bleibe gelassen, man könnte es fast schon emotionslos, stoisch nennen. Ist es der Häufigkeit dieses „in Frage stellens" unserer Beziehung zuzuschreiben, oder meinem bereits innerlich erfolgtem Abstand zu unserer Affäre? Ich weiß es nicht.

Zuerst überrascht (das alleine grenzt ja schon an Frechheit!), dann aber doch schuldbewusst sieht mich Johann an und erklärt mir zum wieder, ich weiß nicht wievielten Male, dass er nicht anders könne. Er müsse nun einmal bei Klara aus den bereits bei vorherigen Diskussionen erklärten Gründen bleiben. Das sind dann die (ominösen und anscheinend höchst geheimen) Gründe, über die er mit mir zum jetzigen Zeitpunkt noch nicht sprechen könne.

Na, sehr intelligent! Ihr erinnert euch sicherlich auch, na klar, wie könnte man so etwas Wichtiges (Scherzchen!) vergessen, eine dieser Diskussionen fand statt, als Johann sich am Tag nach seinem übermäßigen Alkoholgenuss (hihihi, das habe ich jetzt aber schön ausgedrückt) mit mir zusammengesetzt hat. Bei diesem Treffen wurde die tolle Idee geboren, ich warte noch zehn Monate auf eine effektive Entscheidung von Johann, ob er nun bei Klara bleiben will oder doch zu mir kommt. Wie für jeden offensichtlich ist dieses Arrangement von absolutem Erfolg gekrönt. Schon wieder ein Scherzchen! Diese als Liebesgeschichte geplante Affäre mutiert aber auch mit jedem Tag, die sie länger dauert, zur Komödie, leider jedoch am wenigsten für die Protagonisten selbst.

Ja, dann „LMAA"[1]! Da ich kein Freund von schmutzigen Kraftausdrücken bin, habe ich hier nur die gängige Abkürzung verwendet, ich hoffe ihr wisst, was ich meine. Für Unwissende dennoch eine kurze Erklärung: Es handelt sich hierbei um eine doch eher auf sehr niedrigem Niveau gehaltene Redewendung, die man verwendet, wenn man sich plötzlich und sehr heftig über etwas oder jemanden ärgert. Und die einem, in Ausnahmefällen sogar mir, so herausrutscht, quasi, ohne dass man es will, und dem Gegenüber

---

[1] LMAA – „Leck mich am Arsch"

verdeutlichen soll, man möchte mit ihm nichts mehr zu tun haben. Wörtlich beinhaltet sie die Kehrseite, also das Gesäß eines Menschen! Für alle Sensibelchen unter euch: Lest bitte nicht die Fußnote!

Wenn von mir verlangt wird, ich solle auf etwas Rücksicht nehmen, das man mir noch nicht einmal sagen kann, dann brennen sogar bei mir die Sicherungen durch, wie in dieser Situation. Passiert mir nicht oft, normalerweise habe ich mich unter Kontrolle, aber Johann schafft anscheinend tatsächlich alles. Das mit Johann und dem „alles Schaffen", ist jetzt nicht ganz der Wahrheit entsprechend, aber das habt ihr euch sicher schon gedacht.

Ohne auch nur einer einzigen Träne in den Augen, im Moment ist es mir wirklich total egal, auch wenn es vielleicht für immer sein sollte, drehe ich mich um und verlasse Johann. Das ist mir jetzt wirklich zu blöd. Dennoch verabschiede ich mich im Weggehen noch mit den Worten: "Überleg dir einfach was du willst, aber so geht es nicht weiter! Tschüss!"

Anstand ist Anstand! Und weg bin ich.

Meine erste Reaktion: Ein tiefes Aufatmen und vielleicht sogar ein wenig Stolz, endlich wieder ein ganz klein wenig von meiner persönlichen Ehre gerettet zu haben und mich nicht wieder so erniedrigt haben zu lassen. *Ja, Brigitte, das hast du jetzt wirklich gut gemacht, weiter so.*

Ja …, wie jetzt, weiter so, was soll ich denn jetzt noch machen? Gar nichts mache ich! Es ist aus und vorbei, und es ist gut so! Endgültig! Aus! Vorbei! Ich bin wieder Single!!!

17

Hurra, ich bin Single! Also, so ein wirklich erfreutes „Hurra"" ist es noch nicht, aber das wird schon noch werden. Schließlich sind wir erst frisch getrennt – ach, ja? Waren wir denn eigentlich je zusammen?

Egal, jetzt widmen wir uns wieder anderen, ebenfalls sehr wichtigen Dingen: nämlich einem Treffen mit Simone. Auf Simones Wunsch! Das heißt dann für mich übersetzt: Es ist wieder irgendetwas Unvorhergesehenes passiert. Alles andere könnte sie mir auch telefonisch erzählen.

Also: Was wird es denn bei den beiden wieder Aufregendes geben? Mittlerweile bin ich davon überzeugt, Simone und Peter sind schon beinahe so fantasiereich, wie Johann und ich es waren(!). Das ist doch wieder eine tolle Umschreibung für genauso unfähig oder katastrophenreich.

Ich habe absichtlich „waren" geschrieben, damit auch wirklich für jeden klar ist, das mit Johann und mir ist Vergangenheit! Und das seit sage und schreibe elf Tagen! Ja, stimmt, das ist neuer Rekord! Johann und ich waren in unserer interessanten „On – Off" Beziehung noch nie soooo lange getrennt. Und dieser Umstand überzeugt hoffentlich auch den letzten Skeptiker wie ernsthaft uns diese Trennung ist. Wir haben auch seit diesen elf Tagen absolut keinen Kontakt – weder schriftlich noch mündlich! Weder telefonisch noch persönlich! Ich sage es ja: Es ist aus und vorbei!!!

Ich betrete das Cafè und Simone sitzt schon an unserem „Stammtisch". Sie sieht relativ entspannt aus, was darauf schließen lässt, dass zwischen ihr und Peter soweit alles OK ist. Aber man kann ja nie wissen. Nach einem Begrüßungsküsschen setze ich mich zu ihr und bestelle meinen obligaten Cappuccino.

Meine Freundin beginnt plötzlich doch auf ihrem Sessel ein wenig unruhig zu werden. Nanu? Was ist los? Ist doch nicht alles so stressfrei bei ihr, wie es anfangs den Anschein hatte? Sie schaut mich an und meint etwas zurückhaltend: "Weißt du, Brigitte, ich wollte es dir zuerst gar nicht erzählen, aber du bist doch meine Freundin, ich muss es dir einfach sagen!"

Ja, der Meinung bin ich jetzt aber definitiv auch. Abgesehen davon, was kann es denn Großartiges geben, was sie mir nicht erzählen könnte?!?

Anfangs noch relativ entspannt, doch dann mit immer größer werdenden Augen höre ich zu. Ungläubig starre ich Simone an. Die Geschichte an sich ist ja schon filmreif. Dass sie mir aber erst jetzt alles erzählt, finde ich dann doch mehr als merkwürdig. Das alles ist laut Simone vor neun, ich wiederhole, NEUN Tagen geschehen. Also zwei Tage nachdem Johann und ich uns mehr oder weniger offiziell getrennt haben. Und warum erfahre ich dann erste heute von meiner besten Freundin davon? Aber macht euch einfach euer eigenes Bild von der Sache:

Also, wie gesagt, vor neun Tagen läutet in der Firma von Simones Mann das Telefon. Und wer ist am Apparat? Klara! Sie stellt sich bei ihm ganz offiziell als Ehefrau des Geliebten von der Freundin seiner Frau vor. Ihr seid dabei? Etwas kompliziert, aber im Endeffekt richtig. Allerdings nur fast, denn zu diesem Zeitpunkt bin ich nicht mehr die Geliebte von Johann. Aber lassen wir das, mit solchen Kleinigkeiten beschäftigen wir uns später.

Anfangs ist Simones Ehemann noch etwas zurückhaltend, schließlich interessiert er sich nicht wirklich für mein Liebesleben. Bis jetzt wusste er nicht einmal ob ich ein Liebesleben habe oder nicht. Ihr könnt euch also die Überraschung beziehungsweise auch das dementsprechende (Des-)Interesse von Simones Mann an diesem Anruf vorstellen.

Aber Klara lässt nicht locker, und schlussendlich erklärt sie Simones Ehemann, sie würde jetzt mit Johann zu ihm in die Firma kommen, und ihm dann auch interessante Neuigkeiten über seine eigene Frau erzählen. Nun doch etwas neugierig geworden stimmt Simones Mann einem Treffen zu. Johann und Klara sollen in zwei Stunden, am späten Nachmittag in die Firma kommen und dann wäre die Möglichkeit für ein Gespräch gegeben. Gesagt, getan.

Bis zu diesem Zeitpunkt weiß auch Simone noch nichts von diesem Telefonat. Logischerweise ruft Herbert, Simones Mann, seine Frau nach diesem Gespräch mit Klara an, und ersucht sie ebenfalls in zwei Stunden in seiner Firma zu sein. Vielleicht habe ich noch nicht erwähnt, Herbert hat eine kleine, eigene Firma, deshalb ist es für ihn relativ einfach, spontan einen Zeitpunkt für ein Treffen zu fixieren. Simone weiß laut ihrer Schilderung, bis Klara und Johann vor ihr stehen, nichts von deren spontanem Besuch. Sie wäre davon ausgegangen, dass sie Herbert in der Firma behilflich sein sollte. So viel zum Vertrauensverhältnis von Simone und ihrem Mann!

Johann begrüßt Simone höflich, jedoch sehr distanziert. Er stellt seine Frau Simone und ihrem Mann vor und gemeinsam setzen sie sich ins Büro, um zu „plaudern". Ja, und laut Simone geht es jetzt richtig los. Klara und Johann beginnen beide, sie sind sich absolut einig, über mich zu lästern. Simone meint, wenn sie nicht mit eigenen Augen gesehen hätte, wie verliebt Johann und ich einmal waren, sie würde es aufgrund der bei diesem Treffen getätigten Aussagen von Johann niemals für möglich halten.

Mein ehemaliger Geliebter informiert Herbert wie berechnend ich wäre, wie ich quasi vorsätzlich die Ehe von Klara und Johann versucht hätte zu zerstören, aber wie man jetzt bestens erkennen kann, Gott sei Dank(!?!) ohne Erfolg. Ob Simones Mann denn wisse, mit welcher charakterlosen Frau seine Frau befreundet wäre. Klara setzt gleich noch einen obendrauf, ob Herbert sich dessen bewusst wäre, welchen schlechten Einfluss ich auf seine Frau ausüben würde. Und abgesehen davon, wenn sie, also Klara, der Mann von Simone wäre, würde sie seiner Frau den Kontakt zu mir verbieten. Und mein(!) Johann? Ja, der sitzt laut Aussage von Simone brav neben seiner Frau und bestätigt durch heftiges Nicken und sogar zeitweises Mitschimpfen die

Richtigkeit von Klaras Worten. Ja, genau so stellt man sich den perfekten Liebhaber vor. Oder ist das bei einer Affäre mit einem verheirateten Mann normal? Ist der dann automatisch von jeglicher Loyalität befreit? Oder wahrheitsgetreuer? Darf der fremdgehende Ehemann im Beisein seiner Frau lügen, dass sich die Balken biegen und jeder glaubt ihm ohne die Situation zu hinterfragen?

Simone ist von diesem Besuch und der daraus entstehenden Konversation derart überrascht, dass sie zu spät begreift, wohin diese Unterhaltung führt. Sie versucht zwar laut ihrer Aussage mich in Schutz zu nehmen, was ihr aber angesichts des doch sehr dominanten Auftritts von Klara und Johann nur sehr schwer bis überhaupt nicht gelingt. Und ich wiederhole hier absichtlich nochmals: von Klara UND Johann! Und mein ehemaliger Geliebter macht nicht den Eindruck als würde er von Klara zu diesen Aussagen gezwungen, sie setzt ihm nicht die Pistole an. Das sieht Simone eindeutig. Scherzchen! Aber dieser Gedanke bringt sogar mich in diesem Moment zum Schmunzeln. Aber nur ganz kurz.

Nein, Johann sitzt ganz entspannt neben seiner Ehefrau, dort wo er anscheinend ja auch hingehört und unterstützt sie bei ihren Aussagen nach bestem Wissen und Gewissen(!). Obwohl, das Wort „Gewissen" kommt im Wortschatz meines ehemaligen Liebhabers wohl nicht vor, oder wird sehr zweckentfremdet verwendet.

Angesichts der Tatsache, dass Simone gegen dieses „nette" Ehepaar keine Chance hat, halbwegs die Wahrheit ans Licht zu bringen, entschließt sie sich, sich zurückzuhalten und stattdessen gut zuzuhören, um alles Gesagte dann an mich weitergeben zu können. Vielleicht erfährt sie Neuigkeiten, von denen auch ich noch nichts weiß. Selbstverständlich ist Simone zu diesem Zeitpunkt schon von der Trennung von Johann und mir informiert. ICH erzähle ihr alles sofort. Vielleicht ein Fehler?!? Dieses schlecht über mich Reden, hält laut Simone noch einige Zeit an, doch plötzlich beginnt sich das Gespräch zu wenden und Simone wird Mittelpunkt der Diskussion.

Klara beginnt, anscheinend auch über Simones Fremdgehen bis ins letzte Detail informiert, Herbert zu fragen, ob er denn eigentlich wisse, dass auch seine Frau ein Verhältnis zu einem verheirateten Mann hätte. Woher Klara das wohl weiß? Genau das ist der Punkt, an dem sich meine Warnung an Simone, Johann besser nichts, was gegen sie verwendet werden könnte, zu erzählen, bewahrheitet. Aber ganz ehrlich, hätte irgendjemand gedacht, dass Johann das alles Klara erzählt? Wohl eher nicht. Aber nachdem mein Ex-Liebling auch über mich herzieht, als gäbe es kein Morgen, oder besser, als hätte er mich nie geliebt, ist ihm eigentlich schon alles zuzutrauen. Vielleicht hat er mich tatsächlich nie geliebt und ich habe mir das alles nur schöngeredet und rosarot bebrillt? Oder er will sich für mein „Davonlaufen" vor elf Tagen revanchieren?

Jetzt ist es an Simones Mann, sprachlos zuzuhören. Ich denke, damit hat er jetzt wohl nicht gerechnet. Dass die Sprache auch auf seine Frau kommt, hat ihm Klara ja im vorangehenden Telefonat schon angedroht, dass er derart intime Details seiner Frau aber von absolut fremder Seite erfährt, schockiert ihn dann aber doch. Herberts Gesichtsausdruck kann Simone entnehmen, ihr Ehemann weiß jetzt nicht, ob er diesem netten Pärchen Glauben schenken soll, oder ob er die beiden schlichtweg für verrückt hält. Ich wäre ja für die zweite Option, aber mich wollte ja keiner bei diesem Gespräch dabeihaben. Obwohl ich mich doch als Hauptperson in dieser „Tragödie" sehe. Klara und Johann gehen dann aber doch nicht mehr näher auf Simones Seitensprung ein, sondern pendeln sich wieder auf das gemeinsame Schimpfen über mich ein. Nachdem Simones Mann merkt, dieses Gespräch verändert seinen Lauf nicht mehr, komplimentiert er Klara und Johann mehr oder weniger freundlich wieder nach draußen. Er hat erstmals genug von den beiden und auch von den auf ihn eingeprasselten Informationen.

Wenn irgendetwas an dieser Geschichte positiv ist, dann vielleicht, dass Klara und Johann absolut keine Beweise bezüglich des Fremdgehens von Simone vorzulegen hatten. Somit fällt es Simone nicht ganz so schwer ihren Mann davon zu überzeugen, dass diese

Geschichte über ihren Seitensprung von Klara und Johann zu hundert Prozent gelogen war. Sie gibt Herbert zu verstehen, sie hätte keine Ahnung warum die beiden diese Geschichte erfunden hätten, vielleicht aber, um Herberts Aufmerksamkeit zu erhalten und dadurch besser über mich lästern zu können.

Wobei da jetzt wieder die Frage entsteht: Warum sollte sich Herbert für mich interessieren? Keine Ahnung, was Klara und Johann damit bezwecken wollten? Mich einfach nur schlecht machen? Das ist ihnen aber nur sehr beschränkt gelungen, denn außer, dass sie sich vor Herbert, ich würde schon sagen, lächerlich gemacht haben, ist nicht viel passiert. Herbert ist nicht der Typ Mann, der aufgrund dieser Informationen durch den Ort läuft, und allen erzählt, was er über sieben Ecken über mich erfahren hat. Er ist an meinem Privatleben nicht interessiert und hat auch nicht vor, das in Zukunft zu ändern. Er möchte nur von Klara und Johann nicht mehr belästigt werden.

Aufgrund der doch genaueren Schilderung von meinen Missetaten, die sowohl von Klara als auch von Johann zeitweise etwas zu ins Detail gehend dargestellt wurden, verkneift sich Simones Mann nicht, seiner Frau zu sagen, dass er es aufgrund meines „Lebenswandels" bevorzugen würde, wenn sie den Kontakt zu mir auf ein Minimum beschränken würde. Selbstverständlich hat auch er mitbekommen, dass wir beide fast täglich und das sehr ausführlich, miteinander telefonieren. Um ihren Mann nicht noch mehr zu verstimmen, willigt Simone ein.

Na, toll. Vielleicht bin ich ein bisschen zu egoistisch, aber ich finde, sie hätte mich zumindest vor ihrem Mann verteidigen müssen. Sie ist genau informiert, wie die Sache zwischen Johann und mir tatsächlich verlaufen ist, und dass nicht ich die alleinige Schuldige an dieser Affäre bin. Dazu gehören immer noch zwei. Und der zweite ist und bleibt: Johann! Aber da sind wir dann auch schon wieder beim Thema: Die Böse ist anscheinend tatsächlich immer die Geliebte! Und im Fall von meinem Johann sowieso, denn er kann sich ja gegen mich überhaupt nicht zur Wehr setzen. Nein, wehren nicht, über mich schimpfen, schlecht reden, und mit mir bei jeder sich nur bietenden Gelegenheit ins Bett gehen, aber schon!

So! Das ist die Geschichte, wie Simone sie mir erzählt hat und ich gehe davon aus, dass sie sich auch wirklich in dieser Form zugetragen hat. Leicht schuldbewusst, aber wirklich nur leicht, sieht Simone mich an und meint, sie hätte ihrem Mann mittlerweile ganz eindeutig zu verstehen gegeben, sie würde den Kontakt zu mir auf keinen Fall abbrechen. Es wäre immer noch mir überlassen, wie ich mein Liebesleben gestalten würde. Aus diesen Wörtern höre ich aber heraus, Simone hat ihrem Mann nicht gesagt, dass meine Affäre mit Johann von Klara und ihrem Ehemann so verdreht wurde, dass sie jetzt vorne und hinten nicht mehr mit den Tatsachen übereinstimmt. Nein, Simone lässt ihren Mann in dem Glauben, dass ich mich in die Ehe von Klara und Johann hineingedrängt hätte.

Wenn das so weitergeht, glaube ich tatsächlich noch, ich wäre an der Ehekrise, wobei die beiden sich doch wie gerade bewiesen, bestens verstehen und absolut einer Meinung sind, alleine schuld. Bin ich denn wirklich die Einzige, die die Schuld bei beiden, also Johann und mir sieht?

Nach wie vor kann ich es aber nicht begreifen, warum Simone mir erst jetzt Bescheid vom Besuch von Klara und Johann bei ihr beziehungsweise ihrem Mann gibt. Plötzlich wird mir bewusst, dass Simone mir gegenüber heute ein bisschen zugeknöpfter ist als sonst. Nicht wirklich auffallend, vielleicht nur eine Nuance, aber unter besten Freundinnen erkennt man schon die minimalsten Gefühlsregungen, wenn, auch zugegebenermaßen sehr spät. Aber schon kommt die Erklärung für ihre Zurückhaltung:

Simone gibt tatsächlich, wenn auch nur indirekt, mir die Schuld an diesem Besuch. Hätte ich nicht mit Johann Schluss gemacht, so Simones Meinung, wäre diese Situation nie entstanden. Denn, schließlich wäre es mein Freund (falsch: Ex-Freund!!!), der mit seiner Frau alles vor ihrem Mann breitgetreten hätte.

Ja, das stimmt. Aber! Und das ist jetzt ein riesengroßes ABER! Ich habe nie von ihr verlangt oder sie dazu aufgefordert, meinem ehemaligen Geliebten ihre Liebesangelegenheiten zu erzählen, geschweige denn, ihn nach Ratschlägen bezüglich ihres Fremdgehens zu ersuchen. Das war sie ganz alleine. Von mir hat Johann in dieser Richtung nicht ein einziges Wort vernommen. Ich kenne meinen Johann! Alles was er weiß, kann bei Bedarf von ihm in einer einzigen Hundertstelsekunde verdreht werden. Und wie eben erlebt, mein Johann ist zu allem fähig.

Obwohl, ehrlich zugegeben, das hätte selbst ich ihm nicht zugetraut. Aber was heißt das schon! Nur weil anscheinend er mit seinem Liebesleben nicht zurechtkommt, meiner Freundin, die ihm vertraut hat, so in den Rücken zu fallen, finde ich absolut niveaulos. Eigentlich bin ich im Moment mehr über Johanns Verhalten Simone gegenüber entsetzt, als über sein Schlechtreden von mir. Vielleicht bin ich da auch jetzt schon etwas abgebrüht, so etwas bin ich mittlerweile gewöhnt. Außerdem betrifft es mich nicht mehr! Johann und ich sind getrennt! Und diese absolut hinterhältige Aktion von ihm bestätigt mich in meiner Entscheidung nur noch mehr. Abgesehen davon habe ich vor Simone nie versucht, diese doch etwas negative Charaktereigenschaft von Johann zu vertuschen. Ganz im Gegenteil, ich habe ihr immer offen gesagt, was Sache ist. Sie wollte es nicht glauben, und hat doch eine gewisse Zeit, ich würde sagen, für meinen Geschmack etwas zu lang und zu ausgiebig, aber das ist jetzt wieder ein anderes Thema, Johann mit ihrem Liebesleben zugedröhnt.

Das sind jedoch alles keine stichhaltigen Argumente für Simone. Sie lässt sich nicht von ihrer These abbringen, nein, sie ist nach wie vor davon überzeugt: Wenn ich besser aufgepasst hätte und vielleicht Johann weniger gedrängt hätte, sich so häufig mit mir zu treffen, hätte Klara nichts bemerkt und infolgedessen wäre die ganz Geschichte nicht ins Laufen gekommen. Dankeschön, bravo, jetzt bin ich auch noch daran schuld, dass Johann nicht mit seinen Gefühlen umgehen kann und Klara ihm deswegen wieder einmal auf die Schliche gekommen ist.

Meint Simone das tatsächlich ernst? Und außerdem, so die Meinung meiner Freundin, hätte ich nicht mit Johann Schluss gemacht, und das nur wegen so eines „kleinen Telefonanrufs" wäre überhaupt alles beim Alten geblieben, und Klara hätte weiterhin nichts von meiner Affäre und auch nichts von Simones Liebesleben erfahren. Aha, eh klar, auch meine Schuld! Sind denn jetzt alle verrückt geworden?

Wieso kommt aber Simone auf die Idee, dass der Grund für diesen Besuch von Klara und Johann mein Schlussmachen mit „diesem Menschen" wäre?

"Ja, ich habe natürlich weiterhin mit Johann telefoniert! Warum denn nicht? Das hat doch mit eurer Affäre nichts zu tun. Ich brauche ja seine Ratschläge bezüglich Peter trotzdem. Damit liegt Johann nämlich meistens goldrichtig und ich kann Peter viel besser verstehen." Simone erklärt mir den Zusammenhang so nebenbei, als wäre es das Selbstverständlichste.

Das ist es für mich aber definitiv nicht. Sie weiß, dass ich unglücklich bin, sie weiß, dass ich mit Johann Schluss gemacht habe, weil er sich mir gegenüber einfach unmöglich verhalten hat und hält trotzdem zu ihm? Und nicht zu ihrer Freundin? Und dass Johann mit seiner Frau bei ihrem Mann war, um ihm von ihrer Affäre zu erzählen, das hat sie ihm einfach so verziehen? Und um dem Ganzen den Gipfel aufzusetzen, erzählt sie Johann jetzt weiterhin Einzelheiten über ihr Liebesleben außerhalb der Ehe? Ich bin jetzt überfordert! Habe ich wieder einmal irgendetwas übersehen? Ist das normal? Will mich Simone auf den Arm nehmen? Werde ich verrückt? Das wohl am aller ehesten.

Ganz ehrlich, im Moment bin ich so schockiert von Simone, dass ich am liebsten aufstehen und gehen würde. Ich empfinde ihre Handlung als einen sehr großen Verrat an mir. Doch wenn ich jetzt wirklich die Freundschaft mit ihr abbreche, dann erfahre ich auch mit Sicherheit nichts mehr von Johann. Denn wie es scheint, ist Simone in häufigem Kontakt mit ihm. Warum ich aber nicht alle beide einfach links liegenlasse und mich auf mein Leben konzentriere, verstehe ich jetzt logisch überlegt auch nicht.

Trotzdem will ich von Simone wissen, was oder ob Johann überhaupt noch etwas von mir erzählt hätte.

"Ja, natürlich hat er mir alles erzählt. Und er ist fix und fertig. Er kann ohne dich keinen klaren Gedanken fassen. Aber das weißt du ja. Und du weißt auch, dass er sich noch nicht von seiner Frau scheiden lassen kann, trotzdem hast du ihm quasi das Messer an den Hals gesetzt. Und das, obwohl ihr eine Vereinbarung getroffen habt, dass du ihm bis Februar Zeit gibst. Und jetzt das. Das ist nicht fair von dir. Aber es ist ja deine Sache!", das sind Simones Worte und dann fährt sie fort: "Und weil Johann wegen dir nicht mehr ein noch aus weiß, hat Klara bemerkt, dass mit ihm etwas nicht stimmt. In seiner Verzweiflung hat Johann dann Klara alles erzählt. Mit irgendjemandem musste er schließlich reden. Und dann kam eines zum anderen und dank dir, standen sie dann bei Herbert im Büro!"

Simone meint es todernst. Sie gibt mir tatsächlich allen Ernstes die Schuld am Besuch von Klara und Johann. Ich fasse es nicht. Weiß sie, was sie gerade sagt?

Hmmm, aber eines ist schon wieder positiv! Ja, ich wieder mit meinem „Positiv". Ich finde ja tatsächlich immer und überall etwas Gutes. Ich muss dringend!!!! zum Psychiater. An so einer Situation gibt es nichts, aber schon gar nichts Positives!

Aber Johann ist laut den Worten von Simone fix und fertig! Juchhuuuhhh! Das heißt dann, er liebt mich wirklich! Oder, gut, er hat mich wirklich geliebt. Dadurch habe ich keinen Grund mich sooo ausgenützt zu fühlen, wie ich es bis jetzt noch tat. Ach, wirklich? Habe ich mich nicht gut und erleichtert gefühlt? Aber, kann sein, dass ich mich da täusche! Ich halte mich ja selbst nicht mehr für zurechnungsfähig. Wer weiß schon, was stimmt und was nicht stimmt. Oder was die Wahrheit ist oder nicht. Ich jedenfalls nicht mehr. Ich gebe zu, dass es Johann schlecht geht, ändert jetzt nichts daran, dass unsere Beziehung aus ist, aber trotzdem, der Gerechtigkeit wegen, freut es mich!?!

Was hingegen meine Freundin betrifft, bin ich total enttäuscht. Wie kann sie behaupten, ich wäre die alleinige Schuldige an quasi allem was in den letzten Wochen passiert ist? Ja, ich weiß, das ist wieder leicht übertrieben, aber ich bin am Boden zerstört, so etwas hätte ich von Simone niemals erwartet. Simone hingegen ist sich absolut keiner Schuld bewusst, jetzt noch weniger, denn schließlich hat sie mir ohnehin alles erzählt. Ja, herzlichen Dank auch. Ich trinke meinen Cappuccino aus, der mir heute das erste Mal nicht mehr schmeckt und gehe nach Hause. Ich kann im Moment nicht sagen, ob ich Simone als Freundin behalten werde oder nicht. Als wenn es im Moment nicht schon genug wäre, dass ich meinen Johann nicht mehr habe, fällt mir auch Simone noch in den Rücken.

Mein Telefon läutet. „Unbekannte Nummer"! Wer will denn jetzt wieder etwas von mir. Mürrisch melde ich mich.

"Hallo, Brigitte, ich bin es, Johann.", kommt es gequält aus meinem Handy. Innerhalb einer Hundertstelsekunde ist mein Pulsschlag auf 180. Leicht zittrig kann ich nur sagen: „Ja?"

"Ich muss mit dir reden." Johann ist, wie man bemerkt kein Freund der großen Worte.

"Warum?", ich jedoch anscheinend auch nicht.

"Ach Brigitte, mach es mir doch nicht so schwer. Du weißt genau, dass ich dich liebe. Ich will und kann ohne dich nicht leben. Können wir uns morgen nach der Arbeit treffen? Ich halte das sonst nicht aus!" Johann weiß ganz genau, was er will und wie er mit mir sprechen muss, um das zu bekommen, was er will.

Das hat ja schon die letzten fünfhundert Mal (ja, ja, ich weiß, wieder übertrieben) geklappt, also wieso nicht auch jetzt? Und Johann kann wirklich ganz arm und kleinlaut klingen, und ja, mein Mitleid mit ihm ist erwacht. Um ihm die Möglichkeit zu geben, nochmals mit mir zu sprechen, und die Dinge klarzustellen, nämlich, dass es aus ist – für immer, sage ich ihm ein Treffen für morgen zu.

Mit einem kurzen "Danke!", legt mein Johann auf.

Nein, Fehler! Nicht MEIN Johann, sondern nur Johann, auf. Jetzt macht euch keine unnötigen Sorgen um mich. Ich bin erwachsen und weiß was ich will. Und das ist definitiv nicht mehr meinen Johann. Upps, schon wieder passiert – denkt euch einfach das „meinen" weg. Und schon gar nicht nach alldem was ich gerade von Simone erfahren habe. Ich bin doch nicht blöd. Glaubt ihr allen Ernstes ich würde einen Mann der mich quasi in der Öffentlichkeit schlecht macht, als meinen Freund nehmen? Ich bin ja möglicherweise ein wenig labil in Bezug auf Johann, aber doch nicht komplett wahnsinnig! Ich treffe mich morgen mit ihm und erkläre ihm die Situation nochmals.

Er wird einsehen, dass er bei Klara mehr als gut aufgehoben ist. Er hat doch auch jetzt alles mit ihr besprochen und sie ist solidarisch mit ihm zu Simone und Herbert gefahren um sich mit ihm gemeinsam an mir zu rächen. Wenn das kein eindeutiger Liebesbeweis von Klara in Bezug auf Johann ist, dann weiß ich es auch nicht. Genau so werde ich es Johann erklären und dann ist ein für allemal Ruhe.

Und wie schon einmal erwähnt, und das war nicht gelogen, ich kann sehr gut auch alleine leben. Und mit jedem Tag den ich länger von Johann getrennt bin, geht es mir besser und ich werde immer mehr wieder ich selbst und löse mich von der Rolle als Marionette in Johanns Leben.

Tiefenentspannt, zugegeben, vielleicht doch ein ganz klein wenig nervös gehe ich am nächsten Abend zu Johann ins Büro, um wie versprochen noch einmal mit ihm zu sprechen.

Ich betrete das Zimmer und vor mir steht Johann mit einem riesengroßen Blumenstrauß voller roter, langstieliger Rosen. Mit einem Blick, den ich gar nicht beschreiben kann sieht er mich an und beginnt sofort zu reden: "Brigitte, bitte verzeih mir, ich weiß, das alles war mein Fehler. Bitte komm wieder zu mir zurück. Ich kann ohne dich nicht leben. Ich verspreche dir, niemals mehr in solchen Situationen das Telefon abzuheben. (Ahhh, mein Johann lernt dazu! Aber wahrscheinlich würde er mir in seiner jetzigen Situation alles versprechen.) Aber bitte, ich kann jetzt noch nicht von meiner Frau weg."

Völlig verzweifelt sieht Johann mich an.

Und wer das jetzt nicht nachvollziehen kann, der hat einfach kein Herz: Ich schließe Johann in meine Arme und alles ist verziehen und vergessen. Ich habe es immer gewusst, irgendwo hat Johann seine absolut liebe, sensible und verletzliche Seite. Diesmal konnte er sie nicht mehr komplett vor mir verbergen. Ach, vielleicht wird ja doch noch alles gut und einer gemeinsamen Zukunft steht nichts mehr im Wege.

18

Selbst wenn irgendjemand bis jetzt noch nicht von der grenzenlosen Liebe meines Johanns überzeugt war, diese Aktion oder besser gesagt, dieser Liebesbeweis muss und wird jetzt auch den letzten Skeptiker überzeugen. Und ich rede jetzt nicht von dem vergangenen, sondern vom kommenden! Ich kann mich vor Liebesbeweisen meines Lieblings im Moment gar nicht mehr retten. Hihihi, will ich auch nicht. Ich genieße die frisch entdeckte Leidenschaft in vollen Zügen.

Wir treffen uns in jeder freien Minute und Johann ist so aufmerksam wie niemals zuvor. Er ist im Moment der perfekte Liebhaber. Auch wenn es niemand, einschließlich mir, für möglich gehalten hätte, Johann schaltet bei unseren intimen Treffen sogar sein Handy ab! Ja, ihr seht, alles ist möglich, wenn mein Johann es nur will. Wenn es sich irgendwie einrichten lässt, nimmt sich mein Liebling in der Arbeit ein paar Stunden frei, um die Zeit mit mir zu verbringen. Ich kann es nicht glauben, wieviel Risiko(?!?) mein Geliebter im Moment eingeht, nur um mir zu beweisen, wie sehr er mich liebt. So wie es jetzt zwischen uns läuft, das ist der absolute Wahnsinn! Und das meine ich tatsächlich absolut positiv und ohne Verwendung meiner rosa Brille.

Heute aber hat Johann die Möglichkeit sich sogar einen ganzen Nachmittag für mich freizuhalten. Klara wird diesen Nachmittag nämlich mit ihren Freundinnen verbringen. Wie jedes Jahr macht die Damenrunde einen gemeinsamen Ausflug in eine nahegelegene Stadt zum ausgiebigen Tratschen, Bummeln und anschließender Einkehr in ein nettes Lokal. Da dies eine reine Frauenrunde ist, kann Klara Johann beim besten Willen nicht mitnehmen. Sie fährt nur widerwillig. Ihr Vertrauen, Johann alleine und unkontrolliert zuhause zu lassen, hält sich für jedermann nachvollziehbar sehr in Grenzen.

Nachdem mein Liebling seine Frau jedoch davon überzeugt hat, dass er an diesem Nachmittag mit Arbeit total ausgelastet wäre, er deshalb ohnehin keine Zeit für sie und schon gar nicht für mich hätte, entschließt sie sich dann doch mit ihren Freundinnen mitzufahren.

Na, was sagt man dazu, ich bin in das Familienleben von meinem Johann schon so integriert, dass selbst Klara mich schon (oder besser gesagt – keinesfalls) in ihren Tagesablauf beziehungsweise Tagesplan mit einbezieht. Damit auch die letzten Zweifel ausgeräumt sind, zeigt mein Schlauerchen (ja, richtig, ich meine meinen Johann) seiner Frau meinen Arbeitsplan. Natürlich nicht den tatsächlichen, denn da würde Klara eindeutig erkennen, ich habe Mittag Dienstschluss. Mein Liebling hat den Plan für seine Frau leicht abgeändert, sodass ich jetzt offiziell den gesamten Nachmittag arbeiten muss. Damit ist für Klara endgültig bestätigt, für ihren Mann besteht keine Möglichkeit mich außerhalb der Arbeitszeit zu treffen. Somit ist für Klara die Gefahr, die von meiner Seite ausgeht, gebannt. Außerdem, und das ist wohl für Klara das wichtigste und ausschlaggebendste Argument, Johann versichert ihr erneut, er hätte absolut keinen privaten Kontakt mehr zu mir. Das Kapitel Brigitte wäre für meinen Geliebten schon lange abgehakt.

Gut, man kann sich jetzt als ewiger Pessimist fragen, wo der absolute Liebesbeweis zu finden wäre. Außer von Johann aufs Neuerliche verleugnet zu werden, ist nichts zu entdecken.

Aber, das ist doch nur Tarnung! Das sagt mein Johann doch nur, um seine Frau zu beruhigen. Es ist im Moment noch nicht der richtige Zeitpunkt ihr reinen Wein über sein zukünftiges Leben mit mir einzuschenken. Aber darüber wollen wir jetzt nicht unnötig diskutieren, mein Johann macht das schon. Ich muss mich nur auf ihn verlassen, dann wird alles gut werden. Diesen letzten Satz möchte ich jetzt so nicht zu hundert Prozent unterschreiben.

Zehn Minuten vor vierzehn Uhr verlässt Klara die Wohnung um zu ihren Freundinnen zu gehen. Und welch Überraschung – Punkt vierzehn Uhr erwartet mich mein Geliebter auf dem Parkplatz vor seiner Wohnung. Wir wollen doch jede Minute nützen. Ohne Rücksicht darauf zu nehmen, dass uns eventuell Nachbarn beobachten könnten, umarmt mich mein Liebling liebevoll und ich weiß, jetzt bin ich da wo ich hingehöre, in den Armen meines geliebten Johanns. Na, geht es noch kitschiger?!?

Wie zwei Frischverliebte, ja aber hallo, das sind wir doch auch, durchqueren wir eng umschlungen den Innenhof der Wohnsiedlung meines Lieblings. Bei seinem Haus angekommen, marschieren wir in den ersten Stock, wo sich die gemeinsame Wohnung von Klara und Johann befindet. Dieser kleine Hinweis mit der „gemeinsamen Wohnung von Klara und Johann" musste jetzt einfach sein. Ich will damit zeigen, dass ich grundsätzlich Herr meiner Sinne bin und weiß, wo ich bin und was ich abermals beabsichtige zu tun. Und ja, ich bin mir immer noch dessen bewusst, dass man, egal unter welchen Umständen, sich auf keinen Fall in der ehelichen Wohnung des Geliebten treffen sollte. Das ist absolut geschmack- und pietätlos. Das weiß ich doch alles, und ich sehe das doch genauso. Aber das ist zum wiederholten Male Theorie!!! Wenn aber der Geliebte quasi wieder darauf besteht (so ein Blödsinn!!) weil es in seinen Augen zuhause (bei ihm!!) viel gemütlicher als anderswo ist, dann habe ich selbstverständlich keine Einwände und bin wieder einmal schnell zu überzeugen. Seine Frau erfährt ohnehin nichts davon, sie ist gut bei ihren Freundinnen aufgehoben.

Wir betreten die Wohnung, Johanns Katzen begrüßen mich, schließlich bin ich ja so gut wie Stammgast. Okay, zugegeben, das ist jetzt wieder etwas übertrieben. Um jetzt nicht den Eindruck zu erwecken, wir würden uns nur treffen um mitsammen ins Bett zu gehen, na was denn sonst, plaudern können wir auch in jedem x-beliebigen Lokal, setzen wir uns zuerst wieder ins Wohnzimmer.

Für einen kurzen Moment kommen in mir die Erinnerungen an unsere letzte Nacht in der Wohnung meines Lieblings hoch. Da ich aber bis heute keinerlei Beweise für meine These gefunden habe, und mit Sicherheit auch keine mehr bekommen werde, verdränge ich den

Gedanken sofort wieder. Ich habe meinen Liebling bis heute nicht mehr auf diese Nacht angesprochen. In Anbetracht dessen, dass unsere Affäre aber einen derartigen Fortschritt gemacht hat (bitte nicht fragen, welchen), bin ich mir ganz sicher, dass Johann zum jetzigen Zeitpunkt auf keinen Fall mehr zu solch einer Tat fähig ist.

Bei einer Tasse Kaffee und einem Stück Zitronenkuchen, den Klara gebacken hat und der ausgezeichnet schmeckt, unterhalten wir uns und Johann beginnt mich zu küssen.

Ich denke, nein, ich weiß nicht was ich denken soll, aber Klara muss ein sehr toleranter Mensch sein. Und/Oder sie glaubt Johann ebenfalls alles was er sagt, genau wie ich! Warum bäckt sie einen Kuchen und stellt alles griffbereit in die Küche, ganz so, als wüsste sie, dass ihr Mann Besuch bekommt? Ich, an ihrer Stelle, hätte sicherheitshalber einige Tropfen eines gut wirksamen Abführmittels in meinen Kuchen gegeben. Sicher ist sicher. Ich kann mir beim besten Willen nicht vorstellen, dass sie nicht spürt, dass, in diesem Fall „ihr" Johann noch immer eine Affäre mit mir hat. Da käme dann das jedermann bekannte, ominöse und absolut nicht logische oder beweisbare Bauchgefühl ins Spiel, das auch Klara mit Sicherheit besitzt.

Aber warum zerbreche ich mir jetzt den Kopf über Klara? Ist es vielleicht doch das schlechte Gewissen? Es wäre tatsächlich schön, wenn das der Grund wäre. Vielleicht ist das der Beweis, dass doch noch irgendwo ein Quäntchen Anstand, Rücksicht oder auch einfach nur gutes Benehmen bei mir vorhanden ist. Das habe ich allerdings bei meinem letzten Besuch auch schon gehofft! Und? Wohl eher nicht, sonst säße ich doch nicht schon wieder bei meinem Liebling auf der Couch.

So, jetzt aber aus! Ende! Ich habe mich dazu entschlossen, meinen Liebling bei ihm zuhause zu besuchen! Ab diesem Moment genieße ich die doch jedes Mal wieder hart erkämpfte Zweisamkeit mit meinem Geliebten.

Nach unserem Anstandskaffee geht Johann in die Offensive,

schließlich haben wir im Endeffekt doch nur eine begrenzte Zeit zur Verfügung und die will sinnvoll genützt sein.

Mit den Worten: "Warte einen Moment, ich bereite die Couch für uns beide im Arbeitszimmer vor", verschwindet Johann für ein paar Minuten aus dem Wohnzimmer.

Aha, wir gehen also diesmal ins Arbeitszimmer? Da bin ich jetzt aber ehrlich ein wenig erleichtert. Dann wird dieses geheimnisumwobene Zimmer also auch für mich zugänglich! Vielleicht hat mein Liebling doch auch voriges Mal gespürt, das eheliche Schlafzimmer ist nicht der ideale Platz für ein Schäferstündchen mit der Geliebten. Genau das habe ich doch schon immer gewusst, er kann sehr wohl unterscheiden, was richtig und was falsch ist?!? Er verdrängt oder versteckt diese Seite von ihm nur meistens sehr gut. Ob ihr diesen letzten Satz jetzt eins zu eins glauben sollt? Jaaaa!!! Das hat mein Liebling doch vor einigen Tagen mit seinen roten Rosen bewiesen!

Kaum ist Johann aus dem Arbeitszimmer zurück, erhebe ich mich und wir gehen eng umschlungen in unser liebevoll von Johann vorbereitetes Liebesnest.

Johann blüht in seiner gewohnten Umgebung (sein Arbeitszimmer ist eindeutig sein privatester Bereich) auf. In meinen Augen ist er noch begeisterter bei der „Sache" als gewöhnlich, und ich genieße den Sex mit ihm. In einer „Verschnaufpause", wir sind ja nicht mehr die Jüngsten, aber für unser Alter noch bestens erhalten (hahaha, Scherzchen!) liegen wir eng aneinander gekuschelt auf dem Sofa und genießen den Augenblick der Zweisamkeit.

Meine Blicke wandern gedankenlos und glücklich durch den, für mich bisher unbekannten Raum.

Vorbei an Johanns Kleiderschrank, der vollgepackt mit Winterjacken ist, wie er mir zu einem anderen Zeitpunkt voller Stolz erzählen wird, mit sage und schreibe fünfunddreißig Stück. Aber das tut jetzt nichts zur Sache.

Vorbei am Fenster, an dem die blickdichten Vorhänge vorsorglich zugezogen sind, man will ja keine ungebetenen Zuschauer! Ach ja?!?

Vorbei am Schreibtisch, auf dem der Computer meines Lieblings sowie seine Handys, und eine Videokamera liegen. Johann hat immer drei bis vier Handys aktiviert, also kein Grund zur Überraschung. Einerseits ist der Umgang mit diesen technischen Geräten absolut als Hobby von meinem Geliebten zu bezeichnen, andererseits macht es Johann tierischen Spaß immer wieder einmal die Handys zu wechseln, sodass eigentlich niemand weiß, unter welcher Telefonnummer er gerade erreichbar ist. Vielleicht auch mit ein Grund um weniger kontrollierbar (von Klara, na von wem denn sonst) zu sein. Aber das ist jetzt in meinen Augen nicht weiter schlimm, jeder hat seine Hobbys, und wenn es ihm Spaß macht, dann soll er von mir aus auch zwanzig Handys haben. Ja, da bin ich sehr tolerant! (Scherzchen!) Mein Johann macht ohnehin was er will, und ich finde ALLES was er macht toll! Das ist die perfekte Lösung für Harmonie! (Gummizelle!!!) Und um ehrlich zu sein, es geht mich auch nichts an, wofür er sein Geld ausgibt.

Meine Blicke wandern weiter, vorbei am Gemälde an der Wand, ein Landschaftsbild, nichts Aufregendes, nett anzusehen, mehr aber auch nicht.

Vorbei an der leicht geöffneten Tür (schon wieder?), zurück zu meinem friedlich neben mir liegenden Liebling. Diesmal verunsichert mich die geöffnete Türe nicht. Da wir nur ein paar Stunden hier sind, ist es sogar für meinen Johann unmöglich, irgendjemanden heimlich in oder aus der Wohnung zu lassen.

Entspannt und mit der Gesamtsituation sehr zufrieden, davon gehe ich jetzt einfach aus, genießt auch mein Geliebter unsere Zweisamkeit in gewohnter (ja, aber nur für ihn!) Umgebung.

Für mich ist diese Situation, so genüsslich neben meiner großen Liebe zu liegen auch angenehm, keine Frage, aber ganz so tiefenentspannt wie Johann bin ich nicht. Ich denke, das ist leicht nachvollziehbar, denn es ist schließlich nicht meine Wohnung, und irgendwie bin ich mir doch nicht hundertprozentig sicher, dass Klara ihrem Treffen bis zum Schluss beiwohnt. Es wäre nicht nur extrem peinlich für mich, wenn Klara heimkäme und Johann und mich im Arbeitszimmer antreffen würde, nein, es wäre tatsächlich so niveau- und respektlos, und alles was an solchen, diese Situation betreffenden Wörtern sonst noch zur Verfügung steht, sodass ich vor Verachtung vor mir selbst im Erdboden versinken würde.

Aha, das fällt mir jetzt ein? Es wäre mir erst dann so richtig unangenehm, wenn Klara uns erwischen würde. Nach dem Motto, so lange es niemand merkt, ist es OK. Aber nein, es ist ganz und gar nicht in Ordnung für mich. Darum mache ich mir doch auch schon wieder Gedanken darüber. Ich fühle mich nicht so rundherum zufrieden und glücklich wie mein Johann. Aber aus, Schluss mit der Jammerei. Wie bereits erwähnt, habe ich mich eindeutig freiwillig dazu entschieden mich hier in Klaras und Johanns Wohnung mit meinem Liebling zu treffen. Ende der Diskussion!

Hmmm, das war jetzt abermals ein Aufschrei meines Gewissens, das ist bei mir eigentlich nicht üblich. Allerdings war ich bisher auch noch selten in einer Situation mit der mein inneres „Ich" absolut nicht einverstanden war. Meine bisherigen Entscheidungen im Leben wurden von mir doch meistens im Einklang mit mir selbst getroffen. Na, dann ist das jetzt wohl eine besondere Situation! Aber wie heißt es so schön: Ausnahmen bestätigen die Regel! Also zurück zu meinem wahren Ich?!?

Im Endeffekt ist es doch völlig egal, wo Johann seine Frau betrügt. Ob in der ehelichen Wohnung, im Hotelzimmer, im Auto oder unter der Brücke. Fakt ist, er betrügt sie. Und da haben wir auch den Kern der Sache wieder getroffen. ER betrügt sie. Das ist nicht meine Baustelle! Ich möchte nur meine ohnehin abzählbaren Stunden mit meinem Geliebten genießen.

Mein Blick ruht auf Johann, wie er absolut zufrieden neben mir liegt. Plötzlich durchfährt es mich wie vom sprichwörtlichen Blitz getroffen. Auf Johanns Schreibtisch steht eine Videokamera! Es ist so eine moderne, kleine, und eigentlich nichts Besonderes. Warum sollte sie nicht dort stehen? Mein Johann ist Hobby-Techniker, also alles OK.

Brigitte, versuch die Situation zu genießen und entspann dich! Du bist hier mit deinem Traummann. Also, wo ist das Problem? Wo ist DEIN Problem? Willst du dir die Stimmung mit „Gewalt" verderben? Genieße diese unbeschwerten Minuten mit deinem Geliebten, sie sind ohnehin sehr rar.

Johann beweist mir durch die Mitnahme in seine (und die von Klara) Wohnung seine Liebe, und so kuschle ich mich wieder glücklich an meinen Liebling. Aber! Ich kann dieses Gefühl in mir nicht näher erklären (wieder einmal!). Es ist einfach da, der Gedanke an die Kamera lässt mich nicht mehr los. Man hat doch schon des Öfteren davon gelesen oder auch Reportagen im Fernsehen gesehen, wo Menschen ungewollt und ohne zu fragen beim Sex gefilmt wurden. Na, ja, eigentlich hört man das nur von berühmten Persönlichkeiten, und da gehöre ich jetzt beim besten Willen nicht dazu. Also?!? *So, Brigitte, jetzt ist aber Schluss mit dieser Panikmacherei!* Da sieht man wieder wozu der Mensch, und ich anscheinend sowieso, fähig ist.

Durch den Anblick einer ganz harmlosen Videokamera kommen mir ganz viele, völlig abwegige und an den Haaren herbeigezogene Dinge in den Kopf und lassen mich nicht mehr los. Schlimmer noch, ich kann plötzlich an nichts Anderes mehr denken.

Bitte! Ich möchte einfach diesen Gedanken wieder fallenlassen und die Situation mit meinem Liebling genießen. Wer weiß, wann ich die nächste Möglichkeit für ein paar gemeinsame Stunden mit ihm bekomme? Aber auch das wird jeder von euch kennen, je mehr man sich bemüht einen Gedanken zu verdrängen, desto mehr denkt man daran. Und bei mir ist es genau dasselbe. Aber ich wäre nicht Brigitte, wenn ich nicht auch schon eine Lösung für meine fehlgeleiteten Gedanken hätte. Ich werde einfach noch einen Blick auf die Kamera werfen, wenn das Objektiv wie von mir stark angenommen nicht direkt auf unser Liebesnest zeigt, ist ja ohnehin alles bestens.

Natürlich gibt es dann noch immer die Möglichkeit mit Hilfe von Spiegeln die Richtung des Objektivs bewusst weg vom Geschehen zu richten. Aber diese Möglichkeit scheint dann sogar mir zu absurd und an den Haaren herbeigezogen, sodass ich sie kurzerhand erfolgreich(!)aus meinen Gedanken verdränge.

Also, ein Blick und die Situation hat sich erledigt und mein Johann kann wieder zum Mittelpunkt meiner Gedanken werden.

Ein Blick, noch ein Blick und noch ein Blick! Ja, mein Sehnerv täuscht mich nicht. Das Objektiv der Kamera ist genau auf meinen Liebling und mich gerichtet. *Brigitte, Ruhe bewahren, das heißt noch gar nichts.* Irgendwohin muss die Linse ja zeigen, das hat absolut nichts zu bedeuten. Nichts desto trotz erkläre ich meinem Liebling, ich müsse kurz aufstehen um die Kamera zu drehen, da mich das auf mich gerichtete Objektiv nervös machen würde. Ich weiß, dass ich unsere romantische Stimmung zerstöre, vielleicht nicht zerstöre, aber doch massiv beeinträchtige, aber da müssen mein Geliebter und ich jetzt durch.

Verständnisvoll nimmt Johann mich in die Arme und beruhigt mich mit den Worten: "Ach, Brigitte, du hast wohl zu viele Filme gesehen, was soll ich denn mit der Kamera wollen?"

Na, was wohl? Ich will gar nicht näher darüber nachdenken. Johann zieht mich fester an sich.

"Jetzt werde bitte nicht kindisch!", und mit diesen Worten ist für ihn die Sache erledigt. Ja, aber nur für ihn! Ich habe mich bereits (wieder einmal) so in meinen „Verfolgungswahn" hineingesteigert, dass mich Johanns Worte nicht beruhigen können. (Ich muss DRINGEND zum Psychiater!)

Unter massivem Protest meines Liebhabers stehe ich auf und ändere die Position der Kamera. Da fällt mir auf, dass das Ladekabel an der Kamera befestigt ist. Neugierig verfolge ich den Verlauf des Kabels und tatsächlich, es endet in der Steckdose unter Johanns Schreibtisch.

"Wieso ist die Kamera angesteckt?", will ich sofort sehr unromantisch von Johann wissen. Nun ist auch mein Liebling von unserem Sofa aufgestanden und hat die zwei Meter Abstand zum Schreibtisch überwunden. Jetzt bereits etwas ärgerlich steht er neben mir und nimmt die Kamera in die Hand.

"Also, dass du so kindisch bist und jetzt so ein Theater wegen der blöden Kamera machst, hätte ich nicht von dir gedacht. Anstatt den Moment mit mir zu genießen und dankbar zu sein, dass ich(!) uns diese paar schönen Stunden ermögliche, fängst du jetzt an, „herumzuzicken". Darf ich meine Kamera in meiner Wohnung nicht mehr hinstellen wo ich will? Soll ich vielleicht den Bildschirm meines Computers auch noch wegdrehen?" Demonstrativ ergreift Johann seinen Computerbildschirm und dreht ihn zur Wand. Jetzt will mein Geliebter mich aber für ganz blöd verkaufen.

Die romantische Stimmung ist weg! Kein Wunder! Jetzt werde auch ich etwas ärgerlich. Was bildet sich dieser Mann eigentlich ein? Mich so derartig blöd von der Seite anzureden? Weiß er nicht, wer ich bin? Ich bin nicht irgend so eine „Dahergelaufene"! Nein, ich bin seine Geliebte!!! Und nicht er hat uns diesen Moment ermöglicht, nein, auch ich bin daran beteiligt. Denn wenn ich nicht zu ihm in die Wohnung gekommen wäre, wo wären dann seine schönen Momente? So ein Schwachsinn aber auch.

Damit ist aber für mich das Thema „Videokamera" noch lange nicht erledigt. Ich nehme die Kamera in die Hand und sehe zu meinem Erstaunen, dass ein rotes Lämpchen an der Kamera leuchtet. Mit einem mehr als fragendem Blick will ich von Johann wissen, was dieses rote Lämpchen bedeutet.

"Das bestätigt nur, dass die Kamera am Stromnetz angeschlossen ist. Wenn du es so genau wissen willst, und dir die Zeit dazu nicht zu schade ist," - nein, das ist sie mir definitiv nicht! - "Klara braucht die Kamera morgen, und sie hat mich gebeten, sie aufzuladen. So, ist dir jetzt leichter? Willst du Klara anrufen und fragen, ob das stimmt?"

Hahaha, sehr witzig. Mein Liebling ist ja ein ganz Lustiger! "Ist eine Kassette in der Kamera?" Ich ignoriere die Bemerkung von Johann und bleibe lieber beim Wesentlichen.

"So, jetzt reicht es mir aber! Willst du noch eine Leibesvisitation bei mir machen?", angriffslustig sieht mich mein Liebling(?) an. Mein Johann ist doch ein Scherzkekschen, wie denn??? Johann ist nackt! In einem nun doch schon eher rauerem als liebevollem Ton redet Johann weiter: "Nein, natürlich ist keine Kassette in der Kamera, du kannst gerne nachschauen!"

Mittlerweile ist mein Liebling wirklich genervt von mir und meinen Fragen. Ja, tut mir leid, aber nicht ich habe die Kamera auf den Schreibtisch gestellt. Da ich das für mich bedrohliche Gerät immer noch in Händen halte, drehe und wende ich es, in der Absicht, herauszufinden, wo sich das Fach zum Einlegen beziehungsweise Herausnehmen der Kassette befindet. Selbstverständlich werde ich nachsehen ob das Fach tatsächlich leer ist. So ganz hundert prozentig möchte ich mich nicht auf die Aussage meines Lieblings verlassen. Dazu bin ich schon zu oft von ihm enttäuscht worden. Wie man leicht erkennen kann, mein technisches Wissen in diesen Dingen lässt sehr zu wünschen übrig. Mit einem leicht boshaften Grinsen im Gesicht beobachtet mich mein Geliebter. Anscheinend bemerkt er meine Hilflosigkeit in Bezug auf die Kamera. Aber jetzt gibt es für mich kein Halten mehr.

"Wo macht man das Fach auf?" höflich, aber mehr als bestimmt stelle ich meinem Johann diese Frage.

"Gib mir die Kamera, dann helfe ich dir! Ansonsten gibst du sowieso keine Ruhe!", genervt hält Johann mir seine Hand hin, um die Kamera in Empfang zu nehmen. Ja, da hat er vollkommen recht. Sehr richtig erkannt. Johann nimmt die Kamera und öffnet gekonnt das Fach.

Und siehe da: Es befindet sich eine Kassette im Fach! Ja, wie gibt es denn das? Wer hat die denn jetzt hineingezaubert? Sofort nimmt Johann die Kassette heraus und will sie zur Seite legen.

"Es ist keine Kassette in der Kamera, wie?", frage ich ihn jetzt doch etwas überrascht. Ehrlich gesagt hätte ich jetzt nicht damit gerechnet, dass sich in der Kamera tatsächlich eine Kassette befindet. So überzeugend wirkte mein Liebling auf mich. Anscheinend immer noch Herr der Lage erklärt Johann mir, diesmal bereits wieder etwas freundlicher: "Ach, DIE Kassette! Das ist eine ganz alte. Da haben wir (er meint Klara und ihn) einmal im Tiergarten gefilmt, zum Ausprobieren der Kamera."

Bei mir Blinken jetzt alle vorhandenen und auch versteckten Warnlämpchen in meinem Kopf. Trotzdem, oder vielleicht gerade deshalb versuche ich ganz ruhig zu bleiben. Mit einem mehr als gezwungenen Lächeln ersuche ich meinen Liebling die Kassette nochmals einzulegen, damit ich mich davon überzeugen könne, dass auch wirklich der Tiergarten auf der Kassette zu sehen ist.

Ohh, ohh! Jetzt wird mein Johann aber richtig böse. Er nimmt die Kassette und – so schnell kann ich gar nicht schauen, geschweige denn, reagieren - bricht sie mit beiden Händen in der Mitte auseinander. Zumindest versucht er es. Das Gehäuse bricht, das Aufnahmeband jedoch bleibt ganz, und wird nur ein Stück aus dem Gehäuse herausgezogen.

Mit einem richtig wütenden Gesichtsausdruck will mein Johann jetzt von mir wissen: "Und! Bist du jetzt beruhigt? Jetzt ist diese blöde Kassette vernichtet und wir können das Thema wechseln. Unsere Stimmung hast du komplett ruiniert! Toll gemacht! Und das alles, wegen so einem Blödsinn, den du dir einbildest!"

Und damit ist die Sache für Johann erledigt. Ja, aber wie schon des Öfteren, NUR für Johann!

"Gib mir die Kassette!", verlange ich von ihm.

Entgeistert starrt er mich an: "Warum? Was willst du damit? Sie ist kaputt! Du brauchst keine Angst mehr zu haben, wovor auch immer!"

Aber so leicht lasse ich mich jetzt nicht aus meinem Konzept bringen: "Wenn die Kassette ohnehin kaputt ist, dann kannst du sie mir auch geben, wegwerfen kann ich sie auch!"

Widerwillig, aber es bleibt ihm so gesehen nichts anderes übrig, überlässt mir Johann die Kassette. Das Thema ist damit auch für mich erledigt, unsere Stimmung allerdings am Boden.

Stillschweigend ziehen wir uns an und Johann holt den Staubsauger. "Was machst du denn jetzt?!?", will ich etwas überrascht von ihm wissen. In der Aufregung habe ich vergessen, dass das ja ein fixes Ritual von Johann nach meinem Besuch bei ihm ist.

"Na, ich werde jetzt überall wo du warst staubsaugen, und dann alles ordentlich wegräumen. Ich will doch nicht, dass Klara von dir Haare findet. Das ginge mir noch ab!" erklärt er mir sehr abgebrüht.

Hilfe! Wo ist mein bis vor zehn Minuten noch so liebevoller Johann?

Das ist jetzt abermals ein ordentlicher Tiefschlag für mich. Gekränkt, natürlich bin ich mir dessen bewusst, dass er recht hat, aber muss er mir das schon wieder so lieblos unter die Nase reiben, ziehe ich meine Schuhe an. Kann er nicht mit dieser Putzaktion warten, bis ich weg bin? Die paar Minuten hätte Johann doch auch noch warten können, wäre jedenfalls weniger erniedrigend für mich gewesen. Aber wieso denn jetzt noch Rücksicht auf mich nehmen: Johann hat doch alles gehabt, was er wollte – und mit dieser Videokassette habe ich ihn ohnehin schon mehr als er anscheinend verkraften kann, geärgert. Also, was will ich denn noch?

Ich gebe ihm (ich – ihm!!!) einen Abschiedskuss und verlasse die Wohnung von Klara und Johann. Wie heißt es doch so schön: Die kleinen Sünden bestraft der liebe Gott sofort! Super! Dann ist dieser Besuch von mir in der ehelichen Wohnung meines Geliebten anscheinend doch nur eine kleine Sünde! Wenigstens etwas. Traurig und wieder auf dem Boden der Tatsachen angekommen fahre ich nach Hause.

Für mich endet dieser Nachmittag, der doch soooo schön begonnen hat, zum wiederholten Male mit ganz viel Zweifel an meiner Affäre. Aber auch diese ominöse Kassette liegt mir schwer im Magen. Denn, nur weil ich diese Kassette, jetzt noch dazu ruiniert in meiner Handtasche habe, ist der Fall für mich nicht erledigt. Noch weiß ich nicht, was auf dieser Kassette aufgenommen wurde. Aber das wird sich ändern. Ich werde alles in meiner Macht stehende unternehmen, um das herauszufinden. Die Frage ist jetzt nur: Wie?

Eines steht für mich aber fest: Auf normalem Weg geht sicher gar nichts mehr, das Gehäuse der Kassette ist irreparabel zerstört. Ich kann dieses dumme Ding weder in eine Videokamera noch in ein Abspielgerät einlegen. Einzig und alleine das Aufnahmeband an sich ist noch ganz, wenngleich auch das aus der vorgegebenen Rolle teilweise herausgerutscht ist. Ich werde es bei einem auf Videogeräte spezialisiertem Shop versuchen.

Dorthin führt mich dann auch mein erster Weg in meinem Heimatort. Mutig spaziere ich ins Geschäft. Ich zeige meine kaputte Kassette vor, mit der Frage, ob es noch irgendeine Möglichkeit gäbe, den Inhalt dieser Kassette sichtbar zu machen beziehungsweise eventuell sogar auf DVD zu spielen. Nachdem die Verkäuferin sich die kaputte Kassette angesehen hat, meint sie, dass es da eigentlich keine größeren Probleme geben dürfte. Sie würde die Kassette einschicken und in drei Tagen könnte ich die bespielte DVD abholen. Dieser „Spaß" ist zwar nicht ganz billig, aber die Gewissheit zu haben, dass mein Johann „unschuldig" ist, und auf der Kassette tatsächlich Aufnahmen eines Tierparks zu sehen sind, ist mir so gesehen fast jeden Betrag wert.

Erleichtert fahre ich nach Hause. In drei Tagen werde ich Gewissheit haben. Die Spannung steigt!

19

Drei Tage! Das kann sich ziehen. Noch dazu, wo ich mir jetzt nicht sicher bin, ist mein Johann unschuldig oder nicht?!? Wie soll ich ihm gegenübertreten? Einerseits kommt mir das Verhalten von meinem Liebling etwas reserviert vor, andererseits kann ich mir das auch nur einbilden. Ich versuche die Situation so entspannt wie möglich anzugehen, folglich gibt es weiterhin einen Guten-Morgen Kuss, und auch ein Treffen in der Mittagspause ist für mich völlig in Ordnung. Das intime Date in der Wohnung meiner Freundin möchte ich aber verschieben, bis ich weiß, was auf dieser verhängnisvollen Kassette aufgenommen wurde. Erst wenn ich mit eigenen Augen den Tiergarten auf dem Bildschirm sehe, bin ich beruhigt. Dann werde ich mich auch für mein Misstrauen bei meinem Liebling entschuldigen, und alles ist wieder gut. Bis dahin aber, ja, natürlich, es gilt (wieder einmal) die Unschuldsvermutung, bin ich noch etwas unentspannt. Man weiß ja nie, und wie ich schon des Öfteren schmerzlich erfahren musste, bei meinem Johann schon gar nicht.

Dafür hat sich die Situation zwischen Simone und mir wieder normalisiert. Wir haben uns nochmals zusammengesetzt und über diesen Besuch von Klara und Johann bei Simones Mann gesprochen. Simone hat zugegeben, ihre Schuldzuweisungen mir gegenüber waren etwas überzogen. Für mich ist diese Angelegenheit damit erledigt, meine Freundin war einfach ein wenig überfordert mit der Situation. Es kommt ja auch nicht alle Tage vor, dass ein „wildfremdes" Ehepaar ihrem Mann von ihrem Seitensprung erzählt oder erzählen will. Das Thema Fremdgehen ist aber bei Simone zuhause vom Tisch. Herbert glaubt Simone, dass diese Anschuldigung frei erfunden war und Klara und Johann ausschließlich über mich reden wollten. Warum auch immer, das bleibt Herbert ein Rätsel. Im Endeffekt ist es ihm aber auch egal, Hauptsache er wird von diesem ominösen Ehepaar nicht mehr belästigt.

Simone braucht genauso wie ich jemanden, dem sie vertrauen, und mit dem sie sich über ihre Affäre austauschen kann. Und da wir beide sozusagen fast im selben Boot sitzen, werden wir auch weiterhin zusammenhalten. Im Moment ist allerdings sie diejenige, die wieder etwas zu erzählen hat.

Am vergangenen Wochenende hatte Simone ihren achten Hochzeitstag. Und den hat sie mit Herbert UND Peter verbracht.

"Wie ist denn das möglich?" will ich neugierig von Simone wissen.

Eigentlich ist es einer Reihe dummer Zufälle zu verdanken, geplant war es nämlich absolut nicht. Ha, das habe ich mir jetzt fast gedacht. Aber alles der Reihe nach:

Zum Hochzeitstag bekommt Simone von Herbert fast immer einen Abenteuerausflug, eine kleine Reise oder den Besuch eines ausgefallenen Events geschenkt. Dieses Jahr hat Herbert ein Wochenende auf einem Luxusschiff gebucht. Eine wunderschöne Flussfahrt soll dieses Jahr ihre Liebe krönen. Schon beim „an Bord gehen" Samstag Früh sticht Simone ein Hinweisschild mit der Aufschrift „Schulungsteilnehmer" ins Auge. Doch angesichts der etwas hektischen Einschiffung vergisst sie diese Tafel schnell wieder.

Den Vormittag verbringen Simone und Herbert damit, sich in ihrer luxuriösen Kabine heimisch einzurichten, und sich auf dem großen Schiff zurechtzufinden. Mittags betreten sie den Speisesaal und bedienen sich am mehr als reichhaltigen Buffet. Mit einem Teller voller köstlicher Speisen versuchen Simone und Herbert einen freien Tisch zu finden. Während sie noch suchend durch die Tischreihen wandern, hört Simone plötzlich neben sich ein: "Hallo, Simone!"

Fast hätte sie ihren Teller fallen gelassen. Meine Freundin erkennt die Stimme sofort. Peter! Ihre ersten Gedanke sind: Ist das jetzt eine Fatamorgana? Wieso ist Peter hier auf dem Schiff? Und wieso grüßt er sie?

Na, ja, wahrscheinlich weil er höflich ist. Aber sieht er denn nicht, dass Herbert bei ihr ist? Das zu erkennen ist für Peter allerdings mehr als schwierig. Erstens kennt er Simones Mann nicht und zweitens ist es bei dieser Menge an Personen im Speisesaal fast unmöglich herauszufinden, wer zu wem gehört.

Herbert, der neben Simone stehen geblieben ist, blickt fragend von seiner Frau zu Peter und wieder zurück. Simone bleibt nichts anderes übrig, als die beiden Männer miteinander bekannt zu machen. Aber wie soll sie Peter vorstellen? Blitzschnell entscheidet sie sich, Peter als einen ehemaligen Arbeitskollegen vorzustellen. Freundlich begrüßen sich die beiden Männer und Simone entgeht nicht, dass Peter Herbert interessiert mustert. Zuvorkommend und als wäre es das Selbstverständlichste bietet Peter Simone und Herbert einen Platz an seinem noch freiem Tisch an. Dankend lehnt Simone sofort ab, mit der Begründung sie wolle Peter auf keinen Fall stören. Herbert jedoch, der sein Mittagessen noch halbwegs warm verspeisen möchte, ist sichtlich froh, die Platzsuche beenden zu können und nimmt das Angebot von Peter erfreut an. Jetzt kann auch Simone nicht mehr anders und muss sich notgedrungen zu Peter an den Tisch setzen. Da sitzt Simone nun auf einem wunderschönen Flusskreuzfahrtschiff, feiert mit ihrem Mann den Hochzeitstag und sitzt neben ihrem Geliebten.

Herbert und Peter verstehen sich prächtig. Innerhalb kürzester Zeit sind sie in ein Gespräch vertieft. Simone hingegen stochert etwas verzweifelt auf ihrem Teller herum. Ihr ist der Appetit ein wenig vergangen. Aber es bleibt ihr nichts anderes übrig, als gute Miene zum bösen Spiel zu machen. Jetzt erinnert sie sich auch, dass Peter ihr erzählt hat, er würde dieses Wochenende auf einem Schiff verbringen, da dort eine Schulung stattfindet, die er besuchen würde. Dass es aber ausgerechnet dasselbe Schiff ist, das Herbert für ihre Feier zum Hochzeitstag ausgesucht hat, ist jetzt doch mehr als nur ein Zufall. Ich würde das schon wieder als Schicksal bezeichnen.

Zum Glück (für Simone) muss Peter gleich nach dem Mittagessen wieder zurück zu seinem Seminar. Meine Freundin atmet auf. Das wäre überstanden. Aber sie hat sich zu früh gefreut. Noch während des Aufstehens vom Tisch meint Peter so ganz nebenbei, ob sie, also Simone und Herbert, denn nicht Lust hätten, sich am Abend noch auf ein Glas Wein mit ihm zu treffen, um diese nette Unterhaltung fortzusetzen. Simone öffnet schon den Mund um abzulehnen, mit der Begründung, es wäre doch ihr Ausflug zum Hochzeitstag und den würde sie doch lieber alleine mit ihrem Mann verbringen, aber Herbert ist schneller und stimmt freudig zu. Auf Simones fragenden Blick meint Herbert nur: "Das ist doch sicherlich auch in deinem Interesse Simone, oder? Ihr beide habt euch nach dieser langen Zeit bestimmt eine Menge zu erzählen und ich kann auch mein interessantes Gespräch mit Peter fortsetzen."

Das Einzige wozu Simone im Moment fähig ist, ist zu nicken. Selbstverständlich freut sie sich den Abend mit Peter zu verbringen, doch der Haken dabei ist: Herbert wird auch dabei sein! Mit einem schelmischen Grinsen im Gesicht meint Peter beim Weggehen noch, er freue sich schon auf den heutigen Abend.

Dass Peter diese Dreistigkeit besitzt, ist Simone fremd. Dieses Spiel mit dem Feuer lässt sich aber sicherlich damit erklären, dass Peters Ehefrau weit weg ist und für ihn daher keinerlei Gefahr besteht, von ihr erwischt zu werden. Wobei auch immer. Abgesehen davon, ist es doch ein Abend zu dritt. Also, alles kein Problem. Nur keine falsche Panik verbreiten. Irgendwie imponiert Simone diese Skrupellosigkeit von Peter. Ihm muss tatsächlich viel an ihr liegen, sonst würde er dieses Risiko sicherlich nicht eingehen.

Ja, jetzt ist Simone auch schon so weit, dass sie ihren Liebhaber „vergöttert" und Heldentaten sieht, wo absolut keine zu finden sind. Eben noch war sie sich bewusst, dass Peter ohne seiner Frau mehr oder weniger „Narrenfreiheit" auf dem Schiff hätte, und plötzlich riskiert er in ihren Augen doch wieder „Kopf und Kragen" für sie? Wunsch und Wirklichkeit liegen oft sehr weit auseinander.

Die Weichen sind gestellt. Simone kann jetzt ohnehin nichts Gravierendes an dieser Situation mehr ändern. Innerlich bereitet sie sich bereits darauf vor, den Abend, ihren Hochzeitstag, gemeinsam mit ihrem Mann und ihrem Geliebten bei einer Flasche Wein auf einem Flussdampfer zu feiern!

Nach dem Abendessen gehen Simone und Herbert an Deck um dort auf Peter zu warten. Dieser sitzt noch mit seinen Kollegen im Speisesaal, hat aber Simone und Herbert zu verstehen gegeben, dass er in Kürze nachkommen werde. Simones Ehemann bestellt eine Flasche Rotwein, um gemeinsam auf ihren Festtag anstoßen zu können.

Der Luxusdampfer nimmt indes Fahrt auf und schauckelt dem morgigen Ziel entgegen. Der einsetzende leichte Wind macht die Luft frisch und angenehm.

Doch je mehr sich das Schiff im Wind bewegt, desto blasser wird Herbert. Der Grund dafür: Herbert ist seekrank! Damit hat nun wirklich niemand gerechnet. Als Peter sich zu ihnen gesellt, ist Herbert bereits kreidebleich und nicht mehr in der Stimmung für eine entspannte Unterhaltung. Er gibt jedoch sein Bestes, stößt mit Simone und Peter auf ihren Hochzeitstag an und beginnt mit Peter ein Gespräch. Nach einigen Minuten jedoch ist es mit Herberts Selbstbeherrschung vorbei. Er will nur noch in seine Kabine. Simone erhebt sich, um mit Herbert unter Deck zu gehen. Dieser meint jedoch mit schwacher Stimme: "Simone, du kannst ruhig noch hier bleiben. Ich hole mir beim Stewart eine Tablette, und lege mich ins Bett. Nur weil es mir schlecht geht, ist das kein Grund, dass nicht wenigstens du noch etwas Spaß haben sollst. Nachdem ihr euch (damit meint er den „Arbeitskollegen" Peter und sie) nach so langer Zeit durch Zufall wiedergetroffen habt, habt ihr sicher noch eine Menge zu plaudern. Bitte seid mir nicht böse, aber mir ist so übel, ich will nur noch meine Ruhe!"

Herbert gibt Simone einen Kuss, verabschiedet sich von Peter und weg ist er. Nun soll also Simone mit Peter auf diesem tollen Schiff auf ihren Hochzeitstag anstoßen? Das ist jetzt sogar meiner Freundin zu heftig. Sie ist mit ihren Gedanken bei ihrem seekranken Mann und nach wenigen Minuten verabschiedet auch sie sich von Peter um zu

Herbert zu gehen. Unter diesen Umständen kommt bei ihr keine Stimmung für eine nette Plauderei oder sogar mehr(?!?) auf. Peter hat vollstes Verständnis für Simones Sorge um ihren Mann, und dieser Abend wird mit einem Küsschen und dem Versprechen von Peter sich nach diesem Wochenende bei ihr zu melden, beendet.

Am nächsten Morgen geht es Herbert wieder etwas besser. Der Wind ist abgeflacht und das Schiff gleitet ruhig dahin. Appetit hat Herbert jedoch noch nicht, deshalb lassen Simone und ihr Mann das Frühstück ausfallen. Den restlichen Tag verbringen sie entspannt auf einer Liege an Deck. Peter treffen sie an diesem Tag nicht mehr. Einerseits ist Simone darüber erleichtert, andererseits wäre sie einem kurzen, tiefen Blickkontakt mit ihrem Geliebten zum Abschied auch nicht abgeneigt gewesen. Jetzt, da es Herbert wieder besser geht, sind die Skrupel ihrem Mann gegenüber deutlich weniger geworden. Beim Ausschiffen läuft Peter ihnen nochmals kurz über den Weg. Aber da bleibt dann wirklich nur kurz Zeit um sich zu verabschieden.

So verbrachte also meine Freundin ihren Hochzeitstag. Wie Simone mir jetzt nach ihrer Erzählung aber versichert, hat diese Begegnung sie nur in ihrer Meinung bestätigt: So kann diese Affäre nicht ewig weitergehen. Noch so ein unverhofftes Treffen halten ihre Nerven nicht durch. Das ist für alle Beteiligten mehr als unangenehm. Na, für Herbert ja nicht, denn er weiß von alldem nichts. Und Peter? Er hat jetzt nicht den Eindruck gemacht, als würde er mit dieser Situation nicht umgehen können. Damit ist die Einzige, die damit ein Problem hat: Simone! Warum fällt es mir jetzt nicht allzu schwer das nachzuvollziehen?

Aber die Geschichte von Simone ist noch nicht zu Ende:

Am Montagmorgen ruft Peter Simone an, um sich zu erkundigen wie es ihr ginge.

"Naja, den Umständen entsprechend", ist ihr kurzer Kommentar. Sie hat nicht die geringste Ahnung, worauf Peter hinaus will. Er erklärt ihr, er hätte dieses Wochenende sehr genossen und fände Herbert sehr nett.

Aha, also eigentlich sollte er doch Simone nett finden und nicht Herbert. Aber vielleicht verstehe ich da etwas falsch. Nein, tue ich nicht, denn auch Simone ist der Ansicht, Peter hätte sich eigentlich ausschließlich über *ihre* Anwesenheit freuen sollen. Als sie ihm das auch sagt, meint Peter: "Simone, Liebling, das ist doch selbstverständlich, das muss ich doch nicht extra erwähnen. Natürlich hätte ich dieses Wochenende lieber mit dir alleine auf diesem Schiff verbracht. Aber wie du gesehen hast, für mich war es keine Vergnügungsreise, ich musste arbeiten. Und unter diesen Voraussetzungen fand ich es sehr erfrischend, dich und deinen Mann auf dem Schiff zu treffen."

Erfrischend? Was ist denn „erfrischend" für ein Ausdruck, wenn es eigentlich um Liebe gehen sollte? Oder in dem Fall vielleicht sogar um Eifersucht? Ist das erfrischend?!?

Aber es kommt für Simone noch schlimmer! Peter meint allen Ernstes zu Simone: "Ich muss dir ehrlich sagen Simone, dein Mann ist ein sehr netter Mensch. Ich habe euch genau beobachtet, ihr passt wirklich gut zusammen. Es wäre schade, wenn du ihn verlassen würdest!"

Simone schaut ihr Handy an, dann hält sie es wieder an ihr Ohr. Hat sie das jetzt richtig verstanden? Ist immer noch ihr Geliebter am Apparat? Oder hat sich ein Fremder in die Leitung geschmuggelt? Dass mein Johann ein wenig verrückt ist, damit haben wir, respektive ich, uns ja schon abgefunden, dass jetzt aber auch Peter so absolut unpassend reagiert, ist schon überraschend.

Was will Peter eigentlich? Zuerst erklärt er Simone wochenlang er würde liebend gerne lieber heute als morgen alles hinschmeißen und mit ihr ein neues Leben beginnen. - Warum macht er es dann nicht? Ach ja, sein Obstgarten!!! - Dann lernt er durch Zufall Herbert kennen, und ist jetzt der Meinung, es wäre ewig schade, wenn Simone ihren Mann verlassen würde. Was läuft denn bei Simone und Peter falsch? Die beiden sind ja fast noch unberechenbarer als Johann und ich!

"Ja, und? Was hast du dann zu Peter gesagt?", will ich jetzt doch etwas neugierig von Simone wissen.

"Na, was wohl? Ob er vielleicht lieber mit Herbert eine Affäre haben möchte als mit mir.", antwortet sie mir leicht verärgert.

Aber diese ironische Antwort hätte Peter nicht verstanden. Stattdessen wird er konkreter und erklärt Simone, was er denn mit seiner Aussage gemeint hätte: "Nein, natürlich nicht. Ich möchte dir nur verdeutlichen, dass du, genau wie ich, einen sehr netten Ehepartner hast und es schade wäre, wenn du „nur" wegen unserer Affäre dein jetziges Leben aufs Spiel setzen würdest. Wir haben zuhause doch alles, was wir brauchen. Und wenn wir Lust haben, dann treffen wir uns und genießen die Zeit zusammen."

Das ist für Peter offensichtlich die perfekte Lösung aller Probleme. Als Simone dann aber doch von ihm wissen möchte, wohin seine Euphorie verschwunden wäre, schließlich wollte er doch anfänglich(!) am liebsten für immer und ewig ausschließlich mit ihr zusammen sein, erntet sie nur ein mildes Lächeln: "Ach Simone, du weißt doch so gut wie ich, dass das Unmöglich ist. Das ist Wunschdenken. Wir können beide nicht einfach aus unserem Leben verschwinden. Lass uns doch die Zeit, die wir für uns haben genießen und nicht mit unsinnigen Diskussionen vergeuden. Du weißt, und hast immer gewusst, dass wir beide verheiratet sind. Also mach bitte nicht jedes Mal so ein Drama, wenn dir dies wieder bewusst wird. Ich für meinen Teil kann dir nur mit Sicherheit sagen: Ich liebe dich, werde mich aber deshalb nicht scheiden lassen!"

Phhuuu, das hat jetzt aber gesessen. So klare und deutliche Worte gegen ihre gemeinsame Liebe hätte Simone niemals von ihrem Peter erwartet. Es war vielleicht keine Absage für ihre Liebe, aber definitiv für ihre eventuelle gemeinsame Zukunft. Simone schluckt. So hat sie sich das nicht vorgestellt. Das klang am Beginn ihrer Affäre aber noch ganz anders. Simone erklärt Peter daraufhin, dass sie sich seine Einstellung zu ihrer gemeinsamen, großen Liebe etwas anders vorgestellt hätte. Aber da könne man nichts machen, jetzt wisse sie wenigstens was sie in Wahrheit von ihm zu erwarten hätte. Worauf Peter lapidar zur Antwort gibt: "Es tut mir leid, dass du dich so in deinen Träumen verlaufen hast, aber das echte Leben ist kein Wunschkonzert. Leider auch nicht für dich, Simone."

"Ja, das habe ich jetzt auch verstanden. Und mit dir schon gar nicht!", mit diesen Worten beendet Simone das Gespräch.

Und jetzt sitzt sie hier bei mir und zweifelt ihre Affäre an. Wie ich finde, auch ganz zurecht! Welchen Sinn hätte es jetzt noch, sich weiterhin mit Peter zu treffen? Wenn der nichts weiter von ihr will, als, seien wir uns ehrlich: mit ihr ins Bett zu gehen? Denn für alles andere hat er ja seine „richtige" Familie, mit der er überdies laut seiner zuletzt getätigten Aussage ohnehin sehr zufrieden ist. Das hat er Simone in diesem Telefonat unmissverständlich verdeutlicht.

Hmmm, wir zwei Schlauerchen! Die eine erfährt gerade überdeutlich, dass sich ihr Geliebter mit ihr niemals etwas anderes vorstellen könne, als eine Affäre nebenbei. Und die andere wartet auf die Ausarbeitung einer Viedeokassette um herauszufinden, ob ihr Liebhaber sie heimlich beim Sex gefilmt hat. Bravo! Objektiv betrachtet: Eine dümmer als die andere!

20

Heute ist Tag drei(!) nach Abgabe meiner, nein, Johanns vorsätzlich ruinierter Videokassette. Das heißt, ich kann mir die fertig überspielte DVD vom Geschäft abholen, und habe endlich Gewissheit, ob Johann gelogen hat oder nicht. Sehr gut!

Will ich das überhaupt? Ja! Nein! Ja, doch! Diese Ungewissheit ist auch nichts für mich. Aber...! Es läuft doch gerade alles so gut zwischen Johann und mir. Er ist aufmerksam. Er versucht so viel Zeit wie möglich mit mir zu verbringen. Ich habe das Gefühl wir sind richtig glücklich zusammen. Bemüht er sich, weil er ein schlechtes Gewissen hat? Nein, das glaube ich nicht, denn er war definitiv auch schon vor diesem verhängnisvollen Kamera"unfall" sooo lieb zu mir.

Und was mache ich, wenn Johann tatsächlich uns mit der Kamera aufgenommen hat? Dann muss ich zwangsläufig Schluss machen! Naja, müssen tue ich gar nichts, so fängt es schon einmal an. Außer Johann und mir weiß ohnehin niemand davon. Nicht einmal Simone, die doch in dieser Beziehung meine engste Vertraute ist, habe ich davon erzählt. Irgendwie hatte ich das Gefühl, es wäre besser so. Also, wenn ich die ganze Sache auf sich beruhen lasse, wird nie jemand davon erfahren, und ich kann weiterhin glücklich mit meinem Johann leben. Und meinem Liebling sage ich einfach, die Überspielung der Kassette hätte nicht funktioniert. Aus. Fertig. Und wir können die ganze Geschichte vergessen, so als hätte sie nie stattgefunden.

Hmmm, merkwürdig. Wieso gehe ich, bevor ich das Ergebnis kenne, quasi schon zu hundert Prozent davon aus, dass Johann tatsächlich uns „in Action" gefilmt hat? Kenne ich meinen Liebling(!) schon so gut, dass ich mich derart in seine Lage hineinversetzen kann und weiß (na, gut, nicht immer, aber ab und zu) was er denkt und (noch schlimmer!) tut? Wie sonst wäre es zu erklären, dass ich schon im Vorfeld für mich eine Entschuldigung suche, im Falle des Falles, diese wunderschöne aus reiner, wahrer, echter und vertrauensvoller Liebe bestehende Affäre nicht beenden zu müssen? Nach diesem letzten Satz würde ich, wenn ich es nicht besser wüsste, absolut sicher sein, sehr gute Tabletten genommen zu haben. Denn diese Wortwahl war jetzt wieder sooo rosarot, dass es rosaröter gar nicht mehr geht.

Ich muss jetzt zum Geschäft und mir die DVD holen. Wenn ich anschließend die Tiger und Löwen (hahaha!) im Tierpark herumspazieren sehe, sind ohnehin all diese Überlegungen absolut umsonst gewesen, und ich kann meinen Liebling wieder unvoreingenommen in die Arme schließen. Ja, so mache ich es.

Gesagt. Getan. Das Abholen der DVD ist kein Problem. Die Verkäuferin sieht mich auch nicht merkwürdig an. Ich gehe davon aus, dass auf dem Bearbeitungszettel kein Hinweis vermerkt wurde, dass sich eine „Sex-DVD" in dieser Hülle befindet. Das ist ja vielleicht schon ein gutes Zeichen.

Jetzt aber so schnell als möglich nach Hause.

Ich sitze vor meinem Laptop und schiebe die DVD in das dafür vorgesehene Fach. Ich blicke auf den Bildschirm und nach einigen Sekunden flimmern, sehe ich auch schon die Couch in Johanns Arbeitszimmer. Ich sehe wie er versucht die Kamera richtig zu positionieren, nicht zu weit nach rechts und nicht zu weit nach links. Ein letztes Mal vergewissert er sich von der richtigen Einstellung und dann dürfte er mit dem Ergebnis zufrieden sein, denn die Kamera bewegt sich nicht mehr. Johanns Sofa befindet sich noch leer, genau im Mittelpunkt des Bildes und wartet auf uns! Ohh, mein Gott!!!! Ich schaue noch einige Sekunden, dann bin ich restlos überzeugt. Es ist KEIN Tierpark weit und breit zu sehen!!!

Etwas hilflos und mit leerem Blick sitze ich bewegungslos vor meinem Schreibtisch. Auch wenn ich es vermutet habe, bis zuletzt habe ich ja doch in meinem Innersten gehofft, dass mein Gefühl mich täuscht. Aber wie denn, es handelt sich bei dieser Filmaufnahme doch wieder einmal um eine Aktion von meinem Johann, wie könnte es da denn anders sein?!? Leider!

Gut! Oder auch nicht gut! Jetzt habe ich Gewissheit! Und jetzt? Was mache ich jetzt? Wie geht es jetzt weiter? Was sage ich zu meinem Geliebten?

Am nächsten Morgen treffe ich mich in der Früh mit Johann. Wie immer gibt es ein Begrüßungsküsschen. Dann aber blicke ich ihn an und erkläre ihm mit trauriger Stimme: "Für wie blöd hältst du mich eigentlich? Glaubst du tatsächlich, ich wäre so dumm, und hätte dir deine Geschichte mit dem Tierpark auf der Videokassette so einfach abgenommen, nachdem alle Indizien eindeutig darauf hingewiesen haben, dass du uns filmst? Ich bin so enttäuscht von dir. Du hast mich schon wieder belogen! Damit hast du mein mühsam wieder aufgebautes Vertrauen zu dir schon wieder zerstört! Was denkst du dir eigentlich? Wie skrupellos bist du? Ich will dich nie mehr wiedersehen. Lass mich bitte einfach in Ruhe! Das hätte ich nicht einmal dir zugetraut! Leb wohl!"

"Ich habe nichts Schlimmes gemacht. Aber es ist deine Entscheidung!", damit dreht sich mein Liebling(!) um und beginnt zu arbeiten. Ja, das nenne ich Kaltblütigkeit. Na, toll, jetzt bin vielleicht ich noch die Böse?!? Nein, bin ich definitiv nicht. Aber eines wird mir bewusst! So kann es nicht weitergehen.

Nein, so geht es auch nicht weiter. Denn, wie der Zufall es so will, bekomme ich am Nachmittag über sieben Ecken ein Jobangebot als Sachbearbeiterin in einer renommierten Firma in meinem Wohnort. Da ich ja grundsätzlich aus dieser Branche komme, und nur aus Interesse und zur Abwechslung einmal den Beruf einer Kellnerin ausprobiert habe, bin ich an diesem Angebot mehr als interessiert. Noch am späten Nachmittag bespreche ich mit meinem zukünftigen Arbeitgeber alle Details und unterschreibe meinen Arbeitsvertrag. In drei Wochen, also am ersten des folgenden Monats werde ich dort zu arbeiten beginnen.

Juchhuuuhhh! Damit ist das Kapital Johann dann endgültig für mich erledigt.

Am nächsten Morgen geht mein erster Weg nicht zu Johann! Nein, diese Zeiten sind vorbei. Ich gehe zum Chef des Cafés um ihm mitzuteilen, dass ich kündige. Da ich noch sehr viel Resturlaub habe, muss ich nur noch zwei Tage arbeiten. Die noch verbleibenden Tage bin ich dann schon zuhause. Na, das trifft sich ja mehr als gut. Zwei Tage halte ich noch durch. Johann geht mir ohnehin wieder aus dem Weg. Jetzt erst recht, da er erfahren hat, dass ich gekündigt habe und die Zeiten, wo ich ihm mehr oder weniger während der Arbeitszeit „zur Verfügung stand" für ihn ein für alle Mal vorbei sind. Ja, das nenne ich dann „dumm gelaufen", aber diesmal für ihn!

Nach meinem letzten Arbeitstag trinke ich mit meinen, jetzt schon ehemaligen Kollegen, ein Abschiedsgetränk und dann ist das Kapitel Kellnerin und Geliebte erledigt. Johann sehe ich an diesem Tag überhaupt nicht mehr. Wahrscheinlich ist das auch besser so. Zwischen uns ist alles gesagt. Jetzt habe ich gute zwei Wochen Zeit, die ich dazu verwenden werde, mich von dem Wahnsinn mit Johann zu erholen und dann starte ich in eine neue, hoffnungsvolle Zukunft. Ohne Johann!

Ohne besondere Vorkommnisse verstreicht die Zeit, plötzlich sind es nur noch zwei Tage bis zu meinem Dienstbeginn in meiner neuen Firma. Ich freue mich!

Plötzlich piepst mein Handy. Eine SMS. Von Johann. Ich muss zu meiner Verteidigung erwähnen, bis zu diesem Zeitpunkt hatten wir absolut keinen Kontakt. Ja, klar, ab und zu denke ich schon noch an ihn. Das ist doch auch normal. Doch da lenke ich mich dann schnell wieder ab, indem ich mir bewusst mache, welch linkes Spiel er mit mir getrieben hat und schon sind meine Gedanken wieder in die richtigen Bahnen gelenkt. Nämlich weg von Johann.

Trotz allem macht mich diese SMS jetzt ein klein wenig nervös. Ist das jetzt ein erneuter Versuch mit mir wieder Kontakt aufzunehmen? Keine Frage, selbstverständlich öffne ich die SMS sofort. Einerseits bin ich besorgt, andererseits aber auch neugierig: "Hallo Brigitte! Ich hoffe, es geht dir gut. Ich wünsche dir viel Erfolg in deinem neuen Job. Ich vermisse dich. Dein Johann!"

Das ist eine sehr höflich und neutral formulierte SMS. Keine Beschimpfungen, keine Ankündigung von Verzweiflungstaten, eine Nachricht, wie von einem normalen Menschen. Na, ihr wisst schon, wie ich das „normal" jetzt meine. Anscheinend hat Johann die Trennung von mir gut überstanden. Wahrscheinlich ist er ohnehin wieder mit seiner Klara glücklich. Hallooooo!!! Keine Gedanken mehr über Johann. Er lebt sein Leben. Ich meines. Und mit wem und warum und ob er glücklich ist oder nicht, interessiert mich nicht! Hat mich nicht zu interessieren!

Um mich ein wenig abzulenken, beginne ich den Keller aufzuräumen. Das steht schon lange auf meiner Liste, der dringend zu erledigenden Dinge und ist gleichzeitig eine gute Beschäftigung, um mich auf andere Gedanken zu bringen. Zwei Fliegen auf einen Schlag. Grundsätzlich eine sehr gute Idee!

Aber das mit dem auf andere Gedanken bringen, funktioniert nicht wirklich. Die SMS von Johann geht mir nicht aus dem Kopf. Schließlich entschließe ich mich zurückzuschreiben. Ja, ja, ich weiß, das dürfte ich auf keinen Fall! Aber was soll ich machen? Ich muss es einfach tun.

"Hallo Johann! Danke, es geht mir gut. Ich vermisse dich auch!", und schon ist meine SMS verschickt.

Okay, ihr habt Recht. Den letzten Satz hätte ich weglassen sollen! Müssen! Aber jetzt ist es schon passiert. Außerdem entspricht es der Wahrheit(???). Eben!

Es dauert keine Minute und mein Telefon läutet. Ja, richtig, Johann! Ich hebe ab. Wie feig wäre das denn, jetzt nicht ans Handy zu gehen? Unsere Unterhaltung beginnt höflich und leicht distanziert. Kein Wunder, wir haben doch schon seit circa zwei Wochen keinen Kontakt mehr, da entfernt man sich schon ein klein wenig voneinander. Doch es geht relativ schnell, und wir sind wieder in der gewohnten Schiene und plaudern nett, leicht, ich betone, leicht, liebevoll miteinander. Schließlich meint Johann, ob ich denn nicht in den nächsten beiden Tagen, vor meinem neuen Arbeitsbeginn noch Zeit fände, mich mit ihm auf einen Kaffee zu treffen. Absolut unverbindlich, versteht sich.

Da ich ohnehin nichts Besseres zu tun habe, sage ich zu. Hallooo! Nur ein Kaffee mit meinem ehemaligen Liebhaber. So nach dem Motto: der alten Zeiten wegen! Absolut kein Grund in Panik zu verfallen.

Ein wenig „aufgebrezelt", schließlich soll er wissen, was er an mir verloren hat, treffen wir uns am nächsten Tag in einem Lokal ungefähr in der Mitte unserer beiden Wohnorte. Aha, na geht doch. Wenn es ihm wichtig genug ist, ist auch der Zeitaufwand für die Fahrt zu mir für ihn plötzlich kein Problem mehr. Das ist jetzt einmal ganz etwas Neues!

Zur Begrüßung gibt es ein Küsschen links und rechts, und wir setzen uns wie gute Bekannte an einen Tisch um zu tratschen. Anfangs gelingt es uns sehr gut, Smalltalk zu betreiben, schließlich haben wir beide in den vergangenen zwei Wochen einige interessante Dinge erlebt, die wir unserem Gegenüber gerne erzählen. Doch als die Neuigkeiten ausgetauscht sind, sieht Johann mich an und meint: "Weißt du Brigitte, das mit dem Film, ja, ich sehe es ein, das war eine wirklich sehr dumme Idee von mir. Aber ich muss zu meiner Verteidigung sagen, ich habe das nur aus einem Grund gemacht: Da ich mir ja eigentlich sicher bin, dass du irgendwann die Nase voll haben wirst von mir, aus welchen Gründen auch immer, wollte ich eine Erinnerung an dich haben. An dich und unsere Liebe! Ich gebe zu, das war falsch, und ich hätte dich um deine Erlaubnis fragen müssen. Meine Verzweiflung dich zu verlieren ist sooo groß, dass ich diese, aus heutiger Sicht sicherlich falsche Entscheidung getroffen habe. Natürlich kann ich es nicht rückgängig machen, nichtsdestotrotz möchte ich mich offiziell dafür entschuldigen."

Ja, was ist denn jetzt los? So vernünftig hat mein, ach

Entschuldigung, ich meine, Johann noch nie mit mir gesprochen, oder zumindest fast nie. Er kann also auch ganz anders, wenn er es nur will. Dass er von mir für die „Ewigkeit" ein Andenken haben möchte, weil er mich so toll findet, klingt in meinen Ohren schon sehr gut. Warum das jetzt aber ausgerechnet ein Sex-Film sein muss, und nicht ein normaler Film, mit Kleidung (eventuell im Tierpark aufgenommen – hahaha, Scherzchen!) verstehe ich aber noch nicht ganz. Aber ich muss ja auch nicht alles verstehen.

Fakt ist, Johann hat sich offiziell bei mir entschuldigt und gibt sogar zu, dass er einsieht, dass es nicht richtig war. Das finde ich toll. Gut, andere würden sagen, das ist das Mindeste was er tun könne, oder was man von ihm erwarten könne, ich aber bin zufrieden. Was heißt zufrieden, ich kann diese Sache damit für mich abhacken. Noch dazu, ja, hihihi, und jetzt bin ich tatsächlich ein bisschen stolz auf mich, weil ohnehin ICH den Film besitze und es für Johann eventuell doch ein wenig peinlich ist, dass ich ihn so eiskalt erwischt habe. Apropos Film! Ja, Johann will tatsächlich wissen, was jetzt mit dieser DVD passiert. Ob er sie jetzt, nachdem die Ursache für deren Entstehung geklärt ist, haben könne?

Ja, freilich! Jetzt geht der Größenwahn aber wieder mit ihm durch. Vielleicht drehen wir gleich noch einen Film, weil wir gerade so schön und friedlich beisammen sitzen. Es ist ja ohnehin nur wegen der Erinnerung.

Für alle, die wieder völlig entgeistert den Kopf über mich schütteln, zur Beruhigung: Nein, ich gebe Johann die DVD nicht! Und ja, ich sage ihm das auch ganz klipp und klar ohne auch nur den geringsten Zweifel daran zu lassen. Zufrieden?

Johann nimmt meine Antwort zur Kenntnis. Ich glaube, er hat nicht wirklich damit gerechnet, die DVD von mir zu bekommen. Er fragt auch nicht, ob er eine Kopie bekommen könne. Er hat verstanden, dass er diese Runde verloren hat. Wir unterhalten uns lange und ausführlich, anscheinend hat er sich viel Zeit für mich genommen. Man soll es nicht für möglich halten, wozu mein Liebling fähig ist.

Und diesmal meine ich es tatsächlich ausschließlich positiv.

Ja, ja, jetzt nicht gleich ausflippen, ich weiß, ich habe geschrieben, „mein Liebling". Aber er hat doch im Grunde genommen Recht. Es ist doch so gesehen nichts Schlimmes passiert. Ganz im Gegenteil: Den Film habe ich! Also! Wenn es doch aber so schön mit Johann ist. Eine einzige, allerletzte Chance muss ich ihm noch zugestehen. Diese blöde Idee mit dem Video tut ihm auch ehrlich leid. Rückgängig kann auch er es nicht mehr machen, was soll er denn tun, außer sich entschuldigen?

Also, Ende der Diskussion. Ich glaube, ich habe mich entschieden. Wenn Johann sich bemüht die Affäre mit mir wieder aufleben zu lassen, werde ich es zulassen. Abgesehen davon würde sich bei unserer Beziehung jetzt ohnehin einiges ändern (müssen). Die Zeiten der uneingeschränkten Treffen während unserer Arbeitszeit sind vorbei. Das heißt dann für ihn, wenn er mich treffen will, muss er ganz konkret ein Treffen mit mir vereinbaren. Er muss sich extra für mich Zeit nehmen, so im „Vorbeigehen" geht nichts mehr. Eventuell auch mehr riskieren, in Bezug auf Klara, aber das ist nicht mein Problem. Entweder ich bin es ihm wert oder nicht. So ein ganz kleines Quäntchen Bösartigkeit oder Schadenfreude schwingt bei diesen Gedanken schon mit, aber dazu stehe.

Und wer hätte das gedacht? Diese neue „Fernbeziehung" von Johann und mir klappt einwandfrei! Mein Liebling nimmt sich wirklich Zeit für mich und wir treffen uns jetzt ausschließlich privat (na, logisch, wenn ich nicht mehr in derselben Firma wie er arbeite) und genießen unbeschwert unsere Zweisamkeit.

Mein Kontakt zu Klara ist durch die nicht mehr stattfindenden Treffen in meinem ehemaligen Cafè total abgebrochen. Sie hat Johann und mich auch schon lange nicht mehr „erwischt". Wobei ich mir nicht sicher bin, ob es wirklich daran liegt, dass mein Liebling und ich derart besser versteckt agieren oder ob sie uns einfach nicht erwischen will! Aber egal, für mich ist wichtig, Johann und ich werden nicht gestört und sind glücklich zusammen. Für den Moment ist diese

Lösung ideal. Und ich habe trotz allem unsere Vereinbarung nicht vergessen. Im Februar will oder muss, je nachdem, Johann seine Entscheidung treffen: Klara oder ich! Aber bis dahin ist noch viel Zeit und die nützen wir, um uns noch besser und intensiver kennenzulernen.

21

Mein absoluter Traummann und ich sind glücklich! Noch immer! Ohne neuerliche Katastrophen! Ohne Eifersuchtsszenen! Ohne Beschimpfungen! Ohne Störungen durch Klara! Ohne, ohne, ohne ….

Aber mit ganz viel Liebe!!! Alles andere gehört der Vergangenheit an und ist für uns nicht mehr relevant. Vergeben und vergessen! Ich habe es doch immer schon geahnt: Es geht doch, wir müssen es nur wollen! Genau wie geplant lernen wir uns Schritt für Schritt immer besser kennen.

Das ist auch gut so, denn Weihnachten steht vor der Tür und ich brauche für meinen Liebling das ultimative Geschenk. Es soll das beste Geschenk werden, das er jemals bekommen hat. Aber mir, als seiner Geliebten sollte das möglich sein. So einfach wie es sich anhört, ist es dann aber doch nicht, und mein Oberstübchen wird ganz schön auf die Probe gestellt. Alle zur Verfügung stehenden Rädchen drehen sich im Eiltempo. Mein Geschenk darf keinesfalls zum Aufstellen sein, also kein Ziergegenstand. Johann kann schlecht ein Geschenk von mir in seiner Wohnung platzieren! Logischerweise auch kein Foto von mir! (Würde sich aber auf der Wohnzimmeranrichte in seiner ehelichen Wohnung ganz gut machen!) Es soll etwas sein, womit mein Geliebter überhaupt nicht rechnet, womit ich ihm aber eine große Freude bereite! Und, es soll auf alle Fälle, und das ist das Wichtigste, sehr persönlich sein!

Wie nicht anders zu erwarten, habe ich eine grandiose Idee, was mein Liebling von mir (seinem Christkind!) bekommen wird. Ich weiß, man lobt sich nicht selbst, aber sonst tut es ja keiner! Dieser Einfall ist das beste Indiz dafür, wie gut Johann und ich uns mittlerweile schon kennen.

Johann glaubt an Horoskope. Deshalb bekommt er von mir eine

eigens anhand seiner Geburtsdaten für ihn erstellte Analyse seines bisherigen wie auch seines zukünftigen Lebens. Na, jetzt ist jeder sprachlos! Noch persönlicher geht es wohl kaum. Ja, ja, das ist Liebe! Das zwanzig Seiten dicke Exemplar wird von einer namhaften Astrologin ausgearbeitet. Ob alle darin angeführten Fakten tatsächlich stimmen oder nicht, kann eigentlich nur mein Johann beurteilen.

Nach vierwöchiger Wartezeit wird mir das Unikat per Post zugestellt. Eigentlich wäre ich neugierig, was diese Astrologin denn anhand von Johanns Daten so über ihn herausgefunden hat. Vielleicht würden sich in manchen Ausführungen Teile unserer Affäre widerspiegeln? Wie detailliert werden Erlebnisse in einem so genau berechneten Horoskop beschrieben? Aber ich besiege meinen „inneren Schweinehund" und lasse das doch sehr persönliche Schriftstück geschlossen. Nein, nicht ganz, denn ich möchte doch eine Widmung von mir hineinschreiben. Das muss sein. Schließlich soll mein Liebling immer schwarz auf weiß vor sich haben, von wem er dieses tolle Geschenk bekommen hat. Ja, ja, schon wieder ein Eigenlob, dessen bin ich mir bewusst, aber ich bin ehrlich total stolz auf mich über meine Idee!

Auf dem Umschlag möchte ich mein Geschenk nicht beschriften, es soll nicht sofort für jedermann erkennbar sein, von wem es ist, sonst muss mein Geliebter das Buch immer verstecken, aber auf der ersten Seite ist ein schöner Platz für meine Worte:

Für meinen Traummann!!!
Ich wünsche Dir, mein Liebling
FROHE WEIHNACHTEN
Ich liebe Dich
Deine Brigitte

Diese Worte habe ich in knallrot geschrieben, und rundherum kleine Herzchen gezeichnet. Jetzt ist es so richtig schön kitschig. Ja, genau so soll es sein, und genau so werde ich es meinem Liebling schenken.

Jetzt noch ein mit Herzen bedrucktes Geschenkpapier, auch wenn Weihnachten ist, Herzen müssen einfach auf dem Papier sein. Eine dicke, rote Schleife und fertig ist das Geschenk. Weihnachten kann kommen.

Ob sich mein Liebling auch so viele Gedanken über mein Geschenk machen wird? Gefragt hat er mich nicht, was ich mir wünschen würde. Für mich ist das ein eindeutiges Zeichen, dass er schon genau weiß, was er mir schenken wird. Ja, ja, mein Liebling kennt mich auch schon sehr gut, aber neugierig bin ich doch, wofür er sich entschieden hat.

Leider können wir uns am vierundzwanzigsten Dezember nicht treffen. Johann wird an diesem Tag länger als normal arbeiten und fährt dann sofort nach Hause. Aber wir „feiern" einfach einen Tag früher! Am dreiundzwanzigsten kann sich mein Geliebter ein paar Stunden für mich reservieren und wir beide werden gemeinsam in aller Stille unser ganz persönliches Weihnachten feiern. Ach, wird das schön und romantisch. Ich kann es gar nicht mehr abwarten.

Endlich ist es soweit. Zur Feier des Tages treffen wir uns wieder einmal in der Wohnung meiner Freundin. Sie verbringt Weihnachten und Silvester mit ihrem Lebensgefährten am Palmenstrand in der Karibik. Als ob das bei zwei „alleinstehenden" Personen eine Kunst wäre. Kein Verstecken, keine Angst entdeckt zu werden, das wäre mir eindeutig zu langweilig!

Ich hoffe, jeder kennt mich mittlerweile schon so gut, dass er weiß, der letzte Satz ist zu hundert Prozent ironisch gemeint und auf keinen Fall mit Neid behaftet. Naja, vielleicht ein ganz kleines bisschen! Ich wollte damit aber nur kurz die kleinen Beziehungsunterschiede aufzeigen. Eine feiert entspannt in der Karibik, die andere freut sich, ihren Geliebten für ein paar Stunden (und das ist schon übertrieben, es sind maximal zwei!) in der Wohnung einer Freundin zu treffen.

Johann und ich treffen uns vor der Wohnung. Ich habe sein Geschenk vorsorglich zusätzlich neutral verpackt, schließlich soll er es wirklich erst beim „offiziellen" Austausch der Weihnachtsgeschenke zum ersten Mal sehen. Johann hat seine dicke Winterjacke an, aber keine Tasche oder oder sonst irgendetwas dabei. Hmmm, entweder es ist ein etwas kleineres Päckchen, das er einfach unter die Jacke gesteckt hat, weil er auch nicht möchte, dass ich schon vorzeitig einen Blick darauf werfen kann, oder es ist etwas noch Kleineres. Er wird mir doch nicht ..?? Egal, ich spreche, oder schreibe es einfach: einen Ring schenken? Liebt er mich wirklich so sehr, dass er mit diesem Weihnachtsgeschenk ein Zeichen setzen möchte? Jetzt darf ich mich aber nicht zu sehr auf einen Ring freuen, denn auch eine schöne Halskette oder ein Armband wären ein sehr, sehr schönes Geschenk und ich würde mich definitiv sehr darüber freuen und es selbstverständlich jeden Tag tragen.

Auch für die Sparte „Skeptiker" unter euch, die, die immer noch denken, Johann würde mich nicht wirklich lieben, wäre ein Schmuckstück als Geschenk ein zusätzlicher Punkt auf der Liste: Das hätte ich nicht für möglich gehalten.

Wir gehen in die Wohnung, setzen uns gemütlich aufs Sofa und ich schaue meinen Johann erwartungsvoll an. Ich möchte nicht vorgreifen und ihm die Entscheidung, wann es zum „Frohe Weihnachten!" Wünschen wird, überlassen. Mein Liebling macht keine Anstalten irgendetwas dergleichen vorzuhaben. Nach einer halben Stunde liebevollem (das meine ich jetzt ausnahmsweise einmal nicht ironisch) Smalltalk will ich jetzt aber endlich zum wesentlichen Teil des heutigen Treffens kommen. Da ich es vor Spannung und Neugierde schon fast nicht mehr aushalte, nehme ich mein Weihnachtsgeschenk für Johann und überreiche es ihm feierlich mit einem dicken Kuss. Freudig nimmt mein Geliebter das Geschenk und macht es vorsichtig auf. Seine Augen werden immer größer und ich sehe ihm an, er freut sich ganz ehrlich darüber.

Sprachlos blättert er ein wenig darin, um mich dann kopfschüttelnd zu fragen: "Brigitte, wo hast du denn das her? Wie hast du denn das wieder zusammengebracht? Das kann auch nur dir einfallen. Vielen, vielen Dank! Ich freue mich wirklich sehr darüber. Das werde ich mir ins Büro legen, und dann in aller Ruhe darin lesen. Das ist das tollste Geschenk, das ich je bekommen habe."

JA!!!! Genau so habe ich es mir vorgestellt. Ich habe so gehofft, dass er sich wirklich darüber freut. Und es ist mir gelungen, ein Geschenk zu finden, dass alle bisherigen in den Schatten stellt. Ich freue mich mit meinem Liebling. Wenn mein Liebling glücklich ist, bin ich es auch.

Ja! Ich freue mich mit meinem Geliebten. Ja! Wenn der Beschenkte glücklich ist, bin ich es auch. Man schenkt nicht, um selbst beschenkt zu werden, sondern ausschließlich um dem anderen eine Freude zu bereiten. Man schenkt mit dem Herzen. Ja, ja, ja!!!

ABER: Wo ist MEEIINNN Geschenk????? Fragend schaue ich meinen Johann an. Mein Liebling sitzt relativ entspannt neben mir und beginnt zu reden: "Ja, also, die Sache ist die, Brigitte. Nicht, dass du jetzt denkst, ich möchte dir nichts zu Weihnachten schenken, nein, so ist es ganz und gar nicht. Aber es hat da einen kleinen Zwischenfall gegeben. Es war nämlich so:

Ich bin mit Klara in ein Handtaschengeschäft gegangen, mit der Absicht sie genau zu beobachten. In dem Moment, wo ich bemerkt hätte, ihr gefällt eine Tasche sehr gut, hätte ich sie gekauft, um sie DIR zu schenken. Denn wenn sie Klara gefällt, dann gefällt sie dir sicherlich auch."

Ungläubig und mit offenem Mund starre ich Johann an. Was?!? Habe ich das jetzt richtig verstanden? Aber noch bevor ich fähig bin, meine Gedanken in Worte zu fassen, redet mein Liebling schon weiter: "Als ich herausgefunden habe, welche Tasche ihr Favorit ist, habe ich sie schnell genommen, bin zur Kasse geeilt und habe sie bezahlt. Klara war noch intensiv beim Begutachten der anderen Dinge im Geschäft und so bin ich zum Auto, um die Tasche darin zu verstecken. Als ich den Kofferraumdeckel zumachen wollte, stand plötzlich Klara neben mir. Sie wollte von mir wissen, was ich denn vor ihr verstecken würde. Sie sprach mich direkt darauf an, ob ich vielleicht dir ein Weihnachtsgeschenk gekauft hätte. Da konnte ich nicht mehr lügen(???), denn sie hätte mich den gesamten Kofferraum ausräumen lassen, um dein Geschenk zu finden, und dann wäre die Sache erst recht ans Licht gekommen.

Also habe ich mir schnell eine Ausrede einfallen lassen. Ich habe ihr gesagt, ich hätte ein Weihnachtsgeschenk für SIE gekauft, aber ich wollte sie damit überraschen. Damit war Klara fürs Erste zufrieden. Folglich hatte ich dadurch kein Geschenk mehr für dich."

Ich schaue Johann gespannt an und nicke. Ist das jetzt ein Scherz von ihm? Hat er mein Geschenk noch im Auto? Soll ich dieses für mich etwas komische Spiel mitspielen und Mitleid heucheln? Ja, das wird wohl das Vernünftigste sein. Also lege ich mir meine Worte sorgfältig zurecht, ich will ihm ja seinen Spaß(?!?) nicht verderben und meine ganz mitleidig: "Aber Liebling, das macht doch nichts. Du weißt, dass für mich Geschenke nicht wichtig sind. Wichtig ist doch nur, dass wir beide uns lieben und so viel Zeit zusammen verbringen wie nur irgendwie möglich. Ich rechne es dir hoch an, dass du versucht hast, ein Geschenk für mich zu besorgen. Gut, dass dir so schnell eine passende Ausrede eingefallen ist, und Klara nicht misstrauisch geworden ist."

So, das ist jetzt aber genug der „Schleimerei". Wenn ich noch dicker auftrage, merkt mein Liebling vielleicht noch, dass ich es nicht ernst meine. Also, ich habe mitgespielt, jetzt ist es aber auch genug.

"Würdest du bitte so nett sein, und mir mein Geschenk geben? Jetzt macht mir dieses „dummer Hund" spielen, keinen Spaß mehr.", nein, keine Panik, das habe ich jetzt nur gedacht, nicht gesagt. Aber es ist Weihnachten und nicht der erste April, und selbst an diesem Tag wäre es jetzt genug mit „Schmähführen". Johann umarmt und küsst mich mit den Worten: "Ach, Brigitte, ich habe gewusst, dass du dafür Verständnis hast. Du bist nicht wie alle anderen. Das einzig Wichtige ist doch, dass wir beide uns haben!"

Erleichtert lehnt sich mein Liebling an mich.

Hillffeeeee!!!!! Der meint es ernst! Johann, mein Traummann hat tatsächlich KEIN Weihnachtsgeschenk für mich. Das war kein schlechter Scherz von ihm. Das war die Realität. Diese von ihm erzählte Geschichte entspricht der Wahrheit und war nicht frei erfunden, um mich zu „testen"!?! Selbst wenn diese Geschichte stimmt, und davon gehe ich jetzt aus, es gibt Millionen (ja, ja, wieder übertrieben, ich weiß, aber darum geht es jetzt wirklich nicht!) von Geschäften und mein Traummann ist nicht in der Lage irgendwo eine Kleinigkeit, eine Aufmerksamkeit, ein Symbol unserer Liebe aufzutreiben. Von Schmuckstücken will ich überhaupt nicht mehr reden, da sind anscheinend wieder einmal die sprichwörtlichen Pferde mit mir durchgegangen.

So, jetzt muss ich kurz schlucken und mich sammeln. Nur die Ruhe bewahren Brigitte. Jetzt wird sich herausstellen, ob du wirklich so cool bist, wie du immer tust. Und auch, ob das von dir Gesagte, bezüglich, materielle Dinge sind nicht wichtig, und ich gebe zu, dass ich das tatsächlich einige Male zu Johann gesagt habe, auch wirklich das ist, was du denkst. Denn wenn wir ehrlich sind, Johann hat gesagt, er würde mich lieben, und das einzig Wichtige wäre, dass wir beisammen wären, und damit hat er zu hundert Prozent Recht. Und unter uns: Ich gebe nicht viel, oder gar nichts, auf diese vorgegebenen Feiertage und „Pflichtgeschenkstage". (Ein kleines Geschenk wäre trotzdem schön gewesen!)

Gibt es ein schöneres Geschenk als von einem geliebten Menschen zu hören, dass dieser mich ebenfalls über alles liebt? Nein, gibt es nicht, und das könnte der größte und teuerste Ring der Welt nicht ausgleichen. (Naja, vielleicht ein bisschen – Nein, Scherzchen!) Also, Brigitte, bleib deinen bisherigen Grundsätzen treu (hahaha!!) und genieße die Zeit mit deinem Liebhaber, mit oder ohne Geschenk, das ist vollkommen egal.

Stimmt. Ich liebe meinen Johann und er mich! Und unsere kleine, intime Weihnachtsfeier ist wunderschön und wird für immer in meinem Gedächtnis bleiben (allerdings ein ganz klein wenig negativ behaftet).

Gleich am nächsten Tag in der Früh, richtig am vierundzwanzigsten

Dezember, für Johann ein stressiger Arbeitstag, ich habe frei, ruft mich mein Liebling ganz begeistert an: "Stell dir vor, Brigitte, ich habe schon in meinem Horoskop-Buch gelesen und du wirst es nicht glauben: Alles stimmt, eins zu eins! Es ist sooo interessant. Ich wollte mich nur nochmals herzlich bei dir dafür bedanken. Ich bin total begeistert."

Perfekt, dann hat diese Astrologin nicht zu viel versprochen. Johann und ich wünschen uns nochmals „Frohe Weihnachten", versichern uns gegenseitig unsere Liebe und mein Liebling verspricht mir, sobald es ihm irgendwie möglich ist, mich anzurufen.

Wir haben jetzt eine „Durststrecke" vor uns, zwei aufeinander folgende Feiertage und anschließend ein Sonntag. Aber im Moment sehe ich da absolut kein Problem für uns. „Wenn"s läuft, dann läuft"s", wieder ein Spruch der absolut auf die Affäre von Johann und mir zutrifft. Und wie ich es vermutet (gehofft) habe, am nächsten und übernächsten Tag kommt jeweils ein Anruf von meinem Liebling. Obwohl diese Tage Feiertage sind!!! Wenn das kein Liebesbeweis meines Geliebten ist! Habe ich es nicht gesagt? Mein Johann liebt mich!!!!

Bei diesen vor Liebesbekundungen nur so strotzenden Telefonaten bedankt sich Johann nochmals für sein tolles Geschenk und wie überglücklich er damit wäre. Er fände es unglaublich, anhand seines Geburtsdatums so viel über sich selbst herausfinden zu können. Er hätte sein Buch mit nach Hause genommen, und in seinem Arbeitszimmer im Schreibtisch versteckt. Wann immer es ihm möglich wäre, würde er in sein Zimmer gehen und wieder weiterlesen.

Am Nachmittag des siebenundzwanzigsten Dezembers, einem Sonntag(!), erhalte ich einen neuerlichen Anruf von Johann. Ich sage es doch, wenn mein Johann etwas will, dann schafft er es! Ach, seine Sehnsucht nach mir muss wirklich riesig sein!

Doch nicht die Sehnsucht nach mir treibt ihn zu diesem Telefonat, sondern eine für ihn wahrhaftige „Tragödie"! Völlig aufgelöst erklärt mir mein Geliebter, seine Frau hätte ihm sein geliebtes Horoskop-

Buch, mein Geschenk, weggenommen. Ich weiß, das klingt jetzt nicht nach gleichberechtigtem Ehepaar, sondern eher nach Mutter – Kind Beziehung, aber damit kann ich mich im Moment nicht auch noch beschäftigen.

Und schon sprudeln die verzweifelten Worte meines Lieblings durchs Telefon: "Stell dir vor Brigitte, ich bin heute Mittag, als Klara in der Küche war, wieder in mein Zimmer gegangen, um in deinem tollen Horoskop-Buch weiterzulesen.

Plötzlich höre ich Klara ins Zimmer kommen. So schnell wie nur möglich habe ich mein Buch in die Schreibtischlade gesteckt und die Lade zugeschoben. Nur leider, trotz allem noch etwas zu langsam. Klara hat das Zuschieben der Lade gesehen. Sie hat sofort von mir verlangt, die Schreibtischlade zu öffnen und natürlich ist ihr mein neues Buch aufgefallen. Ich war vor Schreck wie erstarrt, unfähig irgendetwas zu sagen oder zu tun. Neugierig hat Klara das Buch geöffnet und deine Widmung entdeckt. Daraufhin hat es einen heftigen Streit zwischen Klara und mir gegeben. Am Ende hat Klara mein Buch „beschlagnahmt"."

Wie ich den Worten meines Geliebten entnehmen kann, ist er mehr über den Verlust seines neuen Buches als über das neuerliche Aneinandergeraten mit Klara aufgebracht.

Aber mein Johann wäre nicht mein Johann, wenn er es nicht abermals schaffen würde, seine Frau zu überzeugen, dass er an dieser Situation schuldlos wäre.

Als der ärgste Schock vorüber, und mein Liebling wieder fähig ist, seine Gedanken in Worte zu fassen, erklärt er seiner Frau anscheinend sehr überzeugend, er könne doch nichts dafür, wenn ich ihm dieses Geschenk mache. Selbstverständlich hätte er das Geschenk behalten, da es ihm ja rein um den Inhalt ginge. Nur, weil ich auf der ersten Seite eine Widmung hineingeschrieben hätte, wäre das für ihn noch lange kein Grund, diese für ihn doch wirklich interessanten Seiten wegzuwerfen.

Wahrscheinlich um mich zu beruhigen meint Johann dann noch:

"Ich habe diese kleine Stresssituation mit Klara bereits wieder entschärft. Mach dir bitte deshalb keine unnötigen Sorgen. Wir können unsere Treffen ohne Probleme fortsetzen wie bisher. Das einzig Negative an dieser Sache ist, dass ich meine Horoskop-Analyse nicht mehr besitze. Stell dir vor, Klara will mir das Buch nicht mehr geben."

Ich höre seiner Stimme an, dass er wirklich betrübt ist, sein Buch nicht mehr zu besitzen. Ich sehe ihn quasi vor mir, wie er mit treuem Dackelblick auf sein Handy schaut, in der Hoffnung, nun nach der Moralpredigt seiner Frau nicht auch noch von mir „geschimpft" zu bekommen, weil er mein Geschenk nicht mehr besitzt. Aber nein, natürlich sage ich nichts. Mein Geschenk bleibt doch sozusagen in der Familie. Jetzt besitzt es die Frau meines Geliebten. Vielleicht lesen sie auch gemeinsam darin (ganz schlechtes Scherzchen!), das ist doch kein Problem. So etwas kann doch passieren.

Mein Liebling und ich haben Weihnachten bis auf den kleinen Zwischenfall mit Klara sehr gut überstanden. Als nächstes steht Silvester auf dem Programm. Am einunddreißigsten Dezember ruft mich Johann am Nachmittag beim nach Hause fahren nochmals an, um mir schon vorzeitig „Ein gutes Neues Jahr" zu wünschen. Er ist sich nicht sicher, ob er sich Mitternacht nochmals bei mir melden könne, aber er würde es mit aller Kraft versuchen. Ob mit oder ohne Anruf, ich dürfe nicht vergessen, er würde mich über alles lieben und freue sich schon, mich im nächsten Jahr wiederzusehen.

Wie das klingt, als ob eine Ewigkeit vergehen würde, bis zu unserem nächsten Treffen. Natürlich versichere auch ihm nochmals telefonisch meine Liebe, und ich würde mich selbstverständlich über einen Anruf um Mitternacht freuen. Wichtiger aber wäre, dass Klara keinen Verdacht schöpft, sodass unsere Treffen im nächsten Jahr problemlos weitergehen können. Mit einem gegenseitigem „Ich liebe dich!" beenden wir das Gespräch.

22

Wie ich es ehrlich gesagt nicht anders erwartet habe, kommt um Mitternacht kein Anruf mehr von meinem Liebling. Auch am ersten Jänner höre ich nichts von Johann. Na, hoffentlich ist nicht wieder irgendetwas Unvorhergesehenes passiert. Aber noch mache ich mich nicht mit irgendwelchen Spekulationen verrückt. Mir sind ohnehin die Hände gebunden. Ich muss abwarten, bis sich mein Liebling wieder meldet. Das ist jetzt einer der wenigen Nachteile die sich durch meinen Jobwechsel ergeben haben. Ich treffe meinen Johann nicht mehr zwangsläufig in der Arbeit, was im Moment auch nichts nützen würde, denn mein Liebling hat bis siebten Jänner Urlaub. Aber noch habe ich keine Panik, da haben wir schon viel schwierigere Sachen gemeistert.

Ich habe, auch wenn ich es selten erwähne, neben meinem Liebling noch andere Freunde, Bekannte. Von meinen Freundinnen habe ich schon erzählt, nicht aber von Stefan. Stefan ist ein Freund, wie man sich einen echten Freund vorstellt. Immer zur Stelle wenn man ihn braucht. Man kann mit ihm lachen und weinen, und wenn es sein muss, auch beides gleichzeitig. Also ein Kumpel wie er im Buche steht. Das Thema Sex spielt zwischen uns absolut keine Rolle, wir sind in dieser Richtung beide bestens versorgt. Ich ja sowieso! Ich habe meinen Johann!

Als hätte Stefan es gespürt, dass ich alleine zuhause bin, besucht er mich am dritten Jänner. Gemütlich trinken wir am Nachmittag gemeinsam Kaffee. Leider sind auch die Treffen zwischen Stefan und mir schon sehr rar geworden. Wir sind beide berufstätig und in unserer spärlichen Freizeit vorrangig mit unseren Partnern zusammen. Ich dann ja eher mit meinen Kindern, aber ab und zu doch auch mit Johann. Aber heute passt es genau und wir sitzen endlich wieder einmal gemütlich zusammen und plaudern über „Gott und die Welt".

Aber nicht nur Stefan findet den dritten Jänner perfekt um mit mir zu plaudern, nein, auch mein Liebling. Nach drei Tagen ohne meine Stimme zu hören, ist die Sehnsucht von Johann nach mir so groß geworden, dass er sich trotz Klara und sämtlichen Widrigkeiten bei mir meldet. Widrigkeiten deshalb, weil mein Liebling, wie bereits erwähnt, bis einschließlich siebten Jänner auf Urlaub ist und daher mehr oder weniger Tag und Nacht unter Beobachtung seiner Ehefrau steht.

Und das erst recht, nachdem sie vor ein paar Tagen mein Weihnachtsgeschenk an ihren Mann bei ihm gefunden hat. Es ist für meinen Liebling jetzt doppelt und dreifach schwierig ohne neuerlichen Verdacht zu erregen, mit mir in Verbindung zu treten. Wer gut aufgepasst hat, weiß aber, wenn mein Johann (jetzt bin ich wieder stolz auf meinen tollen Johann) etwas unbedingt will, dann setzt er es auch durch, auf Biegen und Brechen! Ab und zu „biegt" er zu viel, aber darüber reden wir jetzt nicht.

So auch heute. Indem Johann seiner Frau sagt, er fahre Autowaschen, was ja objektiv gesehen, nicht gelogen ist, kann er sich eine gewisse Zeit von zuhause „weg stehlen". Die Ausrede mit dem „Autowaschen" funktioniert sehr gut, denn jeder, der Johann kennt, weiß, er liebt sein Auto und pflegt und hegt es. Ja, ja, man sollte ein Auto sein, um von Johann die Aufmerksamkeit zu bekommen, die man als Frau gerne hätte.

Seine Autowasch-, Autopflege- oder Autoputzprozedur nimmt sicherlich eine gute halbe Stunde in Anspruch. Und das alle paar Tage! Bei mir dauert Autoputzen auch so lange, aber nur einmal im Jahr (hmmm, das sind dann die kleinen Unterschiede)! Sprich, mehr als dreißig Minuten Zeit um mit mir zu telefonieren, natürlich neben der Pflege seines Lieblings, aber das bekommt mein Geliebter hin. Er ist nicht „multi-tasking" fähig, aber „duo-tasking" funktioniert in diesem Fall einwandfrei.

An diesem Nachmittag ist aber alles anders. Ich erwarte

grundsätzlich keinen Anruf von Johann. Na, ja, also eigentlich erwarte ich immer einen Anruf von meinem Geliebten, denn ich weiß ja nie, wann sich für ihn die Möglichkeit ergibt, sich mit mir in Verbindung zu setzen. Was ich aber jetzt sagen will, ist, dass er mir diese Autowaschaktion nicht angekündigt hat und ich mir somit auch die dafür vorgesehene Zeit nicht extra für meinen Liebling freigehalten habe. Ich schätze, er hat diese Putzaktion (aus Sehnsucht nach mir – ohh, wie schön!) spontan geplant. Hauptsache ist aber für mich: Er meldet sich endlich(!) wieder. Es ist offensichtlich, er hält es tatsächlich keine drei Tage ohne mich aus. Das ist wahre Liebe!

Oder aber auch, sein Auto hat tatsächlich ein paar Staubkörnchen, und er möchte es putzen. Hmm, dann wäre ich nur die nette Ablenkung während seines Putzmarathons? Nein, diesen Gedanken verdränge ich lieber ganz schnell. Die erste Idee mit der nicht mehr auszuhaltenden Sehnsucht gefällt mir eindeutig wesentlich besser. Nur diesmal ist das Timing von meinem Liebling äußerst schlecht.

Ich habe Besuch. Und was für Johann vielleicht noch verdächtiger ist: Ich trage mein Handy momentan nicht bei mir. Daher ist es mir nicht möglich, gleich nach dem ersten Läuten abzuheben. Schließlich sitze ich gemütlich auf dem Sofa und es dauert seine Zeit bis ich meinen Allerwertesten erhebe, und zum Telefon gehe, das ja wieder einmal „irgendwo" liegt und nur durch sein ständiges Läuten von mir geortet werden kann. Nach dem achten Klingeln hebe ich (endlich) das Telefon ab.

Am anderen Ende der Leitung höre ich meinen Johann: "Hallo, mein Liebling! Wie geht es dir? Warum gehst du denn soooo lange nicht ans Telefon?", liebevoll begrüßt mich mein Geliebter.

Ohne eine Antwort von mir abzuwarten, erklärt mir Johann, er wäre jetzt Autowaschen, denn er hielte es zuhause bei seiner Frau (ach, die Böse) wieder einmal nicht mehr aus. Er hätte Sehnsucht nach mir (na, habe ich es nicht gesagt?) und wir könnten uns endlich wieder eine halbe Stunde ungestört, nur von Autostaubsaugergeräuschen unterbrochen, unterhalten.

Er geht ganz selbstverständlich davon aus, dass ich Zeit für ihn habe, was ja auch in neunundneunzig Komma neun Prozent in solchen Situationen der Fall ist. Umso verwunderter ist mein Liebling, als ich ihm erkläre, dass ich keine Zeit hätte, mit ihm ein langes Telefonat zu führen, da ich Besuch von Stefan hätte. Selbstredend möchte ich nicht neben Stefan eine halbe Stunde mit Johann telefonieren. Erstens ist es Stefan gegenüber unhöflich, und zweitens bin ich bei Telefonaten mit Johann lieber alleine. Schließlich geht unser Gespräch, in dem wir uns unsere Liebe zueinander bestätigen und unsere Beziehung schön reden, niemanden etwas an.

Für Johann, und das merke ich sofort, ist Stefans Besuch bei mir absolut nicht notwendig und überflüssig. Schließlich habe ich doch ihn, Johann. Wozu dann also noch einen anderen Menschen, noch dazu einen männlichen, der bei mir zuhause ist und sich mit mir unterhält? Das ist genau der Platz, wo nach Johanns Meinung er hingehören würde! Ja, das wäre auch mein Wunsch! Aber wo ist mein Liebling?!?

An mir liegt es ja nicht, möchte ich zum wiederholten Male betonen. Aber im Augenblick kann mein armer, immer noch verheirateter (ich weiß, das war wieder böse!) Liebling da offensichtlich nichts dagegen unternehmen. Weder an der Tatsache, dass ich Besuch habe, noch daran, dass nicht er bei mir auf der Couch sitzt, sondern Stefan. Deshalb beenden wir nach einigen belanglosen Floskeln das Telefonat. Johann kann es sich zum Abschluss des Gesprächs aber nicht verkneifen noch süffisant hinzuzufügen, er wolle mich bei meinem netten Gespräch mit Stefan nicht stören. Ich solle mich wieder meinem Besucher widmen, schließlich wäre der doch jetzt im Moment für mich wichtiger als er.

Mit dem Hinweis, abends noch via Computer in Verbindung zu treten, lege ich auf, nichtsahnend, wie „bedrohlich" und absolut inakzeptabel Johann meinen männlichen Besuch empfindet. Man soll es nicht für möglich halten, ich führe, auch wenn sehr wohl eingeschränkt, noch ein Privatleben neben ihm. Punkt. So ist es nun einmal. Ich denke, ich nehme ohnehin genug Rücksicht auf ihn.

Unsere persönlichen Treffen sind seit meinem Jobwechsel weniger geworden, dafür aber vielleicht um ein kleines bisschen liebevoller und intensiver. Unsere Telefonate sind wie auch schon bisher zeitlich sehr begrenzt, und nur möglich, wenn Klara nicht in der Nähe meines Liebling ist. Aber jetzt haben wir, nein, richtiger wäre, mein Liebling, das Internet für uns entdeckt. Ach, ich bin wieder einmal mächtig stolz auf meinen Johann. Und dieses Mal ist es (wieder einmal) nicht ironisch gemeint.

Abends, zum gewohnten Zeitpunkt aktiviere ich meinen Computer. Nur ganz kurz zur Erklärung: Johann und ich haben uns in einem Chat-Room angemeldet, in dem man ungestört in privater Atmosphäre Mitteilungen austauschen kann, und auch mehr oder weniger richtige Gespräche (natürlich in schriftlicher Form) führen kann. Da mein Liebling abends öfter in seinem(!) Arbeitszimmer sitzt und sich mit seinem(!) Computer beschäftigt, fällt es Klara nicht auf, wenn wir übers Internet in Kontakt treten.

Ja, richtig, es ist SEIN Zimmer, sie hat doch ohnehin das Wohnzimmer für sich, wenn er in seinem Zimmer ist. Und ja, es ist auch SEIN Computer, den Klara nicht benützen darf, sie hat ihren eigenen.

Selbstverständlich hat mein Liebling darauf bestanden, dass ich mich mit einem männlichen Namen auf dieser Internetseite registriere. Diese neue Art der Unterhaltung ist von Johann von A bis Z durchdacht. Falls Klara einmal unerwartet während eines „Gesprächs" von Johann und mir bei ihm im Zimmer auftauchen sollte, und mein Liebling seine Computerseite nicht schnell genug schließen kann, dann sieht Klara nur den Namen eines imaginären (männlichen) Freundes von Johann. Und noch bevor sie dazukommen könnte, die Mitteilungen zu lesen, hat ihr Ehemann dann ohnehin die Internetseite schon geschlossen. So können Johann und ich fast täglich (ist wieder übertrieben) ungestört „plaudern". Und das zeitlich mehr oder weniger unbegrenzt. Es besteht tatsächlich das erste Mal die Möglichkeit für uns, Themen auszudiskutieren und uns somit immer noch ein bisschen besser kennenzulernen. (Na, wer sagt"s denn! Bald wird mein Liebling mir kein Rätsel mehr sein, und ich werde in ihm lesen, wie in einem offenen Buch! – Ja, richtig erkannt, das glaube ich selbst nicht!)

Auch heute Abend öffne ich die Internetseite um mit meinem Liebling zu schreiben und ihm dadurch näher zu sein. Allerdings dürfte meine große Liebe noch ein wenig (oder auch sehr, sehr, sehr) ärgerlich über meinen nachmittäglichen Besuch von Stefan sein. Ein neuerlicher Eifersuchtsanfall naht. Wie schon öfters versuche ich auch diesmal wieder nachsichtig und verständnisvoll auf Johann einzureden. Zum wiederholten Male erkläre ich ihm, dass für Eifersucht absolut kein Grund bestünde. Aber so leicht lässt sich mein Johann nicht überzeugen. Nach einigen abermaligen anzüglichen Bemerkungen meinen Besuch betreffend, vergeht mir die gute Laune und die Freude mich mit ihm via Computer zu unterhalten. Wie oft sollen wir dieses Thema denn noch durchkauen? Irgendwann brennt dann auch bei mir die sprichwörtliche „Sicherung" durch, und meine Geduld mit meinem armen, sich nicht helfen könnenden, verheirateten Geliebten ist am Ende.

So gibt ein Wort das andere und ich erwidere auf seine völlig haltlosen Beschuldigungen, ebenso sinnlose und dumme Vorwürfe:

Er hätte zuwenig Zeit für mich und er wolle mich sowieso nur fürs Bett. Mir ist völlig klar, solche Schuldzuweisungen bringen nichts, ganz im Gegenteil, aber in diesem Moment bin ich einfach derartig wütend, dass ich nicht anders kann.

Was will denn der, also mein Johann eigentlich? Soll ich vierundzwanzig Stunden am Tag alleine zuhause sitzen und warten, ob er vielleicht einige Minuten Zeit für mich abzweigen kann? Abgesehen davon, dass ich ohnehin permanent warte, ob sich mein Liebling vielleicht bei mir melden kann oder auch nicht. Ich nehme mir das Telefon sogar auf die Toilette mit. Es könnte doch sein, dass er gerade dann anruft, und ich kann oder besser gesagt, darf, nicht zurückrufen.

Ja, ja, ich weiß: Selbst schuld! Aber das will ich jetzt im Moment sicher nicht hören! Jetzt ist mir eindeutig danach, meine Wut loszuwerden und anschließend in Selbstmitleid zu versinken.

Zurück zu unserer Konversation via Computer. Nachdem auch ich Johann, für ihn anscheinend völlig überraschend Vorwürfe mache, das ist er nämlich von mir nicht gewöhnt, wie denn auch, normalerweise habe ich doch immer für alles was ihn betrifft Verständnis, wird es meinem Liebling (diesmal ironisch gemeint) offensichtlich zu dumm. Vielleicht gehen ihm die Gegenargumente aus, oder er weiß sich vor Wut über mich nicht anders zu helfen, auf alle Fälle, ob ihr es jetzt glaubt oder nicht: Johann ist plötzlich aus dem Chat-Room verschwunden. Das Symbol auf unserer Korrespondenzseite zeigt auf „abwesend". Damit ist das Problem aber nicht aus der Welt. Sicher nicht!!! Das Sprichwort „Aus den Augen, aus dem Sinn" ist in diesem Fall wohl eher nicht anwendbar.

So etwas ist mir ja noch nie passiert! Gut, das heißt jetzt nicht allzu viel, denn mir ist Vieles noch nicht passiert, was ich mit Johann derzeit erlebe. Aber trotzdem, anstatt ein eigentlich nicht existentes Problem mit mir in Ruhe auszudiskutieren, wie das erwachsene, klar denken könnende Menschen in meinen Augen machen würden, schaltet dieser Mensch, also mein lieber, gescheiter, schöner, und so weiter… Johann, einfach den Computer aus.

Wie auf den meisten Web-Sites möglich, so auch auf unserer, kann man seinem Gesprächspartner Nachrichten hinterlassen, wenn dieser nicht online ist. Genau das tue ich. Ich schreibe mir meine Wut vom Herzen. Für alle Frauen wahrscheinlich bestens nachvollziehbar, übertreibe ich ein klein wenig. Na, das ist jetzt wieder Ansichtssache, es kann durchaus sein, dass ich in dieser Situation etwas mehr als nur ein klein wenig übertreibe, und meine Empfindungen etwas zu krass schildere. Die Worte, ich fände es total verletzend immer wieder aufs Neue falsch beschuldigt zu werden und ich würde ohnehin von Johann anscheinend nur auf Sexgeschichten reduziert werden, anders könne man sein Verhalten mir gegenüber nicht interpretieren, sind aber sehr wohl sehr nahe an der Wahrheit. Zumindest im Moment. Zum Abschluss schreibe ich aber dann doch noch einlenkende Worte wie, ich wisse sehr wohl, wo(!?!) – Ja, wohin denn?? Zu diesem tollen, verheirateten Mann? – ich hingehören würde, in der Hoffnung, ihn damit zu beruhigen. Er soll verstehen und begreifen, dass ich wütend bin, wenn er mir solche Unwahrheiten unterstellt. Dann schalte auch ich meinen Computer aus.

Zum wiederholten Male frustriert und machtlos. Jetzt heißt es für mich wieder abwarten, wie und ob unsere Affäre weitergeht. Na, ganz toll. Wie mich diese Situationen immer wieder aufs Neue nerven!! In solchen Momenten bin ich wirklich soooooo knapp davor, den „Hut" hinzuschmeißen, Liebe hin oder her, das ist doch wirklich nicht zum Aushalten.

Er, ja, jetzt reicht das Wort „er" für ihn völlig aus, lest meine Nachricht anscheinend kurz darauf, denn, als ich nach einer Stunde wieder die Web-Seite öffne, mit der Hoffnung oder besser gesagt, der Erwartung einer entschuldigenden, netten, beruhigenden Rückantwort, ist sein Profil gelöscht!!!

Was sagt man jetzt dazu? Ich kann es nicht glauben. Ich schließe diese Internetseite und logge mich erneut ein, aber es hilft nichts, mein Johann ist nicht mehr auffindbar. Ist so etwas überhaupt möglich? Ja, klar, technisch schon, aber ich meine emotional. Wie feig ist das denn? Einfach beleidigt sein, einer Konversation aus dem Weg gehen und sich „tot" stellen? So etwas ist für mich ganz schlimm, und mit solchen „Konfliktbewältigungen" kann ich gar nichts anfangen. Aber wie schon so oft, ich kann es nicht ändern. In solchen Situationen ist es doppelt oder hundertfach so schlimm, dass ich ihn nicht anrufen kann, wenn mir danach ist, weil ich ja nicht darf.

Vielleicht ist es aber gerade jetzt auch besser so, denn ich bin auf „180" und würde ihm jetzt so richtig meine Meinung sagen. Die Betonung liegt auf „jetzt"! Denn meine Wut verwandelt sich im Laufe der Stunden, oder noch schlimmer Tage, in denen ich meinen Liebling nicht höre, in Sehnsucht. Und auch dieses Mal spüre ich, wie mein

Ärger von Sekunde zu Sekunde verfliegt. Mittlerweile wäre ich einfach nur mehr froh und erleichtert, wenn er sich endlich melden würde. So gesehen eine sehr effektive Taktik meines Geliebten.

Ganz kurz, aber wirklich nur ganz kurz, überlege ich, ihn trotz aller Verbote doch anzurufen. Allein der Gedanke daran wirkt „schmerzlindernd"! Denn, was heißt hier, ich darf ihn nicht anrufen? Natürlich darf ich! Ich darf alles! Allerdings mit der Konsequenz, dass meine Beziehung (hahaha!) mit Johann dann mit Sicherheit zu Ende ist. Ihn im eventuellen Beisein seiner Frau anzurufen gleicht einer „Todsünde".

An alle Moralapostel: Ich gebe es zu, die ganz feine Art wäre es nicht von mir. Auch mir ist bewusst, Johann und ich haben unsere Affäre nur begonnen, weil ich ihm versprochen habe, unsere Beziehung geheim zu halten. Außerdem habe ich ihm auch großspurig und mit absoluter Sicherheit zugesichert, „nur" eine Affäre mit ihm haben zu wollen und absolut kein Problem mit seiner Ehe, respektive seiner Ehefrau zu haben. Ja, ja, das weiß ich doch ohnehin alles. Ich halte mich grundsätzlich an Versprechen, und deshalb verzichte ich auf den Anruf. Allerdings schweren Herzens und nur, um zumindest noch ein wenig Achtung vor mir und meinen Handlungen zu haben, wobei diese Grenze bei mir wie bereits des Öfteren eindrucksvoll bewiesen, sehr schwammig verläuft.

Bis zu diesem neuerlichen Eklat war ich eigentlich noch der Meinung, Johann und ich hätten „die Kurve gekriegt". Aber da habe ich mich wohl zu früh gefreut. Jetzt heißt es für mich wieder einmal abwarten oder endlich die Konsequenzen zu ziehen.

23

Ich wage von mir zu behaupten, dass ich der Kategorie Mensch zuzuordnen bin, der zumindest ein gewisses Maß an Gerechtigkeit wichtig ist. Wem unverschuldet Unrecht geschieht, dem muss geholfen werden, erst recht, wenn ich der indirekte Auslöser dafür bin.

Heute Vormittag bekomme ich einen Anruf von meiner ehemaligen Arbeitskollegin Susanne. Sie ist mittlerweile schon so etwas wie eine Freundin und war eine der ersten, die bemerkt hat, dass zwischen Johann und mir mehr als nur berufliches Interesse besteht. Nach meiner Kündigung haben Susanne und ich begonnen uns mehr oder weniger regelmäßig entweder zu einem gemütlichen Abendessen oder zumindest auf einen Kaffee zu treffen. Unsere Freundschaft hat sich so gesehen eigentlich erst nach meinem Ausscheiden aus der Firma entwickelt. Da Susanne weiterhin mit Johann zusammenarbeitet und sie nicht zwischen die „Fronten" geraten will, haben wir beschlossen, alles, was mit dem Thema „Affäre zwischen Johann und Brigitte" zusammenhängt, bei unseren Gesprächen auszuklammern. Es gibt ohnehin noch genug andere Dinge über die zwei Freundinnen plaudern können. Und, wie könnte es anders sein, wir telefonieren selbstverständlich auch ab und zu.

So auch heute, denn mein Telefon läutet und am Display steht „Susanne". Doch dieser Anruf von Susanne ist anders. Ich bemerke sofort zu Beginn des Gesprächs ihre Aufregung. Ihre Stimme ist ungewöhnlich belegt, so als hätte sie geweint. Nach einer kurzen Begrüßung kommt sie sofort zum Punkt. Und tatsächlich, bereits wieder in Tränen aufgelöst berichtet sie mir, dass ihr (mein!!!) Johann mitgeteilt hätte, er würde sie kündigen, weil sie immer noch in Kontakt mit mir stünde. Ich muss jetzt sicherlich nicht extra erwähnen, dass das nicht die Originalworte von meinem Liebling waren. Das wäre gesetzeswidrig und könnte im Zweifelsfall gegen ihn verwendet werden. Nein, nein, Johann hat es dezent anders formuliert. Doch Susanne hat sich sofort ausgekannt, worum es ihm geht. Und auch echten Fans von Johann ist es meiner Meinung nach jetzt beim besten Willen nicht möglich, einen anderen Hintergrund als unsere neuerliche Unterbrechung oder eventuell auch Beendigung unserer wunderschönen (hahaha!) Beziehung für diese Drohung zu finden.

Meine Gedanken schlagen Purzelbäume: Was? Das ist doch unmöglich!!!!!! So etwas gibt es doch gar nicht!!! (Wie man sieht, bei meinem Johann schon!) Ist Johann jetzt total verrückt geworden? Das kann mein Liebling (hahaha!) doch nicht ernst meinen!?! Da es unglaublich ist, was Susanne mir unter heftigem Schluchzen berichtet, frage ich sicherheitshalber noch einmal nach, ob ich auch wirklich alles richtig verstanden hätte. Sie fällt mir sogleich ins Wort und bestätigt, dass ich selbstverständlich richtig verstanden hätte und sie jetzt total verzweifelt wäre: "Du weißt, dass ich diesen Job dringend brauche und ich finde es sehr ungerecht nur wegen unserer Freundschaft meinen Job zu verlieren! Ich habe nichts mit dem Wahnsinn zwischen euch zu tun! Wieso muss ich eure Probleme ausbaden?"

Sie hat absolut Recht. Ich versuche, sie, soweit es mir in der derzeitigen Lage möglich ist, zu beruhigen. Susanne solle sich keine Angst um ihren Job machen, soweit würde Johann nicht gehen und versichere ihr, die Sache wieder in Ordnung zu bringen. Die Frage lautet nur: WIE??

Dass Stefans Besuch Johann so aus der Bahn wirft, konnte ich beim besten Willen nicht ahnen. Johann ließ mir nicht einmal die Chance, ihn von der Harmlosigkeit dieses Besuchs zu überzeugen. Nein, ganz im Gegenteil, seit seinem neuerlichen Eifersuchtsanfall ist mein Liebling (ja, gelogen, richtig erkannt!) aus meinem Leben verschwunden.

Und jetzt das?!? Also das ist einfach unglaublich! Was kann die arme Susanne denn dafür? Will Johann jetzt allen Menschen die er kennt und wahrscheinlich auch allen die er nicht kennt, obwohl das selbst für Johann schwierig werden wird, verbieten, Kontakt mit mir zu haben? Und das nur, weil ich, wie in diesem einzigen Fall, dadurch eventuell nicht permanent für IHN zur Verfügung stehe?

Ja, ich denke, so könnte man es ausdrücken, genau das wäre sein Plan! Aber nur seiner! Da werde ich ihm ganz schnell einen Strich durch die Rechnung machen. So geht das nämlich nicht. Ich lasse mir ja viel, zu viel von meinem Liebling(!) gefallen, aber diesmal ist er eindeutig zu weit gegangen. Wieder einmal! Ich habe Susanne versprochen Johann wieder zu beruhigen und das werde ich auch ganz sicher machen.

So! Jetzt habe ich ein großes Problem. Auch wenn ich Susanne fürs Erste die Angst vor dieser absolut unberechtigten Kündigung nehmen konnte, in meinen Augen ist die Gefahr noch nicht gebannt. Schließlich weiß ich am allerbesten, wenn Johann verzweifelt ist, ist er zu allem fähig. Auch dazu, Susanne zu kündigen. Aber das muss ich mit allen mir zur Verfügung stehenden Mitteln verhindern. Das bin ich meiner Freundin schuldig. Johann will Susanne schaden, um mich damit zu treffen. Das darf doch nicht wahr sein! Wie dumm ist das denn jetzt? Und wieder einmal lässt mich Johanns Verhalten, das neuerlich ausschließlich durch seine Machtlosigkeit (mir gegenüber) entstanden ist, mich im Moment vor Wut fast „zerspringen".

Ich denke, Johann weiß, dass Susanne aufgrund seiner unfairen Aktion sofort Kontakt zu mir aufnehmen und mir alles erzählen wird. Damit tritt er in seinen Augen wieder in mein Leben. Ich bin überzeugt davon, es dürfte ihm vorerst egal sein, ob positiv oder negativ. Ihm vielleicht, mir aber ganz sicher nicht! Aber diese Spekulationen über Johanns Beweggründe helfen mir im Moment nicht weiter. Ich muss etwas tun, und zwar schnell, bevor dieser Mann noch mehr Schaden anrichtet.

Grundsätzlich habe ich mir fest vorgenommen mich nicht mehr bei Johann zu melden, schließlich hat ER den Kontakt (mit seinem Verschwinden aus dem Internet!) abgebrochen, also soll auch ER sich wieder melden. Aber unter diesen Umständen bleibt mir nichts anderes übrig, als ihn anzurufen und zu beschwichtigen. Susannes Kündigung darf nicht zum Racheakt gegen mich werden. Also los! Je früher diese Geschichte wieder erledigt ist, umso besser. Da muss ich jetzt durch.

Ich wähle Johanns Nummer. Es läutet und läutet und läutet! Mein Liebling (ja, ja, diesmal zum wiederholten Male ironisch gemeint) hebt nicht ab. Da Susanne erst vor wenigen Minuten ihr Gespräch mit Johann geführt hat, habe ich Gewissheit, dass Johann in der Firma ist und ich keine Gefahr laufe, wieder einmal Klara ans Telefon zu bekommen. Das ginge mir gerade noch ab. Ich wähle sofort nochmals Johanns Nummer und denke mir im Stillen: „So nicht, mein Freund, nicht mit mir!"

Mittlerweile ist meine Sehnsucht nach Johann komplett von meiner Fassungslosigkeit, meine Freundin derart ungerecht zu behandeln, verdrängt worden. Ganz im Gegenteil, meine Wut Johann gegenüber wird mit jedem neuerlichen Läuten größer. Abermals lasse ich es wieder läuten und läuten und läuten. Aber der „tolle" Mann hebt das Telefon nicht ab. Dafür kann es nur zwei Gründe geben:

Entweder er kann tatsächlich im Moment nicht ans Telefon gehen, da er in einer Besprechung ist, oder, und das ist für mich wahrscheinlicher, er fühlt sich „edelhart", wenn er mir keine Möglichkeit gibt, mit ihm in Kontakt zu treten. Na, da weiß er aber noch nicht, mit wem er es zu tun hat. Wenn es jetzt ausschließlich um mich ginge, hätte er eventuell Erfolg mit seiner „Nummer", wenn aber meine Freundin die Leidtragende ist, wird er mich von einer anderen Seite kennenlernen. Ich bin nicht das kleine Dummerchen, das er anscheinend in mir sieht. Nach fünf ewig langen Minuten probiere ich ihn nochmals zu erreichen. Wieder keine Antwort. Also, gut! Falls er tatsächlich in einer Besprechung ist, kann er nicht ans Telefon gehen. Ich will ihn nicht vorzeitig verurteilen. Sobald er aber danach einen Blick auf sein Handy wirft, sieht er auf seinem Display, dass ich ihn etliche Male zu erreichen versucht habe, und wird zurückrufen.

Nach einer Stunde ist immer noch kein Rückruf bei mir eingegangen. Auch nach zwei Stunden nicht. Na gut, dann werde ich ihn eben nochmals anrufen, selbst auf die Gefahr hin, dass er schon zuhause bei Klara ist. Da ist er jetzt selber schuld, er hätte die Möglichkeit gehabt, mich ohne Beisein seiner Frau zurückzurufen. Abermals wähle ich seine Nummer: Es läutet, läutet und schon schaltet sich die Mailbox ein. Das heißt also: Er hat meinen Anruf, also mich, weggedrückt. Vor Wut und Machtlosigkeit, diesmal ausnahmsweise einmal von mir, könnte ich wie „Rumpelstilzchen" herumhüpfen. Leider wird mir das nicht weiterhelfen. Meine stoische Gelassenheit Johann und seinen Aktionen gegenüber gerät ins Wanken und mein sicherlich unbegründetes Mitleid mit diesem Mann hält sich immer mehr in Grenzen.

Kurzerhand und ohne viel nachzudenken, es wäre aber vielleicht besser gewesen, erst zu denken, dann zu handeln, aber das ist im Moment zu viel von mir verlangt, greife ich zum Telefon und rufe Klara an. Ich habe den festen Vorsatz sie zu ersuchen Johann wieder zur Vernunft zu bringen. Susanne darf unter keinen Umständen in unser Affären-Chaos hineingezogen werden und schon gar nicht deswegen ihren Job verlieren.

Ich muss Klara in diesem Gespräch dann wohl oder übel mitteilen, dass die Affäre zwischen Johann und mir bis vor einigen Tagen noch sehr aktuell war, denn wie sonst wäre dieses neuerliche „Ausrasten" ihres Ehemannes zu erklären. Geschieht ihm völlig Recht!!! Aber darauf kommt es jetzt auch nicht mehr an. Meines Wissens ist Klara derzeit der Meinung, die Affäre zwischen Johann und mir wäre seit einigen Wochen endgültig beendet. Er hätte es ihr hoch und heilig versprochen. So hat es mir Johann zumindest erzählt. Aber sowohl Klara, als auch ich wissen, dass Johann alles erzählt, wenn er sich dadurch einen Vorteil verspricht.

Da dies, wie jedem bestens bekannt ist, nicht der erste Kontakt zwischen Klara und mir ist, zeigt sich Johanns Ehefrau nicht sonderlich überrascht über meinen Anruf und ersucht mich sogleich um ein Treffen. Anscheinend möchte auch sie sich wieder auf den aktuellen Stand der Dinge bringen. Wie bereits erwähnt, weiß auch sie ganz genau, dass sie von „unserem" Johann nicht die Wahrheit bezüglich der Beziehung zwischen ihrem Mann und mir erfährt. Sie hofft aber sehr wohl, dass ich ihr die Wahrheit erzähle. In ihren Augen müsste mir daran gelegen sein, dass sie davon erfährt, dass Johann sie immer noch mit mir hintergeht!

In der Theorie völlig richtig, die Praxis hat leider gezeigt, dass ich ihr gegenüber sehr wohl eine Beziehung zwischen ihrem Mann und mir leugne um meine Affäre nicht zu gefährden. Auch wenn es unglaubwürdig klingt, dieses Mal liegt es absolut in meinem Interesse, dieses Versteckspiel ein für alle Mal zu beenden. Auch, wenn ich damit das endgültige Ende dieser zur absoluten Katastrophe mutierten Beziehung von Johann und mir riskiere. Es ist doch offensichtlich: So kann es nicht weitergehen!

Oder erhoffe ich mir in meinem tiefsten Inneren, dass Klara „unseren" Johann nach seinen neuerlichen Untreueaktionen endgültig von zuhause „hinausschmeißt", damit er zu mir kommt? Aber das hatten wir doch auch schon, und dann war es mir auch wieder nicht recht.

Ich kann es im Moment ehrlich nicht sagen: Will ich Johann? Will ich ihn nicht? Oder will ich ihn nicht mehr? Keine Ahnung! Die ganz Schlauen unter uns haben sicherlich zwischen den Zeilen gelesen, dass es mir mittlerweile bewusst geworden ist, dass Johann seine Frau niemals freiwillig verlassen wird, um mit mir zu leben. Hilfe!!! Ich brauche DRINGEND einen sehr, sehr guten Therapeuten, der mich wieder auf den rechten Weg bringt!

Ich werde mich mit der Frau meines Liebhabers treffen. Ich will ihr unter anderem einreden oder über sieben Ecken zu verstehen geben, sie solle sich von ihrem Mann scheiden lassen. Das wäre der Idealfall! Ach, jetzt doch wieder??? (Bringt mich zum Therapeuten!!! Aber schnell!!!) Oder wenn schon nicht sofort scheiden, dann zumindest aufgrund der neuerlichen Bestätigung des Fremdgehens ihres Mannes mit mir, die Konsequenzen zu ziehen und ihn aus der Wohnung zu werfen.

Klara hat mich um ein Treffen gebeten, das heißt, sie will die Sache nicht per Telefon klären sondern ein persönliches Gespräch mit mir. Auch gut. Mir ist im Moment alles recht, Hauptsache, Susanne wird nicht gekündigt. Vielleicht ist ein persönliches Treffen gar nicht sooo schlecht, dann können wir „in Ruhe" reden, so von Frau zu Frau. Aufs Neuerliche bedenke ich nicht, dass das kein belangloser Kaffeeplausch wird, sondern ein Gespräch zwischen Ehefrau und Geliebter. Aber es ist nicht das erste Mal, dass ich einen schwerwiegenden Fehler zum wiederholten Male begehe. Ja, ja, Brigitte, nur nicht denken, das bringt in so einer Situation ohnehin herzlichst wenig. Wieder einmal bin ich der Meinung vielleicht schaffen wir, Klara und ich es diesmal, dieses Versteckspiel zu beenden und klar zu sagen, wer was, beziehungsweise wen will. Hmmm, obwohl das ja eigentlich seit Beginn dieser ganzen Geschichte glasklar ist:

Ich will Johann – und zwar ganz alleine für mich – ohne Ehefrau.

Klara will auch Johann – und zwar ebenfalls alleine für sich – ohne Geliebter.

Johann will mich – immer, wenn er bei mir ist – ohne Klara.

Johann will aber auch Klara – immer, wenn er bei ihr ist – ohne mich!

Noch für denselben Tag vereinbaren Klara und ich ein Treffen. (Eigentlich hätte dieser Satz lauten sollen: Noch für denselben Tag vereinbare ich einen Termin beim Psychiater! Hmm, vielleicht beim nächsten Mal! Ich habe doch alles unter Kontrolle! Hahahah!) Als neutralen Ort wählen wir ein Cafè in einem Einkaufszentrum in der Nähe von Klaras (und Johanns) Wohnung.

Einerseits froh, dieses Versteckspiel endlich zu beenden, andererseits doch mit einem etwas mulmigen Gefühl in der Bauchgegend begebe ich mich zum vereinbarten Treffpunkt. Ich war noch nie in diesem Einkaufszentrum und muss mich nach der Parkplatzsuche erst einmal orientieren. Als ich auf den Eingang zusteuere, höre ich hinter mir ein freundliches(!) „Frau Brigitte".

Klara weicht nicht von ihrer Strategie, mich mit meinem Vornamen anzureden, ab. Ich verkneife mir ein „Hallo, Frau Klara", ich will ja die Stimmung nicht schon vor Beginn unseres Gesprächs negativ beeinflussen, und so begrüße ich sie auf die normale Art und Weise mit ihrem Nachnamen.

Nach einer oberflächlich freundlichen, emotionslosen Begrüßung, ja, das können wir perfekt, setzen wir uns ins Cafè. Klara lädt mich, allerdings unter Protest von mir, auf den Kaffee ein. Auch recht, ich will jetzt nicht wegen der Rechnung für einen Kaffee eine Unstimmigkeit heraufbeschwören, schließlich treffen wir uns wegen eindeutig wichtigeren Dingen.

Die Situation an sich ist grotesk. Zwei Frauen sitzen nach außen hin völlig emotionslos im Cafè bei einem Getränk und unterhalten sich über den Ehemann bzw. Geliebten. Es herrscht die exakt gleiche Stimmung wie damals beim Zusammentreffen mit Klara am Parkplatz des Eishockeystadions. So zumindest ist mein Eindruck.

Klara ist in meiner Gegenwart, wie nach den vorherigen Treffen nicht anders zu erwarten, abermals nett, freundlich und äußerst verständnisvoll. Ich kann fast nicht glauben, dass sie mit Johann, laut Simones Erzählung, bei ihrem Besuch bei Simone und deren Ehemann zuhause, absolut niveaulos und bösartig über mich geredet haben soll.

Klara versichert mir gleich zu Beginn, dass sie ohnehin vermutet hätte, dass die „Sache" zwischen Johann und mir noch nicht beendet wäre, sie kenne ja „ihren Johann". Wie auch schon bei unserem vorigen Gespräch wird Klara nicht müde, mir zu erklären, dass sie Johann nach zwanzigjähriger Ehe sehr gut, besser als ich, kennen würde. Ich wäre überrascht, wenn ich wusste, wie ihr Johann im Privatleben wirklich wäre.

Klara will von mir wissen, wo, wann und wie oft Johann und ich uns treffen, oder aus jetziger Sicht, getroffen haben. In Anbetracht der

Tatsache, dass Klara und ich ohnehin beisammen sitzen um zu „reden", entschließe ich mich, ihr ehrlich zu erzählen, was sie wissen will. Bis auf einige Abänderungen bei Johanns und meinen Treffen, die durch meinen Arbeitswechsel bedingt sind, ist eigentlich ohnehin alles noch sie, wie ich es ihr auch schon bei unserem vorigen Treffen am Parkplatz erzählt habe.

Als „Strafe" dafür, dass Johann Susanne in unsere Beziehungskrise mit hineinzieht, und sie so seine Unfähigkeit ausbaden soll, erzähle ich Klara noch einige Details, die ich unter normalen Umständen für mich behalten hätte. Ob das jetzt klug ist und irgendjemandem von uns dreien hilft, oder leider nur alle verletzt, bedenke ich in dieser Situation nicht.

Schon fast stolz erzähle ich daher Klara: "Wenn Johann (ich sage absichtlich nicht „mein" – das käme jetzt gar nicht gut) „offiziell" in die Sauna fährt, dann fährt er in Wahrheit zu mir nach Hause. Er nimmt sein Badehandtuch mit und hält es unter Wasser, damit es alibihalber nass wird. Wenn er dann wieder nach Hause, also zu Ihnen kommt, dann sind seine Saunautensilien für sie so präpariert, dass Sie keinen Verdacht schöpfen."

Wissend lächelt Klara und meint: "Die Geschichte mit der Sauna habe ich ohnehin nicht geglaubt, denn erstens war das Handtuch zu nass und zweitens hat es nicht nach Chlor gerochen."

So ganz kann ich ihr das nicht glauben, denn, hätte sie wirklich Verdacht geschöpft, hätte sie Johann ganz bestimmt darauf angesprochen, und das hat sie definitiv nicht - also …!

Allerdings hat mir Johann erzählt, einmal wäre Klara zur Sauna nachgefahren, um zu kontrollieren, ob Johanns Auto dort wäre. Was es aber natürlich nicht war. Ach, wie merkwürdig! Das war dann wahrscheinlich zu dem Zeitpunkt als sie Verdacht geschöpft hatte. Aber mein schlauer, und um keine Lüge verlegener Johann wusste sofort eine Ausrede. Er erklärte Klara, er wäre zuerst bei seinem Freund zuhause gewesen, und von dort wären sie dann mit nur mit einem Auto, nämlich dem seines Freundes, zur Sauna gefahren. Klara musste oder wollte diese Geschichte damals mehr oder weniger glauben, sie hatte ja keine Gegenbeweise.

Aber zurück zu unserem „gemütlichen Kaffeeklatsch". Jetzt gibt es Neuigkeiten für mich!

"Hat Ihnen mein Mann erzählt, dass wir seit zwei Wochen zu einer Eheberatung gehen?"

"Nein, das hat er nicht!", jetzt hat mich Klara tatsächlich überrascht.

"Frau Brigitte, wussten Sie, dass mein Mann im Beisein einer Freundin von mir, mir hoch und heilig versprochen hat, an unserer Ehe und Liebe zu arbeiten und den Kontakt zu ihnen völlig abzubrechen?", milde lächelnd stellt Klara mir diese Frage.

"Nein, davon weiß ich auch nichts", langsam verläuft dieses Gespräch in eine völlig andere Richtung als von mir geplant. Nicht ich kann die Ehefrau meines Liebhabers mit meinen Erzählungen schockieren, sondern sie mich. So war das nicht vorhergesehen.

Dieses Gespräch mit Klaras Freundin, die laut Klaras Aussage eine ausgebildete Ehetherapeutin/Eheberaterin ist, liegt erst zwei Tage zurück. Daraus schließt Klara nun, dass Johann aus diesem Grund den Kontakt zu mir abgebrochen hat. Da liegt sie eindeutig falsch, denn Johann hatte vor fünf Tagen das letzte Mal Kontakt mit mir. Ich kann jetzt nicht erklären warum, aber diese falsche Annahme von Klara möchte ich in diesem Moment nicht klarstellen.

Schon kommt die nächste Frage von Klara, mit der ich nicht gerechnet hätte: "Warum haben Sie sich denn nie dazu bereit erklärt, mit meinem Mann und mir, zu einer Ehetherapeutin zu gehen um die Situation aufzuarbeiten?"

Was??? Wohin hätte ich gehen sollen? Davon weiß ich nichts. Selbstverständlich wäre ich gerne mitgegangen, nichts lieber als das. Aber mein Liebling wäre schön blöd gewesen, mir etwas davon zu erzählen. Dann hätte er doch eine Entscheidung treffen müssen und nicht mehr nach Belieben zwischen Klara und mir hin und her pendeln können. Wie ist doch noch mal der Leitspruch von Johann: Man will es sich doch nicht verschlechtern!

"Das höre ich jetzt von Ihnen zum ersten Mal. Selbstverständlich wäre ich mitgegangen.", ist meine wahrheitsgetreue Antwort.

Klara schaut mich fragend an. Ich denke, sie glaubt mir nicht. Sie meint, Johann hätte ihr immer versichert, dass er alles versuchen würde um mich dazu zu überreden, ich aber kategorisch abgelehnt hätte.

Plötzlich fragt mich Klara, ob ich denn noch immer oder eventuell sogar jetzt gleich bereit wäre, mich mit ihrer Freundin und Johann zusammenzusetzen um ein klärendes Gespräch zu führen? Na, klar bin ich bereit, ich habe ja nichts (mehr) zu verbergen und wahrscheinlich auch nichts zu verlieren.

Ja, machen wir klar Schiff! Setzen wir uns zusammen und dann wird eine Entscheidung getroffen. Wir??? Eher Johann! Es ist immer noch seine Entscheidung: Klara oder ich! Phhuuu, jetzt wird es spannend! Was ist nur aus meinem anfangs als eher harmlos geplanten Anruf bei Klara geworden!?! Die Situation gleitet mir gerade so richtig aus den Händen und beginnt ein nicht vorhersehbares Eigenleben zu entwickeln! Ohh, mein Gott! Langsam aber sicher überfordert mich die aktuelle Situation! Aber das darf ich vor Klara auf keinen Fall zeigen, ich bin genauso souverän wie sie! Hilfe! Ich bekomme Angst!!!

Klara ruft daraufhin ihre Freundin an, und ersucht sie um ein sofortiges Treffen. Sie erklärt dieser Freundin, die also eine ausgebildete Eheberaterin oder so etwas in der Art sein soll, in groben Zügen wie das Gespräch zwischen Klara und mir bis jetzt verlaufen ist. Und welch Wunder, diese Freundin hat Zeit. Ich denke, der ausschlaggebende Faktor ist wohl ihre Neugierde auf mich, schließlich ist sie eine Freundin von Klara. Aufgrund dieser Tatsache wird sie die Situation sicherlich sehr objektiv beurteilen können. (Oder auch nicht?!?)

Irgendetwas ist an der Sache aber faul: Welcher Therapeut hat augenblicklich Zeit, aus reiner Neugierde, das ist eine plumpe Unterstellung meinerseits, irgendwohin zu fahren, um die Geliebte des

Mannes einer Freundin zu begutachten. Ach ja, und für eine Beratung, Analyse oder Aufarbeitung, oder wie auch immer man unser kommendes Gespräch nennen möchte, hat sie dann auch noch Zeit. Da werde sogar ich in meiner ohnehin angespannten Verfassung hellhörig. Aber egal, sie kommt und das ist im Moment das Wichtigste, denn ich bin die Erste die an der Aufklärung dieses Durcheinanders(??) interessiert ist. Außerdem möchte ich doch auch (meinen) Johann endlich (nach fünf!!! ewig langen Tagen – ja, ja, ich weiß, ich übertreibe wieder einmal) wiedersehen.

Doch auch Klara freut sich offensichtlich, dass wir noch ein Gespräch zu dritt, plus Freundin, nein, Entschuldigung, Therapeutin führen werden.

Als nächstes ruft Klara Johann an, und bittet ihn in das Café zu kommen, in dem Klara und ich bereits abwartend sitzen. Um ihn von einer Absage abzuhalten, macht sie ihn mit der Ankündigung, eine Überraschung für ihn zu haben, neugierig. Folgsam wie immer, wenn Klara von Johann etwas möchte, willigt er sofort ein.

So, jetzt kann es losgehen. Treffpunkt ist in circa einer halben Stunde in diesem Lokal. Johanns Ehefrau und ich sitzen noch ein paar Minuten beim Kaffee, doch ganz plötzlich ist Klara der Meinung, es wäre besser, draußen, also im Freien auf Johann zu warten. Mit fragendem Blick schaue ich sie an. Sie nickt nur und meint, man wisse bei Johann nie wie er reagieren würde und steht auf. Ich folge ihr, was hätte ich anderes tun sollen?

Um nicht nass zu werden, da es mittlerweile heftig zu regnen begonnen hat, schlägt Klara mir vor, gemeinsam mit ihr in ihrem Auto auf Johann und auch ihre Freundin zu warten. Aber natürlich, gerne, es ist ja auch nicht das erste Mal, dass ich mit Klara in ihrem Auto sitze. In meiner Situation ist ohnehin schon alles egal.

Um nicht stillschweigend nebeneinander zu sitzen, beginnt Klara ein Gespräch: "Frau Brigitte, haben Sie gewusst, dass Johann einen Sohn hat?"

Schon wieder ein Satz, der mit „Frau Brigitte, haben Sie

gewusst…" beginnt. Diese Sätze mag ich gar nicht. Die verdeutlichen mir ein aufs andere Mal wie wenig ich meinen Geliebten kenne. Und wer will das schon? Jetzt schon ein wenig kleinlaut, kann ich nur antworten: "Nein, Johann hat immer gemeint, er hätte keine Kinder!"

Bis auf eine Ausnahme. Jetzt erinnere ich mich wieder. Ganz kurz war einmal die Rede von Kindern und Johann hat von einem Sohn gesprochen. Ich wollte sofort mehr darüber wissen, aber mein Liebling hat augenblicklich abgeblockt, das Thema gewechselt und wollte mir in keinster Weise Auskunft darüber geben. Und was tat ich? Richtig! Ich habe nicht mehr nachgefragt, ich will doch wegen so etwas „Unwichtigem" wie einem Sohn keinen Streit mit Johann! Und ja, wieder richtig, ich habe dieses Thema auch nie wieder angesprochen. *Sehr klug, Brigitte. Na, toll!!!*

Jetzt sitze ich mit Klara in ihrem Auto und benehme mich wie ein kleines Schulmädchen, das sich von ihrer Mama belehren lässt. Ganz brav und sittsam antworte ich auf Klaras Fragen. Ich bemerke ihre Genugtuung mir Dinge über Johann erzählen zu können, von denen ich absolut keine Ahnung hatte und die mich sehr überraschen. Die logische Schlussfolgerung, die mir Klara nicht ohne ein mitleidig-wissendes Lächeln mitteilt, lautet: "Sehen Sie Frau Brigitte, ich habe Ihnen doch schon oft gesagt, Sie kennen Johann nicht wirklich."

Ohhh, mein Gott! Wie recht diese Frau doch hat. Da treffe ich mich mit der Ehefrau meines Geliebten um ihr schockierende Details aus dem Leben ihres Mannes brühwarm zu servieren, und…? Jetzt geht dieser Schuss aber gewaltig nach hinten los! Nicht sie ist über ihren Mann schockiert, wie denn auch, sie kennt ihren Mann in und auswendig. Nein, ich bin über meinen Geliebten schockiert. Im Speziellen darüber, wie wenig ich doch tatsächlich aus seinem privaten Umfeld weiß. Oder wahrscheinlich besser ausgedrückt und auf den Punkt gebracht: Wie wenig Johann mich an seinem Privatleben teilhaben lassen möchte. Denn selbstverständlich ist sogar mir klar, dass er mir diese „Kleinigkeiten" in seinem Leben sehr bewusst vorenthalten hat. Warum nur??? Ist das jetzt ein weiterer

Beweis dafür, dass ich nur die Geliebte für zwischendurch bin? Was hat mich in meiner Position sein Privatleben zu interessieren?

Natürlich erkennt Klara, dass ich angesichts der Tatsache wie wenig ich doch tatsächlich von meinem Geliebten weiß, verunsichert bin. Das bestärkt sie in ihrer Absicht mir weitere private Details von meinem, oder in diesem Fall doch eher „ihrem" Johann zu erzählen: "Ja, Frau Brigitte, so ist das. Er hat mit seiner ersten Frau einen Sohn, Benjamin. Als er sich von dieser Frau scheiden ließ, war Benjamin siebzehn Jahre alt. Er hat uns anfangs öfter besucht, doch mittlerweile ist er erwachsen, und der Kontakt ist mehr oder weniger abgebrochen."

"Und mir gegenüber hat Johann immer behauptet keine Kinder zu haben!" Das ist jetzt ein eindeutiges Eingeständnis meiner Ahnungslosigkeit, was das Privatleben meines Geliebten betrifft, aber ich bin so perplex, dass ich antworte bevor ich denke. Als ich diesen Satz ausgesprochen habe, ist mir sofort bewusst, meine Unwissenheit stärkt Klara in ihrer Position. Das ist dann heute wohl nicht mein Tag. Dieses Treffen habe ich mir eindeutig ganz anders vorgestellt. Schlimmer kann es für mich kaum noch kommen. Oder vielleicht doch?!?

Hoffentlich kommt Johann bald. Aufs Neuerliche ein wenig mitleidig lächelnd meint Klara nur: "Ja, ja, das ist Johann!"

Jetzt sitzen wir doch noch schweigend nebeneinander. Jede hängt wohl ihren eigenen Gedanken nach. Aber endlich, nach einer gefühlten Ewigkeit, in Echtzeit maximal ein paar Minuten, erreicht Johann den Parkplatz.

Ich sehe ihn sofort in seinem Firmenauto sitzen. Mein Herz beginnt schneller zu schlagen, ich bin anscheinend doch etwas aufgeregter, als ich zugeben möchte. Klara steigt kurz aus dem Auto, um ihrem Mann zu zeigen wo wir sind. An mich gerichtet meint sie, ich solle im Auto sitzen bleiben, als Überraschung für Johann. Tatsächlich, Johann hat mich beim Vorbeifahren nicht im Auto sitzen gesehen. Er stellt seinen Wagen einige Parkplätze von uns entfernt ab und kommt geradewegs auf Klara zu. Freundlich, aber distanziert begrüßt er seine Frau. Ganz genau festhalten möchte ich hier aber doch, es gibt keinen Begrüßungskuss zwischen den beiden. Ich habe sehr genau aufgepasst. Jetzt erwähnt Klara so ganz nebenbei, die am Telefon versprochene Überraschung wäre im Auto. Sie hätte jemanden getroffen und er, Johann solle ins Auto schauen.

Mit Neugier und einem Lächeln im Gesicht schaut er ins Auto. Und … ja, auch wenn es schwer zu glauben ist, speziell für mich, Johann verliert seine Gesichtsfarbe und sein Gesichtsausdruck wird regelrecht böse, feindselig. Jetzt bleibt auch mir das Lächeln im Hals stecken und meine ihn mit freudiger Erwartung anblickenden Augen glauben nicht, was sie sehen. Doch das ist noch nicht alles! Hart kommen Johanns Worte über seine Lippen: „Was machst du denn hier? Was willst du von mir? Lass mich endlich in Ruhe!"

Endlich? Wer von uns beiden hat hier eine Wahrnehmungsstörung? Wer versucht immer wieder aufs Neue den Kontakt zu mir herzustellen? Ja, zugegeben, ein paar Mal kam die Initiative schon auch von mir, aber großteils ist dann doch mein Liebling nach jeder „Beziehungspause" wieder auf mich zugekommen. Wie ich finde auch völlig zu Recht, denn genauso oft war auch mein Geliebter an der Unterbrechung schuld. Nichtsdestotrotz schmeichelt es mir jedes Mal aufs Neue, wenn ER wieder den Kontakt zu mir sucht und sagt, er könne ohne mich nicht leben!

Selbstverständlich kann er das nicht! Denn laut Johanns Aussagen liebt er mich doch so sehr, wie er noch keine zuvor geliebt hat. Er würde alles tun, um mit mir zusammen sein zu können. Aber er müsse Klara ganz langsam auf eine eventuelle Trennung vorbereiten. Aber den Spruch kennen wir jetzt alle schon zur Genüge. Auf mich macht Klara, wie auch schon am Parkplatz des Eishockeystadions, immer noch nicht den Eindruck als wäre sie so ein sensibles Mäuschen, mit der man nicht normal und ehrlich reden könnte. Ganz im Gegenteil, für mich steht sie definitiv mit beiden Beinen im Leben. Sie weiß meiner Meinung nach auch ganz genau, was sie will. Und genau aus diesem Grund hat sie mir schon beim vergangenen Treffen erklärt, sie bliebe mit Sicherheit Johanns Frau und werde sich auf keinen Fall scheiden lassen.

Als wenn mir das nicht egal wäre, ob Johann verheiratet ist oder nicht. Ich will mit ihm zusammen sein, der Rest berührt mich nicht.

In meiner Verliebtheit habe ich vielleicht wieder eine Kleinigkeit übersehen: Wenn Klara sagt, sie würde sich auf keinen Fall scheiden lassen, dann meint sie ziemlich sicher auch, dass sie weiterhin mit ihm zusammenleben möchte. Das wäre jetzt objektiv betrachtet ziemlich logisch. Für meine rosa-rosa-rosarot bebrillten Augen in dem Moment aber absolut nicht zu sehen und für mein verliebtes Oberstübchen nicht zu begreifen.

So, und jetzt weiter bei Johanns „liebevollen" Äußerungen: "Du bist ja komplett verrückt. Lauf mir nicht dauernd hinterher! Ich erschieße dich!"

Vielleicht hat Johann als Kind zu viele Western gesehen? Wie sonst käme er auf solche Ausdrücke? Oder wir brauchen noch einen zweiten Therapeuten, die sich ausschließlich um meinen Liebling kümmert? Scherzchen!

"Lass mich endlich in Ruhe! Ich bleibe sowieso bei meiner Frau!" Na, toll, das hat gesessen. Klara geht auf Johann zu und versucht ihn zu beruhigen. Sie erklärt ihm, dass gleich ihre Freundin kommen werde und wir uns jetzt alle wie zivilisierte Menschen zusammensetzen und diese Situation hoffentlich ein für alle Mal klären werden.

Währenddessen steige ich langsam aus dem Auto. Unfähig auch nur ein Wort zu sagen. Wenngleich ich bei Johann schon einiges gewöhnt bin, aber mit diesem Wutausbruch, oder wie soll man solch ein Verhalten sonst bezeichnen, hätte ich nie und nimmer gerechnet. Ich war bis vor einer Minute tatsächlich noch der Meinung, (mein) Johann würde sich freuen mich zu sehen. Gut, ich habe nicht erwartet, stürmisch umarmt zu werden, aber ein verhaltenes Grinsen wäre das Mindeste gewesen. Doch ganz im Gegenteil, voller Wut und Hass in

Johanns Augen dreht er sich um, ohne mich noch eines einzigen Blickes zu würdigen, hastet auf sein Auto zu und rast davon.

Träume ich oder war das jetzt wirklich mein geliebter Johann, der mich, wieder einmal, aufs Ärgste beleidigt und beschimpft hat?

Ich blicke zu Klara. Die hat abermals ein leichtes Lächeln auf den Lippen und wirkt aufs Neue ganz ruhig und so, als hätte dieses für mich doch mehr als abartige Gespräch nie stattgefunden. So, als wäre nichts Merkwürdiges oder Aufregendes passiert, meint sie nur: „Ja! Das ist Johann!"

Punkt! Aus! Das ist ihr Kommentar zu dieser Situation. In diesem Moment bin ich absolut davon überzeugt, sie hat recht, wenn sie behauptet, ich kenne ihren Mann überhaupt nicht. Nicht so, wie er sich im „richtigen Leben" verhält. Na, bravo! Ich kenne nur die Seite von ihm, die er bereit ist mir zu zeigen, und die ist von seinem wahren „Ich" anscheinend meilenweit entfernt.

"Ja, ja, so ist Johann im richtigen Leben!", setzt Klara noch hinten nach.

Ich nicke nur stumm. Das ist alles, wozu ich im Moment fähig bin. In der Zwischenzeit ist Klaras „Eheberatungsfreundin" angekommen und geht auf uns zu. Klara erklärt ihr kurz den Sachverhalt. Die Beziehungsexpertin nickt, auch für sie scheint Johanns Verhalten nicht wirklich überraschend. Ja, richtig, als Klaras Freundin kennt auch sie Johann schon länger. Bin ich denn hier die einzig Unwissende? Anscheinend schon! Auf die Frage, ob ich denn immer noch gewillt wäre, mich mit ihr und Klara zusammenzusetzen, nicke ich abermals schweigend und folge den beiden wieder zurück ins Café. Mir ist ohnehin schon alles egal und leicht schockiert ob des gerade Erlebten setze ich mich zu ihnen an den Tisch. Mittlerweile habe ich auch meine Sprache wieder gefunden. Noch immer ein wenig geschockt, aber mit jeder vergehenden Sekunde mehr verärgert, erzähle ich nun auch Klaras Freundin die ganze Geschichte von Johann und mir, allerdings in Kurzfassung und nur die wesentlichsten Dinge, sonst hätte unsere Unterredung Stunden gedauert. Außerdem bin ich überzeugt, sie weiß ohnehin über alles von Klara Bescheid.

Ich berichte Klara und ihrer Freundin, dass Johann mir erzählen würde, er könne nachts nicht mehr schlafen und wälze sich stundenlang schlaflos im Bett herum, weil er mit der momentanen Situation so unglücklich wäre. Diese Geschichte wäre eigentlich als Trumpf gedacht gewesen, den beiden Damen aufzuzeigen wie ernst es Johann mit uns (also ihm und mir) wäre. Angesichts seiner Wortwahl am Parkplatz bezweifle ich die Wirksamkeit meiner Aussage. Wieder lächelt Klara milde, jetzt nervt mich dieses von oben herab Getue schon ein wenig, und meint nur, genau dasselbe würde er ihr auch erzählen. Allerdings würde sie davon ausgehen, dass er so unglücklich wäre, weil ich ihn nicht in Ruhe lassen würde. Laut Klara hätte Johann sich für die Ehe entschieden und würde jetzt gerne ausschließlich mit seiner Ehefrau leben.

Ja, freilich!!! Das kann ich jetzt glauben oder auch nicht. Aber im Moment, nach diesem neuerlichen Ausraster von Klaras Ehemann (diese Bezeichnung ist mir im Moment lieber, als „mein Johann"), glaube ich eigentlich alles und nichts. Abgesehen davon, wenn ich es mir recht überlege, dann liegen die beiden doch zusammen in einem Ehebett. Das heißt dann aber auch, Klara müsste doch bemerken, wenn Johann sich stundenlang herumwälzt. Warum sagt sie dann jetzt, er „erzähle" ihr dasselbe wie mir? Ist sie denn nicht hautnah dabei? Hmmm, irgendetwas stimmt an dieser Geschichte nicht. Mein(!) Johann wird doch nicht nur ein ganz klein wenig übertreiben, um sowohl von Klara als auch von mir Mitleid zu erhaschen?

Und dann kommt mir noch ein ganz erschreckender Gedanke: Was, wenn Klara mit ihren Gedanken tatsächlich recht hätte? Wenn Johann nicht schlafen kann, weil er MICH loswerden will? Vielleicht ist ihm bewusst geworden, er will doch bei Klara bleiben? Was will Johann? Was will ich? Will ich Johann nach diesem unkontrollierten Wutausbruch überhaupt noch?

Zum Abschluss erzählen mir Klara und ihre Freundin noch, dass sie vor zwei Tagen mit Johann geredet hätten, und er bei diesem

Gespräch sozusagen zur Vernunft(?!?) gekommen wäre. Er hätte ihnen hoch und heilig versprochen, bei Klara zu bleiben. Da man, ja, auch Klara nicht, bei Johann nie weiß, ob er am nächsten Tag, oder auch schon nach ein paar Minuten noch zu der von ihm getätigten Aussage steht, hielten die beiden Damen diese Entscheidung, nun endgültig bei Klara zu bleiben, sofort schriftlich fest. Anschließend ließen sie Johann dieses Schriftstück unterschreiben. Wofür das jetzt gut sein soll, verstehe ich beim besten Willen nicht. Ich glaube nicht, dass die Liebe durch eine Unterschrift bestätigt werden kann, aber wer weiß, bei einer Heirat ist es ja eigentlich auch nichts Anderes. Also, wenn man so will, dann hat Johann vor zwei Tagen offiziell und schriftlich nochmals seine Liebe zu Klara bestätigt. Und das vor einer Zeugin. Ob diese Idee aus der Erfahrung der Therapeutin heraus entstanden ist, oder die sonderbare Idee von ihr als Klaras Freundin war, erwähnen die beiden nicht. Es ist so gesehen auch völlig egal. So nebenbei erwähnt Klara noch, dass auf diesem unterschriebenen Zettel auch stünde, dass im Falle einer Scheidung, er, Johann die alleinige Schuld für das Scheitern der Ehe trüge, und sie Anspruch auf die höchstmögliche Unterhaltszahlung hätte.

Wie denn das jetzt, wenn er ihr doch gerade seine Liebe aufs Neue unterzeichnet hat? Aha, mir sagt sie, sie würde sich auf keinen Fall scheiden lassen, im Falle einer hohen Unterhaltszahlung ziehe sie den Gedanken an Scheidung dann aber doch in Betracht?

Wollen Klara und Johann mich ins Irrenhaus bringen? Oder bin ich doch bei „versteckter Kamera"?!? Oder aber ich bin schon in meiner Gummizelle und wurde mit Medikamenten ruhig gestellt und träume das jetzt alles? Ich habe überhaupt keine Ahnung mehr, wem oder was ich glauben soll. Wenn es heute „ja" heißt, ist es morgen „nein" und übermorgen wieder „ja". Und das sowohl bei Klara als auch bei Johann.

Ehrlich gesagt, mir ist jetzt ohnehin schon alles gleichgültig und ich will dieses Gespräch nur noch so schnell als möglich beenden. Mir reicht es für heute! Mit Johann sowieso, aber auch mit Klara und ihrer

Freundin! Die beiden dürften anscheinend derselben Meinung sein, denn ziemlich abrupt beginnt Klaras Freundin nun mit der Analyse des Gesprächs:

Sie versichert mir, ich fände einen anderen netten Mann. Ach, ja? Tatsächlich? Dazu benötige ich keine ausgebildete Therapeutin, das weiß ich selbst auch, aber will ich das in dieser Situation hören?

Dann meint sie noch, Johann wäre zu alt für mich. Ach, wirklich? Das ist jetzt aber eindeutig meine persönliche Sache und hat mit einer objektiven Beurteilung der Lage nicht viel zu tun. Aber bei einer Analyse durch eine Freundin der betrogenen Ehefrau kann man ohnehin nicht von objektiv sprechen.

Und als letztes meint die Therapeutin noch, ich solle und müsse zu Kenntnis nehmen, dass sich Johann jetzt ein für alle Mal für Klara entschieden hätte. Ich solle Johann ab jetzt bitte in Ruhe lassen, damit für ihn die ganze Sache nicht noch schwerer werden würde als sie ohnehin schon ist.

Wieso schwer für Johann? Hat sich mein Liebling nicht laut Aussage der beiden Damen neben mir, vor zwei Tagen eindeutig entschieden, bei seiner Frau zu bleiben? Und jetzt soll ICH mich von Johann fernhalten? Haben die beiden Angst davor, dass, wenn Johann mich wieder sieht, er seinen schriftlich(!) festgehaltenen Entschluss nochmals überdenkt? Eventuell sogar revidiert? Das wiederum bedeutet für mich aber, dass ihm die Entscheidung zwischen Klara und mir nicht ganz so leicht gefallen ist, wie die beiden mir das noch vor wenigen Minuten weismachen wollten.

Zumindest dieser Gedanke hilft mir ein wenig mit dem eben Erlebten fertigzuwerden, was aber nicht heißt, dass ich nicht wirklich traurig ob dieses Ausgangs bin, mit dem ich so wirklich nicht gerechnet hätte.

Einerseits bin ich enttäuscht, denn ich hätte mir ein gemeinsames Leben mit Johann gut vorstellen können. Wie man unschwer erkennen kann, ich bin und bleibe ein ewiger Optimist. Außerdem wäre mir mit Sicherheit mit Johann nie langweilig geworden. Was diesem Mann einfällt, ist, glaube ich, ziemlich einzigartig, wie man ja bei der gerade erwähnten Geschichte bestens erkennen kann. Ja, ja, ich gebe es zu, das war ironisch gemeint, denn ob dies eine gute Voraussetzung für ein gemeinsames Leben wäre, bezweifle sogar ich. Und das soll in dieser Situation etwas heißen.

Andererseits bin ich erleichtert, ist doch von Johanns Seite gerade mehr als eindeutig bestätigt worden, dass er nichts mehr von mir will. Und so schön dieses Verhältnis zeitweise, speziell am Anfang auch war, so nervenaufreibend ist es, immer nur auf Abruf bereit zu stehen und permanent im Hintergrund bleiben zu müssen. Ich habe mir das viel einfacher vorgestellt als es tatsächlich war. Aber wie bei so vielen Dingen: Im Nachhinein ist man immer klüger.

Nachdem Rache bekanntlich süß, und Brigitte nicht ganz so dumm wie in diesem Buch beschrieben, ist, habe ich alle Geschenke von Johann, die sich im Laufe unserer Affäre bei mir angesammelt haben zum Treffen mit Klara mitgenommen. Wenn Johann nichts mehr mit mir zu tun haben möchte, und das ist im Gegensatz zu seiner Wortwahl noch sehr dezent ausgedrückt, dann will ich aber auch seine Geschenke nicht mehr.

Also frage ich Klara beim Abschied, mittlerweile ist der ärgste Schock wieder vorbei und ich habe mich halbwegs unter Kontrolle, ob sie die Geschenke von Johann an mich haben möchte. Diesmal lächle ich Klara freundlich an! Der Gedanke, dass sie Johann sicherlich mit seinen Geschenken an mich konfrontieren und ihm damit möglicherweise noch einige Unannehmlichkeiten bescheren wird, stimmt mich wieder etwas fröhlicher. Ich weiß, es ist nicht gerade die feine, nette Art, aber eine auf diese Art und Weise abservierte Geliebte darf das! Soll er Klara doch zu jeder Kaffeetasse mit der Aufschrift „Ich liebe dich" oder „Ich kann ohne dich nicht mehr leben", zu jedem Parfum, zu jedem Ring, Armband oder Ohrring eine Geschichte erzählen. Das betrifft mich jetzt alles nicht mehr und ist jetzt das ausschließliche Problem von Klara und Johann.

Klara nimmt die Geschenke gerne an. Ich denke, auch ihr gefällt der

Gedanke, Johann damit ein wenig in die Enge zu treiben. Sie schaut kurz alle Geschenke durch, sieht mich an und fragt: "Ach, Frau Brigitte, Sie haben doch erzählt, Johann hätte Sie beim Sex gefilmt. Könnte ich diese DVD eventuell auch haben?"

Woher Klara davon weiß? Ja, hmmm, zugegeben, da war ich wohl etwas voreilig. Zu Beginn unseres heutigen Gesprächs, zu einem Zeitpunkt, als ich noch der Meinung war, ich wäre diejenige, die mit Überraschungen aufwarten könnte, habe ich Klara davon erzählt. Ich war fest davon überzeugt, diese Geschichte könnte sie vielleicht noch zusätzlich zu allen anderen „Vergehen" ihres Mannes, motivieren, Johann endgültig zu verlassen. Da hatte ich noch nicht die leiseste Ahnung wohin dieses Gespräch heute noch führen würde.

Dass mich Klara nach der DVD fragt, damit hätte ich nicht gerechnet. Ich hätte mich das nicht getraut. Hier bestätigt sich aufs Neue, in der Skrupellosigkeit bin ich diesem Ehepaar weit unterlegen. Einen kurzen Augenblick bin ich sprachlos. Das kommt auf keinen Fall in Frage!

"Nein, die gebe ich Ihnen nicht!", fassungslos sehe ich Klara an. Dann kann ich mich vielleicht in einer Stunde im Internet bewundern, weil sich Klara und Johann wieder vereint und gegen mich verschworen habe. Diesem offenbar und offiziell wiedervereinten Ehepaar traue ich alles zu.

"Schade! Ich hätte sie bei allen anderen „Indizien" gegen Johann in den Safe gelegt um sie bei einer Scheidung als Beweis vorlegen zu können!" Auch diese Erklärung von Klara kann mich in meiner Entscheidung nicht umstimmen.

Ich will jetzt nur noch weg. Auch Klara hat eindeutig kein Bedürfnis mehr mit mir „Small Talk" zu betreiben. Schnell, aber dennoch freundlich und selbstverständlich nach außen hin wieder einmal völlig emotionslos verabschieden wir uns.

Damit ist das Kapitel von Johann und mir beendet. Auf der Heimfahrt vergieße ich dann doch noch einige Tränen im Auto. Aber auch mir ist klar, wie heißt es so schön: „Lieber ein Ende mit

Schrecken, als ein Schrecken ohne Ende!" Treffender könnte man diesen Spruch auf mich nicht zuschneidern.

24

Aber nicht jede Affäre muss so „böse" enden, wie meine. Das beste Beispiel dafür ist Simone. Nach dem doch etwas heftigen Wortgefecht mit Peter am Telefon, nach ihrem unverhofften Treffen am Flussdampfer, glätten sich die Wogen wieder. Wie auch bei ihr mittlerweile nicht anders zu erwarten, finden sie beim darauffolgenden Wiedersehen einen gemeinsamen Nenner für den Fortbestand ihrer Affäre. Und welch Überraschung (Scherzchen), laut den Worten meiner Freundin läuft die Beziehung seitdem so gut, harmonisch, verständnisvoll und natürlich liebevoll wie noch nie zuvor. Das freut mich! Ganz, ehrlich! Wenigstens eine die Glück mit ihrem Liebhaber hat.

Bei unserem obligatorischen Kaffeetratsch erzählt mir Simone, sie komme gerade aus dem Reisebüro, wo sie eine Reise für Peter und sich gebucht hat.

"Was hast du?!? Wie geht denn das? Was ist mit Herbert und Peters Frau?", fragend blicke ich Simone an.

"Ach, Brigitte! Wir, also, Peter und ich haben so ein Glück! Peters Frau fährt für vier(!!!!) Wochen auf Reha! Sie hat sich vor ein paar Monaten einen komplizierten Beinbruch zugezogen und muss jetzt für einen perfekten Heilungsverlauf in Therapie. Nachdem Peters Kinder schon so gut wie erwachsen sind, muss Peter in diesen Wochen „dienstlich" verreisen. Gut, oder?" Mit strahlenden Augen grinst mich Simone an.

"Ja, einwandfrei! Das ist toll! Aber was ist mit Herbert und deinem Sohn?", will ich jetzt wissen. Schließlich gibt es die beiden ja auch noch in Simones Leben.

"Selbstverständlich habe ich dafür auch schon einen Plan! Ich bin doch schon fast so gut wie du im Erfinden von Geschichten!”, freundschaftlich zwinkert sie mir zu.

Wahrscheinlich soll das jetzt ein Lob gewesen sein. Ich weise sie aber trotzdem darauf hin, dass bei mir die Sache nicht positiv geendet hat und sie sich nicht zu viel an mir orientieren soll. Abgesehen davon, war in der Beziehung von Johann und mir ja doch wohl eher Johann derjenige, der die absurdesten Geschichten erfunden hat. Aber das jetzt nur nebenbei.

“Also,”, fährt Simone fort: “die Firma, für die ich arbeite hat in ganz Europa Filialen und die gehören ab und zu wieder besucht und auf den neuesten Stand gebracht!”

Grinsend schaue ich sie an und nicke, um ihr zu zeigen, bis hierher habe ich den Plan verstanden. Wie geht es weiter?

“Nein, Brigitte, du brauchst nicht grinsen, das stimmt wirklich. Allerdings bin nicht ich diejenige die auf Filialbesuch fährt, sondern eine Kollegin von mir. Ich nehme mir drei(!!!) Wochen Zeitausgleich, ich habe ohnehin schon so viele Überstunden und fahre mit Peter in dieser Zeit nach Schweden. Herbert hat keine Einwände, er weiß, wie wichtig mir meine Arbeit ist!”

“Und dein Sohn?”, ungläubig starre ich Simone an.

Drei Wochen mit dem Geliebten auf Urlaub zu fahren ist sicherlich der absolute Wahnsinn. Positiver Wahnsinn! Aber ob alles wirklich so leicht zu planen ist wie Simone mir das weismachen will? Ich hätte tausend Bedenken. Aber wie heißt es so schön: No risk, no fun! Vielleicht wird das der Leitspruch von Simone und Peter?

“Brigitte, was ist los mit dir? Das ist doch kein Problem. Mein Kind ist doch kein Baby mehr. Herbert wird in diesen Wochen etwas weniger arbeiten und früher nach Hause kommen. Außerdem weißt du doch, dass auch Herberts Mutter bei uns im Haus wohnt. Das heißt also, die Oma ist immer für meinen Sohn da. Also da mach dir keine Gedanken. Das habe ich alles bis ins letzte Detail geplant und geregelt. Jetzt freu dich doch mit mir!”, abwartend sieht mich Simone an.

Ich schließe sie in meine Arme und versichere ihr, dass ich mich ganz ehrlich sehr für sie freue und ihr selbstverständlich von ganzem Herzen wünsche, dass ihr Plan so aufgeht, wie die beiden sich das vorstellen.

Es versteht sich (fast) von selbst, dass Simone, um für ihren Liebesurlaub bestens gerüstet zu sein, unbedingt(!) noch shoppen gehen muss. Sexy Dessous sind das Mindeste was sie braucht. Und ich werde sie selbstverständlich begleiten und mit Rat und Tat zu Seite stehen.

Am nächsten Tag um zwei am Nachmittag geht es los. Wir fahren in die Stadt und es ist kein Geschäft vor uns sicher. Nachdem wir bereits ein sexy Nachthemd, eine aufregende Bluse und megacoole Schuhe erstanden haben, gönnen wir uns eine (kreative) Pause.

Das Cafè, in dem ich (mit Johann) gearbeitet habe, ist in der Nähe und so beschließen wir, auch aus Gewohnheit, dorthin zu gehen. Nachmittags ist mein Ex-Geliebter nicht in der Firma und daher besteht für mich auch keine Gefahr unverhofft auf ihn zu treffen. Das möchte ich nämlich im Moment auf keinen Fall, ich bin in der „Entwöhnungsphase". Aber einer kurzen Plauderei mit meinen ehemaligen Arbeitskolleginnen bin ich nicht abgeneigt.

Simone und ich setzen uns an einen der letzten noch freien Tische und warten in Ruhe, bis jemand Zeit hat, unsere Bestellung aufzunehmen. Susanne arbeitet an diesem Tag auch im Cafè, allerdings gehört unser Tisch nicht in ihren Zuständigkeitsbereich.

Sie sieht uns sofort. Verstohlen blickt sie sich um und läuft dann schnell zu uns an den Tisch. Sie fällt mir ganz kurz um den Hals und meint: "Danke, Brigitte, dass du dich bei Johann so für mich eingesetzt hast. Er ist seitdem so nett zu mir wie niemals zuvor. Ich bin sehr erleichtert und dir sehr dankbar dafür!"

Dann jedoch sieht sie mich an und hat plötzlich Tränen in den Augen. Was ist denn jetzt wieder passiert? Ist doch nicht alles so toll, wie Susanne mir gerade weismachen will? Susanne beugt sich ein wenig zu Simone und mir herunter und sagt mit leiser Stimme:

"Brigitte, ich darf dir nichts zu trinken bringen, du hast Hausverbot. Ich muss dich ersuchen, das Lokal zu verlassen."

Jetzt kullert die erste Träne über die Wange von Susanne. "Was?!?", frage ich meine Freundin mit weit aufgerissenen Augen? "Ich muss was?!?", fassungslos starre ich Susanne an.

Doch Susanne nickt nur, im Moment unfähig zu sprechen. Sie weiß, dass diese Anweisung der Willkür Johanns entspringt. Aber was soll sie machen? Johann steht in der Hierarchie der Firma über ihr und seinen Anweisungen ist Folge zu leisten. Und wenn sie keine Probleme mit Johann möchte, dann muss sie mich aus dem Lokal „schmeißen", so leid es ihr auch täte.

Aufs Neuerliche durch Johanns Aktionen völlig vor den Kopf gestoßen, umarme auch ich Susanne und meine leichthin, um ihr kein schlechtes Gewissen zu machen: "Kein Problem, Susanne, wir gehen woanders hin. Mach dir keine Sorgen. Es ist kein Problem. Wir beide telefonieren in den nächsten Tagen in Ruhe."

Ich traue mittlerweile meinem Ex-Geliebten einiges zu, dass er mir aber Hausverbot in einem Lokal der Firma für die er arbeitet gibt, ist jetzt doch etwas heftig. Darf man das überhaupt? Grundlos, oder besser, aus privaten Gründen jemandem den Zutritt in ein Lokal verweigern? Ist das nicht auf der anderen Seite „Firmenschädigung"? Schließlich entgehen dem Lokal dadurch Einnahmen. Aber warum mache ich mir darüber Gedanken? Es gibt so viele andere Cafés.

Genauso ist es. Simone, die bis jetzt kein einziges Wort gesagt hat, beginnt zu lachen. Wieso lacht die jetzt? Ist sie verrückt geworden? Ich stehe kurz davor in Tränen auszubrechen, so wütend bin ich, und meine Freundin steht da und lacht. Leicht schuldbewusst sieht Simone mich an und meint: "Jetzt beruhig dich wieder, Brigitte. Eigentlich müsstest du doch am besten wissen, Johann ist zu allem fähig. Also ich finde, das ist eine typische Aktion von Johann. Das ist jetzt nur dein verletzter Stolz, der dich so wütend werden lässt."

"Ja, du hast ja Recht. Aber es trifft mich jedes Mal wieder, wenn ich von Johann so ungerecht behandelt werde. Damit kann ich überhaupt nicht umgehen. Ich hasse Ungerechtigkeit!", hilflos blicke ich zu Simone.

Verständnisvoll nickend nimmt mich Simone bei der Hand und zieht mich aus dem Lokal. Wenn wir noch länger warten, schickt uns Johann vielleicht die Polizei und lässt uns mit Gewalt aus dem Café entfernen. Und das wäre dann erst peinlich. Ohh, mein Gott, allein der Gedanke daran macht mir Angst.

Wenn Johann mir mit diesem mehr als überflüssigen Hausverbot zeigen will, wie wenig ich ihm bedeute, und bedeutet habe, dann ist ihm das hiermit eindeutig gelungen. Das ist somit wieder ein Punkt mehr, in der bereits seitenlangen Liste, warum er es nicht Wert ist, ihm auch nur eine Träne hinterher zu weinen.

Simone und ich gehen ins nächstbeste Geschäft und ich kaufe mir einen „sündteuren", wunderschönen Pullover. So! Jetzt geht es mir besser! Im Verlauf der noch folgenden Shopping-Tour, bei der wir noch einige ganz tolle Stücke für Simone erstehen, relativieren sich meine Wut, mein Ärger und meine Enttäuschung wieder. Schließlich weiß ich doch, wer der Urheber dafür ist, und von dem ist nichts anderes zu erwarten.

Und ein Gutes hat dieses Hausverbot doch: Ich bin Besitzerin eines wunder-, wunderschönen Pullovers, den ich mir sonst nie im Leben geleistet hätte.

Während der anschließenden Heimfahrt überdenken Simone und ich nochmals ihren Plan der „Dienstreise", um auch nicht das kleinste Detail dem Zufall zu überlassen. Als auch ich endlich überzeugt bin, eigentlich kann nichts mehr schiefgehen, wünsche ich ihr einen tollen, aufregenden Urlaub mit ihrem Peter.

Noch ein dickes Abschiedsküsschen für die Freundin und schon verschwindet Simone in ihrem Haus.

EPILOG

3 Monate später

Wie könnte es anders sein, Simone und ich sind in ein Gespräch vertieft und trinken Kaffee. Gravierender Unterschied: Wir sitzen nicht in unserem Stammcafé, sondern lümmeln gemütlich auf Simones neuer Couch. In ihrer Wohnung.

Ja, ihr habt richtig gelesen. In Simones Wohnung. Seit einem Monat lebt Simone jetzt mit ihrem Sohn in dieser zwar im Vergleich zu vorher kleinen, aber ausgesprochen schönen und wahnsinnig gemütlich eingerichteten Wohnung.

Was ist passiert: Nun ja, als Simone mit Peter in Schweden auf „Liebesurlaub" war, rief die Firma, für die Simone arbeitet, zuhause bei Herbert an. Es wurde verzweifelt ein sehr wichtiges Dokument gesucht, das bis vor kurzem noch am Schreibtisch von Simone lag. Da Simone in Schweden in ihrer abgelegenen kleinen Pension am idyllischen Strand keinen, oder nur sehr schlechten Empfang hatte, konnte sie von ihren Kollegen nicht am Handy erreicht werden. Deshalb probierten die Mitarbeiter es schließlich auf Simones Festnetzanschluss. Dort allerdings hob Herbert ab.

Simones Vorgesetzter erklärte Herbert kurz den Sachverhalt und ersuchte um einen Rückruf von Simone. Als Herbert allerdings antwortete, dass Simone im Auftrag der Firma in Europa unterwegs war, nahm das Drama seinen Lauf.

Nach einigem Hin und Her erfuhr Herbert, dass Simone schon seit über einer Woche auf Zeitausgleich war, und sie mit der Überprüfungsfahrt in Europa absolut nichts zu tun hatte. Diesen Job hätte eine Kollegin von Simone übernommen.

Nach den ersten Schocksekunden wurde Herbert das Ausmaß dieser

Aussage bewusst. Er zählte eins und eins zusammen, und wusste, Simone hatte ihn belogen. Da Herbert von Natur aus ein sehr überlegt und ruhig handelnder Mensch ist, unternahm er vorerst nichts. Als Simone dann von ihrem Urlaub bestens gelaunt wieder zuhause auftauchte und mit der Schilderung ihrer Europareise begann, sah Herbert sie nur ganz ruhig an und erklärte ihr, er wolle die Scheidung.

Simone war wie vor den Kopf gestoßen. Herbert teilte ihr daraufhin mit, er wüsste über ihren Urlaub Bescheid und wäre sehr enttäuscht von ihr. Er hätte nicht gedacht, dass Simone ihn so hintergehen würde. Er sähe keine Zukunft mehr für sie beide. Nach langem Hin und Her sah Simone ein, es hat keine Zweck mehr mit Herbert zu „verhandeln". Er hatte sich entschieden. Punkt. Aus.

Offensichtlich war in der Ehe von Simone und Herbert aber schon länger einiges nicht in Ordnung, denn ihre Trennung verlief ohne viel Tränen und relativ friedlich. Um auch für ihren Sohn die Situation so schmerzlos wie möglich zu machen, zog Simone in eine Wohnung in unmittelbarer Nähe zu Herberts Haus. So ist es für ihren Sohn jederzeit möglich, von einem Elternteil zum anderen zu kommen.

Peter war von diesen Vorfällen derart überfordert, dass er die Affäre mit Simone auf der Stelle abbrach. Er hatte anscheinend Angst, jetzt, wo Simone alleine war, unter Druck zu geraten, auch seine Familie verlassen zu müssen. Und das war, wie er auch schon immer betont hat, für ihn absolut undenkbar. Und so war Simone auf einen Schlag zwei Männer los.

Simone hingegen denkt inzwischen, dass diese Entwicklung der Dinge sie vielleicht vor noch größeren Schwierigkeiten gerettet hat, denn auf Dauer hätte diese Dreierkonstellation ohnehin nicht funktioniert.

Ich will jetzt nicht sagen, dass wir nicht ab und zu noch in Erinnerungen schwelgen, was unsere verheirateten „Traummänner" betrifft, aber der Gedanke an die vielen, nicht so tollen Momente überwiegt dann doch immer wieder sehr schnell. Mittlerweile können Simone und ich sogar ab und zu schon über diverse Aktionen von

Peter und Johann lachen. Ihr seht also, wir, und im Speziellen ich, haben diese Phase unseres Lebens dann doch ohne merkliche(!), bleibende Schäden überstanden.

Wir haben sogar daraus gelernt. Sobald wir jemanden kennenlernen der verheiratet ist, lassen wir ganz schnell die Finger von ihm. Natürlich im übertragenen Sinn (hihihi!). Aber unser Interesse an Ehemännern ist ab sofort gleich null.

So, unsere Kaffeetassen sind leer. Jetzt noch ein wenig schminken, und los geht"s. Heute sind wir mit den anderen Mädels verabredet und gehen auf ein uriges Zeltfest im Nachbarort. Es tut unserem Ego ausgesprochen gut, mit dem anderen Geschlecht zu flirten. Vom Wunsch einer fixen Beziehung, wie wir es sooo gerne mit unseren verheirateten Männern gehabt hätten, sind wir im Moment aber noch sehr weit entfernt.

Simone und ich brauchen noch ein wenig Zeit um wirklich wieder bereit für eine eventuelle neue Partnerschaft zu werden. Im Moment genießen wir unser neu gewonnenes Single-Dasein und sind am besten Weg wieder zu uns selbst zu finden.

Aber jetzt legen wir all diese Gedanken beiseite, wir marschieren zum Auto, wo schon der Rest unserer Mädelsrunde auf uns wartet. Mit lautem „Hurra" und bester Laune quetschen wir uns in Simones Auto und freuen uns auf den heutigen Abend.

Plötzlich läutet mein Handy: "Hallo, Brigitte! Ich bin´s, Johann! Ich habe Klara verlassen. Willst du mich noch???"